달리기를 즐기는 분들이 달리기를 통해 느낀 소감을 수필로 엮은 글들이 하나의 장으로 모아진 이 책은 달리기가 생활에 중요한 부분으로 자리잡고 있는 런너들에게는 물론이며 달리지 않는 사람들에게도 감명 깊은 교훈과 삶의 지침서가 되리라 믿는다.

－서울마라톤 회장 박영석－

멋진인생!

뛰어서 가자
달리며 살자

울산마라톤클럽 편

나노미디어

책을 내면서

겨울 찬 바람이 매섭게 불어 오지만 울산마라톤클럽 회원들은 아랑곳 없이 양동 회야댐 언덕을 뛰어 오른다.

매주 토요일마다 서로에게 힘을 외치며 어깨를 나란히 연습에 열중한다. 거대한 국가공단이 우뚝한 울산에서 풀뿌리마라톤의 선두주자라고 자부하는 울산마라톤클럽이 이번에 회원들의 힘을 모아서 완주기 모음 단행본을 세상에 내어 놓는다.

한편으로는 부끄럽기도 하고, 다른 한편으로는 회원 한사람 한사람의 정성과 땀이 배인 원고를 모아 책을 출판함에 무한한 긍지도 느낀다.

2000년 10월 몇몇 회원들로 시작한 울산마라톤클럽은 이제 정회원만 200여 명이며, 아마추어 마라토너의 꿈의 기록인 sub-3 기록자만 12명을 보유하고 있으며, 닷의 울트라 완주자, 국토종단달리기 참여, 2002년 월드컵 성공마라톤 참여, 전국 각종대회에 참여, 보스톤마라톤대회를 비롯한 해외원정도 디녀온 것을 비롯하여 끊임없는 활동을 하고 있다.

무엇보다도 자체 하프대회를 3회째 개최하면서 울산지방의 명실상부한 최고의 마라톤클럽으로 성장하였다.

인터넷 자체 홈(http://www.ulsanrun.com)을 운영하여 회원들간의 친목 도모와 각종 자료들을 두루 섭렵하면서 하루 조회수가 700회를 넘어서고 있다.

　이번 책 출판에 물심양면으로 도움을 주신 회원분들은 물론이고, 울산마라톤클럽 모든 회원분들께 이 지면을 통하여 감사의 말을 전한다.

　새해에는 모두 건강하시고 즐거운 마라톤 달리기를 하시기 기원한다.

2003년 1월 30일
울산마라톤클럽 회장　이 태 걸

4

울산마라톤클럽 회원 여러분

　아름다운 울산, 희망찬 울산의 울산마라톤클럽에서 마라톤 완주의 기쁨과 역주의 감회를 기록한 '완주 체험기'를 발간하게 된 것을 진심으로 축하합니다.

　개인의 건강 증진과 삶의 질을 향상시키고 동호인 상호간의 친목증진을 위하여 마라톤이 각광을 받고 있습니다. 나는 달리기를 무척 좋아합니다. 달리기에는 여러 가지 좋은 점이 많이 있습니다만 가장 중요한 세 가지 좋은 점을 들면 다음과 같습니다.

　첫째, 달리기는 아주 경제적이고 서민적인 운동입니다. 달리기는 고급 시설이나 장비가 필요 없고 신발만 있으면 됩니다. 따라서 마음만 있으면 남녀노소, 빈부귀천의 차별이 없이 누구나 할 수 있습니다.

　둘째, 달리기는 모든 운동의 기초이고 가장 공정한 운동입니다. 달리기에는 복잡한 규칙도 없고 심판의 편파적인 판정이 개입될 소지도 없습니다. 살 뺴면 뒤는 것입니다. 또한 딜리기를 통하여 정정당당히 생활하는 방법, 영어로 Fair Play 정신을 배울 수 있습니다.

　셋째, 그리고 가장 중요한 것은 달리기는 육체적, 정신적 건강에 가장 좋은 운동이라는 것입니다. 자기 몸에 알맞게 적절히 규칙적으로 달리기를 하면 우리 건강에 이보다 더 좋은 보약이 없으며 또한 외부로부터의 어려움을 이겨내는 강인한 정신력과 사물을 긍정적으로 받아들이는 명랑한 성격을 갖게 됩니다. 바로 이것이 내가 달리기를 좋아하는 가장 큰 이유입니다.

바쁜 일과 중에서도 개인의 건강을 증진시키고 사회적 친목을 다지면서 함께 달린 것을 기록한 마라톤대회 참가기는 개인의 기록과 단체의 역사로서 매우 가치 있는 문집이 될 것입니다.

평소 달리기를 통하여 심신의 건강과 개인의 발전을 도모하시길 바라며, 아울러 여러분과 여러분의 가정에 건강과 행복과 번영이 넘쳐 흐르기를 기원합니다.

2003년 1월 30일
현대중공업주식회사 대표이사 사장 민 계 식

약 력 ─────────────────────────

1942년 서울 출생
서울대학교 공과대학 조선공학과 졸업
육군 ROTC 만기 제대
미국 버클리대학 우주항공학 석사, 조선공학 석사
미국 MIT공대 해양공학 박사
대우조선(주) 전무
현 현대중공업(주) 사장
    대한조선학회 회장
    울산마라톤클럽 자문위원
풀코스 마라톤 100회 이상 완주
최근 최고 기록 : 2000년 서울동아국제마라톤대회 3시간 5분

6

멋진 인생! 뛰어서 가자, 달리며 살자

마라톤 문학지의 출판을 축하합니다.

달리기를 즐기는 분들이 달리기를 통해 느낀 소감을 수필로 엮은 글들이 하나의 장으로 모아진 이 책은 달리기가 생활에 중요한 부분으로 자리잡고 있는 런너들에게는 물론이며 달리지 않는 사람들에게도 감명 깊은 교훈과 삶의 지침서가 되리라 믿습니다.

이제 달리기는 육체적 건강차원을 넘어 정신적인 영역을 살찌워주는 생활의 활력소, 삶의 생명력, 자기관리와 인간수양의 길잡이라 표현하고 싶습니다.

인생을 마라톤으로 비유합니다. 저는 달리기를 통해 많은 것을 깨닫고 많은 것을 얻었습니다. 그래서 달리기가 없는 인생은 무의미하다는 생각을 가지리만큼 달리기를 좋아하고 사랑하며 소중하게 여기고 있습니다.

우리는 달리기를 즐기는 아마추어 런너들입니다. 마라톤을 자신의 육체적인 힘을 과시하는 그리고 인제 생리를 역행하여 지나치게 기록에 집착하는 기회로 삼지 않기를 바랍니다. 이 세상 무엇과도 바꿀 수 없는 자신의 소중한 몸을 해친다면 이는 현명한 처신이 아니라 생각합니다.

80을 바라보는 나이에 앞으로 남은 삶을 얼마나 달리기를 즐기면서 삶의 풍요로움을 누리며 인생을 젊게 살 수 있을지 알 수 없으나 자기관리에 충실하면서 오래 달리기를 지속할 수 있기를 희망하고 있습니다.

　마라톤을 사랑하시는 여러분에게도 달리기가 생활의 원동력이 되어 행복하고 멋진 삶으로 이어지기를 바랍니다.

　울산마라톤클럽의 무궁한 발전을 기원합니다.

2003년 1월 30일
서울마라톤 회장 박 영 석

차 례

2002년 서울의 봄은
동아국제마라톤과 함께 시작되었다

최고기록 : 3시간 57분 59초(2002년 서울동아국제마라톤)
나오는 배(腹)와 불어나는 체중을 관리하기 위해 달린 지 1년 6개월. 속도는 느리지만 마라톤의 흉내는 낼 줄 안다고 주위의 고수들이 붙여준 닉네임이 "증기기관차". 이제는 달리기가 생활의 일부분이 되어 버린 마라톤매니아로 SK CMC(SK 울산 Complex Marathon Club)와 울산마라톤클럽의 회원으로 활동하고 있음.

이 성 택

2002년 3월 17일 제73회 대회는 하프 코스가 폐지되고, 풀코스만 인터넷 접수를 받았는데, 시작 37시간만에 1만 2천명이 신청하여 조기에 마감되는 사상 유례없는 대중 마라톤의 열기를 실감하는 계기가 되었다.

그 어려운 전초전을 겪고 영광의 자리에 서게 되는 행운을 안고 서울의 심장을 관통하는 도로를 달리게 된 것이다.

내가 서울을 처음 찾은 때는 1978년 9월 새벽! 창원에서 훈련병 교육을 마치고 전방 자대로 가기 위해 밤새도록 달린 군용열차가 도착한 곳은 용산역.

더블백(군인 이삿짐용 가방)을 멘 20대 초반의 청년시절!

그때 바짝 긴장되었던 나의 모습이 어제 일처럼 떠오른다. 세월이 흘러 그때 그 청년은 중년의 남자가 되어 다시 그 자리에서 긴장된 얼굴로 출발포탄의 소리를 기다리고 있다.

12,000명의 마라톤 매니아들이 10:00에 광화문에서 출발한다. 광화문은 인산인해를 이뤘다. 6.25전쟁 때 인민군이 물밀듯이 밀려왔다는 말이 생각났다. 출발 후 얼마간은 우리 같은 초보자가 유리할 것 같다. 거의 걷다시피 뛰어도 되니까.

서울역을 지나 용산역 반환점(5km)을 턴 하니 27분이 걸렸다. 날씨도 좋고 오르막도 많이 없어 뛰기에는 최적의 조건이다. 7km 지점을 통과하는 데 4시간 페이스 메이커가 가고 있다. 너무 빠른 것 아닌가? 하면서도 힘있을 때 저축해 놓아야 후반에 까먹더라도 도움이 되지 않을까 하는 생각에 앞질러 달리기 시작했다.

그게 나중에 안 '송충이는 솔잎을 먹어야 한다.'는 평범한 진리를 무시한 오버 페이스가 아닌가 생각이 된다. 남대문을 지나 종각 10km 지점을 통과하니 53분을 가리킨다.

동대문, 신설동 오거리, 군자교를 지나 어린이 대공원(20km)을 통과하니 1시간 44분이 걸렸다.

Course Map을 보니 22km 지점쯤 되는 것 같은데, 잠실대교가 나타났다.

한강 위에 부는 봄바람(황사바람)은 시원했지만 사람을 날려보낼 것 같은 기세로 불어댄다. 다리가 길기도 했다. 뛰어도 뛰어도 끝이 보이지 않았다. 다리가 끝나고 롯데월드 쪽으로 가고 있는데, 앞에 지친 듯한 외국인 선수가 걷고 있다. 파이팅을 외쳐 주었다. 그도 파이팅하면서 다시 뛰기 시작했다. 월드컵 축구 32개국에서 초청된 32명 중 한 명으로 보이는데 페이스 조절에 실패한 듯 해

보인다. 천호 4거리를 지나 길동 4거리 30km 지점을 통과한다. 2시간 41분이 소요되었다. 이제까지 연습했었던 기록보다 훨씬 좋다.

그러나 고수들이 흔히 얘기하는 지금부터가 문제였다.

'체력은 거의 소진되고 이제부턴 정신력이다.'

마라톤 중계를 보면서 수없이 들어 왔던 내용을 직접 몸으로 체험하는 순간 순간의 연속이었다. 이제까지 들어 왔던 내용을 확인하는 데는 그리 오랜 시간이 걸리지 않았다.

이내 고되고, 고통스러운 대가를 지불해야 되었기 때문이다.

'그래, 참고 걷지 말고 뛰어 보자.'

32.5km 지점을 통과하는데 "형님! 힘내십시오! 다 와 갑니다."하고 정영완 씨가 지나간다. "그래, 먼저 가라." 곧이어, 4시간 페이스 메이커가 지나간다. 자꾸 힘은 떨어지고, 다른 주자들은 계속 앞으로 나아간다. 이러다가 퍼지는 것 아닌가? 불안이 엄습해 온다.

드디어 가락농수산물시장(35km)을 지난다. 3시간 12분이 소요됐다.

이제 남은 거리는 7.195km. 그러나 발이 떨어지지 않는다.

길옆 보도블록에 앉아 물을 마시고 무릎을 주무르고 있는데, 권오용 씨가 "이성택! 이성택! 이성택!"을 외치면서 지나간다.

다시 몸을 일으켜 뛰기 시작했다. 뛰는 것이라기보다는 걷는다고 해야 옳을 것 같다. 37km에서 조프로를 만났다.

며칠간 몸살을 앓더니만.

'파이팅'을 외치니까 먼저 가란다. 38km 지점을 3시간 32분에 지났다. 이대로라도 가면 Sub-4는 가능하다.

그러나 발이 떨어지지 않는다. 그래 Sub-4하면 뭐하노? 이제는 걸어가더라도 완주는 가능하지 않은가? 걸어가다 보면 무릎이 좀

나아지겠지? 얼마나 걸었을까?

"자! 이제, 좀 뛰자." 하며 뒤에서 조프로가 뛰어온다.

"이제부터 정신력이다."

"충분히 Sub-4가능하다. 계속 걸으면 Sub-4못한다." 하며 독려한다. 친구의 도움으로 다시 뛰기 시작한다. 드디어 40km 지점을 3시간 44분에 지났다.

조프로와 함께 젖먹던 힘까지 내서 달렸다. 완주와 함께 Sub-4가 보이기 시작했다. 조프로가 너무 빠르다며 말렸다. 잠실주경기장이 바로 눈앞에 보였다. 수많은 관중들이 보는 트랙을 힘차게 달려 조프로와 함께 두 손을 잡고 Finish Line을 밟으니 3시간 57분 59초.

둘은 얼싸안고 한참을 그렇게 있었다. 그렇게 해서 증기기관차는 마라톤 풀코스 첫머리를 올렸다. 2002년 서울의 봄은 그렇게 시작되었다.

나를 이렇게까지 완주할 수 있도록 도와 준 울산마라톤클럽 회장님 이하 모든 회원들, 고수들, 1박 2일 동안 가족처럼 아껴 준 헤르메스 철인클럽회원들 모두에게 감사드린다.

다음 주로에서 모두 건강한 모습으로 만나기를 기대한다.

비오는 날의 수채화

이 성 택

결전의 날. 2001. 10. 28 일요일 날씨 비.

내 인생에서 영원히 잊지 못할 날로 기억될 결전의 날이 밝
았다. 마라톤 데뷔전을 하는 날이다.

새벽 5시. 일어나자마자 창 밖을 보니 어제 저녁부터 내리던 비
가 아직도 온다. 바람까지 분다. 화장실에 가서 梅花부터 심는다.
마누라가 정성껏 해 준 찰밥을 한 공기 가뿐히 비운다(하프는 찰밥
같은 것 안 먹어도 되는데……).

06:30. 울산에서 회사동료의 차를 같이 타고 출발했다. 07:30 경
주 엑스포광장 앞에 도착하여 다시 梅花를 버린다. SK CMC회장단
에서 텐트를 치고 있었다. 같이 거들었다.

비는 계속 내리고 바람까지 분다. 그런 와중에 플래카드 걸고,
사진 찍고 할 것은 다 한다. 우의를 입고 워밍업을 하는 사람, 계속
들어오는 참가자들. 대회의 분위기는 무르익어 가는데 비는 계속
온다.

많은 사람들로 북적대는 경주 엑스포광장!

옷을 벗어 차안에 넣어 놓고 나를 포함한 몇 명이 소염진통제격

17

인 싸아크를 바세린인 줄 알고 듬뿍 찍어 사타구니에 바른다(마찰로 인한 화상을 방지하기 위함).

그런데, 이게 웬일인가? 갑자기 따갑고, 화끈거려 미칠 지경이다. 화장지로 닦아 보지만 이미 엎질러진 물이 되었다. 계속 화끈거렸지만 어쩔 수 없었다. 약 모르고 남용한 결과가 얼마나 무서운지를 실감한 경험이었다.

주최측에서 출발선으로 집결하란다. 군악대의 힘찬 팡파르가 울려 퍼진다.

1979년 10. 26이 터졌을 때, 나는 9사단 신병교육대에서 조교생활을 하고 있었다. 비상사태가 선포되어 완전군장에 대기상태로 있었다. 얼마 안 있어 12. 12사태가 일어났다. 실탄을 지급받고, A급 전투복을 입고, 군용트럭을 타고 출동했다. 뒤에 안 일이지만 계엄군으로 옛날 중앙청에 진압군으로 나갔던 것이다. 그 이후로 이렇게 설레어 보기는 처음인 것 같다.

달리기 복장으로 나서니 춥다. 빗줄기는 가늘어졌지만 계속 내린다.

'멋진 수채화를 그려야 할텐데……' 선수들과 응원 나온 가족들로 인산인해를 이룬다.

10:00 풀코스 참가자들이 대포소리와 함께 출발한다.

'나도 열심히 연습해서 언젠가는 저기에 서서 달려 봐야지…….'

10:10 드디어 하프코스도 출발이다.

'2시간 후에 내가 이 지점을 다시 통과할 수 있을까?'

1km 정도 평지를 참가자들과 같이 달린다. 비가 오는 데도 불구하고 연도에는 응원 나온 가족들이 자기 가족뿐만 아니라 모든 참가자들에게 응원을 보낸다.

빨리 달리고 싶어도 공간이 없다. 처음부터 무리하지 말자. 첫 오르막이 시작된다. 모두 힘들어한다. 가쁜 숨을 몰아쉰다.

2km를 알리는 표지판이 보인다. 시계를 보니 연습 때보다 빠르다. 처음부터 무리하는 것은 아닐까? 은근히 걱정이 된다.

계속되는 오르막길이지만 사전답사를 왔을 때보다 덜 힘들다. 벌써부터 걷는 사람들이 보인다. 60대 아저씨도 힘있게 뛰고 있다.

쳐지는 사람들이 늘어나면서 달리는 데 필요한 공간은 자꾸 넓어진다.

176cm, 75kg 팔자걸음에 불룩 나온 배, 달리기하기에는 뭔가 어색한 내가 지금 이 자리에서 뛰고 있다는 것 자체가 믿어지지 않는다. 100m만 뛰어도 숨이 차고 했는데.

3km 지점에서 오르막이 끝나고 약간의 내리막길이 이어진다.

비가 오는데도 연도에 몇몇 마을 주민으로 보이는 사람들이 응원을 보내 준다. 힘이 솟아난다.

'○○마라톤 클럽', '○○횟집', '○○학원', '○○시청', '○○의사회', '○○약사회' 등 걸려 있는 플래카드들도 각양각색이다.

삼국식당 앞 5km 지점을 통과했다. 풀코스 4시간 30분 페이스메이커인 이태걸 울마클 회장님이 명성에 걸맞게 많은 달림이들을 인솔하여 달려가고 있다. 일주일 전 춘천마라톤에서 물집이 생겨서 고생을 했다는데 걱정이 되었다. 부상을 당했으면서도 달림이들을 위해 봉사하려는 마음은 지극해 보였다

"수고하십니다."

하고 앞서 나가는데,

"이성택 씨! 하프가? 풀이가?"

하면서 용기를 북돋워 준다.

서서히 다리가 아파 온다. 숨도 차기 시작한다. 올 여름 양동 회야댐 길과 문수 월드컵 축구장 주변 길 달릴 때를 머리 속에 떠올

려 본다. 30℃를 웃도는 찌는 듯한 날씨에 얼마나 많은 땀을 흘렸던가? 거기에 비하면 아무 것도 아니다.

지금은 비가 오고 바람도 불고 하니 땀도 많이 나지 않는다. 계속해서 달렸다. 코오롱 호텔 앞 삼거리를 지나 불국사역 쪽으로 달렸다. 벌써 선두선수가 오고 있다. 부럽다.

8.5km 지점인 불국사역의 제 1반환점을 돈다.

이제부터 다시 오르막이다. 2시간 페이스 메이크가 풍선을 달고 20m 전방에서 달린다.

'그래 ! 이왕 뛰는데 2시간 안에 들어보자!'

힘을 내어 보지만 좀체 좁혀지지 않는다.

외국인 여자가 앞에서 달리고 있다. 앞지르면서 '파이팅!'을 외쳐 준다. 그녀도 '파이팅!' 하면서 답해 준다.

글로벌 시대에 외국어 한마디(?)는 할 줄 알아야……

계속되는 오르막, 서서히 걷는 사람들의 숫자가 늘어난다. 반대편에는 후미그룹의 참가자들이 걷다 뛰다를 반복하며 오고 있다. 그 뒤로 회수차량이 저승사자처럼 천천히 오고 있다. 그 안에 탄 사람은 아직 보이지 않는다.

달리기를 처음 할 때 장은익 기술지도위원님이 당부한 말씀이 떠오른다.

"절대 걷지 말 것!"

계속해서 힘을 내어 뛰어 보지만 2시간 페이스 메이커는 계속 앞서 간다. 따라잡지 못하고 있다. 10km 지점을 통과했다.

처음으로 음료수를 마셨다.

올 여름 땀 흘리던 양동 회야댐 일명 심장파열코스로 불리는 오르막길을 떠올리면서 오르막을 걷지 않고 계속 뛰어서 갔다. 드디어 오르막의 정점 코오롱 호텔 입구 제 2반환점이다. 자원봉사자가

12.5km 지점이니 힘내란다. 시계를 보니 1시간 10분대다. 예상보다 빠르다. 힘이 든다. 누가 시켜서 이 힘든 일을 하라고 했으면 불평 불만이 대단했을 것이다. 그것도 비가 오는 날…….

2시간 페이스 메이커는 아직도 저만치 간다.

약간 내리막이다. 속도를 내어 보지만 힘들다. 계속 참가자들을 추월은 하지만 따라잡지는 못한다.

또 다시 오르막이 시작된다. 앞에 육중한 몸(80kg 후반쯤)을 이끌고 뛰어가는 사람이 보인다. 안면이 있어 보여 가까이 가니 고등학교 동기생이었다. 힘내라고 악수를 한다. 그러면서 먼저 가란다. 그럼 먼저 간다면서 추월해 나간다.

계속되는 오르막…… 힘들다.

데뷔전을 치르는 아버지를 위해 딸이 지은 4행시를 떠올려 본다.

이 : 이진강의 아빠! 일요일 경주대회에서!

성 : 성공하세요. 꼭요! 일요일은 아빠가 고대하던 마라톤대회!

택 : 택일이니간요! 아빠!

힘 : 힘! 힘! 힘! 힘!

그래! 딸을 위해서라도 이를 악물고 참고 뛰자. 딸의 4행시 덕분인지 참을 만하다.

드디어 이번 하프코스의 마지막 오르막길이 끝나는 지점에서 2시긴 페이스 메이커에 따리 붙는다. 아직도 3~4km 남았으니 2시간 안에 들려면 시간을 조금 더 단축해 놓아야 한다.

이번에는 처의 4행시를 떠올려 본다.

이 : 이상하게 마라톤을 좋아하고 있는 배불뚝이 이성택!

성 : 성공적인 동아마라톤을 위해!

택 : 택한 연습! 쪼츔바리! 뜀박질! 달리기!

힘 : 힘! 힘내세요! 성택 씨!

이제 오르막은 없다. 특별히 부상만 당하지 않으면 된다. 힘을 남겨 놓을 필요도 없다.

아마추어는 완주가 목표라지만 그래도 시간을 다투는 경기니까 최대한 빨리 결승점을 통과하는 게 더 좋다.

속도를 내어 본다.

앞에 7004번 번호를 단 여자 참가자가 뛰어가고 있다. 추월해야지! 하고 힘을 내어 보지만 도저히 안 된다.

왜? 7004번을 기억하느냐? 하면 다른 참가자들은 번호를 전부 앞에 달았는데 7004번은 뒤에 달았기 때문에.

결국 1km 가량 더 달린 후에야 추월할 수 있었다.

드디어 엑스포광장이 눈에 들어온다. 이제 남은 건 1km 내외, 이제 마지막 정열을 쏟아야 한다. 속도를 내어 보려 하지만 도저히 안 된다.

TV중계를 보면서 더 뛰면 될텐데? 왜 저럴까?

그때의 선수 심정을 알 것만 같다.

마지막 1km가 이제까지 달린 것보다 길게 느껴진다. 경주교육문화회관을 돌아 시민들의 응원을 받으며 경주 힐튼호텔 옆을 돌아 드디어 결승점!

'삐~~~'하는 소리와 함께 결승점 기록 측정용 매트를 밟으며 시계를 보는 순간! 1시간 48분 8초를 가리킨다.

정말 기쁘다. 믿어지지 않는다.

그런데, 그것도 일순간! 앞에 나를 달리기로 이끌어 준 전도사인 윤 펀드가 보인다.

'아! 정말 맞구나!'

예상 목표를 11분 31초나 단축한 것이다. 양동 회야댐 길과 문수 월드컵 경기장 주변길이 떠올랐다.

칩을 반납하고 완주메달을 받으며, 물을 마셨다. 꿀맛이다. 완주메달을 목에 걸고 기념사진을 찍었다. 올림픽에서 금메달을 따서 목에 건 기분이다.

이번의 결과가 있게 해준 울산런클 이태걸 회장님, 전인환, 배영구 총무님, 대한 적토마 양출석 총무님, 기타 모든 회원들에게 감사의 마음을 전한다. 그리고 앞으로 있을 모든 대회에 평소에 연습한 모든 실력을 충분히 발휘하여 좋은 결과 있길 바란다. 아울러 앞으로 달리기하는 데 부족한 저에게 많은 고수님들의 지도편달을 부탁드린다.

백두산 등정기

최고기록 3:49:37
볼록 나온 배와 0.1톤에 육박하는 체중 탓에 달린다는
것은 상상하기 어려웠던 3년 전. 그래서 얻은 닉네임이
국방위원장, 그러나 이제 몸무게는 70kg대를 향해 내려
가고 하루라도 달리지 않으면 좀이 쑤시는 매니아가 되
어 버렸다.

김 용 웅

2001. 7. 14. 06:00. 평소에 꼭 가보고 싶던 백두산과 천지를 여
행하는 날이라는 설레임 속에서도 평소와 같은 시간에 잠을
깨어 체육관으로 가서 약 30분간 트레드밀에서 달리기를 하고 냉
탕에 들어가 몸의 온도를 내려 상쾌한 아침을 만든다. 중국에 가서
도 시간을 내어 평소에 갈고 닦은(?) 실력으로 새벽 달리기를 해야
지 생각하고 마라톤화를 신고 집을 나선다.

09:30분. 일행 12명과 태화로터리에서 만나 공항버스를 타고 김
해공항에 도착하여 13:30분 북경으로 가는 중국 국적의 민항기에
몸을 싣자 약 2시간 후인 15:30분경 공항에 도착했다.

북경공항은 확장공사가 한창 진행 중인데 현재의 규모로도 대단

하다. 입국장 앞에 늘어선 우리 나라 여행객들을 보니 그 수가 놀랍다. 아마 모르긴 해도 제주도 가는 사람보다 훨씬 많은 것 같다. 애써 모은 돈을 중국에 다 뿌리는 기분이 들어 속이 상한다.

7-8년 전 같은 공산권인 러시아를 3차례 방문했을 때 2-3시간 넘게 걸리던 까다롭고 지루하던 입국절차를 경험한 바 있는 나는 최소한 1시간 정도는 기다려야 될거라 생각했는데, 20분도 안 되는 의외로 빠른 입국수속 절차를 보고 중국의 발빠른 국제화 노력을 실감할 수 있었다.

그런데 한편으로 공항 앞에 늘어선 신형 벤츠에서부터 낡은 중국차들이 서로 다투어 눌러대는 경적소리는 낯선 여행객들에게 스트레스를 받게 하기에 충분했고, 아직 선진국이 되려면 한참 멀었다는 생각을 들게 한다.

연길로 가는 비행기를 타기 위해 국내선으로 이동하니 16:30분이었고 출발시간은 17:40분이라고 한다(북경은 서울보다 시차가 1시간 느림, 이하 한국시간으로 표기함). 지금쯤 토달 선수들이 회야댐에 모여 달리기를 시작할 시간이구나.

더운 날씨지만 많이 참석해야 할텐데라는 쓸데없는(?) 걱정을 하면서 울마클들의 얼굴이 떠올라 전화라도 해보아야 되겠다 싶어 전화카드를 중국 돈 100원(한국 돈 16,400원 정도)에 구입하여 김 총무님 등에게 전화를 해보았으나 받지 않는다. 17:00가 넘었으니 이미 출발을 해버린 모양이다.

연길로 가는 비행기에도 대부분 아니, 전부가 한국사람이다.

18:00가 되어 출발한 비행기는 부산에서 북경에 온 시간보다 더 긴 2시간이 넘어서야 연길공항에 도착했다.

북경에서 비행기로 남쪽 서쪽으로도 몇 시간을 가야 하는 지역이 많은 것을 보면 중국이라는 나라가 참으로 넓다는 생각이 든다.

비행기에서 내려다본 바로도 중국은 높은 산도 별로 없고 사람 사는 곳도 드문드문하여 13억 명이 산다고 해도 허전할 정도로 넓기만 하다.

연길공항에서 호텔로 이동하면서 보니 길가의 간판이 대부분 한글과 한문으로 병기되어 있어 마치 한국의 시골마을에 온 느낌을 주고, 오늘 숙박지인 연길 최대의 백산호텔 투숙객들도 대부분 한국사람이다. TV에서는 KBS도 그대로 나와 9시 뉴스를 보고 왕건 연속극도 그대로 방영되니 한국에서 저녁을 먹고 난 후의 시간 같다는 착각에 빠지게 한다. 같이 온 일행들은 카드놀이에 빠져 들어갔으나 나는 내일 아침 연길 시내를 달려 볼 작정을 하고 있었으므로 공항면세점에서 구입해 온 21년산 발렌타인을 큰 컵으로 한 잔 마시고 일찍 잠을 청했다

이틀째인 7. 15. 05:30 마라톤화를 신고 나와 호텔 앞에서 간단한 스트레칭을 하고 시내를 달린다.

중국, 러시아 등 공산주의 나라가 갑자기 발전하다 보니 치안이 허술하여 낭패를 보는 사람들도 있다고 하지만 내가 알기로 대부분이 거들먹거리거나 까불다가(?) 당한 경우이고, 공산권 국가의 인민들은 대부분이 순진하고 착한 사람들이라는 생각이 든다.

새벽이라 차도 별로 없고 공기 또한 맑으며, 길가 양편에 자전거 전용도로(자전거가 중요한 교통수단이므로 버스전용도로처럼 표시가 되어 있었음)가 있었으므로 달리기하기에는 참 좋았다.

20분 정도를 달리자 새벽시장이 보였다. 들어가 보았더니 각종 농산물을 거래하고 있고 호떡 같이 생긴 빵과 길쭉하게 생긴 빵을 장작불에 구워 팔고 있는 모습도 보였다. 한참 동안 구경을 하고 나와 해란강과 합쳐 두만강을 이룬다는 하남강(?) 위의 하남교를 달려 번화한 시가지에 접어들었더니, 이미 여기서도 마라톤의 열

26

기가 퍼지려는 것인지 몇몇 달리는 사람들이 보였다. 그 중에는 중국주민들인 듯한 사람도 보였다. 공원에 이르자 녹음기를 틀어놓고 쿵푸하듯 이상한 동작(파룬궁?)을 하는 사람들과 댄스를 배우는 모습을 보고 가난하지만 여유롭게 생활하는 것을 느낄 수 있었다.

약 1시간 정도를 시내 구석구석을 달리면서 차를 타고 다니면서 보지 못하는 광경을 구경하였다.

일찍 아침밥을 먹고 7시에 마이크로 버스에 몸을 싣고 백두산으로 향했다. 연길에서 백두산까지는 약 260㎞이고 버스로 약 5시간 이상 걸린다. 날씨가 화창해도 천지를 볼 수 있는 확률은 2-30%라고 하니 걱정이 앞선다. 백두산 천지를 보기 위해 이렇게 먼길을 가고 있는데.

연길의 해발고도가 약 200m라고 하니 2,700m가 넘는 백두산까지 가자면 가파른 고개를 올라야 될 것이라던 나의 예감은 빗나갔다. 차를 타고 가니 은근한 오르막으로 2,000m 이상 고도를 간다는 생각이 안들 정도로 평탄한 길을 달리는 것이었다.

길옆에 펼쳐지고 있는 넓은 경작지에 비하여 몇 안 되는 집은 입을 벌어지게 만든다. 13억이 아니라 그 몇 배가 되어도 먹고 남겠다는 생각이 든다. 그래서 중국 농산물이 싼 것일까? 그러나 아니란다. 남부지역으로 가면 3모작이 가능하고 기계로 농사를 짓고 있으니 더욱 싸다는 것이다.

첫번째 휴게소에 도착하자 허름한 차림을 한 농민인지 상인인지 구분이 안 되는 사람이 풀뿌리 비슷한 것 2개를 가지고 나와 1개는 장뇌삼이고, 1개는 산삼이라고 열변을 토하면서 100,000원이면 공짜나 다름없으니 어서 먹으라고 권한다.

다른 차에서 내린 사람이 깎고 깎아 30,000원에 한 뿌리를 사먹는 걸 보고 우리 팀 중 1명이 20,000원 아니면 안 먹겠다고 하였더니 손해본다면서 마지못해 주는 척한다. 출발시간이 되자 12,000원에 먹으라고 하여 또 먹었다(나중에 백두산 입구에 도착하여 4뿌리에 20,000원에 사라고 떼쓰는 여자 상인을 보고서야 4배 이상 속았다는 것을 알았다. 그 외 2배는 보통이었고, 10배 이상 비싸게 구입한 경우도 허다했다).

두번째 휴게소에서는 물건값이 더 쌌고, 내려올 때는 더 쌌으며 공항에서는 더더욱 쌌다. 한국인의 구매심리를 연변동포들이 잘 이용하고 있다는 생각이 들어 씁쓸했다.

약 5시간만에 백두산 산문입구에 도착했다. 입장료(1인당 20,000원이 넘는다)를 낸 후 다시 자동차로 30분 정도 오르자 웅장한 자태의 백두산 정상이 모습을 드러내기 시작하였다. 이미 많은 관광버스가 대기하고 있어 우리는 또다시 1시간 이상을 기다려서야 겨우 차례가 되어 지프차를 탈 수 있었다. 여기서는 약 30여 대의 지프차가 계속해서 10.2km 구간이라는 천지와 주차장 입구를 운행하고 있었다. 안내원이 지프차 운전사에게 팁으로 1대 당 60,000원 정도를 주어야 한다고 해서 우리는 2대에 120,000원을 지불하고 지프차를 탔다.

약 10여 분쯤 지나 반 정도를 오르자 세상이 백두산 아래이고, 이제 봄인 줄 알고 피어나는 갖가지 산꽃과 구름이 산 위에 드리워진 모습과 아직 잔설이 남아 있는 광경 등은 별천지(?) 세상으로 가고 있다는 감동을 주기에 충분하였고, 모두들 탄성을 지르며 황홀감에 빠져 있는 사이 차는 정상에 도착했다.

주차장에서 정상까지는 약 50미터 정도이나 구름의 이동 속도에 따라 순식간에 날씨가 변함으로 천지를 직접 눈으로 본다는 게 쉬운 일이 아닌 것 같아 힘껏 뛰어 단숨에 오르려 하였으나, 고산지대라서 그런지 몇 걸음 가지 않아 곧 숨이 차서 천천히 걸어 올라

야만 했다.

내 눈으로 직접 본 천지는 여태껏 내가 이 세상에서 보아 온 그 어느 것과도 비교할 수 없는 최고의 장관을 연출하고 있었다. 단지 '아-'하고 감탄만 할 뿐 도무지 말이 나오지 않을 지경이었다. '천지도 모르고 꽤 춤추고 있네'라는 말이 여기서 나왔을까?

2,700m가 넘는 산봉우리로 둘러싸인 거대한 호수에 평균 수심 200여m 최고 수심 300여m나 되는 파란 물을 가득 담고 있는 것이 신기하지 않을 수 없다. 물이 스며드는 것이 아니라 밑에서 용출하니 가능하다는 설명을 듣고서야 수긍이 갔고 자연의 위대함 속에 그저 숙연해질 뿐이다. 민족의 영산이고 백두산 정기를 받는다는 말을 실감할 수 있었다. 그래서인지 한라산 백록담보다도 여기 있는 한국인들이 더 많은 것 같다. 바로 옆 건너편에는 백두산 최고봉인 장군봉이 자리하고 있고 북측의 건물도 보인다.

천지에서의 대기시간은 30분밖에 없으므로(지프차 시간 때문에) 구름이 왔다갔다하는 순간을 이용하여 자리를 옮겨가며 사진을 찍어야 했다. 천지장면이 전부가 나오는 사진을 찍기 위해서는 중국인 사진사에게 필름을 맡겨야 한다는데, 36개 짜리 1통을 찍어 주는 데 60,000원을 지불해야 했다. 여기서도 한국사람이 봉이 되고 있는 것이다.

'재주는 곰이 부리고 돈은 떼놈이 번다'는 옛말이 이래서 생겨났나?

분단된 한국 아니 남한사람들을 이용하여 중국이 엄청나게 장사를 하고 있는데, 한국사람들은 자신이 재주를 부리고 있는 곰인 줄도 모르고 우쭐대면서 까불고 있는 게 아닌가 하는 생각이 스친다.

나도 그 중의 한 명이 되어 있지만.

아쉬움을 뒤로하고 천지를 되돌아보면서 다시 지프차로 하산하여 장백폭포로 이동하니 백두산이 아직 활화산임을 증명이라도 하듯 온천수가 그대로 흘러내리고 있고, 노상에 흐르는 온천수 물에 계란을 구워 3개 1,000원에 팔고 있었다. 천지에서 넘쳐 나온 물이 낭떠러지를 통과하면서 흘러내리는 것이 장백폭포이고 여기서 흘러내린 물이 압록강, 두만강, 쑹화강의 발원지라고 하니 그 웅장함을 짐작할 수 있을 것이다.

흘러내리는 물을 가둔 것이 백두산 온천이고, 형편없는 시설임에도 1인 당 1만원의 입장료를 받고 있다. 백두산까지 와서 온천하는 데 그까짓 만원쯤이야 아끼겠나라고 생각한 중국사람의 상술을 생각하니 우리 일행들은 화가 나서 목욕을 하고 싶은 생각이 없어 그대로 내려와 버렸다.

이러한 일련의 과정을 지켜보자니 김정일 국방위원장이 원망스러워진다. 연길시에서 백두산까지는 260km이고 자동차로 약 5시간 정도 걸린다. 그러니까 현재 울산에서 백두산에 갈 수 있는 가장 빠른 방법은 부산 - 북경(비행기 2시간) - 연길(2시간)- 백두산(5시간)인데, 실제로 대기·지체시간을 감안하면 하루에는 도저히 갈 수 없는 먼 곳이다.

하지만 김정일 국방위원장만 허락하면 부산 - 백두산공항(가칭)편을 이용하여 1시간 30분 정도면 도착되어 당일 코스로도의 관광도 충분히 가능할 것이다. 그러면 천지를 보기 위해 밀물처럼 중국으로 밀려드는 한국인 관광객 대부분을 흡수할 수 있을 것이고, 그 돈이 북쪽지역의 동포들에게 사용된다면 북한의 경제사정이 나아질 것인데 고생하면서 중국인으로부터 괄시받고 온 것을 생각하니 한심한 생각이 든다.

그나마 하늘의 협조(?) 덕택에 아름답고 장엄한 천지를 보았으니 다행이 아닐 수 없다.

백두산 산문입구에서 버스로 약 40분 정도를 달려 하늘 아래 첫 동네라는 이도백화진이라는 곳에 도착했다. 대체로 깨끗하고 잘 다듬어진 부유한 동네라는 인상을 주었고, 아름드리 소나무가 쭉 쭉 뻗어 있었는데 미인송이라고 불렀고, 오늘 우리가 투숙할 호텔 이름도 미인송 호텔이다. 저녁시간에 호텔 식당에서 한족 중국인들이 모임을 하면서 식사하는데 음식을 2단, 3단으로 가득 차려놓고 술을 마시면서 너무 심하게 떠들어댔다.

대충 저녁을 먹고 나와 산책을 하면서 내일 아침 일찍 일어나서 공기 좋은 이 동네에서 시가지를 한 바퀴를 뛰어봐야겠다고 생각하고 일찍 잠을 청했다.

17일 05:30. 눈을 떴다.

옆에서 자는 아내에게 "나 뛰러 갈 건데 어쩔래?"하니 자기도 가겠다며 따라나선다. 마누라는 준비한 운동화가 없었음에도 슬리퍼를 신고서 뛰겠다고 하여, 같이 5분 정도를 달리다 안 되겠는지 맨발로 뛰기 시작했다.

백두산 바로 밑 하늘 아래 첫 동네에서 해뜨기 전에 우리 부부가 같이 달리고 있다는 것 자체가 황홀해서 축복을 받는 기분이었고, 달리기가 여행의 기쁨을 배가시켜 준다는 것을 만끽하는 순간이다.

양옆으로 늘어선 50미터가 넘는 늘씬한 미인송들의 박수갈채 소리를 들으며 일직선으로 뻗은 도로 위를 한참을 달리자 비포장길이 나와 사거리에서 좌측으로 방향을 바꾸니, 백두산 나무를 벌목하여 가공하는 목재공장이 보이고 목재공장까지 철도가 놓여 있었다. 이 시골마을에서도 여자 2명이 달리고 있었는데, 여행객은 아닌 것 같았다. 중국사람들도 달리기 시작한 것일까?

계속해서 길을 따라 30분 정도를 더 달리자 좌측에 호텔이 보였다. 집사람은 출발준비를 하기 위해 호텔로 들어가고 나는 계속해서 다른 방향으로 달려갔다. 게으르다는 중국사람들이 변하고 있는지 벌써 출근하면서 나를 힐끗힐끗 쳐다보지만 미인송들의 이어지는 박수소리에 힘을 얻어 계속 달렸다.

한참을 가니 새벽시장에 사람들이 웅성거리고 숯불에 호떡 같은 것을 구워 팔고 있어 군침이 돌았다. 가진 돈이 없어 구경만 하고 계속 달리니 허름한 건물의 법원건물이 보였다.

이 산골에 사는 사람들에게도 법이 필요할까 반문해 보면서 변호사 사무실은 있는가 살펴보니 그런 건 보이지 않았다. 읍사무소 정도 규모로 보이는 광장에서는 사람들이 모여 기체조와 댄스를 하고 있는 것으로 보아 중국에도 아침운동을 많이 하고 있음을 느낄 수 있었다.

약 1시간 30분 정도 구석구석을 달려도 피곤하지 않아 계속 더 달리고 싶었으나, 출발시간 때문에 호텔로 돌아왔다. 일행들은 벌써 짐을 챙겨 로비로 내려오다가 땀에 흠뻑 젖은 내 모습을 보고 기가 막힌 표정을 짓고 일어, 한국어, 영어를 자유자재로 할 수 있다는 유난히 눈이 큰 조선족 동포 안내원 아가씨도 이상한 사람이라는 눈빛으로 쳐다본다.

입에 안 맞는 아침식사를 하고 다시 연길로 향하니 농부들이 소 달구지를 타고 밭으로 일하러 가는 모습이 보인다. 5시간을 달려 연길시에 이르러 점심식사를 하고 나오니 우리가 타고 다니던 낡은 도요타 마이크로버스가 고장이 나서 수리하러 갔다면서 보이지 않았다.

식당 입구에 앉아 차를 기다리고 있는데 검무스레한 얼굴에 키가 작은 조선사람이 다가왔다. 자기는 식구들을 데리고 탈북했는데 좀 도와 달라고 청한다. 돈을 달라는 것이다. 몇 마디 물어보니

탈북자인 듯은 했지만 확신할 수는 없었다. 어린 마음에 중국 돈 100원(한화 16,400원)을 주었더니 만족한 액수가 아닌지 별로 기쁜 표정은 아니다. 중국사람 한 달 월급이 1,000원 정도라고 하니 적은 액수도 아닌데.

사람 사는 게 이렇게 천차만별인지 마음이 개운치 않았다.

2시간이 한참 지나서야 타고 온 마이크로 버스를 다시 타고 약 30분을 달려 용정시에 도착했다.

선구자라는 노래에 나오는 일송정에 도달하였는데 소나무도 없고 풀만 무성한 동네 앞산에 불과하였고 정리되지 않아 오를 수도 없었고, 꼭 올라 보아야겠다는 마음도 생기지 않았다.

전설 속의 해란강은 동네 앞을 흐르는 작은 개천에 불과하여 생각하던 것처럼 감흥을 느끼지 못했다.

윤동주 시인이 졸업했다는 대성중학교는 비교적 보존이 잘 되어 있어 한국인 관광객들이 꼭 들르는 코스가 되어 있었다. 문익환 목사, 정일권 전 총리 등과 그 외 수많은 인물들이 이 학교를 졸업했다는 안내원의 설명에 숙연했고, 많은 세월이 흘렀음에도 없애버리지 않고 지금까지 보존하였다가 관광지로 활용하고 있는 중국인들의 사고방식은 한번쯤 생각해 볼 일이 아닌가 싶었다. 과연 우리나라라면 그대로 두었을까?

다시 언길시로 들어와서 동쪽으로 1시간 30분 정도를 달려 중국과 북한의 접경지대인 도문시에 이르렀다. 동네는 지저분했고 살기마저 느껴졌다. 불과 500미터 정도 되는 작은 강(두만강) 하나를 두고 북한의 남양시가 보였는데 철조망도 쳐져 있지 않아 마음만 먹으면 중국으로 건너오는 것이 그리 어렵지는 않을 것 같았다. 여기서도 북한 아이 비슷한 꼬마들이 구걸을 하고 다니는 것을 볼 수 있었다.

'국방위원장! 도대체 어찌하길래 이 지경으로 만들어 놓고 있다는 말이오' 라고 호통치고 싶다. 거기서 본 두만강은 작은 개천에 불과하였고, 푸른물이 아니라 황톳물과 생활오수가 그대로 스며든 흙탕물이었다. "두만강 푸른물에 노젓는 뱃사공......"을 합창하자는 가이드의 제의에도 흥이 나지 않아 끝까지 이어지지가 않는다.

다시 1시간 30분 동안 차를 타고 연길로 돌아와 반달곰 사육장으로 갔다. 여기에서는 1,600여 마리의 반달곰을 사육하여 거기에서 채취한 웅담을 한국인 관광객에게 팔고 있었다. 우리 일행은 그동안 많이 속은 바가지 덕택(?)에 아무도 사지 않고 시식용으로 주는 쓸개주만 한 잔씩 얻어먹고 나왔다.

연길시에 들어와 식사라도 제대로 하자 싶어 관광회사에서 정해 준 코스가 아닌 불고기집에 들러 소고기 구이로 식사를 하니 중국에 와서 제일 잘 먹은 저녁인가 싶다.

당초 밤 9시에 예정되어 있던 비행기는 11시가 넘어서야 연길공항을 출발한다고 하여 공항에서 쇼핑할 시간이 있었다. 연길공항에서의 쇼핑은 그동안 관광지에서의 물건값이 바가지였음을 보여주는 것처럼 쌌다. 그런데 여기서도 시계 1개에 만원이면 싸다 싶어 얼른 사고 돌아서 바로 옆 가게에 가면 3개에 만원을 하는 등 3-4배의 가격 차이가 나는 것은 예사였다. 만약 백두산을 가게 되면 일체 물건을 사지 말고 있다가 연길공항에서 몇 개 사고 나머지 술 종류는 북경공항의 면세점을 이용하길 바란다.

밤 11시가 되어 출발하는 중국 민항기인 보잉에는 450여 명의 한국인들로 꽉 찼고 하루에 6편을 운항하고 있다니 실로 한국인의 백두산 관광러시다. 그런데도 중국 항공기에서는 일체 한국말로 방송을 해 주지 않고 중국어와 영어로만 안내방송이 나온다. 물론 부산과 북경 사이의 항공기에서도 마찬가지다. 한국인에 대한 모독이고 오만방자한 중국의 태도에 화가 났지만 달리 어떤 항의를 해볼 방도도 없었고, 이것도 국력 때문이려니 생각하니 부아만 치민다.

밤 1시에 북경에 도착하여 잠을 자고 내일 아침 곧바로 한국으로 떠날 것을 생각하니 아쉬움이 들어 천안문 광장에라도 들러보아야 되겠다 싶어 운전기사에게 팁을 좀 주기로 하고 천안문 광장에 잠시 내렸는데, 그 뒤에 있는 자금성에는 낮 3시 30분 이후부터는 출입금지라고 하여 어두움 속에서 자금성과 천안문 광장의 크기를 가늠해 볼 수밖에 없었다.

천안문 광장 앞에 나 있는 직선도로의 길이가 42km라는 안내원의 설명에 중국의 크기를 짐작해 보고, 올 9월에 있는 북경국제마라톤코스를 물어보니 이 천안문 광장이 출발점이라고 한다. 우리 런클의 런너들과 마라톤을 참석하고 백두산을 관광하였더라면 얼마나 좋을까 하는 상상을 하면서 마라톤코스를 따라 호텔로 들어서니 새벽 3시다. 내일은 도저히 달리기가 안 되겠지.....

다음날 6시에 일어나서 짐을 챙기기 바쁘게 북경공항으로 이동하면서 보니 북경은 이미 서울에 버금가거나 서울보다 더 큰 도시인 것 같았다. 연변 등 시골의 중국과는 완전히 다른 현대식 도시이다.

한국이 토끼라면 중국은 거대한 몸집의 코끼리인 것 같다. 겨우 코끼리 뒤편 엉덩이 밑부분 한쪽을 보고 중국을 이야기한다는 것이 우스운 일인지 모른다.

중국은 2008년 올림픽을 유치하였으니 개발에 가속도가 붙을 것이 틀림없고 중국인들은 10년만 있으면 아시아 최강국이 된다는 희망에 부풀어 있고 실제로 그렇게 될 가능성이 많아 보였다. 우리나라가 정신을 똑바로 차리지 않고 계속 허우적거리면 중국의 경

제적 속국이 될 수 있다는 불길한 생각이 드는 것은 괜한 기우일까?

공항에 도착하여 수속을 마치고 10시경에 북경공항을 출발하여 김해공항에 도착하니 12시, 울산에 오니 2시다.

서울에는 많은 비가 와서 사람이 죽고, 동아일보 김병관 사주의 부인이 자살을 했고 등, 그 동안 많은 일이 벌어지고 있었다. 왜 이리 어지러운가.

한국에 석유가 나서 기름값이 인하되고, 그로 인하여 세금을 내지 않아도 되는 날이 다가온다. 뭐 이런 신나는 뉴스만 들려오는 세상이 되었으면 하는 바람이다.

2001년 가을의 전설(춘천마라톤 완주기)

김 용 웅

2001. 9. 9 올해 최대의 목표인 10. 21의 춘천대회에 대비하여 장거리 훈련 정도로 생각하고 참가한 충청일보 충주마라톤 대회는 내가 출전한 최초의 풀코스 도전이 되어 버렸고, 공식기록은 5시간 4분으로 기록되어 있다.

그래도 두 발로 완주한 기록이었더라면 정말 소중하게 여기며 두고두고 보관하면서 자랑하고 다녔을 것이다.

하지만 나는 충주에서 18km 지점에서 더위와 허기가 겹쳐 경기를 포기하고 걷다가 22km 지점에서 지나가던 승용차를 얻어 타게 되었는데 그 차가 가는 방향이 골인지점과 달라 25km 지점에서 내리게 되었고, 회수차를 만나지 못해 뛰다 걷다를 반복하여 겨우 골인하였다.

그날 이미 풀코스를 뛰어 피곤하였을 것임에도 불구하고 4km 지점 부근까지 마중을 나와 힘든 구간을 동반 완주해 준 금개구리 장은익 친구 덕택에 그럴 듯하게(?) 골인했다. 함께 한 우리 런클 동료들이 '그 덩치에 대단하고 수고했다.'고 추켜세우는 바람에 중간에 약 3km 구간을 차를 탄 사실을 고백하지 못하고 엉거주춤 넘어가고 말았다.

그날 25km 지점에서 만나 '좀 걷다가 같이 가자'는 나를 힐끗 쳐다보기만 하고 무정하게도(?) 그냥 지나가 버리던 윤 펀드는 자신의 완주경험을 어머니의 배내옷처럼 소중하게 간직하고 싶다는 완주기를 적으면서, 지난 5월 부산 하프에서 20km 지점에서 나에게 추월당하였던 뼈아픈 과거를 통쾌하게 날려버리면서 기분을 내고 있으나, 나는 침묵하고 있어야만 했다.

여기서 윤 펀드가 쓴 충주에서의 완주기를 보자.

마누라의 충고는 친구까지 버리게 하고(20-25km) 완전히 땡칠이가 되어 가고 있다. 뙤약볕의 기성 속에 몸은 지쳐 가는데 완주는 해야 한다는 마음가짐을 다시 해본다. 부산길이 생각나고 서창길이 생각나고 양동길이 많이도 생각나는 구간이었다. 마음속의 갈등이 깊어갈수록 주의에서는 '힘! 힘!'하며 용기를 북돋운다. 걷는 사람이 차츰 늘어가고 정자나무 아래 포기한 주자를 보니 한편 부럽기도.....

조그만 언덕 아래서 현지 인이 급조한 물 급수대에서 음료수 한 컵하고 발걸음을 재촉하다 보니 위원장이 앞에 가고 있다. 뒷모습을 보니 많이 지쳐 있었다.

'아니 이놈이 언제 나를 재끼고 왔는고? 비행기 타고 왔나?'

마누라가 눈도 마주치지 마라 했는데(같이 퍼진다고).

'지놈이 내 물 묵을 동안에 재끼고 갔단 말인가? 같이 가자는 말도 없이 나쁜 놈.'

어깨를 힘껏 치며 '빨리 가자! 힘내라!'하니 나를 보고 '좀 쉬면서 걸어가자'고 애처로이 쳐다본다. 젖배 곯은 아이처럼.

"니 혼자 걷고 쉬어라, 나는 갈란다."

하고 뒤도 돌아보지 않고 냉정하게 발길을 재촉한다. '돌아보면 안 돼! 돌아보면 안 돼!' 마음속 다짐을 하며 친구까지 버린다.

여기서 김용웅 부산 하프 참가기를 한번 보자.

17.5km쯤 가도 힘이 좀 남아 있는 것 같다.
현재로서는 울산 런클 선수 중 내가 꼴찌로 가고 있는 게 틀림 없다.
윤준원 선수라도 보여야 하는데 도대체 보이질 않는다. 이러다 진짜 꼴찌하는 게 아닌가. 끝나고 쏟아질 야유(?)를 생각하니 야릇한 기분이 든다. 힘을 내어 뛰자, 누군가 틀림없이 있을 거야.
21km쯤 가니 노란 팬티 하나가 축 처져 걷고 있는 것이 보인다.
제발 윤준원이어야 될텐데...... 맞다! 그러면 그렇지!
힐끔 뒤를 돌아서 나를 발견한 윤준원 선수 깜짝 놀라서 뛰기 시작한다. 자다가 놀란 토끼 호랑이를 만나 도망가는 것 같다.
이거 이때 안 잡으면 영영 희망이 없다. 갑자기 힘이 솟구쳤다.
'거기 서라 도망가지 말고.' 전속력으로 달려 단숨에 재껴버렸다.
마라톤을 하면서 느끼는 쾌감! 오르가즘 때 이 보다 기분 좋을까. ㅎㅎㅎㅎ

　　　　　　　　　　　－ 김용웅 부산 하프 참가기 중에서 －

빙신아! 풀의 오르가즘은 니가 느낀 오르가즘의 따따따따따따따 따...불이다.
윤 펀드가 이렇게 기쁜 마음으로 완주기를 적고 있었으나 나는 3㎞ 정도를 차를 탄 죄(?) 때문에 기를 죽이고 조용히 넘어갈 수밖에 없었다.

‘나는 왜 좀더 침착하게 준비하여 완주하지 못하였던가'하고 후회해 보지만 이미 엎질러진 물을 다시 담을 수 없는 노릇이었다.

‘그래, 다음에 춘천에서 보자. 다음에는 내 기어이 너를 앞지르리라!’

와신상담(臥薪嘗膽)하여 곧 다가올 춘천에서 보자고 속으로 벼른다.

몸무게를 70kg대에 진입시켜 sub-4에 도전하자.

모두들 춘천에서의 결실을 위해 난리들이다.

양동의 토달은 열기를 더해가고 그것만으로는 부족하여 매일 밤 문수구장에서 울마클들을 만나는 것은 자연스러운 현상이 되어 버렸다. 나도 거기에 뒤질세라 대부분의 모임에는 불참을 하고 ‘계절 음식을 제철에 먹는 즐거움도 큰 행복 중 하나'라는 평소의 소신도 접어둔 채 문수구장에서 달리기가 실기시간이라면 동네 호프집에서 전중사, 윤전무, 천불동 등과 함께 하는 생맥주 마시는 시간은 이론시간으로 실기와 이론을 겸비하면서 다가올 춘천에 대비하였지만, 몸무게는 당초의 목표인 70kg대에 진입하지 못하고 82kg인 상태에서 춘천으로 출전을 하게 되었다.

춘천이라는 울산과 결코 가깝지 않는 곳에서 벌어지는 마라톤대회에 울산시민들이 이렇게 많이 참석하기는 사상 처음일 걸로 생각되는 60여 명이라는 대규모의 런클 선수단이 대회 하루 전날 2대의 관광버스에 나누어 타고 춘천으로 향했다.

평소 같으면 들뜬 마음에 맥주라도 마시고 가겠지만 내일의 대회에 대비하여 계속해서 물을 마시는 워터로딩을 하면서 간다.

토요일 13시에 출발한 관광버스는 5시간만에 춘천에 도착하여 대회장인 의암댐코스를 순회하고 102보충대 앞의 예약된 식당에 도착하여 맛있는 식사를 하고 인근에 있는 숙소를 배정받아 내일

의 결전에 대비한다. 내일이 대회라도 술을 한잔 마셔 놓고 볼일이
지만 술을 찾는 사람은 아무도 없고 대신 무릎이나 젖꼭지에 테이
핑을 하기에 분주하고 파워젤 보관함을 만드는 등 내일의 결전에
대비한 만반의 준비를 하는 것으로 밤을 맞았다.

드디어 대회일!

오늘을 위해 그동안 얼마나 많은 땀을 흘렸는가?

깨우지도 않았지만 모두들 일찍 일어나 샤워를 하고 최상의 컨
디션을 유지하기 위해 숙소에서 제법 먼 거리에 있는 식당까지 걸
어서 갔다. 식당주인이 정성스레 준비해 준 찰밥을 2그릇이나 비우
고 대회장인 춘천종합운동장으로 가는 버스에 올랐다.

누가 시키지도 않은 그 힘든 일을 스스로 이렇게 열심히 해 본
적이 있었던가? '그래, 그동안 최선을 다했으니 결과를 지켜보자'
는 생각을 하는 동안 선수단을 태운 버스는 대회 2시간 전에 춘천
공설운동장에 도착하였고, 아침부터 많은 사람들로 북적대는 춘천
공설운동장의 분위기는 처음 참가하는 선수들에게는 결전의 의지
를 굳히게 하기에 부족함이 없을 정도로 마라톤과 관련한 각종 홍
보물과 많은 참가자들로 인산인해를 이루고 있다.

우리들은 옷 보관소에 옷을 맡기고 바세린을 듬뿍 찍어 겨드랑
이와 사타구니에 바르고 미리부터 다리에 스프레이를 뿌리는 등
달리는 시간 동안 자기 몸이 온전하도록 하기 위한 완벽한 조치를
하고, 기록이 1초라도 단축될 것 같은 생각에 평소 그을림 방지를
위해 꼭 착용하던 모자도 벗어버리고 운동장으로 나갔다.

배번호 순서에 따라 맨 뒤쪽에 서 있던 윤펀드, 종무선생에게 만
자로 근처에 가서 따라가 보자고 하였으나 둘이 같이 갈 요량인지,
아니면 무슨 작전(?)이라도 있는지 나의 제안에 따르지 않는다. 이
전 대회까지 꼭 내 옆에서 나와 함께 달리던 윤펀드가 '달릴 때는

위원장에게 눈길도 주지 말라'는 마누라의 말에 따르려는 것인지 나와 함께 달리는 게 별로 달갑지 않다는 표정이다. '그래 어차피 당신들 2사람은 오늘 나의 재물(?)이 될 사람들 아닌가, 차라리 안 보고 뛰는 게 나을지도 모르지'라는 생각으로 만자로 곁으로 가서 함께 뛰기로 하였다. 하지만 수많은 인파 속에서 만자로를 잃어버리고 서봉대 씨와 함께 뛰게 되었다. 서봉대 씨가 있어 얼마나 반갑고 든든하였던지! 4시간 페이스 메이커인 만자로 옆에는 만자로의 명성을 듣고 모여든 많은 매니아들로 인해서 정작 울마클들은 그 옆에 접근하기조차 어려운 실정이다.

출발선상에 서서 지금부터 5시간 뒤에 나타날 결과에 대해 상상을 해본다.

최소한 윤전무와 천불동, 김종무 선수, 윤펀드보다는 빨리 들어와야 하고, 재수가 좋으면 허시인이나 강교수 정도도 추월해 주었으면 좋을텐데..., 그래 만자로보다 조금 앞서 가다가 30km 정도에서 만나지면 죽어라 따라가 보자, 그러면 sub-4도 가능할지도 모른다는 꿈을 꾸고 있는데 출발 총성이 울리고 1만 명의 선수들이 서서히 운동장을 빠져나가기 시작한다.

초반 오버 페이스를 해서는 안 된다는 생각을 염두에 두고 천천히 출발했다. 벌써 대회 참가만 몇 번째인가? 그때마다 남을 의식해서 따라간 것이 결국 오버 페이스로 이어져 망치지 않았던가? 나름대로 자제하면서 통과한 5km 구간의 랩타임이 29:20초 약간의 오버일지도 모른다는 생각이 들지만 숨도 차지 않고 컨디션도 좋다.

5km를 지나 시작되는 의암댐 구간은 시원한 날씨와 삼악산의 단풍, 앞뒤로 이어진 끝없는 인간띠와 그 함성들이 어우러지면서 힘들지 않고 달릴 수 있는 분위기를 만들어 주었다.

10km 통과 랩타임이 56:14, 구간기록이 26:54다

이 정도면 아직까지 괜찮다. 바로 앞에 고수인 김대용님이 가고 있는 것으로 봐서 잘 달리고 있는 셈이다. 그런데 바로 뒤에 따라 오는 줄 알고 있는 서봉대 씨가 보이지 않는다. '이것 참! 어찌 되었는가' 걱정을 하면서 가는데 이제는 중견 런너가 되어 버린 권오훈 씨가 있어 따라가니 약간 숨이 차는 것 같다. 속도를 늦추자. 15km 통과기록이 01:23, 구간기록이 27:30초. 속도가 좀 떨어진 듯하나 괜찮은 정도다.

서봉대 씨가 없어 적당히 달리고 있다고 생각되는 일산호수마라톤 유니폼을 입고 달리고 있는 남자 1명과 여자 2명의 그룹을 따라가니 파워젤을 끄집어내어 먹는다. 벌써 먹어도 되나 싶어 물어보니 지금 먹어야 된단다. 나도 따라 먹은 후 한참을 따라가고 있으니 주로에서 갑자기 사라져 버렸던 서봉대 씨가 따라와서 합류하게 되었다. 20km 지점을 거의 동시에 통과하게 되어 다행이었다.

20km 통과기록이 01:52, 구간기록이 27:15초로 아직은 괜찮은 속도다.

하프통과 기록이 1:56

이 지점에서 조프로가 보인다. 이게 어찌된 일인가. 조프로가 늦은 건가? 내가 빠른 건가? 하여튼 나 보다 먼저 간 조프로를 하프지점에서 만날 수 있다는 건 희망적인 일이었고, 아직 만자로도 지나가지 않고 있으니 sub-4도 가능하지 않을까? 하는 기대를 가지게 해 준다.

그런데 약 22km 지점에 이르렀을 때 뒤편에서 떠들썩하게 오는 한 무리들의 소리가 들려 만자로일 것 같다고 생각하였는데 아니나 다를까 페이스 메이커인 만자로공이 달리면서 동반주자들을 위해 계속해서 '고통을 즐기자, 나는 할 수 있다'는 등 구호를 붙이면서 간다. 만자로를 따라가 보려 했으나 오르막이라 채 3분을 따라

가지 못하고 물러서야 했다. sub-4는 물 건너가는 아쉬운 순간이었지만 다리가 아파 오면서 속도를 낼 수가 없다.

'이러다 내 뒤에서 출발한 윤펀드와 천불동(종무선생)을 만나면 큰일인데·····' 출발선에서 약 3분간의 차이가 날 것이므로 만나는 날에는 영락없이 또 다시 그들의 하수(?)가 되어야 한다고 생각하니 오금이 저려 오면서 다시 달릴 수밖에 없다는 결론에 이르게 한다.

30km 도착시간이 2:55:58이니 25km에서 30km 구간을 35:22에 통과한 셈이다. 20-30km 구간을 1:03분에 뛰었으므로 속도가 점점 떨어지고 있는 셈이다. 30km 지점에서 바나나를 먹은 후 스트레칭을 하고 나서 다시 달리기 시작했다. 진통이 오는 다리를 진정시켜 주기 위해 자전거를 타고 다니는 의료 봉사팀에게 스프레이를 요청했으나 전부 사용해 버리고 없다는 대답뿐이다.

35km 도착시간이 03:31이고 구간기록이 35:28이다. 속도가 많이 떨어졌으나 더 이상 빨리 갈 방도도 없다. 선봉대원인 서봉대 씨도 좀 걷자고 하는 것으로 보아 지치기는 마찬가지인 모양이다.

sub-4는 도저히 불가능한 꿈으로 넘어가는 순간이다. 35-41km 도착시간이 04:13 구간기록(6km)이 41:38.

사람이 많은 춘천 시가지에 접어들었으나 지친 탓에 많은 사람들이 걷고 있었다. 속으로 '마지막이 중요하다. 지금부터 골인까지 한 300명 정도 추월하는 것은 어렵지 않을 거다'고 다짐해 보지만 나의 다리는 그만 뛰라고 하는 것으로 보아 '몸 따로 머리 따로 놀고 있구나'라는 생각이 든다.

섭-4는 완전히 물건너갔지만 4시간 20분 언더는 해 보자, 20분 전후는 엄청난 차이가 있고 어쩌면 앞으로도 영원히 4시간 10분대에 들어오지 못할지도 모른다는 생각을 하면서 마지막 구간을 걷지 않으려고 안간힘을 쓰면서 운동장 입구에 들어서자, 우리의 선암동 여성응원대원들이 모두가 의외라는 듯 놀라면서 '국방위원장 파이팅'을 힘차게 외쳐 주었다. 마지막 힘이 난다. 시간이 없다. 19분대에 들어가려면 마지막 스퍼트를 해야 한다. 빨리 가자. 운동장에 진입하여 한바퀴를 힘차게 돌아 골인하였다. 시간이 4:19:48로 첫 풀코스를 완주한 것이다.

마지막까지 함께 해 준 서봉대 님과 악수를 나누자 눈물이 핑 돌아 돌아서야만 했다.

그로부터 1년 후. 2002. 10. 20. 또 다시 다가온 춘천마라톤,

소백산을 관통하는 죽령터널의 개통으로 울산에서 새벽에 출발하여 참석한 춘천마라톤에서 만자로 김재식 님의 페이스 메이커로 풀코스 7번째만에 꿈에 그리던 sub-4(3:49:37)를 달성하고 나니 나도 이제 어엿한 마라톤 고수가 된 기분이다.

내사랑 배내옷:2001년 충주

최고 기록 : 4시간 2분 20초
소속 : 현대증권
어머님의 사랑 속에는 배내옷이 있습니다. 자식 생각이 날 때에는 깊은 장롱 속에서 꺼내어 봅니다.
마라톤의 첫 완주(충주국제마라톤):머리올림은 두고두고 생각될 나의 배내옷이 되었습니다. 나의 배내옷 짜기는 이렇게 시작합니다. 나의 배내옷이 너무 고와 눈물이 날 정도입니다.

윤 준 원

헐떡이면서 이제까지 왔다. 내가 마지막 가야 할 저 곳 충주시는 발 아래 아담하게 보이고 왠지 고개를 돌려본다. 내가 뛰고 걸어온 오르막과 내리막 사이로 뒤늦은 주자들이 줄을 잇는다.

한낮의 뙤약볕과 초 가을비의 흔적은 내 가슴 속에서 묻어 나고 왜 내가 고갯마루에 서 있는지? 잠시 멍한 상태가 된다. 남들은 결승점에서 눈물이 난다지만 나는 온 사방 다 뛴 고갯마루에서 현재의 나와 미래의 나와 가족생각에 가슴이 찡해 온다. 쪼끔바리 시작 후 이런 느낌이 이렇게 크게 다가오기는 처음이다.

새벽녘 단잠을 깨우는 범서 앞 절의 종소리와 같이 다섯, 넷, 셋, 둘, 하나 '징~~~~~' 출발이다.

운동장 가득 거대한 물줄기가 한 구비 치고 충주시내로 뿜어진
다. 저 거대한 물줄기가 차츰 차츰 길다란 물줄기로 변하고 있다.
길다란 물줄기 수많은 방울들로 흩어져 몇 시간 후에 다시금 운동
장에 가득 채워질지?

모두 다 아둥바둥하고 있다. 모두들 사연들을 담고 긴 여정은 시
작되었다.

출발 5km 지점(26분).

동행주하고 있는 권오훈 선수와의 대화

"오훈 씨, 지금 빠르재?"

"형님 마이 빠른 거 같네요."

한다. 저 멀리 마교주의 뒷통수가 보여 위원장과 순옥 여사, 종
무선상을 뒤로 두고 따라 붙어 본다.

출발 10km 지점을 53분에 통과한다.

마교주가 페이스가 빠르다고 한다. 때늦은 일침에 가슴이 철렁
하여 속도를 줄인다. 속으로는 신도들을 잘도 챙긴다 하면서 욕을
해 본다. 오늘 교주가 네 시간 페이스 메이커를 맡았다 했는데 누
군지 죽었겠구나 생각이 든다. 줄어든 속도에 사방을 둘러본다

강물은 고요히 흐르고 있는데 운동장에서 쏟아진 달림이의 물줄
기는 요란한 소리들을 내뿜는다. 완전한 여름 땡볕이 내려 쪼이고
온 몸의 열기는 땀으로 쏟아진다. 기다란 조정지댐 다리를 건너면
서 오훈 씨랑 폼나게 사진 찰깍하고 헥헥거린다.

"와 이래 덥노.", "비는 안 오나.", "완전이 땡칠이 되겠네.", "우
째 갈꼬.", "내가 미쳤제." 등등 별 생각들 속에 5km를 30분 정도
에 뛰고 있었다. 경향각지의 런클 회원들은 주로에서 "힘. 힘." 하
며 용기를 북돋운다.

더위에 지쳐가고 있을 즈음, 이름 모를 양어장이 나온다. 뜀박질

시작 전에 참 좋아했던 낚시. 낚시꾼이 일어서며 '파이팅' 응원소리를 높인다. '큰고기 낚으세요.' 응답을 하다 보니 눈앞에 음료수대가 보인다. 물 한 모금 마시고 나니 소변이 마렵다.

그냥 길가에서 급한 김에 실례를 하던 중 고개를 돌려본다. 아니, 순옥이 여사가 오고 있잖아. 놀란 가슴에 반 오줌에 팬티를 올린다. 급하면 밀어내기도 짤린다 했는데 소변도 짤라지데.

울산런클에서 처음으로 내가 런티켓 위반(길가 소변누기)한 사람인 것 같다. 급하면 할 수 없더라(내가 팬티에 오줌 짤깄게 안 짤깄게?). 순옥 여사 보고 "위원장 오는 교." 하니 "위원장 뒤에 쳐졌다." 한다. 그리고 발걸음을 재촉한다.

지금까지 함께 한 오훈 씨가 순옥 여사와 동반주하여 떠나간다.

내 몸은 점점 힘들어 가고, 멀어져 가는 오훈, 순옥 커플이 한 낮의 뙤약볕에 그렇게 정다울 수가 없었다. "그래 마라톤은 처음부터 혼자야." 라고 다짐하며 나 역시 발걸음에 힘을 실어 본다.

"오빠야 또 나를 기다렸어?"하는 꾀꼬리 소리가 들린다.

옆을 보니 장명희 씨다.

경주 벚꽃, 부산 하프에서도 이 정도의 거리에서 만났는데 같이 가자 한다. 힘이 있어야 뜀박질 데이트를 같이 하지.

날렵하고 예쁘게 사뿐사뿐 뛰는 명희 씨의 뒤통수는 시야에서 멀어지고 있다. 그래 앞서간 "순옥아! 명희야! 부디 입상이나 해라."하고 마음의 응원을 보낸다.

한낮의 뙤약볕은 달림이의 둔재에게는 더욱 더 기성을 부린다 (5km 39분).

마누라의 충고는 친구까지 버리게 하고 (20-25km) 완전이 땡칠이가 되어 가고 있다.

뙤약볕의 기성 속에 몸은 지쳐 가는데 완주는 해야 한다는 마음가짐을 다시 해본다. 부산길이 생각나고 서창길이 생각나고 양동길이 많이도 생각나는 구간이었다. 마음속의 갈등이 깊어갈수록 주의에서는 "힘! 힘!"하며 용기를 북돋운다. 걷는 사람이 차츰 늘어가고 정자나무 아래 포기한 주자를 보니 한편 부럽기도 하다.

조그만 언덕 아래서 현지인이 급조한 물 급수대에서 음료수 한 컵하고 발걸음을 재촉하다 보니 위원장이 앞에 가고 있다. 뒷모습을 보니 많이 지쳐 있었다.

아니 이놈이 언제 나를 재끼고 왔는고? 비행기 타고 왔나? 마누라가 눈도 마주치지 마라 했는데 (같이 퍼진다고) 지놈이 내 물 묵을 동안에 재끼고 갔단 말인가? (같이 가자는 말도 없이 나쁜 놈)

어깨를 힘껏 치며 "빨리 가자! 힘내라!" 하니 나를 보고 "좀 쉬면서 걸어가자."고 애처로이 쳐다본다, 젖배 곯은 아이처럼. "니 혼자 걷고 쉬어라, 나는 갈란다." 하고 뒤도 돌아보지 않고 냉정하게 발길을 재촉한다.

돌아보면 안 돼! 돌아보면 안 돼! 마음속 다짐을 하며 친구까지 버린다.

여기서 김용웅 부산 하프 참가기를 한 번 보자.

17.5km쯤 가도 힘이 좀 남아 있는 것 같다.

현재로서는 선수들 중 내가 꼴찌로 가고 있는 게 틀림없다. 윤준원 선수라도 보여야 하는데 도대체 보이질 않는다. 이러다 진짜 꼴찌하는 게 아닌가.

끝나고 쏟아질 야유(?)를 생각하니 야릇한 기분이 든다. 힘을 내어 뛰자, 누군가 틀림없이 있을 거야. 21km쯤 가니 노란 팬티 하나가 축 처져 걷고 있는 것이 보인다.

제발 윤준원이어야 될텐데. 맞다, 그러면 그렇지,

힐끗 뒤를 돌아서 나를 발견한 윤준원 선수 깜짝 놀라서 뛰기 시작한다. 자다가 놀란 토끼 호랑이를 만나 도망가는 것 같다. 이거 이때 안 잡으면 영영 희망이 없다. 갑자기 힘이 솟구친다. 거기서라 도망가지 말고 전속으로 달려 단숨에 재껴 버린다.

마라톤을 하면서 느끼는 쾌감! 오르가즘 때 이보다 기분 좋을까. ㅎㅎㅎㅎ

ㅡ 김용웅 부산 하프 참가기 중에서 ㅡ

빙신아! 풀의 오르가즘은 니가 느낀 오르가즘의 따따따따따따따따따...불이다.

허기짐과 고향생각으로(25km-30km) 위원장을 내버리고 한참을 간 것 같다.

지금까지 오면서 공식 음료대, 충청도의 정을 듬뿍 담은 현지 음료대를 거치면서 빠짐없이 물만 먹고 왔다. 초코파이와 바나나는 보이지 않고 길가에는 바나나 껍질만 팽개쳐 있고 어디 껍질 쪽에 알캥이라도 있는지 보아도 잘도 먹고 다들 가 버렸네.

다음에 풀코스 도전시에는 대유클, 울산마라톤클럽 고수들에게 뒤에 오는 기초반을 위해 식량비트를 만들고 가라 해야겠다. 잘 뛰는 놈이 다 먹고 가니 뒤에 남은 기초반원은 배고파 죽을 수밖에.

길가의 배가 진짜 먹음직스럽다. 눈알이 돈다. 여름 내내 애써 가꾼다고 얼마나 공을 들였겠나. 한 개 따먹어도 충청도 인심은 인정을 베풀텐데. 이때가 고향 생각이 난다. 철들고는 서리를 안 했는데 차마 손을 대지 못하고 그냥 간다.

그때 앞서가던 서울 모 마라톤 클럽 회원이 배를 따서 한쪽을 건넨다. 그 맛은 꿀맛. 그런데 입은 꿀맛인데 머리는 이게 아닌데 이게 아닌데 한다. 마라톤하면서 서리를 해보는구나. 그것도 양심 찔린 망꾼으로.

이때가 4시간 30분쯤 페이스 메이커가 지나간다.

한국토지공사의 조성주 씨이다. 이 분을 따라 꽤 오래 뛰었던 것 같다. 오르막은 걷고, 내리막은 뛰면서 꽤 몸부림치는 순간, 눈앞에 거대한 충주댐이 보이고 길다란 충원교가 나타났다. 조성주 씨 일행들을 떠나 보내고 충원교를 뛰면서 멋 있게 폼 잡으며 카메라 앞을 지났는데 고개가 고개가……

그래도 이대로 간다면 5시간 안에는 골인할 수 있다는 자신감이 생겼다.

이어지는 고갯길(30-35km).

고행의 걸음이 시작되었다. 오르막은 걷고 내리막은 뛰는 순간들이었다. 달리는 의료팀에게 파스까지 얻어 바르고 마음을 다잡는다.

30km부터 내리던 초가을 비는 지친 몸에 힘을 북돋운다. 마라톤의 벽이 있다 했는데.

걷다가 가끔씩 나도 모르게 우뚝 서는 자신을 발견한다. 저 언덕마루에 음료수대가 보이고 수많은 종이컵들은 초가을비 속에 하얗게 너부러져 있다. 내 앞에 간 수 많은 선각자들의 잔해인 흰 종이컵들이 그렇게 아름다울 수가 있단 말인가? 저 컵은 마교주 꺼, 이 컵은 송학 꺼, 저 것은 장위원 꺼, 이것은 진황이 꺼, 전중사 꺼 등. 모두들 마지막 입맞춤을 하고 이 자리를 떠났겠지. 마지막 골인점을 향해. 그래 나도 힘을 내자 다짐하며 고개를 넘는다.

긴 여정을 마치면서(35-운동장).

작년 11월 시작한 건강 달리기가 충주 땅에서 백오리로 마감한다. 출발선의 큰 물줄기는 백오리를 구비쳐 방울방울 흩어졌다 또 다시 결승점이라는 운동장에 모여들었다. 방울방울 수많은 사연을 담고서.

나의 첫 풀코스 도전은 이렇게 끝난다.

첫 완주라는 배내옷(4시간 52분)은 앞으로의 달림이 생활에서 두고 두고 소중할 것 같다.

함께 한 대유클, 울산마라톤클럽 회원들께 감사드리며 마교주님, 양마스터님 이번 충주길 욕봤습니다.

아내는 풀, 난 하프로

윤 준 원

경주벚꽃 마라톤은 우리 부부에게는 마라톤 데뷔 무대다. 작년에 난 하프로, 아내는 10km로 데뷔하였다. 그 이후 일 년 동안 마라톤에 대한 열정은 나를 세 번이나 풀의 마당으로 몰았고 마침내 아내를 풀 도전으로 만들었다.

문수구장, 양동길, 일 년 동안 틈틈이 참가한 마라톤대회에서의 뜀박질은 생활의 일부분이자, 기쁨 그 자체였다. 또한 울산마라톤 클럽 회원과의 유대감과 절친한 친구들의 뜀박질에 대한 미침은 더욱 그랬다.

아내는 평소 마라톤 풀을 한 번이라도 뛰고 싶어하더니 그 무대를 경주벚꽃으로 정했다. 반면에 난 데뷔한 무대에서 벚꽃놀이를 걸판지게 하고파서 하프로 하였는데, 쏟아지는 비난들! 질책들!

"마눌은 풀 뛰고…. 지는 하프 뛰고…. 넘새다 넘새했건만…"

마음속으론 '너거 마눌도 풀뛰라 해뿌라'하고 악따구도 해본다.

기다리는 출전의 날은 봄비와 함께 찾아왔다.

난 이제 하프 1시간 40분대 뜀꾼이다.

비는 내리고 떨어지는 벚꽃잎들은 봄의 마지막 자락을 잡고 늘

어진다. 출발선상에서는 긴장감이 팽팽해지고, 나는 막연히 물가에 보내는 아이를 걱정하듯 그렇게 아내를 떠나 보낸다.

잠시 후 하프 출발. 뒤쪽에서 권오용 씨와 함께 한다. 상당히 기분이 좋다. 보문호의 봄 정취는 절정이다. 아쉬움이라면 벚꽃이 예전과 달리 빨리 만개하여 뒷물이다. 요즈음의 봄은 창꽃, 개나리, 벚꽃, 목련들이 순서도 없이 한꺼번에 만개해 버린다. 지구환경의 변화 때문인지 몰라도.

보문호 초입의 언덕배기를 권오용 씨와 오를 때, 일급 뜀꾼인 검객 짱 장휘곤 씨와 고려마 차봉진 씨를 만났다.

"어! 오늘은 30분대를 볼려고."

"좋은 말씀이지요?"

내심 바라는 시간이지만 내 실력이 부족하고 몸뚱이가 힘이 부침을 안다. 그래 오늘은 즐기자. 작년의 그 고통을 생각하고 마음 편하게 남들이 말하는 펀런내지는 즐런하겠노라 다짐한다.

오용 씨도 보내고 검객짱님의 뒷모습을 시야에 두고 보문호를 돌아가는데 친구 곽삼렬을 만났다. 마눌 2시간 언더 페이스 메이커한다는 넘이 지 마눌 찾는다고 사방팔방 눈을 돌리고 있었다. 인파 속에, 지인들께 "히---ㅁ!"하는 격려하다가 마눌을 잃어버린 모양이다. 동반 주하다 보니 친구 마눌 이옥수 씨는 앞에서 잘도 뛰고 있었다.

친구부부를 뒤로 하고 즐거운 질주를 계속한다.

친구는 훌륭하게 마눌을 1시간 59분 57초로 기록하게 한다. 대단한 페이스 메이커이다. 또한 이옥수의 하프 머리올림이 대단하다.

보문호를 벗어난 대로에서 "윤준원 히---ㅁ!"하는 소리가 뒤에서 들려온다. 수많은 인파 속에서 우리 마눌이 나를 찾아 부른다. 하프와 풀의 혼주 속에 우리 부부는 첫 만남을 가진다.

반갑다. 컨디션도 좋아 보이고. 나도 "히---ㅁ!"하고서 헤어진다.

무사히 완주하길 기대하며.

하프의 반환점을 돈다. 진정한 반환점이 아닌데, 작년에 이를 믿고서 얼마나 고생을 하였나. 마주 오는 주자들, 다시 만난 마눌에게 "히---ㅁ!"하고 소리 질러 주고 보문호로 향한다.

보문호로 향하는 길은 맞바람과 함께 비까지 내린다. 맞바람과 봄비가 후반부를 지치게 한다. 마눌이 걱정된다. 그래도 주위를 보면 걷는 사람이 없다. 내가 1시간 40분대의 하프꾼이어서 보지 못할까? 작년에는 걷는 사람이 많았는데 일 년 사이에 이렇게도 변한 모습이다.

만개한 벚꽃이 아쉬운 주로다. 작년엔 휘날리는 벚꽃같이 나도 휘청거리며 골인점을 향하여 뛰었었다. 거리의 표지판은 작년 그대로이다. 풀코스 표시가 나를 힘들게 했는데, 올해의 주위 주자들은 결승점이 멀다고 한탄을 한다. 연례행사면 안 되는데….

그래도 난 웃음을 머금고 결승점을 통과했다(1시간 47분 01초).

하프를 완주하고, 난 마음이 급했다. 칩을 반납하고 완주 메달을 받고서 마눌 응원하러 간다. 교육문화회관 쪽을 눈이 빠져라 쳐다보면서 주로를 걸으면서 풀코스 주자에게 응원의 소리를 보낸다. 하프 뛰고 풀코스 주자들 응원하는 재미도 즐거움 그 자체였다.

울산마라톤클럽 회원들은 대단하다. 지금 주로에서 "히---ㅁ!"하는 나의 응원소리를 듣는 회원들은 나와 비슷한 주력의 소유자인 것 같다.

조프로님, 허시인님, 강교수님, 신중사님, 국방위원장님, 즐달하는(?) 돌격님 등. 그저께 서울동아 뛰고 오늘 비바람 속에서, 풀을 도전하여 마지막 불국사로 향하는 저 발길에 힘이 솟구치길 바란다. 나도 풀을 도전하였으면 이 정도쯤에서 뛰고 있을까? 의문이 든다.

그런데 아내가 어디 있는지 보이질 않는다. 걱정과 기다림을 안고 걷는데 저만치서 아내가 씩씩하게 뛰어오고 있었다. 얼마나 반가운지.

"괜찮나? 뛸 만하나?" 하면서 동반주 해본다.

무사히 완주하기를 바라며 짧은 만남을 뒤로 한다. 오용 씨가 또 주로에서 용기를 심어 주는 힘의 응원을 한다. 고마운 사람.

불국사 쪽으로 멀어져 가는 아내가 무사히 완주할 것을 바라며 런클천막으로 왔다. 남들은 국밥 먹고 농주 먹고 사우나 가는데 나는 아내를 기다렸다.

그런데 모두들 나를 빤히 쳐다보는 것 같다. 아내는 풀 뛰는데 자기는 하프만 뛰고서 마음 편하게 국밥 먹고 농주 먹고 쉬고 있다고. 그래도 난 좋다. 봄비를 맞으면서 마지막 벚꽃놀이를 즐길 수 있고, 하프도 완주했고, 기다림의 기쁨을 소중함을 배울 수 있는 시간이 또 오니깐.

결승점에서 울산마라톤클럽인의 함성이 요란하다.

마하쓰리가 오고 최-Sub-3가 오고 번개님이 들어 왔다. 대단하다. 빠르다. 감탄사가 절로 나온다. 그래 오늘은 열심히 응원하며 기다림의 시간을 가지자. 벌써부터 나는 신이 나 있었다. 얼마나 울산마라톤클럽이 대단한가? 마교주도 들어오고 있다.

"마교주! 마교주! 마교주! 히----ㅁ!"

회철이! 주천이! 만자로! 영목이! 주우남 님! 강교수님! 조프로님! 배광조 님! 김부장 님! 신중사 님. 이들 모두에게 힘을 실어 주는 응원을 하다 보니 어느덧 4시간이 다 되어간다. 장비선생은 "위원장이 아직 안 오네." 하며 Sub-4의 아쉬움을 토한다.

나는 아직 들어오지 말라고 마음속으로 기도를 한다. 지캉 내캉 같이 Sub-4해야지. 위원장이 아직 못 들어오는 걸 보니, 울 마눌에

게 추월당한 것 같다. 은근히 기쁨 생각이 든다. 소중한 기다림의 시간 속에서 비 맞으며 하는 응원은 또 다른 즐거움을 준다. 우리 마눌 들어올 때까지 자리 지키라고 장비 선생께 공갈 협박도 하며 우리는 즐겁게 응원을 한다.

저 멀리서 위원장의 모습이 보인다. 대단하다. 독감에 고생하여 컨디션이 엉망인데. 위원장의 건주에 찬사를 보낸다. 이젠 마눌을 마중가야지. 어디쯤 오고 있을까? 완주는 할까?

5시간이 넘으면 친구들한테 기다리지 말고 각자 행동하라 했다. 런클 버스도 자기 때문에 시간이 지체될까봐 동행을 안 했다.

미친 듯이 결승점을 향하는 주자들에게 응원을 보내며, 결승점을 뒤로 하고 마중을 간다. 저 멀리서 교육문화회관 길을 턴하여 직선 주로로 마눌이 뛰어온다. 파스를 뿌려주려 하니, 괜찮다고 한다. 물도 싫다한다. 결승점까지의 동반주를 한다. 가슴이 미어진다.

최섭-3도 동행하고, 장비선생도 뛰고, 줌마도 뛰고, 송학은 날고, 울산런클인이 모두 함께 뛰어 준다(4시간 29분 32초).

'장하지요? 우리 마눌 풀 뛰어서요?' 하늘을 보고 한 번 웃고 물어본다. 내가 뛴 것보다 더 기쁘고 장하다.

'여러분 내가요 팔불출인교?'

집으로 오는 차안에서 마눌은 "내사마! 인자 풀도 뛰었겠다. 술이나 묵고 탱자 탱자할란다"고 소리친다. '마! 직이뿔까? 우짤꼬.'

나중에 기록을 보니, 이벤트성 상이 있었다면 마눌은 욕쟁이상. 난 행운상일텐데.

우리 마눌은 십팔등(여자순위). 난 777등(하프순위)이었다.

새해 첫(풀코스) 완주기

대회명 : 제1회 새해맞이 거제마라톤대회
대회일 : 2002년 1월 13일(일)
장 소 : 몽돌 해수욕장 옆 광장

강 정 철

어두 컴컴한 새벽 4시 2개의 자명종 소리(손목시계+오리 꿱꿱이)에 눈을 떴다. 아직 시내까지 가기에는 이른 시간이다. 약속시간을 못 지킬까 봐 한 시간 일찍 이중으로 시간을 세팅했다. 누워서 이런 저런 생각을 한다. '괜히 객기 부려서 남들 다 잠든 이 시간에 마라톤 대회를 가야 하나?'

진짜 마라톤 매니아는 대회를 많이 참석하지 않는다고 어떤 책에서 읽었다. 대회는 경쟁과 기록 위주로 달리기 때문에 부상의 원인이 되어 지속적으로 운동을 할 수 없다고 했다. 그러나 주사위는 이미 던져진 상태 안 갈 수도 없지 않는가? 4시 반에 일어났다. 긴장해서인지 온몸이 무거운 느낌이다.

자동차 시동을 걸었다. 남들 잠든 시간이라 조용히 빠져나가려고 해서인지 오늘따라 엔진소리가 왜 이렇게 크게 느껴질까? 아파트 전체 사람들을 다 깨우는 느낌이다. 남목고개를 올라가는데 이 시간에 뛰고 있는 사람이 있다. 속으로 당신도 약간 맛이 같구나 생각했다. 그럼 나는 무엇인가? 이 시간에 거제도까지 마라톤대회를 가고 있지 않은가? 그럼 나는 더 맛이 갔네? 순간 웃음이 나온다. 대단한 열정들이라는 생각을 다시 해본다.

울주군청 육교 밑에 6시 정각에 다들 모였다. 오일환 님 부부, 조프로 님, 김재식 님, 주우남 님, 성종경 님 그리고 나 모두 7명 다들 반갑게 인사를 나누고 오일환 님의 애마 카니발에 탑승했다. 운전하는 오일환 님께 고맙기도 하고 미안한 생각도 든다. 먼 길을 운전하고 가서 풀코스를 뛰어야 하는 부담감을 주게 되어서. 잘 뛰는 사람에게는 최상의 컨디션이 되도록 해주어야 하는데 라고 잠시 생각도 해보았다.

역시 오일환 Sub-3가 운전하는 애마 카니발은 고속도로를 진입하면서 거침없이 진가를 발휘한다. 달리는 동안 재미있는 이야기들을 나눴다. 성지점장과 만자로님의 산에 대한 이야기를 들어보니 산에 대한 해박한 지식과 많은 산행 경험을 갖고 있는 것 같다. 나 역시 한때 노총각이 되어서도 결혼할 생각은 하지 않고 주말과 휴가 때면 산을 올랐다.

특히 하기 휴가와 신정 휴가 때는 설악산 양폭산장에 베이스 캠프를 치고 구조대원들과 숙식을 같이 하면서 일주일을 눌러 있곤 했다. 산이 좋아 다니던 회사도 그만두고 산에 들어와서 산 타며 산에서 생활하고 있는 산쟁이 아가씨! 지금은 어디서 어떻게 살고 있을까? 아주 오래된 일들이다. 그런데 두 분의 산 이야기를 들어보니 상당한 산쟁이다.

통영 학도 휴게소에서 아침을 먹기로 했다. 자청해서 준비해 온 조프로 님이 내놓은 약밥, 김, 김치와 휴게소에서 끓인 따끈한 라면으로 아침을 맛있게 먹었다. 조프로 님께 감사를 드리고 싶다. 배불리 먹고 나니 몸이 나른해진다. 그냥 한숨 자고 회나 한 접시 하고 백홈(back home)했으면 하는 나약한 마음도 한순간 들었다. 그럴 수는 없다. 토달에서 울산마라톤클럽 회원님들께 잘 달리고 오겠다고 악수도 했지 않는가?

오 sub-3 애마는 벌써 대우조선을 지나 장승포에 접어들었다. 만자로님의 제안으로 시간이 있으니 오늘 달리게 될 코스로 가자고 해서 애마는 서서히 주로로 접어들었다. 풀코스 반환점으로 보이는 표지를 지나니 지난 12월 초 포항 호미곶 코스 답사 때 있었던 말들이 반복되어 나오기 시작한다. '와~아 장난이 아니다, 그냥 즐기면서 뛰자, 언덕이 몇 개지? 포항 호미곶보다 경사가 더 심하다'는 등.

고수들이 저러하니 나는 어떻겠는가? 더 이상 말을 안 해도 짐작이 갈 것이다. 멀쩡하던 머리도 띵하고 배도 거북하고 인간의 나약함 증세가 나타나기 시작한다. 그런데 한술 더 떠서 조프로님 왈 '지금 이 버스로 20분 왔는데도 여기밖에 안되네.' 포항 호미곶 대회를 다녀온 런클 회원님들 더 이상 이야기 안 해도 잘 알겠지요?

대회장에 도착하니 전국에 온 여러 클럽 달림이들이 벌써 도착해서 몸을 풀고 있다. 우리도 배번호를 받고 선물도 받고 오일환님 지도 아래 강도 높은 스트레칭도 했다. 만자로님은 대회 때마다 전국구라서 인지 아는 사람도 많다. 인사하느라 바쁘다. 나도 런클 닉네임 때문에 몇 분과 인사를 나눴다.

출발선에 다들 모였다. 나는 대회 때마다 느끼지만 출발을 앞줄에 서야 하나? 뒷줄에서 해야 되나? 때문에 갈등을 느낀다. 앞줄에

서면 오버 페이스할 것 같고 또한, 잘 뛰지도 못하면서 잘 뛰는 사람들에게 지장을 줄 것 같고, 뒤에 서면 치고 나가는 데 시간과 에너지 소비가 많고 해서 지금까지는 뒷줄에서 출발했으나 오늘은 중간에서 출발하기로 했다.

출발 총성과 함께 일제히 물밀듯이 밀려간다. 나는 정확히 측정을 위해 출발선을 통과하면서 시계에 세팅을 했다. 스피드 칩을 단다고 해놓고 변경된 모양이다. 출발 약 1km부터 급커브에 경사 오르막이다. 다들 힘드는 모양이다. 거친 숨소리와 마지못해 떨어지는 듯한 발걸음이 처음부터 이러면 완주나 할 수 있을까? 걱정된다. 매 대회 때마다 항상 나 자신에게 다짐하는 것, 늦어도 좋으니 절대로 걷지는 말자고 다시 한번 다짐해 본다.

하프 반환점을 통과할 때 선두 주자의 통과시간을 보니 나도 하프 신청했으면 선두그룹에 들어갈 수 있겠다는 생각을 해본다. 반환점 가까이서 안남연 씨가 5등으로 턴해서 달려오고 있다. '힘!'해 주었다. 입상에 들 수 있을 것 같은 예감을 해본다. 나도 현재 속도를 계속 유지하면 20위 이내로 완주할 수 있을 것 같은 생각을 하면서 아직도 반환점을 향해 달려오고 있는 후미 주자들에게 열심히 달리라고 '힘~~'하면서 용기를 주었다.

반환점을 턴 해서 왔던 길을 다시 갈려니 맥이 탁 풀린다. 하프나 신청했으면 끝났을 텐데. 그래도 아직 턴하지 못한 주자들은 나를 부러워하겠지? 하면서 힘껏 달렸다. 그런데 반환점 통과한 시간이 1시간 34분이었다. 포항에서는 1시간 55분에 했는데 생각하니 오버 페이스한 것 아닌가? 생각이 들었다. 그러나 컨디션은 그렇게 걱정할 정도는 아니었다. 약간 조심하면서 속도를 유지했다.

25km 지점 식수대에서 초코파이 한 개 집어들고 뛰면서 먹었더니 목이 탁 막혀버렸다. 물을 찾았으나 주로에 있을 리 만무하다.

다음 식수대까지는 5km를 더 달려야 하는데 걱정이다. 식수대에서 초코파이 먹고 물을 마신 다음 뛰어야 하는데……. 마음이 너무 급했던 것이 실수였다. 목에 초코파이가 녹아 붙어 호흡이 곤란할 정도로 힘들게 뛰고 있는데 100m 지점 길가에 엎어진 물병이 보였다. 조금이라도 남이 있기를 기대하면서 달려가서 보니 빈 병이었다. 맥이 탁 풀린다. 더 이상 뛰고 싶지가 않다.

그렇다고 포기할 수도 없는 상황, 길가에 마을이 보인다 주로를 벗어나 마을로 들어가서 물을 얻어먹고 갈까? 집주인이 없으면 어떡하나? 또한 시간도 너무 낭비될 것 같고 해서 가능한 천천히 달리면서 입 속에 침을 만들어 삼키면서 지나쳤다. 한참을 달리고 있는데 죽으라는 법은 없는 모양인지 전방 시야에 물병이 보였다. 반가웠다. 이번에는 물이 있겠지? 속도를 내어 다가갔다. 아~ 물이다. 연거푸 몇 모금을 마셨더니 살 것 같다.

마지막 고개는 너무 길고 표고가 약 130m나 되어 정말 힘이 들었다. 그래도 걷지 않고 뛰었다. 드디어 고갯마루에 올라섰다. 이제는 거꾸로 매달아도 완주하겠지 생각하면서 내리막에 속도를 냈다. 이번 대회에는 다른 대회 때와는 다르게 내리막에 숏 피치 대신 롱 피치로 달렸다. 주법을 바꿔서 처음에는 걱정을 많이 했으나 별다른 느낌이 없어 다행이다.

드디어 40km 지점부터 마지막 스피드를 냈다. FINISH가 시야에 들어온다. 마지막 힘을 다해 팔을 저었다. 수고했다고 격려해 주는 사람들에게 매트를 밟으면서 점프하여 파이팅으로 보답했다(3시간 15분10초: 16위). 새해부터 기록 갱신이 아닌가? 피곤한 것보다 기록 갱신으로 기분이 좋아서 인지 몸이 한결 가벼웠다.

새해 초부터 객기는 잘 부렸나 보다.

함께 대회에 참석한 런클 회원님들 수고했습니다.

마라톤의 풀코스에 머리올리던 날!

윤 세 진

최고 기록 : 3시간 32분 24초
경력 : 2001년 8월 15일
좌우명 : 남이 할 수 있는 것은 다한다(도둑질 빼고).
현소속 : 울산마라톤클럽

처음부터 달리기를 좋아했던 것은 아니다. 원래 숏트랙 스케이팅을 좋아했었는데 이 운동도 많은 지구력이 필요해서 지상훈련으로 시작했던 것이 이제는 둘 중 어느 것 하나를 구별할 수 없을 정도로 둘 다 좋아하게 되었다. 숏트랙은 경지(?)에 오른 상태고, 아직 마라톤은 중급 정도(?)로 인생과 비교해서 더욱 배울점이 많은 것 같다. 그래서 지금도 열심히 달리고 있다.

몸은 피곤한데 눈은 말똥말똥 아직 새벽 4시밖에 안 됐는데 너무 긴장한 탓일까? 영 잠이 오질 않는다.

벌떡 일어났다. 엊저녁에 챙겨 놓은 대회 준비물을 하나하나 다시 한번 챙겨봤디. 비나나며 초콜릿, 영양갱, 카보삿 3개 등 아침은 찰밥으로 든든히 먹었다. 그리고 팔뚝에 나의 페이스 차트를 매직으로 썼다. 나만의 비밀이라고 할까.

혼자서 사무실에서 시뮬레이션까지 해가면서 언덕과 내리막을 생각해 5km 단위로 나만의 페이스 차트를 만든 것이다. 초반은 절대 오버 페이스 없다. 절대 다짐한다. 오늘을 위해서 14개월 동안 얼마나 많은 땀과 고통을 감수했던가! 내 딴에 그 사이에 매월 평균 140km 이상을 소화해 내어 많은 연습을 했다고 하지만 말이 풀코스지 어디 함부로 넘볼 수 있는 거리였던가?

문득 일 년 전 생각이 난다. 달리기를 시작한지 40일이 지나 난생 처음 공식 달리기 대회(2001 동아 경주마라톤)에서 10km를 뛰고 본의 아니게 아침을 이틀이나 굶었다(식당이 이층인데 다리와 무릎이 아파서 계단을 오르거나 내려올 수가 없었음). 그 고통은 일주일이나 갔다. 처음에는 스케이트의 지구력을 위해서 달리기를 시작한 것이 고통의 아픔은 있었지만 너무 매력이 있는 것 같았다.

사실 스케이트하면 울산에서 둘째가라면 서러워할 정도인데, 달리기는 고통 그 자체였다.

10km도 이렇게 힘들었는데 하프코스를 뛰는 사람들? 더구나 풀코스는?

그것을 할 수 있는 사람은 사람이 아닌 것 같았다. 꼭 '하느님' 같아 보였다. 풀코스를 뛸 수 있는 사람은 너무 부러운 선망의 대상이며 언젠가는 나도 꼭 하겠다는 오기도 생겼다. 그렇지만 남들은 다해도 난 정말 못할 줄 알았다.

그러나 오늘 포부도 당당하게 풀코스의 대열에 끼려하지 않는가? 울산을 출발한지 50여 분만에 어느덧 애마는 엑스포 광장에 도착했다. 출전자들이 벌써부터 여기 저기서 몸을 풀고 스트레칭하고 난리들이다. 구름이 꽉 낀 하늘의 날씨가 심상치 않다. 그래도 제발 바람만은 많이 불지 마라. 속으로 기도하면서 첫 출정부터 버릴 수야 없지 않는가. 첫 출전이지만 남들한테 4시간 안에 들어오면 성공이라고 하면서 내심 3시간 30분대에 목표를 두고 있었으니 달리기에 대한 나의 이중성은 피할 수 없었다.

여기저기 클럽마다 스트레칭이며 몸풀기가 한창인데 나도 남자

라고 유난히 눈에 띄는 사람이 있는 것을 한참 바라보고 있었다. 상당히 매력적인 여성 한 명이 서부산 마라톤 클럽이라는 클럽명과 정경화라는 이름까지 등에 달고 3~40명의 무리 속에서 그들을 이끌며 스트레칭 구령을 붙이고 있었다.

우리 일행은 저 여자가 정말 마라톤하는 사람 맞나? 아마 에어로빅 선수 아냐? 등에 서부산 마라톤 클럽이며, 이름까지 붙인 걸 봐서는 꽤 구력이 있어 보이지만 요즘 세상은 폼도 많으니까 하면서........ 우리도 서서히 대회준비를 하고 있었다. 나중에 안 사실이지만 그 분은 서부산마라톤 클럽 여성훈련부장이며 대단한 구력의 소유자였었다.

드디어 출발.

입심 좋은 연예인 배동성의 대회진행에 맞춰 출발선상에서 호흡을 가다듬었다. 출발 직전에 초콜릿과 카보샷 한 개를 물과 함께 먹었다. 먹은 것이 전부 힘을 쓰는데 다 쓰이겠지.

싸늘한 날씨에다 긴장한 탓일까 온몸이 경직되는 것 같다. 목청 높여 소리도 질러보고 제자리에서 몸풀기에 다들 열중이다.

아까 저쪽에서 단체 스트레칭을 지휘하던 서부산 마라톤 여성분이 2m 옆에 있다. 그러면 저분은 정말 선수급? 하여튼 이젠 주사위는 던져졌다. 남이야 어떻든 내가 내 발로 들어와야 되지 않는가! 사회자의 구령에 맞춰 카운트다운을 해본다. 구, 팔, 칠......삼, 이, 일......출발!

선두와 뒤 중간지점에서 천천히 이리저리 살피면서 호흡을 가다듬었다. 하프 때와 달리 처음부터 속도를 내는 사람은 적었다. 아마 장기전에 대비해선가 보다. 출발한지 얼마 안되어서 언덕이 나왔다. 생각보다 언덕이란 느낌이 없을 정도로 가파르지가 않다.

이 언덕이 일년 전에는 엄청난 언덕처럼 보였는데. 아마 언덕

훈련 훈련을 많이 한 덕택인 것 같다. 가볍게 언덕을 넘으니 내리막이다. 그런데 페이스 메이커가 보이질 않는다. 계획에 보면 나보다도 더 뒤에 있어야 하는데, 풍선이 멀리서 아물아물 보인다. 그래도 난 내 페이스대로 달렸다. 10km 반환점에 도달하니 앞에 민계식 사장님이 보인다. 여기까진 알맞은 페이스다. '사장님 파이팅!' 하이파이브를 하고 옆에서 같이 호흡을 맞춘다. 정말 대단하신 분이다. 나이 60이 넘고, 더구나 일주일 전 춘마에서도 풀코스를 뛰고도 여기서 또 뛰다니 정말 대단한 분이라는 생각이 든다.

9km지점에서 허리춤에 물통을 둘러맨 어떤 주자와 같이 이야기하면서 뛰었다. 먼저 이범용이라고 자기 소개를 한다.

"반갑습니다. 저는 윤세진입니다." 간단한 인사로 대신했다. 동아마라톤 홈페이지에 너무나 자주 나타나 낯익은 이름이다. 정말 즐달하는 분 같다. 함께 10km지점을 가니 50분대보다 3분이나 빠르다.

그 분과 목표가 비슷했지만 서로 짜여진 페이스가 달라 난 좀 페이스 조절한다고 하고 뒤로 쳐졌다.

10~20km.

돈 몇 푼으로 넓은 차선을 모두 세를 내어서 이렇게 달린다는 것이 얼마나 행복한가?

민계식 사장님과 앞서거니 뒤서거니 하면서 즐달하니 어느덧 15km 지점이다. 스케이트 동호회원인 박창배 씨를 만났다. 그 사람은 인라인 스케이트로 개인이 자원 봉사하는 것 같다. 이것저것 먹으라고 하지만 아직은 괜찮다. 이곳에서 카보샷 한 개를 단숨에 먹었다. 사장님은 그냥 달린다. 물 한 컵을 먹고 또 에너지를 충전하여 달려본다.

초반보다 호흡도 훨씬 편한 것 같다. 이제부터가 런하이인가?

아주 편하다. 이대로라면 풀코스도 문제없을 것 같다. 지루하지 않으려고 좌우 경치도 구경하면서 신경을 다른 곳으로 돌린다. 누런 곡식들이 풍요롭기만 하다.

20~30km.

어느새 하프 지점을 넘었다. 아무런 힘들임 없이 그냥 단숨에 하프를 넘은 것이다. 참 이상하다. 하프대회를 뛰면 10km는 쉽게 넘고, 풀을 뛰니까 하프는 단숨에 넘는다. 막상 하프대회에 가면 하프도 힘든데.

25km 지점이 되니까 몸이 자동이다. 자동으로 앞으로 가는 것 같다. 5km 지점마다 이온음료를 꼭 챙겨 먹었다. 사장님과는 물먹는 곳에서만 꼭 쳐진다. 그러다 다시 호흡을 맞추고 같이 뛰어본다.

풀코스 마라톤이 이렇게 쉽지가 않을 텐데, 생각보다 컨디션이 좋은 것 같다. 다행이다.

벌써부터 걷는 주자가 있다. 난 저러면 안되지 죽어도 뛰어야해!

어느덧 경주 시내에 들어섰다. 여기 저기서 힘내라고 파이팅을 외쳐 준다. 같이 파이팅을 외쳤다. "히~ㅁ."

여기서 홀로 가는 3시간 30분대 페이스 메이커를 만났다. 초반에는 한 팀이 뭉쳐서 가더니만 왜 여기선 혼자인가. 풍선도 다 떨어져 나가고 달랑 한 개만 남았다.

30km까지 2시간 28분 지금까지의 페이스에 대해서 물었다.

아주 이상적이라고 한다. 그 말에 힘을 얻었다. 30km지점에서 마지막 12km를 위해 카보샷 한 개와 바나나 한 개를 먹었다. 이온음료도 충분히 마셨다. 어떤 주자는 완전히 퍼져서 자리를 편 상태로 손에 먹을 것을 잔뜩 들고 있다. 너무 힘든 모양이다. 난 아직도 다행이다 . 힘이 좀 남은 것 같다. 그 사이에 30분 페이스 메이커는 멀리 사라진다.

앞뒤로 스트레칭을 가볍게 하고 또 출발이다.

"이제부터가 진짜 아이가?"

30~40km

걷는 주자가 많아졌다. 길옆에서 쪼그리고 앉아 있는 사람도 있다. 나무를 붙잡고 스트레칭를 하면서 고통을 호소하는 것만 같다. 나도 연습 때 당해봐서 그 고통을 안다. 그들은 평지도 내리막도 모두 힘들 것이다. 그렇지만 잘 견디어낼 것을 믿으면서 내 몸은 내리 달린다.

35km 지점 갑자기 다리 슬와근이 댕기는 것 같다. 자원봉사자한테 물파스를 부탁했다. 시원하다. 아직까진 그래도 참을 수 있을 것 같다. 잘 모르겠지만 37km 지점인가 마지막 언덕을 오르려는 순간 깜짝 놀랐다.

아까 본 서부산 클럽의 그녀가 머리를 좌우로 심하게 흔들면서 가고 있는 게 아닌가? 상당히 힘들어 보인다.

"와~대단합니다. 정경화 씨 파이팅!" 하이파이브를 외치자 그녀도 힘들게 하이파이브를 한다. 어쩌겠는가 난 등을 보이며 언덕을 달려 올랐다. 나라고 힘이 안 들겠는가. 젖 먹던 힘을 다 모아서 언덕을 넘어 주자들을 뒤로 제치는 이 맛. 드디어 힘든 코스는 다 지났다.

40km~ 골인

이제 남은 거리는 2km다. 마지막 온 힘을 다해 달려 여성 주자 또 한 명을 파이팅을 외치며 지나쳤다. 응원 나온 사람이 그 여성분은 여성 4등이라며 큰소리로 알려준다.

'그래도 여성부 4등을 재낀 나여!'

기분이 정말 좋았다. 남은 직선거리 2~300m 울산 클럽의 정윤태님이 하나, 둘, 하나, 둘하며 나에게 힘을 주며 함께 뛰었다. 정

말 고마웠다.

드디어 골인!

3시간 32분 30초 내 생애 처음으로 뛴 풀코스 기록이다. 민계식 사장님은 3시간 32분 0초, 사장님 축하드립니다.

온힘을 다 써버린 나의 몸은 식은 땀방울로 금새 얼어버렸고 너무 추웠다. 바람이 꽤 불어서인지 천막들이 다들 날아가 버리고 분위기가 어수선했다. 가입은 하지 않았지만 울산마라톤 클럽의 따뜻한 배려와 호의로 몸을 녹이니 한결 나아진다. 따끈따끈한 추어탕 한 그릇과 꿀차의 참맛을 느끼며, 이태걸 회장님께 이 자리를 빌려 고마움을 전하고 싶다.

언젠가는 나도 울산마라톤클럽에 가입을 기약하며 첫 출정기를 마친다. 이 글을 쓰는 지금은 울산마라톤클럽의 정회원으로서 많은 자부심을 가지고 있다.

"울마클 히~~~임!"

"동구팀 히~~~임!"

"현중팀 히~~~임!"

"씽씽이 히~~~임!"

< 씽씽이 : 달림이 모두를 사랑합니다>

42.195km 그 첫걸음

최고 기록 : 풀코스 3시간 14분
경력 : 2000년 봄부터 현재까지
현소속 : 대한유화공업(주)
삼십 중반을 넘어가며 많이 불어난 체중과 건강 때문에 등산을 시작하게 되었는데 평일 우연히 가게 된 집 근처 옥동산에서 땀좀 내자고 뛰게 된 것이 계기가 되어 달리기를 하게 됨.

엄 주 천

T V로만 보았던 자신과의 그 긴 여정 42.195km를 해내리라고는 꿈에도 생각하지 못했다. 작년 4월 봄! 불어만 가는 체중과 나태해지고 무감각해지는 생활을 바꿔보자고 시작했던 작은 몸부림이 이제는 나 자신도 놀라고 믿지 못할 정도의 결실을 맺고 있는 것이다. 2000년 7월 울산시 생활체육연합회에서 주관하는 10km의 건강달리기를 51분 여의 기록으로 참가하였고, 11월의 경주동아마라톤의 하프코스를 두려움 반 설레임 반으로 1시간 38분의 기록으로 참석하였다. 금년에는 서울에서 열리는 동아국제마라톤대회를 하프로 한번 더 참석해보자고 마음먹은 터였다.

첫 출전인 10km 건강달리기도 무더운 날씨로 만만치 않았고, 경

주동아대회의 하프코스도 추위와 끝없는 오르막 그리고 불어오는 바람에 막판 2km정도는 어떻게 달렸는지도 모를 정도로 어려웠었다. 그래서 마라톤의 풀코스는 나로서는 상상도 할 수 없는 도전이었다.

"그래! 봄, 여름에 좀더 열심히 해서 가을쯤에 풀코스를 한 번 도전해 봐야지"

내심 마음을 굳히고 있었다. 그러나 대한유화마라톤클럽이 결성되고 토달모임에 참석하면서 나의 목표는 수정되어야만 했다.

'서울까지 갈려면 풀코스 정도는 돼야지' 하는 이태걸 회장님의 말씀 때문이었다. 물론 나를 자극시키기 위해서 한 말씀이었고, 회장님의 작전에 넘어가고 만 것이다.

어쨌든 수정된 목표(풀코스)를 달성하기 위한 나의 연습은 시작되었다. 그러나 대회 전에 40km 이상을 한 번 달려본다는 계획도 이루지 못한 채 37km 한 번, 34km 두 번이 고작인 채로 대회 날자가 다가오고 말았다.

대회 3주 전에 토달에서 무리하게 내리막을 달리다가 왼쪽 무릎에 이상을 불러왔다. 그로 인해 대회 3-4일 전부터는 완주도 못할 것 같은 두려움이 계속 나를 짓누르고 있었다.

대회 전날 서울 숙소에 도착해서도 왼쪽 무릎에 어떤 조치가 좋을까 고심하다가 전인환 총무님이 가져온 테이프를 기다랗게 부쳤다. 다소나마 위로가 되었다.

대회 당일은 주위 분위기에 압도되어 계속 어리둥절하기만 하였다. 나와 같이 온 회사동료들도 위안이 되었고, 주위에서 뛰기 위해 준비하고 있는 다른 모든 사람들이 친구인 듯 느껴졌다.

대포소리인가 '펑'하는 소리가 들리는 듯 하더니 사람들이 물밀 듯이 빠져가고 있었다. 처음에는 최두영 총무와 보조를 맞추었다.

그러나 얼마가지 않아 최두영 총무가 약간 부담스러워하는 것 같아 내가 먼저 나섰다. 혼자만의 레이스가 시작된 것이다.

얼마쯤 가다보니 "대한유화 파이팅"한다. 울산헤르메스 분이다. 고마웠다.

10km-15km 지점에서 토달을 위해서 수고하고 계신 '만자로' 김재식님이 보였다. "힘!"하고 외쳐본다.

25km 지점부터 몸이 갑자기 무거워진다. 왜 일까? 아직도 체중이 문제인 듯 싶다. 그래도 급수대마다 빠지지 않고 물을 충분히 먹어둔 탓인지. 작년 경주동아 때처럼 목마름은 없다.

30km까지 어떻게 갔는지도 모르겠다.

허기도 지고해서 초코파이 하나를 억지로 밀어넣었다. 목이 메이고 숨이 막힌다. 그 사이 낯익은 유니폼이 내 옆을 스쳐지나간다. 만자로 김재식님이다. 대단하다. 32.5km 지점에서 목을 축이느라 잠시 지체한 사이에 이제는 모습도 보이지 않는다.

초코파이가 도움이 되었는지 뛸 만하다.

멀리 다리 넘어 골인지점인 올림픽 스타디움이 보였다. 주위에서 교통통제에 여념이 없는 경찰관들이 고맙다.

드디어 올림픽 스타디움으로 들어섰다. 다왔다라는 생각뿐 아무 생각도 안 든다. 그냥 화려하기만 하다.

골인! 3시간 20여 분 계획했던 시간보다 10여 분이 빠르다. 풀코스를 완주한 것이다. 기쁘고, 만족스러웠다. 걱정했던 다리도 이제는 감각이 없어서인지 아픈지도 모르겠다. 들어오는 동료들을 박수라도 쳐주려고 10여 분 동안 기다렸지만 들어오는 사람들 중에는 눈에 띄지 않는다. 먼저 골인한 동료들을 찾아야겠다고 생각하고 칩 반납처로 나왔다.

이태걸 회장님이 쉬고 있는 모습이 보였다. 반가웠다. 오래지 않

아 대한유화 8명의 참가자들을 모두 만날 수 있었다. 늦은 점심을 서로를 축하하면서 맛있게 먹었다. 베스트 드라이브에다 최고 성능의 차로 울산까지 무사히 안착하였고, 생맥주집에서 시원한 맥주로 우리를 맞이해 준 양출석 Master님·이영종님과 더불어 해단식을 하였다.

마무리까지 시원하였다.

우리들의 처녀 출전을 위해 고생한 이태걸 회장님과 아끼지 않고 격려해 준 대한유화 마라톤 회원 여러분과 토달에 같이 동참하고 관심을 기울여 준 모든 분들께 감사의 말씀을 드린다.

마라톤을 통하여 항상 나의 자리를 되돌아보는 계기를 만들어 갈 것을 다시 한 번 다짐해 봅니다.

경주 벚꽃이 참 좋더군요

엄 주 천

大 회 전날은 언제나 마음이 설렌다. 벌써 4번째 참가인데도 마음이 설렌다.

결국 깊은 잠 한번 못 자고 새벽 4시가 되었다. 서둘러 세수하고 김치찌개에 밥 한 그릇을 비우고 새벽길을 나섰다. 혹시 늦을까 종종걸음을 치며 가고 있는 내 모습에 약간 웃음이 나오려고 한다.

나하고는 거리가 멀다고만 생각했던 뜀박질에 이제는 거의 반 미치광이가 되어가고 있다. 무엇이 나를 이토록 들뜨고 흥분하게 만드는지 참 우습고도 황당하다.

새벽 5시 집결장소에 나와 보니 나만큼이나 뜀박질에 재미를 느끼는 동료들이 많이도 나와 있다. 떡, 수육, 김밥이랑 물, 미나리까지도 있다. 준비하느라 많은 시간과 힘을 들였을 거라 생각하니 감사의 마음이 절로 난다. '그래 오늘도 열심히 뛰어야지.'

갑자기 모두들 아이 같다는 생각 그리고 뜀박질의 매력이 꾸밈없고 순수함에 있을 것이라고 생각해 본다. 희뿌연 새벽 어둠을 가르며 버스는 천년고도 경주로 향했다. 버스 안은 잘라먹은 잠을 청하는지, 뛰고 있을 자신의 모습을 상상하는지, 기분 좋은 침묵의

시간이 흘렀고, 길지 않은 시간만에 목적지에 도착하였다.

벌써 주위는 환하게 밝아 있었다. 많은 사람들은 분주히 움직였다. 작년 가을 경주 동아오픈마라톤 때에 텐트까지 쳐놓고 무슨 무슨 마라톤클럽하며 현수막을 내걸고 하는 것이 신기하고 부럽기만 했는데, 채 6개월도 되지 않아 나도 그럴 듯하게 텐트를 치고 대한 유화마라톤클럽이라고 현수막까지 걸고 나니, 오늘의 대회는 우리를 위해 마련한 대회인 듯하다.

출발 전 모두들 몸치장에 바쁘다. 결리는 가슴부위에 파스도 붙이고, 걱정되는 다리에는 테이프로 마감처리도 하고, 신발 끈도 다시 묶어보고, 간단한 스트레칭도 하고 등.

출발선을 중심으로 풀코스, 하프코스, 10km, 5km 건강달리기 순으로 도열하고 나니 여기저기 낯익은 얼굴들도 제법 보인다. 나도 이제 이런 자리가 결코 낯설지 않은 자리가 되고 있다고 생각하니 왠지 기분이 좋아진다. 하프코스를 함께 뛸 같은 유니폼을 입은 회사동료들과 무리지어 서 있으니 마음도 든든하다.

출발을 알리는 축포가 울리고 더불어 하면서도 자신 외에 누구도 대신할 수 없는 긴 레이스는 시작되었다. 일본 관광객이 1천 2백 여 명 참가한다고 해서인지 달리는 연령층도 고령화된 것 같고, 유니폼에 한자가 자주 눈에 띄었다.

오늘 1시간 40분대의 페이스 메이커를 해주겠다고 이종백 대리와 약속했는데. 초반 내리막길을 가볍고 빠르게 달려가는 모습에 뭔가 일을 낼 것 같은 생각이 들었다. 그러나 4.5km 지점에서 갑자기 볼일을 보러 가는 것이 아닌가. 나의 페이스로 달리기로 했다(이종백 대리에게는 사과를 해야 할 부분이다). 조금씩 욕심을 내어 달렸다. 종아리 근육이 덜 풀려서 반환점까지는 부담이 되었다. 반환점을 돌아오니 이종백 대리가 멀지 않은 거리를 두고 달려오는 것이 보였다. 다소 안심이 되었다. 저 정도 페이스면 원하는 시간대에 도착할 수 있으리라고 생각되었다. 15km 지점에서 다시 풀코스 주자인 안남연님과 우리 대한유화클럽의 희망 최진황님을 만났다. "히-임!" 나와 더불어 보조를 맞추며 뛰고 있던 정영완님의 知人이 정영완님의 오늘 출전에 대해서 묻고, 앞서 가고 있는 최진황님이 하프코스 출전자냐고 내게 물어왔다. 정영완님이 오늘 Sub-4를 위해 풀코스를 뛰고 있다는 것과 최진황님이 풀코스 출전자라고 하자 놀란다. 최진황님이 빠른 시간대를 달리고 있기 때문이다. 그가 몇 번이나 확인하여 가쁜 숨을 몰아쉬며, 세 번이나 풀코스라고 얘기해 주었다.

긴 오르막길에서 정영완님의 지인을 떨쳐버리고, 제법 열심히 달렸다. 골인 지점에서 10km 출전을 마친 대한유화 회원들의 환영을 받으며 골인했다. 골인지점의 전자시계로 1시간 36분 종전기록을 단축하지 못한 것 같아 아쉬웠지만 몸 이곳 저곳에 전혀 거부반응이 없는 것 같아 좋았다. 많이 단련되어진 모양이다.

오늘 대회를 위해 수고한 마라톤회 모든 분들께 감사드린다. 특히 정영완님의 Sub-4와 이를 위해 끝까지 보조를 맞추어 준 이태걸 회장님과 음식 장만에 고생한 분들께 뜨거운 박수를 보내드린다.

더불어 마라톤을 통하여 알게 되고 여러 가지 면에서 도움을 주는 울산의 달림이들께도 감사드린다.

의암호와 함께한 단추여행!

조 정 제

최고 기록 : 풀코스 3시간 25분 14초, 하프코스 1시간
29분 5초
경력 : 2001년 10월 21일 풀코스 첫 도전
좌우명 : 일상생활과 대인관계를 마라톤처럼 대처하자
현소속 : 현대자동차(주) 완성차 배송업체
유연성 위주로 수련하던 단전호흡을 마라톤에 이용하여
시험해보려고 윤펀드의 전도에 의거 시작하였다가 완전
하게 심취해버린 마라톤 매니아. 이런 연유로 닉네임이
jo-pro. 가장 편하게 활동하면서 힘을 발휘할 수 있는
66kg을 유지하기 위해서 하루라도 달리지 않으면 온몸이
뒤틀리는 현상 때문에 오늘도 달리고 싶을 뿐이다.

왜 나는 달리는가?
　　오늘도 가족들은 "왜 달리기하러 가는가?"라고 아우성이다.
　달리기 전에는 몸무게가 79kg. 겉으로 보면 매우 건강하고 얼굴
맵시도 통통해서 부족함 없고 풍족히 사는 사람처럼 느끼게 히었
다. 그러나, 지금은 64kg. 이것이 즐겁게 달린 결과이다.
　이것이 표면적으로 볼 수 있는 달리는 이유이다. 15kg 감량이라
는 숫자는 달리는 이유에 10%에 불과하다고 본다. 가장 큰 이유는
내가 좋아서 즐기면서 달렸다는 것이다. 또, 진실한 마음에서 행동
하고 밝은 얼굴로 일하면서 일에 대해서 스트레스를 갖지 않는다

는 것이다.

그리고 항상 긍정적인 의식으로 생활하고 있다는 것이다. 즐기고, 맑은 웃음, 긍정적인 사고는 돈을 주고도 살 수 없듯이 건강도 마찬가지다. 달리기로서 체계적인 건강을 유지할 수 있으면서 나의 절제된 마인드 컨트롤에 의거 계획된 시간을 보낼 수 있다는 것이 나 자신이 직접 경험하였던 최고의 달림이 동기이며 이유이다.

불규칙적인 자연스러운 폼으로 많이 달리면 좋은 줄 알고 하루도 쉬지 않고 조석으로 10km 이상을 달리던 무식맨 시절 6개월. 오버 트레이닝으로 부상을 당해 보니 휴식의 중요성과 달리기 정보에 대해서 귀를 기울이게 되었다.

회복훈련과 동시에 처음으로 도전장을 던진 곳이 춘천이다. 두려움과 환상 속에 사력을 다하여 달린 첫 풀코스 도전이 춘천대회이기 때문에 마라톤이라는 바이러스에 감염토록 한 것 같다.

철 모르고 무조건 달린 6개월을 거울삼아 좀더 체계적인 훈련 프로그램과 스스로 다짐한 목표를 달성해 보고 싶은 마음을 가지고 춘천마라톤대회의 출발선에 우뚝 서 있었다.

C 출발선에서 몸은 풀고 있으나 흥분이 된다. 이번에는 서로가 앞줄에 서려고 서로 밀치는 모습이 없으니 매우 좋았다. 작년에는 물밀 듯이 직 4문을 밀려나가는 대열의 앞쪽에서 지그재그로 언덕을 강하게 올라가면서 자신도 모르게 오버 페이스를 하였다.

출발선부터 5km미터까지는 절대 오버 페이스하지 않겠다는 생각으로 느긋하게 삼학산과 의암호의 붕어섬을 상상하면서 총성을 기다리는 순간. 총성이 울려 퍼지고 2분 정도 경과되면서 자신도 무리를 이루면서 운동장 정문을 나서자마자 오른쪽으로 돌아 3km 가량 되는 경사 6도의 오르막길을 양동길 고개로 생각하면서 신동기와 전상사와 함께 편하게 달렸다. 초반엔 힘을 아껴야 한다는 생각으로 처음 언덕을 지나 조금 긴 내리막길을 헤쳐나가면서 울트라 또띠나 선생의 내리막 주법교육을 기억해 보았다. 보폭을 80% 단축하고 팔 스윙을 부드럽고 자연스럽게 흔들면서 탄력을 이용해서 무릎과 발목에 과부하가 없도록 조심스럽게 내리막을 달려오니 종합사격장 입구가 5km 지점이다.

마시고 싶지 않더라도 약간의 물을 섭취하기 위하여 여유를 가지고 무리를 빠져나와 후미 2~3번에서 물 1컵을 잡아챈다.

6km 지점까지는 내리막길 이후 의암호 옆의 촛대바위에서 달리는 거대한 인간행렬를 인화지에 담아보려는 사진작가들의 모습이 보인다. 오른쪽 건너편 산에는 노랑과 빨강, 녹색이 어울린 아름다운 나뭇잎들이 병풍처럼 활짝 펼쳐진 삼학산이 눈에 들어온다. 처음으로 도전한 작년에는 느끼지 못했던 가을의 풍경과 색채들을 흠뻑 느껴본다.

지나친 속도주보다는 주변의 경치를 감상하면서 혼자만의 '42km 가을여행'을 즐기는 마음으로 계속 달렸다.

7km를 통과하면서 완만한 오르막과 내리막길이 계속되었다.

탁 트인 의암호를 오른쪽에 두고 U자형 인간전차를 촬영하기 위해서 사진작가들이 망원 렌즈를 들이대고 있고 우리들은 무의식결에 모델이 되어 준다. 의암교를 건너 반대편을 바라보니 길을 꽉 메우면서 달려오는 마라토너들의 행렬이 장관을 이루고 있다.

힘을 조금 발휘할 평탄한 길을 달리면서 붕어섬 초입인 10km 지점을 편안하게 통과하게 되었다. 49분.

조금 늦지만 서두르지 말자. 후반을 위해서. 10-15km 구간은 무리하지 않고 천천히 달렸다.

지금까지 훈련을 통해 경험해 왔던 페이스 감각을 살려 레이스를 조절했다. 12km 지점을 지나면서 자신이 생각했던 페이스보다 늦을 경우에라도 이를 만회하기 위해 너무 급격하게 속도를 높이는 것은 좋지 않다는 생각으로, 몸의 컨디션이 좋더라도 성급하지 않게 조금씩 페이스를 조절하면서 속도를 올려보았다. 이제 내 자신만의 페이스를 찾아 달린다면 오버 페이스에 대한 염려는 없을 것이라는 확신 속에 달려본 지점이다.

전체적으로 약간의 오르막 코스지만, 계속해서 의암호를 끼고 오른쪽으로 시원한 호수를 넓게 바라보며 한발 한발을 힘차게 내딛었다.

아름다운 주변 경관과 적당히 좌우로 굽은 길이 레이스의 지루함을 달래준다.

SK주유소 앞에서 오른쪽으로 굽은 길을 지나 15km 지점인 성어촌 앞을 통과할 땐 작년에 보지 못했던 신숭겸 장군 기념비도 눈에 띄었다. 당장 맘껏 달리고 싶은 충동과 갈등도 있었지만 아직도 갈 길이 멀다.

양옆 농가에서 나온 마을주민들이 응원을 보낸다. 젖먹이 아기를 등에 업고 나온 새댁도 보이고, 손주들 손잡고 나온 할머니와 할아버지, 모두들 힘내라고 소리 높여 응원을 해준다.

완만한 커브를 그리며 서면박사마을과 신숭겸 장군 묘역 앞을 지나 17km 지점에서 두번째 오르막을 만났지만 힘들지 않게 언덕을 치고 올라갔다. 길이가 약 300m 정도에 불과하지만 가파른 오르막이다. 또한 레이스 중반에 맞이하는 곳이어서 조금은 부담을 주는 언덕이다. 평상시보다 보폭과 팔 스윙을 작게 하여 지나친 힘을 발산하는 것을 막도록 최선의 노력을 해 본다.

들녘에서 추수하다 잠깐 멈춰 서서 손을 흔드는 농민들에게 답례의 손을 흔들어 주기도 하면서 힘을 더 내어 본다. 또 학생들이

나와 박수치며 응원해 주었기 때문에 절로 힘이 나지만, 분위기에 편성되지 않고 잔죽거리 17km를 통과하여 완만한 내리막에서 리듬을 타고 가볍게 달려 몸을 조금씩 회복해 주는 주법으로 달렸다.

마라톤의 길은 아직도 멀다. 달릴 때 힘이 들고 리듬이 깨질 때마다 정신을 집중하여 연습한대로 최대한 몸을 회복시켜 가며 달렸다. 20km 지점인 신매주유소를 지나 서상초등학교 앞 신매마을을 통과할 땐 필요 이상의 시간을 절약하기 위해서 급수만하고 바로 출발했다.

1시간 36분. 지금까지의 페이스 타임은 극히 정상이다.

22km를 지나자 양쪽 종아리에 통증과 피로가 조금씩 오기 시작한다는 것을 느꼈다. 심한 갈증으로 마을에서 제공하는 물동이와 물바가지가 가장 그리웠던 작년 모습이 떠오른다. 동료 런너들은 순간적인 고통을 참기 위해 길가의 자원봉사에게 스프레이를 부탁하고 있지만, 순간만 참으면 된다는 마음으로 계속 달리기로 마음 먹었다. 전년도에는 헤매고 달린 지점이기에 조심스럽게 언덕을 그려보면서 힘을 아끼는 자세를 만들어 보았다.

다리의 피곤과 더불어 팔의 스윙도 부자연스러워지기 시작하자 어깨가 묵직함이 느껴졌다. 달리는 도중 가끔 팔을 털어 주어 어깨를 풀어주면서 25km 언덕을 준비해 본다.

너무 걱정하거나 조바심을 느낄 필요는 없다는 확신 속에 다소의 피로가 시작되더라도 자신만의 페이스를 유지하여 컨디션을 조금씩 회복해 가면서 언덕과의 결전을 준비하였다.

처음에 오버 페이스 한 동료들은 서서히 걷는 모습을 보였다. 23km 지점에서 26km까지 이어지는 지루할 정도로 긴 오르막에서 단칼 이승호를 만났다. 피로한 기색이나 모습은 없었지만, 혼자서 레이스하는 것보다 함께 오르막을 오르자는 심정에서 발을 맞추어

동주한 서상 2교.

마라톤의 진정한 승부는 30km 이후라는 것을 명심하면서 급수대가 설치되어 있는 오르막 중간 부분을 통과하였다.

해병대 군인들의 힘찬 응원 속에 오른쪽으로 길게 늘어선 춘천댐을 건너면서도 약간의 오르막은 계속되기에 힘을 아껴서 달려본다. 피로가 누적된 작년에 제일 어려운 코스가 이 언덕이라서 조심스럽게 위험한 언덕 고비를 올라서니 페이스 타임보다 약 1분을 더 소요되었기에 새로운 작전으로 내리막을 달려 본다. 여기에서 조금이나마 피로를 회복하는 것이 마지막 레이스에 큰 도움이 될 것이라는 생각 속에 팔과 다리를 풀어 보면서 가볍게 소변도 보고 다시 충전할 때, 서로가 위로하면서 동행하던 단칼은 앞으로 빠르게 돌진하고 말았다.

이제는 더 이상 언덕코스로 인하여 어려움은 없다는 확신을 가지고 급하게 비상 보충식 하나를 손에 잡고 에너지를 보충하였다. 끝이 없는 평탄한 길은 나를 지치게 하였다. 점점 걷고 싶은 충동이 엄습하였다. 인내와 지구력이 요구되는 마라톤의 최대 고비는 과연 어디일까?

아직도 시작되지 않았을 경우를 대비하여 더욱더 조심스럽게 지루함 속에 달리다 보니 많은 표지판 중 가장 반가운 30km지점을 알리는 표지판이 보인다. 이곳 배수펌프장에서 스피드 메트를 찍고 통과한 시간 2시간 25분. 페이스 타임은 조금 늦은 기분이 들었지만 몸 상태는 대 만족이다.

포기하고 싶은 충동과 앞으로 남은 거리에 대한 부담감과 공포심을 잊으려고 가족들을 떠올려 본다. 혹시나 늦게 일어나서 버스를 타지 못하는 현상을 방지하고자 새벽까지 책을 읽으면서 밤을 새운 둘째 아들의 대견한 모습과 색종이에 완주를 기원하는 메시

지를 담아 준 첫째를 생각하면서 다시 힘을 내어 본다.

자신과의 싸움에서 승리한 마의 32.5km.

"벌써 32km까지 왔구나." 라는 기쁨과 함께 문수구장 4회전만 사력을 다하여 달리면 된다는 심정으로 질주한 1km 단위의 레이스. 이제부터 아내의 새벽 찰밥과 미역국에 보답한다는 마음가짐으로 달리면 무난하게 25분 전에는 골인할 수 있다는 확신을 가지고 스피드를 더욱 더 내기 시작하였다.

앞에서 달리고 있는 동료들을 한사람씩 추월하는 숫자를 세어 가면서 더욱 더 가속도를 붙여본다. 완만한 내리막과 평지로 이루어져 있는 코스라서 기록 단축을 위한 마지막 승부수를 던져야 하면서 질주에 질주를 한다.

시내로 들어오자 길은 넓어지고 연도에 응원해 주는 사람이 더 많다.

중간에 소방차가 지친 런너들의 피로와 땀을 식혀 주기 위해서 물 분무기를 뿌려 주고 있다.

두번째로 맞이하는 '마라톤의 벽'을 어떻게든 극복해서 목표를 달성해야 한다라는 생각으로 다시 정신을 가다듬는다. 이제 마지막 자신을 버텨 주는 것은 체력이 아니라 정신력이라고 나 자신을 채찍질한다. 이런 마음으로 마의 37km 벽을 돌진하는 자신을 대견스럽게 생각하면서, 끝까지 할 수 있다는 자신감과 확신을 가진다. 결승점을 통과하는 자신의 자랑스런 모습과 멋을 머리 속에 그려보면서 소양교를 통과, 중간 정도 통과할 때 연도에서 응원하는 아주머니께서 전해주는 이온음료수와 바나나 한 조각으로 마지막 허기짐을 달래 본다.

시내와 다리를 통과하면서 연도의 시민들이 보내는 환호와 응원 속에서 새로운 힘을 얻어 1km당 4분 초반대를 목표로 힘차게 달릴 수 있었다.

결국, 자신의 목표시간과 완주라는 목표를 위해 지평선처럼 길게 널어진 지루한 고행길을 견디면서 달리고 있는데 김한우 동료 런너가 조금 지친 모습으로 달리고 있었다. 옆에 다가가서 조금 더 빠르게 레이스를 펼치니 힘을 다하여 나를 따라오고 있었다.

마의 벽을 무난히 통과하기 위하여 추월한 사람 수가 100명 정도이다. 모두가 지쳐 있는데 100명을 추월하다니 자신이 자랑스러웠다.

150명을 목표로 고개를 땅으로 조금 내리깔고 힘차게 팔을 휘저으면서 달리다 보니 어느새 철둑 육교에 붙어 있는 40km 지점을 통과하고 있었다. 춘천 시외버스터미널 앞이라서 많은 차들이 복잡하게 교차하는 좁은 통로를 멀리하고 골인지점을 상상해 보았다.

자! 이제 골인이다.

시외버스터미널을 지나면서 "이제 다 왔구나."라는 기쁨과 마지막 고뇌가 교차하면서 작년 출전 때 나의 부상이 걱정되어 송학님이 마중나온 지점이라 생각하면서 이제는 혼자서 전력을 다하여 41km 지점 사거리에서 우회전하자 경찰서를 지나 춘천종합운동장 입구가 시야에 들어 왔다.

지금까지 너무 빠르게 달린 것 때문에 다리가 휘청거리는 느낌에서 속도를 조금 늦추어 보려고 하였으나, 응원단의 열기와 목소리에 다시 힘을 얻어 약간의 내리막길을 경쾌하게 달리다 보니 골인 직문을 통과할 시점에는 개선장군처럼 달렸지만 우회전하는데 주저앉고 싶은 마음이 갑자기 밀려오고 있었다. 그때 울울산마라톤클럽 유익상 님의 목소리가 들려 왔다 .

"조-프로 형님, 힘 ~ 임. 이제 다 왔다 힘내라." 소리쳐 주는 목소리에 힘을 다시 얻어 아주 멋지게 결선 아치를 통과하였다. 기록

은 3시간 25분 56초.

활짝 웃음을 머금고 두 손을 높이 들고 마음속으로 흐르는 기쁨의 눈물과 환희를 감추면서, 쌍둥이 아들과 아내의 헌신적인 봉사에 더욱 고마움을 느꼈다. 동료들의 박수와 환호를 받으면서 골인한 후 가볍게 몸을 풀어 보았다.

우리 모두는 위대한 승리자이다.

불굴의 정신력과 고비 때마다 포기하지 않고 끝까지 완주한 모든 아마추어 마라토너께 진심으로 축하를 드리며, 대회 전날에 돌발적인 호우주의보 속에 대회진행을 준비하고 레이스를 지원하기 위하여 고생한 자원 봉사자들과 거리에서 힘을 준 응원단들 덕분에 완주할 수 있었기에 진심으로 감사 인사를 드린다.

이렇게 편안하게 달릴 수 있도록 물심양면으로 도와 준 울산마라톤클럽 이태걸 회장님과 전인환 총무님께 고마움을 전하고, 또한 마라토너의 선후배님들의 지도편달과 희생이 있었기에 나 자신의 아름다운 모습을 간직할 수 있었으며, 마지막으로 하나에서부터 열까지 마라토너의 기본적인 자세를 수정해 준 만자로 사부와 마하-3님께 영광을 함께 하고 싶다.

춘마에 참석한 울산마라톤클럽 전사 전원이 완주한 위대한 업적을 진심으로 축하드립니다.

임진각 통일마라톤대회

최고 기록 : 3시간 6분 15초(부산다대포마라톤)
20년 전 제1회 서울국제마라톤(제53회 동아마라톤) 완
주 후 마라톤에 대한 한계를 느껴 달리기를 포기하고
조기축구회에 가입하여 축구를 즐기다가 약 20년만에
주위동료의 유혹에 빠져 2001년 12월 22일 울산마라톤
에 가입하여 건강을 위해 열심히 즐달하고 있습니다.

장 재 복

나는 마라톤 풀코스에 엄청난 스트레스를 받는 것 같다. 지난 충
주 마라톤대회 전에도 스트레스에 의한 소화불량에다 변비까
지 생겨서 고생하여 경기를 망쳤는데, 이번에도 소화가 안 된다.

또한 환절기마다 알레르기 비염 증상을 달고 다닌다. 지난 26일
밤에 9km 훈련한 것 때문인지 목에 통증에다 열이 난다. 스테미너
보강을 위해 27일 저녁에 아나고회를 먹었는데 내가 놀랄 정도로
편도가 많이 부었다. 정말 이번에도 망치는 것이 아닌지 걱정이다.

이번 문화일보에서 주최하는 제4회 임진각 통일마라톤대회에 우
리 회사(현대중공업)에서 단체로 참석하게 되었다. 문화일보 김정
국 사장님은 몇 해 전에 중공업 사장으로 역임했었다. 통일마라톤

대회에 앞서 28일 부산에서 '노사화합 바다 마라톤대회'에 우리 회사가 후원 업체이기 때문에 단체로 참석하였다. 내일 임진각 통일 마라톤대회 출전 때문에 5km에만 출전하게 되었다.

회사 사기를 20개를 준비하여 20명이 홍보하면서 뛰었다. 나는 몸살기가 있는데도 맨몸으로 힘껏 달렸다. 김학수 울마클 코치가 1위했으며, 2위에서 7위까지는 중공업에서 차지했다. 나는 19분 49초로 12위 했다. 또한 중공업이 많은 입상과 홍보로 화합상을 받았다.

일부 좋은 기록 보유자는 내일 경기를 고려하여서인지 회사 홍보 사기를 들고 25분대로 골인했다. 나는 내심 자랑스러웠다.

28일 오후 4:15 우리의 몸과 마음을 담은 관광버스는 다대포 해수욕장을 출발하여 임진각 자유의 다리를 향했다. 버스 안에서 나는 임진각 통일마라톤대회에서는 꼭 장영신 선수를 만나 인사를 나누겠다고 다짐했다. 분명히 나의 동생뻘이겠지?

버스는 진주를 거쳐 대전으로 향했다. 진주 대전간 고속도로는 미래를 대비한 고속도로 건설이라고 말하고 싶다. 공사비 증가와 공사기간은 길었겠지만 전 구간에 걸쳐 고저 차이가 거의 없으며, 또한 일직선으로 건설되어 차량 유지비 절감과 교통 흐름이 좋을 것으로 기대된다. 그러나 과속에 의한 교통 사고가 염려되었다. 그리고 아무리 많은 비가 와도 교통 흐름에 문제가 없을 것 같다.

고산지대라서 그런지 번개가 치면서 많은 비가 앞을 가로막았다. 그러나 금산 부근에는 비가 오지 않았다. 금산 휴게소에서 저녁을 먹고 나오는데 많은 비가 내리기 시작했다. 비로 인하여 버스의 배터리가 방전되었는지 자동차의 일부 기능이 작동이 안 되었다. 에어컨이 작동이 안 되고, 라이트도 꺼져 버렸다. 당황한 운전기사는 버스회사에 전화하여 대처방안을 협의했으나 시원스럽지 않은 것 같았다.

버스는 미등만 켠 채 제 속도를 내지 못했다. 이러다가 스케줄에 많은 영향을 받게 될 것 같다. 밤11시에 숙소 도착시간인데? 미등만 켠 채 운행하던 버스는 대전을 지나 다음 휴게소에서 배터리 교환을 위해 정비소에 들렀다. 그러나 쌍용에서 제작된 버스에 맞는 배터리가 없어 다른 정비소에서 구해 오는 데 약 2시간이 소요된다고 한다. 정비사의 말에 모두들 걱정을 했다. 빨리 숙소에 가서 휴식을 취해야 하는데.

정비사는 우리의 마음을 알았는지 시동은 꺼지지 않으니 미등만 켠 채 가라고 했다. 버스기사는 운전 중에 본사에 연락하여 상황 설명을 하고 내일 일정에 지장이 없도록 대체 버스를 준비해 달라고 했다. 나는 내일 경기를 위해 잠을 청했다.

내가 눈을 떴을 땐 버스는 자유로를 달리고 있었다. 시간은 밤 12시가 가까웠다. 버스기사와 안내자는 숙소인 '자유로 산장'의 위치와 가는 길을 몰라 숙소에 전화를 하여 찾고자 했으나, 주위를 몇 번 돌아보아도 찾지를 못했다.

우리는 임진강 다리 위에서 낚시하는 사람에게 물어보았지만, 찾지를 못하고 결국 지나가는 개인택시를 세워 그의 안내를 받아 숙소를 찾아갈 수 있었다. 우여곡절 끝에 숙소에 도착한 시간은 밤 1시가 다 되어서였다.

아침은 찹쌀 30% 섞은 밥에 된장찌개로 먹었다.

아침식사 후 우리는 새로 준비된 버스를 타고 대회장으로 향했다. 버스를 타고 임진각으로 가는데, 자가용을 타고 온 많은 선수들이 순회버스를 타기 위해 긴 인간띠를 만들고 있었다. 임진강을 따라 세워진 긴 철책은 반기듯 우리 버스를 안내하고 있었다.

임진각에 도착한 우리는 어제 자가용으로 출발한 민계식 사장님 일행과 기념사진을 찍기 위해 찾았지만, 도착 전인지 찾지를 못했다.

본부석에서 현대중공업 사장님을 역임했던 문화일보 김정국 사장님을 만나 반갑게 인사를 했다.

출발시간 20분 전에 민사장님 일행이 도착하여 김정국 사장님과 같이 기념사진을 찍으려고 했으나, 김정국 사장님은 출발선으로 가시고 없었다. 우리 일행은 기념사진을 찍고 출발선으로 향했다.

나는 출발선에서 약 20m 후방에 위치하여 장영신 선수를 찾으려고 주위를 둘러보았다. 많은 선수가 참석하였기 때문에 찾기가 어려웠다. 주우남 씨가 우리 울산마라톤 소속인 장은익 선수를 찾고 있었다.

출발 신호가 떨어졌다. 나는 천천히 출발하였다.

약 2km 지점에서 귀엽게 뛰어가는 장영신 선수를 발견했다. 너무 반가웠다. 장영신 선수 옆에는 두 명의 남자선수가 있어 내가 들어갈 틈이 없었다. 나는 장영신 선수를 스치면서 '히-임'하고 외치면서 앞으로 뛰어갔다. '영신아 너 내 이름 생각나지' 속으로 생각하면서 뛰었다.

약 4km 지점에서 정윤태 씨가 나의 앞으로 지나가고 있었다. 나는 황금 물결치는 들판을 좌우로 보면서 여유 있게 뛰었다. 약 7km 지점에서 하프 1위가 나에게 인사를 하면서 지나간다. 나의 유니폼이 좋아서 인사를 했을까?

마라톤 풀코스 경험이 조금 있어 보이는 젊은 선수가 동료에게 마라톤의 자세를 설명하는 것을 들어가면서 그들의 뒤에서 나도 자세를 취해 보면서 달렸다. 나는 계속 가벼운 마음으로 달렸다.

16km 지점에서부터 상체를 앞으로 조금 숙이고 팔을 최대한 낮추어 서서히 스피드를 내었다. 임진각 통일마라톤 코스에서 가장 난코스인 파주종합운동장 언덕길도 힘차게 올랐다. 길가에는 어느 단체에서 나온 어린 학생들이 인솔자와 같이 행진을 하고 있었다.

나는 그들을 뒤로하고 열심히 달렸다.

28km 지점에서 정윤태 씨를 앞질렀다. 32km 지점에서는 현대중공업 마라톤선수인 안정환 씨와 공주표 씨가 걸어가고 있는 것을 목격하고 뛰자고 독려하면서 같이 뛰었다. 두 선수는 중공업에서 알아주는 선수이다. 안정환 선수는 50년 생으로 마라톤 풀코스 기록이 2시간 40분대이며, 공주표 선수는 56년 생으로 최근 전국 사회인 체육대회서 10km와 하프코스에서 입상을 하고, 제1회 울마클 대회에서 하프기록이 1시간 22분으로 좋은 선수이다. 아마 두 선수가 초반에 선두그룹에서 오버 페이스로 처진 것 같다.

안정환 선수와 공주표 선수와 같이 조금 뛰고 있는데, 내 다리가 갑자기 힘이 쫙 빠지고 있는 것을 느꼈다. 스피드가 급격히 떨어지고 말았다.

33km 언덕길을 조금 걸으면서 억지로 올라갔다. 봉사자를 불러 두 다리에 안티프라민으로 마사지를 받고 천천히 달렸다. 매우 힘들었다.

남은 거리가 부담이 되었다. 지난 충주대회에서 고생했던 기억이 떠오른다. 왜 갑자기 힘이 빠질까? 어제 있었던 노사화합 바다마라톤에서 무리하게 뛰어서? 아니면 뛰는 도중에 파워젤를 먹지 않아서 그런 것일까?

정윤태 씨가 나를 추월해갔다. 나는 그냥 쳐다만 보고 있어야 했다. 오른쪽 신발 안에서 물집이 잡힌다. 조금 지나니 뜨거운 열이 났다. 어느덧 38km 지점까지 왔다. 가까이 임진각 출발장소의 애드벌룬이 보인다. 여기서 직선 거리로는 2.0km 정도이나 마라톤 코스는 통일대교 남단을 돌아와야 했다. 약 1.5km의 완만하고도 긴 언덕길이 너무너무 지겨웠다.

통일교 남단 반환점을 돌아 내려오고 있는데, 주우남 씨가 힘차

게 '장재복 히-임!'하고 외쳐 준다. 나는 앞서 간 정윤태 씨를 잡으려고 정신없이 뛰었다. 완전히 지쳐 있었다. 주우남 씨 바로 뒤에 귀여운 장영신 선수가 눈에 뛰었다. 나는 깜작 놀라 '장영신 히-임!'하고 외쳤다. 장영신 선수가 뒤를 돌아 나를 쳐다보았다. 나는 속으로 '영신아 이 장재복 오빠를 기억하지' 했다. 나는 장영신 선수가 이번 대회에서도 1등 할 것으로 믿었다. 장영신 선수 바로 50m 뒤에 다른 여자 선수가 뛰고 있었다.

결승점은 가까이 다가오고 있었다. 정윤태 씨는 조금 전에 20m 전방에 있었는데 거리는 점점 멀어지고 있었다. 기진맥진하여 결승점을 통과했다. 손목 시계는 3시간 21분 1초를 지나고 있었다. 학교 선배의 도움을 받아 음료수대에 가서 물과 야쿠르트 두 개를 마시고 스피드 칩과 기념품을 교환하기 위해 오른쪽 신발을 벗었다. 못생긴 오른쪽 가운데 발가락이 터져서 양말에 피가 많이 묻어 있었다. 못 생긴 발가락을 위해 발가락 양말이 필요한 것 같다.

다리의 피로 회복을 위해 마사지를 신청했으나, 신청자가 너무 많아 한참을 기다렸다가 마사지를 받았다.

시상식을 준비하고 있었다.

여자 마라톤 1위 O O O, 2위 장영신.

나는 장영신 선수가 1위 할 것으로 생각했는데, 장영신 선수와 민남온 이번이 세 번째이다.

지난 안면도 마라톤에서 장영신 선수는 풀코스, 나는 하프코스를 달렸다. 7km 지점에서 나는 같은 종씨인 장영신 선수를 보고 매우 반가웠다. 그때는 '히-임'하고 지나갔다. 안면도 대회에서 장영신 선수는 여자부 1위를 했다.

두번째는 지난 충주 풀코스에서 만났다. 나는 82년 제1회 서울국제마라톤 이후 만 20년 만에 처음으로 뛰는 풀코스였다. 약 2km

지점에서 앞서 가는 장영신 선수를 만나서 '히--임'하면서 앞을 지나갔다. 그러나 약 27km 지점에서 다리에 쥐가 나서 천천히 뛰어가는 나를 장영신 선수가 보았다. 나는 순간적으로 '히-임'하고 외쳤다. 장영신 선수도 그때 '히-임'하고 답을 했다.

충주대회에서도 장영신 선수는 1위를 했다. 시상식 준비를 위해 2위 석에 앉아 있는 장영신 선수를 뒤에서 보았다. 1위 했으면 다가가서 축하를 해줄 수 있겠는데. 장영신 선수는 키 155cm 정도에 굽이 높은 운동화에 흰 장갑을 끼고 있었다.

다음날 아침에 출근하여 문화일보 주체 임진각 통일마라톤 기록을 보았다.

남자 풀코스 나는 3시간 20분 58초에 36위였다.

여자 풀코스 기록을 보았다. 여자 2위 장영신 '530917' 내가 동생으로 생각했던 장영신 선수가 53년생이라!

내가 포옹해 주고 싶었던 장영신 선수가 나보다 4세나 많았다. 혹시 나와 같이 호적이 잘못되어 있다면......, 올해 쉰 살 대단한 선수이다.

"장영신 누나 다음에 만나면 제가 꼭 누님으로 모시고 싶습니다."

"장영신 누나 영원히 히-임."

혼자 달림은 역시 힘이 들어

양 출 석

8 월 7일
비가 온 뒤라 달리기에 날씨가 무척이나 좋다. 오늘따라 잠
재된 의식에서 달리고 싶은 욕망이 나를 주로에 서게 한다.

아침 근무를 마치고 준비를 하여 문구구장 야구장에 주차를 하
니 하늘은 온통 먹구름이 끼어 있고, 벌써부터 몇몇 달림이들이 문
수구장을 돌고 있다. 진주님은 언제부터 달리고 있는지 열심이다.

간단히 몸을 풀고 4시 30분 출발

오늘은 46km를 LSD 목표로 정했다. 문수구장을 천천히 한바퀴
돌고 개산길로 접어드니 자동차들이 나의 옆을 쌩쌩 지난다. 무의
식 중에 달림은 너무나 나를 기분 좋게 한다.

저만치 주유소가 보이는데 반대 방향에서 한 달림이가 달려온다. 가까이 가서 보니 민경환 씨이다. 서로 힘을 외쳐 주고 달린다. 개산길 철길을 지나 양동으로 향하는데 비가 내리기 시작한다. 그렇게 시작된 비는 시간이 갈수록 더욱 거세어지고 바람까지 나의 앞길을 막는다. 주룩주룩 내리는 비는 뜨거워진 나의 육체를 식혀 준다.

양동 고가다리 양동상회에 도착하니 lap 1시간 9분 08초 약 13km를 거침없이 달렸다. 양동상회에 들어서니 아주머니가 나를 반기며 "이렇게 비가 많이 오는데 뛰냐"며 물으신다. 그러면서 애처로운 눈빛이다.

생수 1병과 초코파이 2개를 게눈 감추듯 먹어치우고 다시 주로에 섰다. 비바람은 조금 전보다 더욱 거세다. 날려갈 것 같은 기세가 나의 발목을 잡는다. 신발은 질퍽거리고.

그렇다고 포기할 수는 없다.

작년 3.1절 기념 우중달리기를 하던 때가 생각이 난다. 그때도 억수같이 쏟아지는 비속의 달림은 참으로 기억에 남는다. 비바람에 얼굴과 살갗이 따갑다. 지나가는 승용차 안의 사람들이 나를 보고 손가락질을 한다. 아마도 이렇게 지껄였을 것이다.

"저 미친× 봐라. 이 빗속에서 뛰고 있네."

신발은 질퍽거리고 비는 계속 내리는데 그렇게 계속 달려 대동상회에 도착했다(1:58:30 약 21km).

대동상회에 문이 닫혀 있다. 아마도 휴가를 간 모양이다.

다리 건너 가게에서 음료수와 초코파이를 한 개 사먹고 회군을 시작했다. 토달 5km 지점을 지나니 서서히 다리가 무거워지고 발바닥이 아프다. 마라톤은 이제부터라고 스스로 다짐하면서 계속 달려 양동상회에 다시 도착했다(2:47:48 29km).

물과 초코파이를 한 개 사 먹고 회군을 재촉하여 개산길로 접어드니 완전히 어둠이 나를 엄습하고 다리가 뭉치고 힘이 빠진다. 에너지가 어느 정도 고갈되어 가는 느낌이다.

어둠 속을 달려오는 차량 불빛이 반갑다. 혹 나를 마중 나온 우리 회원이 아닌가하고.

개산길 고가다리 밑에서 스트레칭을 한 후 다시 달리니 한결 좋다. 그러나 얼마 달리지 않아 허기와 함께 에너지가 고갈되어 더 이상 달릴 기력이 없는 듯하다.

주유소에 들러 물로 허기진 배를 채우고 다시 달린다. 점점 힘이 빠지고 발바닥이 아프다.

이때부터 뛰다 걷다를 반복하여 힘들게 문수구장에 도착하니 20시 40분 총달린 거리 43km, 시간 4시간 06분 50초.

마지막에 문수구장을 한 바퀴 돌 힘이 없어서 목표에서 3km를 채우지 못했다.

동아대회 이후 장거리 지속주 훈련이 처음이고 평소에 적은 훈련량으로 인하여 오늘 달림은 무척이나 힘이 들었다. 그리고 혼자 어둠 속 달림은 너무나 외로웠다.

오늘을 뒤돌아보면 연습만이 본 경기에서 편안히 완주할 수 있음을 절실하게 느끼게 하는 그런 훈련이었다.

'니도 뛰나'의 기분 좋은 날-2001.4.6

양 출 석

대회 전날부터 준비가 많았다.

테이핑을 위한 테이프, 신발, 바세린, 유니폼에 번호표 부착, 스피드 칩 부착 등. 이러한 것들을 모두 준비하고 시계를 4시에 맞추어 놓았다.

낮부터 감기 몸살이 왔다. 목이 아프고 팔다리가 나른하게 아프다. 첫 대회에 출전하는 나를 시기하는 것이란 말인가? 이러다 첫 대회에 참석도 못하겠구나하는 생각에 병원에 가서 주사도 맞고 약도 타왔다.

이런 저런 준비를 하고 10시쯤 잠을 청하여 보지만 잠이 오질 않는다. 컴퓨터 앞에 앉아 홈페이지를 둘러보고 11시가 다 되어 잠자리에 들었다.

3시 30분 집사람이 일어나 아침 준비를 한다.

신랑이 하프 마라톤에 처음 출전하는 것이 걱정이 되어서 잠을 설쳤구나! 평소에 운동이라고 하지 않던 내가 마라톤이라고 운동을 시작한지 두어 달만에 1~2km도 아닌 21km를 달린다고 하니까 처음에는 믿지를 않는다. 아내만 못 믿는 것이 아니고 나를 아는

모든 사람들의 공통된 이야기다.

'니도 뛰나.'라면 반쯤 조롱 섞인 눈초리에 내 스스로 보란 듯이 하프를 완주하리라 다짐을 많이 하였다. 그리고 가을쯤에는 하프가 아닌 풀코스를 완주하리라.

4시에 기상하여 세면을 하고 된장찌개에다 밥 한 그릇을 억지로 먹었다. 이렇게 새벽부터 밥을 먹기는 참 오랜만이다. 그러니 밥이 잘 넘어가질 않았다. 연습 때 15km 이상 뛰면 고관절이 아팠었다. 걱정이 되어 테이핑을 하고 준비물을 다시 한번 확인 후 집사람의 따뜻한 격려의 포옹을 받으며 집을 나섰다.

집결지에 도착하니 아무도 없다. 조금 있으니 하나 둘 모여든다.

다들 폼들이 좋다. 나를 비롯하여 대부분의 회원들이 첫 출전을 하는 사람들이 많다.

5시가 되자 오지 않은 사람이 없는 듯하다.

모두들 조금은 들뜬 기분인 것 같다. 나 역시도. 안개 낀 도로를 상쾌하게 달려서 6시에 도착하여 보문 입구에 주차를 시키고 텐트를 쳤다. 짐 정리를 하고 옷을 갈아입고 출전 준비에 모두들 분주하다. 무릎과 배에 테이핑을 하고 화장실을 갔다왔다.

가족과 같이 온 사람들은 가족들의 따뜻한 환호를 받으며 출발지로 향한다.

스타트 라인에선 경쾌한 음악과 함께 안내 방송이 우리말과 일본말로 나온다. 출발선에 가서 보니 일본 사람들이 많이 눈에 띈다. 나이가 60이 넘은 사람들이 많다. 일본 사람들은 마라톤 매니아들이 많다고 하던데 그것이 사실인가 보다. 나이가 많은 할머니 할아버지가 대부분이다.

아는 사람들이 눈에 띈다. 울산 토달에서 만난 사람들이 많다. 인사를 하고 오늘의 완주를 위해 서로 힘을 외쳐본다. 모두들 스트레칭을 한다. 나도 몸을 풀어보지만 여러 사람들 사이에서 몸을 풀기가 조금 어렵다. 나름대로 스트레칭을 했다.

7시 출발시간이 10분 정도 지연된다는 안내 방송이 나온다.

긴장을 한 탓인지 또 소변이 보고 싶어진다. 길 건너 휴게소에 화장실로 급히 갔다 왔다.

드디어 출발!

축포와 함께 풀코스 사람들이 출발을 한다. 밝아 오는 아침을 뚫고 달려나간다. 약 5분 후 하프 출발을 알리는 축포가 울려 퍼진다. 앞사람부터 물밀듯이 달려나간다.

나도 서서히 달렸다. 스피드를 체크하는 메트를 힘차게 딛고 달려갔다. 처음 5km는 5분 30초대에 뛰리라 생각하고 천천히 앞으로 나갔다. 옆에 헤르메스 여성 회원(양미선)과 나란히 뛰었다.

서로 1시간 50분대를 목표로 한다고 해서 발을 맞추기로 하였다. 어제 감기로 우려했던 목은 조금 가라앉아 있고, 몸 상태가 그런 대로 달릴 만하다. 호흡도 그런 대로 괜찮다.

약 1km를 지나는데 우리 회원들이 힘을 외치며 나를 앞질러 간다. 모두들 컨디션이 괜찮아 보인다. 2km까지 몸 상태를 체크하기 위하여 조금 빨리 달렸다 늦추었다 해보았다. 괜찮았다. 같이 뛰기로 한 양미선 씨에게 먼저 간다는 사인을 하고, 내리막길을 브레이크도 풀고 기어도 중립에 놓았다.

속도가 잘 난다.

내 앞의 사람들을 무척이나 앞질러 나갔다. 5km 지점 LAP TIME이 23분 32초다. 내가 너무 오버한 것이 아닌가 하는 생각이 든다. 식수대에서 물을 한 모금 마시고 속도를 조금 줄였다. 그런데 몸 상태가 아주 좋은 것 같다…다시 속도를 높였다.

처녀 출전에 너무 좋은 기록이 나올 것만 같았다. 달리면서 울산

마라톤클럽의 이름을 들어본 사람들이 보인다. '힘'하며 달려간다.

윤병덕 선수가 조금은 힘들어하는 것 같다. 옆에서 힘하고 외쳐주고 계속 달려나갔다.

하프 반환점이 보인다.

회원인 이종백 대리가 앞에서 달리고 있다. 하프 LAP TIME이 44분 32초다. 이런 페이스로 간다면, ㅎㅎㅎ 속으로 웃음을 나왔다. 조금 속도를 줄여서 달리는데 이대리가 지금부터 속도를 올리자 한다.

그래서 속도를 올렸다. 옆에 따라오는 줄 알았던 이대리가 보이지 않는다. 15km LAP TIME이 1시간 4분(나중에 안 사실이지만 이 지점부터는 풀코스를 기준으로 한 거리이므로 하프를 달린 사람들이 대부분 기분 좋게 생각하고 오버하는 원인이 된 것 같다).

조금 지나니 하프 코스의 마지막 난관인 오르막이 나왔다. 2월에 이 길을 달릴 때는 이 오르막에서 걸었었다. 오늘은 그동안 훈련한 결과로 천천히 달릴 수 있었다.

다시 내리막길 거침없이 내달렸다 .

서울에서 참가한 최승준 팀장이 멀리에서 보인다. 조금 지나서 최 팀장 옆에 달릴 수 있었다. '히임'을 외치고 나는 계속 달려나갔다.

20km LAP TIME이 1시간 30분 (하프기준 19km 정도 됨)

이제 남은 거리는 1km 남짓. 이런 페이스로 간다면 30분대에 충분히 골인할 수 있으리라 생각하며 속도를 올렸다.

그때부터 나에게 큰 고통이 찾아왔다. 배가 뒤틀리고 숨을 쉬기가 힘들다. 속도를 낮추어도 아프다. 이제 얼마 남지 않았는데 지금까지 달려온 시간보다 더 힘들다. 집에서 완주 소식을 기다리고 있을 집사람과 아이들 얼굴이 스쳐 지나간다. 그리고 유니폼에 회사이름과 내 이름이 나란히 적혀 있는데 걸을 수는 없었다. 그래서 조금씩 발을 떼어놓지만 너무나 아프다. 포기하고 싶었다.

언제 왔는지 최 팀장이 옆에 붙으며 힘을 외쳐준다. 이제 골인 지점이 보인다 그런데 속도를 낼 수가 없다. 옆에 최팀장이 같이 달려 주어서 많은 힘이 되었다.

드디어 골인! 많은 사람들이 박수를 보내 준다. 1: 44분.

'니도 뛰나.'도 완주하였다. 그것도 좋은 기록으로 너무나 기분이 좋았다. 아프던 배도 아프지 않다. 기분이 좋아서 그런지 골인 후 금방 풀려버렸다. 최팀장과 나란히 골인하고 칩 반납 그리고 기념 촬영까지.

이제 열심히 해서 가을에는 풀코스를 도전해보리라 다짐한다.

'니도 뛰나.'도 하프를 완주했습니다. 여러분도 한번 도전해 보심이 어떨지.....

다대포여, 울고 싶구나

최고 기록 : 풀코스 5회. 최고 기록 3시간 06분 29초.
하프코스 1회 1시간 29분 46초.
달리는 것이 무조건 좋았고 건강이 넘쳐 흘러보였다.
그렇다고 내몸에 이상이 있는 것도 아니다. 나의 한계
에 도전하고 싶었고 달림이들과 같이 즐겁게 달리고 싶
어 오늘도 달리고 있다.

원 종 효

정확히 5km 남겨놓고 1km 당 5분씩 저기만 돌면 골인인데 발걸음이 떨어지질 않는다. 첫 출발은 상당히 경쾌했다. 올해가 가기 전에 분명히 Sub-3를 한다. 음, 내년에는 촌넘과 같이 울트라 도전 한번 해볼 것이라고 5km 조금 지나니 장재복 씨가 보인다. 반가워서 잠시 조우 한 다음 앞서거니 뒤서거니 비슷하게 동반주하면서 가는데 뒤에서 부만이가, "형님, 너무 빨라요."한다. 하지만 개의치 않았다. 7.5km 지점에서 이번에는 윤구매 부장이 바람처럼 휙 지나간다. 조우도 잠깐 장재복 씨가 같이 속도 내는데 나와의 거리는 점점 멀어진다. 근데 이놈의 거리는 공장이 인접해서 그런지 손을 흔들어 기운을 북돋워 주는 사람도 없고, 뻗히 보이는데도 왜 이리 천리길 같이 먼지. 그렇게 30km까지 2시간 5분에 들어갔다. 물 한잔 마시고 Sub-3할 것 같아 스퍼트하는데 저만치 장재복 씨가 보인다. 3시간 30분대, 아니면 4시간대 같으면 여럿이 뛰면서 얘기도 하고 피로감이 덜 할텐데 3시간 10분대에는 짧게는 200M, 길게는 500M 이상 홀로 주로 해야 하니 너무나 힘들고 고통스럽다.

윤부장은 벌써 시야에서 사라지고 안 보인다. 37.5km에서 시계를 보니 2시간 40분. 죽었다 깨어나도 Sub-3는 실패인 것 같다. 먼저 도착한 달림이들 반이 스트레칭 내지는 앉아서 쉬고, 아니면 걷고 있었다.

골인 지점 가까이 와서 힘을 내는데 장재복 씨가 먼저 골인하고 다음으로 내가 통과한 후 시계를 보니 3시간 06분 34초. 이렇게 풀코스는 끝이 났다. 동아 경주에서 달성한 3시간 08분을 2분 단축시킨 3시간 06분에 만족해야 했다.

윤부장은 Sub-3 했겠지. 이것이 나의 한계인가? 한 해 더 가기 전에 Sub-3 하려고 했는데. 골인 직후 다대포는 다시 뛰지 않겠다고 생각했지만 지금 이 시간, 내년에 또 뛰어야지하는 생각은 마라톤이라는 마력에 완전히 빠진 것인가? 이제 내년이면 4학년 9반이다.

Sub-3 못한 것을 나이 탓으로 돌리면서 내년 3월 동아마라톤에서는 기필코 Sub-3를 달성할 것이다. 마라톤에 입문하고 Sub-3를 못했다면 울산마라톤클럽의 웃음거리가 될 것이다. 물론 피나는 동계훈련을 해야만 가능하다.

아울러 윤회철 구매 부장님의 Sub-3를 진심으로 축하합니다.
부탁 있심더. 내년 3월 동아마라톤에서 페이스 메이커 좀 해주면 어떨지, 아니면 촌넘도 좋고..... 무리한 부탁인가? 아무나 Sub-3하는 것이 아니네.

Sub-3하는 사람 정말 존경하고 싶구나. 이번 다대포 출전했던 울마클 회원 여러분, 대단히 수고 많이 했습니다.

"울마클 히~임!"

"풍 산 히~임!"

겁도 없이 도전한 데뷔전 풀코스

원 종 효

연습을 해야 하는데 옷도 없고 신발도 없어 우선 마라톤화를 85,000원에 구입하여 신고, 유니폼은 축구 유니폼을 입고 양동에서 연습을 시작했다. 처음 왕복시에는 반은 걷고, 반은 뛰고 하여 초죽음이 되어서 돌아왔다. 며칠 후 몸이 풀려 다시 연습을 시작하였다. 이번에는 돌아오는 시간이 1시간 27분에 도착했다. 그러나 요요현상이 일어나고 종아리에 근육이 뭉쳐 걸음을 제대로 걸을 수가 없었다. 이렇게 횟수가 거듭될수록 왕복에 1시간 18분대에 진입할 수가 있었다.

D-day 한달 전. 2회 왕복할 수 있는 체력이 생겼다. 특히 헬스를 10년이 넘도록 하여 지구력에는 자신이 있었다. 대회 전날, 1km당 5분씩 계산해서 풀코스는 3시간 30분대를 생각하면서 야근 맞교대 근무로 출근했다.

이튿날 10월 28일. 퇴근하기가 무섭게 아침을 먹고 집사람과 같이 사택으로 향했다. 사택에서 임대버스로 경주 도착. 몸을 푼 다음 풀코스 대열에 합류. 3시간 30분 페이스 메이커에 다가갔다.

"꽝!" 출발총성이 울렸다.

총성과 함께 출발했다. 야근 맞교대를 한 탓인지 다리가 몹시 무거웠다. 첫 언덕을 올라가는데 뒤에서 "풍산 멋쟁이~ 파이팅!"하면서 지나간다. "누군고" 하면서 쳐다보니 이름도 유명한 이성우 형님이다. 무조건 뒤따랐다. 속도가 만만치 않았지만 첫 대뷔전이라 마냥 이렇게 뛰면 되는가 보다 하고 15km 지점 정강 왕릉 입구까지 동반주했으나, 도저히 뒤따를 수가 없었다. 성우 형님은 점점 멀어지기만 했다. 멋도 모르게 뛴 것이 오버 페이스가 되었다. 무조건 뛰느라 시간 개념도 없었고, km당 어떻게 뛰겠다는 계산은 있었지만 분위기에 휩쓸려 조절을 못한 것이다.

처음부터 계산은 이미 무시하고 뛴 완전초보 무면허증 달림이었다. 첫 출발부터 꽁지 머리를 찰랑 찰랑 흔들며 뛰던 을숙도마라톤 클럽 여자 회원도 사라진지 오래고, 3시간 30분 짜리 페이스 메이커도 보이지 않는다.

30km 지점, 경주교 남단에서 초코파이를 먹고 힘을 내 보지만, 이미 지쳐 버린 나의 다리는 마비가 될 지경이었다. 분황사 앞에서는 기진맥진한 다리에 스프레이를 뿌려 보지만 발걸음이 떨어지질 않는다.

순간, 후회도 되고 친구들이 말릴 때 하지 말았어야 되는데 하는 후회도 생겼다. 뼈저리게 느끼면서 눈이 빠지게 기다리는 집사람의 얼굴도 떠오른다.

'죽을 때 죽더라도 걷지는 말아야지.'

37km 지점을 지나자 걷는 사람이 많아졌다. 경찰 왈, "통제하는 차량도 생각해 줘야지. 걸어갈 바에야 마라톤을 왜 합니까?" 순간, 걷지는 않았지만 내 자신이 깜짝 놀랐다. 이렇게 해서 보문호 언덕 길을 향하는데, "형님, 힘내요!" 하면서 도명복이 지나간다.

보문 언덕이 왜 이리 높은지. 지옥에 가는 기분이다. 근근히 올라와서 내리막길인데도 걸음이 떨어지질 않는다.

이때 40km 지점 콩코드 호텔 앞에서 "형님! 히~임!" 하면서 이번에는 부만이가 지나간다. 이미 내 몸은 다리는 완전히 풀렸고, 눈동자도 흐릿하고 몸 가누기가 힘들다.

골인 지점이 다가오니 우리 풍산 회원들이 함성을 울리면서 프레이드를 해준다.

"병대 아빠, 힘내요!"

집사람의 얼굴이 비쳤다. 눈물이 핑 돌았다. 순간 '나도 풀코스 완주했다!' 아니, 대뷔전 풀코스에서 3시간 37분대에.

남들은 풀코스 완주하는 것만으로도 대단하다고 여기는데, 나는 첫 도전에 3시간 30분대에 완주했다. 정말 겁도 없이 덤빈 풀코스였다.

나의 가슴 속에 영원히 묻고 갈 경주동아여 1

최고기록 : 2002 경주동아오픈 마라톤대회 : 2:58:42

정 숙 일

나는 미친× 소리 들어가며 달리고 있지만, 누군가 당신은 왜 달리는가 라고 묻는다면 나는 딱히 해줄 말이 없다. 하지만 달리는 동안 살아 숨쉬는 나를 느끼는 것이 좋다. 나를 느끼기 위해 달리고 있을 뿐이다.

나의 가슴 속에 영원히 묻고 갈 경주동아여!

경주 동아오픈이 하루하루 다가오고 있다. 춘마대회 후 회원님들의 기록이 대부분 많이 향상되었다. 한편으로 부럽고, 부담감마저 다가온다. 더욱이 절친한 친구가 늦장가 가는 날, 많은 고민 끝에 동아오픈을 택할 수밖에 없었다.

7월부터 월간 300km 목표로 꾸준히 달려온 시간들, 흘린 땀방울

이 너무 아까웠다. 친구에게 이런저런 핑계로 양해를 구하고 좋은 기록으로 친구에게 보답하고자 열심히 준비하였다.

하필 정기 보수기간과 겹쳐서 훈련에 차질이 우려되었지만, 늦더라도 꼭 문수구장을 찾아 컨디션 조절에 힘썼다. 대회 4일 전 무리를 했는지 감기몸살이 찾아와 걱정이 되었다. 약을 먹고, 충분한 보온 및 마스크 착용 등으로 후유증을 최소화해 나갔다.

대회 3일 전 화장실에 가고 싶었지만 참았다. 대회 전날 모든 속을 한꺼번에 시원히 싹 비우고 최대한 몸을 가볍게 하려고 하다 보니 거기까지 생각이 미친다.

토요일 토달 8km로 뛰면서 3시간 10분에 죽어도 골인한다고 다짐하며 가볍게 몸을 풀고 곧바로 목욕탕을 찾았다. 마지막으로 몸 속의 노폐물을 제거하고 보다 근육을 부드럽게 하기 위해서다. 사우나로 땀을 흠뻑 흘리고 나니 전자 체중계는 59kg를 가리킨다. 또 다시 1kg 감량이다. 좋지 않은 현상이지만 훈련의 결과물이라 생각하니 기분이 좋아진다. 마지막으로 손톱, 발톱, 수염까지 말끔히 깎는 것으로 대회전 모든 준비를 끝냈다.

식이요법과 파워젤 등은 생각도 하지 않았다. 아마추어로서 일상생활 그대로, 모든 것을 훈련량과 의지로만 이루고 싶었다.

일요일 아침.

6:50분 자명종이 울린다. 가슴과 허벅지 슬림을 방지하기 위해 카네시오 테이프를 붙이고, 한번씩 지끈거리는 오른쪽 무릎에 테이핑 처리하고, 밥을 물에 말아 한 그릇 마시듯이 먹고 일행과 함께 경주로 향했다.

09:00경 경주에 도착하니 날씨가 너무 차갑다. 도저히 팬티만 입고 스트레칭을 할 수가 없어 차 안에서 40분을 있다가 9:40분에 대회장으로 달려갔다. 군중 속에 파묻혀 서로의 온기를 느끼며 스트

레칭 후 어서 출발하기를 기다렸다.

드디어 사회자 김동성의 카운트다운이 시작되고 42.195km 대장정의 총성이 경주 황산벌에 울려 퍼진다.

풀코스 주자들의 중간쯤에 자리를 잡고 서서히 출발하였다. 2km 지점의 긴 언덕을 숨이 안 찰 정도로 쉽게 넘어가기로 하고 천천히 달려나가는데, 말발굽 소리 같은 둔탁한 발걸음소리에 직감이 온다. 빨간 머플러를 머리에 두르고 언덕을 힘차게 올라가고 있는 이태걸 회장님이다. 순간 회장님을 따라가면 10분 이내 진입은 무난하다는 생각에 욕심도 났지만, 회장님은 SUB-3 1순위 아닌가. 토달에서 송충기 님의 초반 오버 페이스 충고 말씀이 생각이나 자제하였다.

언덕을 쉽게 오르고 5km 지점에 이르니 24분이다. 이제는 내리막 보폭을 조금 짧게 잡고 걸음을 빨리 움직였다. 입에서 거친 숨소리가 안 날 정도로 페이스를 조절하면서 가다 성종경 님과 인사를 나누는데 운동화 끈이 풀려 나풀거린다.

예감이 안 좋았지만 다시 끈을 단단히 조여 매고 다시 페이스를 찾아 달렸다. 8km 정도 다다르니 34분이다. 숨도 안 가쁘고 달리는 것이 즐거울 정도로 컨디션이 좋았다. 그래서 오늘의 페이스는 매 km×4+2분으로 잡았다. 불국사역을 지나 통일전 가는 길에 들어서자 맞바람이 제법 분다. 모자 창을 뒤로 돌리고 허리를 조금 숙였다. 조금이나마 바람의 저항을 줄이려고 했다.

10km 지점에 마라톤 시작 후 처음으로 스포츠 음료를 잡았다. 체내 흡수 속도가 물보다 빠르고 앞으로 물먹는 시간도 줄여야 하기에 선택한 것이지만, 달리며 먹다 눈에 튀어 들어가 눈이 따가운 문제도 찾을 수 있었다. 통일전을 지나 맞바람을 맞아 달리며 15km 지점에 다다랐다. 목표했던 페이스를 그대로 유지하고 있었

고, 1km마다 거리 표시가 되어 있어 페이스 조절에 많은 도움이
되었다.

문득 욕심이 발동한다. 아직은 컨디션이 좋고 페이스 유지에도
자신이 있었다. 이 페이스를 끝까지 유지만 한다면 SUB-3는 가능
하지 않는가 하는 생각과 동시에 SUB-3를 7초 차이로 실패한 이성
우 님 생각이 난다. 아직은 공복감도 없고 추운 날씨로 땀을 흘리
지 않아서인지 식수대는 보지도 않고 지나치며 페이스 유지에 최
선을 다했다.

천마총 진입 전 저 멀리 빨간 머리띠의 회장님이 보인다. 10분
이내 진입은 확연한 자신감이 온다. 회장님과 힘을 서로 주고받으
며 그렇게 스쳐지나가고 천마총을 돌아 오릉으로 들어가는 길목에
21km 표지가 보인다.

나의 시계는 1:27분을 가리킨다. 목표 페이스에 1분이 뒤쳐졌다.
1분을 당기기 위해 부지런히 발을 움직이며 오릉을 돌아 시내로
진입하는데, 오동방 형님과 꿈나무 님이 동반주를 하고 있다. 더욱
더 SUB-3 욕심이 발동한다. 저들은 울마클 SUB-3 1순위 준족들이
아닌가. 그들과 가볍게 조우를 하고, 순간 저들과 동반주해도 sub-3
는 달성하지 않나 싶었지만 아직은 남은 거리가 많아 나중에 저들
과 합류할 생각에 앞질러 가는데 어느새 분황사 입구까지 왔다.

아직도 풀코스 주자들이 천마총으로 진입하기 위해 무리지어 달
리고 있다. 그 지점은 아직도 20km 구간인데 나는 33km 지점을 달
리고 있으니 나 자신에게도 놀랍다. 언제 이런 지구력과 근력이 있
었는지. 그렇게 우려하던 오른쪽 무릎도 문제없고, 단지 종아리가
뭉쳐서 쥐가 날지 모른다는 생각이 들었지만 그렇게 힘들게 하지
는 않았다.

아직도 페이스는 그대로 유지하고 있고 계산상 5분 페이스로만

달려도 SUB-3 가능한 시간이었다. 근데 서서히 허기를 느끼기 시작한다. 하지만 물도 바나나도 어느 것도 먹을 수 없다. 마지막 7초의 안타까운 전례가 내 뇌리 속에서 맴돌고 있기 때문이다. 37km 보문단지 입구, 마지막 언덕이 태산처럼 보인다. 앞이 캄캄하고 정신이 혼미해져 온다. 저 온덕만 넘으면 내리막길과 SUB-3가 기다리고 있는데.

아직도 5분 페이스만 유지하면 된다는 생각에 사력을 다하여 오르막을 오르고 38km 다다르니 정신이 혼미해져 몸을 가눌 수가 없었다. 급수대에서 물을 마셨다.

40km 2시간 48분

눈앞에 보이는 SUB-3지만 그냥 주저앉고 싶었다. SUB-3가 뭐길래. 다시는 SUB-3 안 한다는 생각과 또 다시 이 고통을 겪을 수 없다는 생각이 교차하면서 지금쯤 피로연하고 있을 친구들을 생각하며 혼미한 정신을 가다듬었다.

정신이 혼미해 더 이상의 빠른 발걸음은 허락하지 않았다. 저 멀리 전광판이 흐리하게 보이고, 이종우 님과 함께 피니쉬 라인을 정말 힘들게 통과하였다. 전광판 시계 2시간 59분, 나의 시계는 2시간 58분을 가리키고 있었다. 이제는 모든 것이 끝이다.

풀코스 4번째 완주 항상 40km가 지나면 초인적인 힘으로 달렸지만 오늘은 그렇지 못했다. 누군가 그랬다 풀코스 완주 후 쓰러지지 않는다면 최선을 다한 것이 아니라고 그냥 쓰러지고 싶었다. 간신히 안전펜스를 붙잡고 의지하고 있는데 이종우 님이 칩이며 따뜻한 옷가지 걸쳐주는 배려에 눈물이 울컥 나올 정도로 고마움을 느꼈고 울마클 회원님들에게도 감사드리고 싶다.

힘겨운 사투 속에 나의 고향 경주에서 달성한 SUB-3 아무도 예상 못한 가을의 전설 한 페이지를 난 그렇게 물들이고 돌아왔다.

나의 가슴 속에 영원히 묻고 갈 경주동아여 2

정 숙 일

경주 동아오픈이 하루하루 다가오고 있다.

춘마대회 후 회원님들의 기록이 대부분 많이 향상되었다.

한편으로 부럽고, 부담감마저 다가온다. 더욱이 절친한 친구가 늦장가를 가는 날이지만 많은 고민 끝에 동아오픈을 포기할 수 없었다.

7월부터 월간 300km 목표로 꾸준히 달려온 시간들, 흘린 땀방울이 너무 아까웠다. 친구에게 이런저런 핑계로 양해를 구하고 좋은 기록으로 친구에게 보답하고자 열심히 준비하였다.

하필 정기보수기간과 겹쳐서 훈련에 차질이 우려되었지만 늦더라도 꼭 문수구장을 찾아 컨디션 조절에 힘썼다.

대회 4일 전 무리를 했는지 감기몸살이 찾아와 걱정이 되었지만 약과 충분한 보온 및 마스크 착용 등으로 후유증을 최소화해 나갔다.

대회 3일 전 화장실이 가고 싶었지만 참았다.

대회 전날 모든 속을 한꺼번에 시원히 싹 비우고 최대한 몸을 가볍게 하려고 보니 거기까지 생각이 미친다.

토요일 토달 8km로 뛰면서 3시간 10분에 죽어도 골인한다고 다

짐하며 가볍게 몸을 풀고 곧바로 목욕탕을 찾았다. 마지막으로 몸속의 노폐물을 제거하고 근육을 보다 부드럽게 하기 위해 사우나로 땀을 흠뻑 흘리고 손톱, 발톱, 수염까지 말끔히 깎는 것으로 대회전 모든 준비는 끝났다.

식이요법과 파워젤 등은 생각도 하지 않았다. 아마추어로서 일상생활 그대로 모든 것을 훈련량과 의지로만 이루고 싶었다.

일요일 아침

6:50분 자명종이 울린다.

가슴과 허벅지 슬림을 방지하기 위해 카네시오 테이프를 붙이고 한번씩 시큰거리는 오른쪽 무릎을 테이핑 처리를 하고 물에 밥을 말아 한그릇 마시듯이 먹고 일행과 함께 경주로 향했다.

9시경 경주에 도착하니 날씨가 너무 차갑다.

도저히 팬티만 입고 스트레칭을 할 수가 없어 봉고 속에서 40분을 기다려 9시 40분에 뛰쳐나오다 싶어하여 대회장으로 달려갔다.

군중 속에 파묻혀 서로의 온기 느끼며 스트레칭 후 어서 출발하기를 기다렸다. 드디어 사회자 김동성의 카운트다운이 시작되고 대장정의 42.195km 총성이 경주 황산벌을 메아리쳐 울려 퍼진다.

풀코스 주자들의 중간쯤 자리를 잡고 서서히 출발하면서 2km 지점의 긴 언덕을 숨이 안 찰 정도로 쉽게 넘어가기로 하고 천천히 달려나가는데 말발굽 소리 같은 둔탁한 발걸음소리에 직감이 온다.

빨간 마후라를 머리에 두르고 언덕을 힘차게 올라가고 계신 이태걸 회장님을 본 순간 회장님을 따라 가면 10분 이내 진입은 무난하다는 생각에 욕심도 났지만 회장님은 Sub-3 일순위 아닌가. 토달에서 송충기님의 초반 오버 페이스 충고 말씀이 생각이 나 포기하였다.

언덕을 쉽게 오르고 5km 지점에 이르니 24분이다. 이제는 내리막으로 보폭을 조금 짧게 잡고 걸음을 빨리 움직였다. 입에선 거친 숨소리조차 안 날 정도로 페이스 조절을 하며 가다 성종경님과 인사를 나누는데 운동화 끈이 풀려 나불거린다. 썩 조짐이 안 좋았지만 다시 끈을 단단히 조여 매고 다시 페이스를 찾아 달렸다.

8km 정도 다다르니 34분이다. 숨도 안 가쁘고 달리는 것이 즐거울 정도로 컨디션이 좋았다. 그래서 오늘의 페이스는 매 km×4+2분으로 잡았다.

불국사 역을 지나 통일전 가는 길엔 맞바람이 제법 분다. 모자창을 뒤로 돌리고 허리를 조금 숙였다. 조금이나마 바람의 저항을 줄이려고 했다.

10km 지점에 마라톤 시작 후 처음으로 스포츠 음료를 잡았다. 체내 흡수 속도가 물보다 빠르고 앞으로 물먹는 시간도 줄여야 하기에 선택한 것이지만 달리며 먹다 눈에 튀어 들어가 눈이 따가운 문제도 찾을 수 있었다.

통일전을 지나 맞바람을 맞아 달리며 15km 지점에 도착했다. 목표 페이스를 그대로 유지하고 있었고 매 km마다 거리표시가 되어 있어 페이스 조절에 많은 도움이 되었다.

문득 욕심이 발동한다. 아직은 컨디션 좋고 페이스 유지에 아직까지는 자신이 있었다. 이 페이스를 끝까지 유지만 한다면 Sub-3은 가능하지 않는가 하는 생각과 동시에 Sub-3을 7초에 실패하신 이성우님 생각이 난다.

아직은 공복감도 없고 추운 날씨로 땀을 흘리지 않아서인지 식수대는 보지도 않고 지나치며 페이스 유지에 최선을 다했다.

천마총 진입 전 저 멀리 빨간 머리띠의 회장님이 보인다. 10분 이내 진입은 확연한 자신감이 온다. 회장님과 힘을 서로 주고받으며 앞으로 도망갔다.

천마총을 돌아 오릉으로 들어가는 길목에 21km 표지가 보인다. 나의 시계는 1시 27분을 가리킨다. 목표 페이스에 1분이 뒤쳐졌다. 1분을 당기기 위해 부지런히 발을 움직이는 가운데 오릉을 돌아 시내로 진입하는데 오동방 형님과 꿈나무 님이 동반주를 하고 있다.

더욱더 Sub-3 욕심이 발동한다 저들은 울마클 Sub-3 일순위 준족들이 아닌가. 그들과 가볍게 조우를 하고 앞질러 가는데 어느새 분황사 입구까지 왔다. 아직도 풀코스 주자들이 천마총으로 진입하기 위해 무리지어 달리고 있다. 그 지점은 아직도 20km 구간인데 나는 33km 지점을 달리고 있으니 나 자신에게도 놀랍다. 언제 이런 지구력과 근력이 있었는지 그렇게 우려하던 오른쪽 무릎도 별탈 없고 단지 종아리가 뭉쳐서 쥐가 날지 모른다는 생각뿐 그렇게 힘들게 하지는 않았다. 아직도 페이스는 그대로 유지하고 있고 계산상 5분 페이스로만 달려도 Sub-3 가능한 시간이었다.

근데 서서히 허기를 느끼기 시작한다. 하지만 물도 바나나도 어느 것도 먹을 수 없다. 마지막 7초의 안타까운 전례가 내 뇌리 속에서 맴돌고 있었기 때문이다.

37km 보문단지 입구 마지막 언덕이 태산처럼 보인다. 앞이 캄캄하고 정신이 혼미해져 온다. 저 언덕만 넘으면 내리막길과 Sub-3가 기다리고 있는데 아직도 5분 페이스만 유지하면 된다는 생각에 사력을 다하여 오르막을 오르고 38km 도저히 정신이 혼미해 몸을 가눌 수 없어 급수대에서 물을 마셨다.

40km 2시간 48분

눈앞에 보이는 Sub-3지만 그냥 주저앉고 싶었다. Sub-3가 뭐길래 다시는 Sub-3 욕심 안 낸다는 생각과 또 다시 이 고통을 겪을 수 없다는 생각이 교차하면서 지금쯤 피로연하고 있을 친구들을 생각하며 혼미한 정신을 바로 잡고자 발버둥치며 그렇게 41km를 지나 이종우 님의 힘찬 목소리 Sub-3를 위해 힘을 외쳐 주었지만 아무 생각이 없었다.

정신이 혼미해 더 이상의 빠른 발걸음은 허락하지 않았다. 저 멀리 전광판이 흐릿하게 보이고 이종우 님과 함께 피니쉬 라인을 정말 힘들게 통과하였다. 전광판 시계 2시간 59분.

나의 시계는 2시간 58분을 가리키고 있었다. 이제는 모든 것이 끝이다. 풀코스 4번째 완주. 언제나 40km가 지나면 초인적인 힘으로 달렸지만 오늘은 그렇지 못했다. 누군가 그랬다. 풀코스 완주 후 쓰러지지 않는다면 최선을 다한 것이 아니라고 그냥 쓰러지고 싶었다. 간신히 안전펜스를 붙잡고 의지하고 있는데 이종우 님이 칩이며 따뜻한 옷가지 걸쳐주는 배려에 눈물이 울컥 나올 정도로 고마움을 느꼈고 울마클 회원님들에게도 감사드리고 싶다.

힘겨운 사투 속에 나의 고향 경주에서 달성한 Sub-3로 아무도 예상 못한 가을의 전설 한 페이지를 난 그렇게 물들이고 돌아왔다.

고통을 참고 계속 달린 호미곶

곽 삼 렬

최고 기록 : 풀코스 4시간 9분 45초, 하프코스 1시간 45분 25초
경력 : 2년
좌우명 : 건강을 위하여 무리하지 말고 즐겁게 달리자.
현소속 : SK 주식회사 동력팀
깡마른 체격에 마라톤은 어울리지 않을지는 모르지만 절친한 친구의 권유로 입문하여 잘은 못하지만 무리하지 않고 건강을 위하여 즐겁게 달리며 회원들과의 만남을 보람으로 여기며 회사나 가정이 아닌 또 다른 곳에서의 여유를 가지고자 함.

원래 달리기나 마라톤에 대해 보는 것은 좋아했지만, 실제로 하는 것은 소질이 없던 내가 마라톤을 한답시고 이리저리 연습을 하러 다니는 지금의 내 자신을 생각할 때 웃음이 절로 나온다. 남들처럼 뚱뚱해서 살빼기 위해 하는 것도 아니고, 그렇다고 똥배가 나온 것은 더더욱 아니다. 키 180cm, 몸무게 67kg인 해골같이 마른 내 체격을 누가 봐도 모든 체격 조건이 달리기를 할 이유가 없다고 생갈할 지는 모르지만, 나와 절친한 친구인 윤펀드의 권유로 울산 Runners Club에 한번 참석한 이후로 금년 3월부터 사람도 사귀고, 운동도 할 겸해서 런클 토달 모임 장소인 양동다리 아래에 몇 번 참석하게 되었고, 이후 나도 서서히 관심을 가지게 되었다. 나의 회사 마라톤 클럽인 SK CMC에 늦게 가입한 것도 처음부터 마라톤을 할 생각이 없었기 때문이다.

지금도 세련된 것은 아니지만 처음 시작할 때 복장은 물론 뛰는 폼도 그야말로 지게꾼 폼이었다. 그때부터 집사람을 파트너로 해서 연습거리는 달랐지만 거의 같이 동행을 하게 되었다. 더운 여름에 흘린 땀만 해도 지금 내 체중에 비하면 엄청난 양이었으며, 주로에서도 내가 마라톤을 왜 시작했는지 후회를 한 적이 한두 번이 아니었다.

금년 4월 7일 경주 벚꽃마라톤대회 10km 55분대, 5월 20일 부산 다대포 하프 마라톤대회 10km 부분 54분대, 6월 3일 동강병원마라톤대회 1시간 3분대 경주 동아오픈 하프 코스 1시간 47분 울산 광역시장배 하프 코스에 1시간 45분 경력으로 과감히 호미곶대회 풀코스에 신청을 하게 되었다. 그것도 김재근 회원이 신청하고 참가를 못하게 되자 대타로 신청을 결심하게 되었다(11월 하순). 그 이후는 걱정이 태산 같았다. 정말 할 수 있을까? 완주할 수 있을까?

그렇지만 '달리는 자만이 결승점에 도달할 수 있다'는 회사 동료의 말을 되새겨 본다. 12월은 또 회식자리가 일주일에 3번 정도는 항상 있었고, 연습을 한번도 제대로 하질 못했다. 달리기에 입문 후 장거리라곤 35km가 최고로 뛴 기록밖에 없는 놈이 아무리 순위가 없고 기록이 의미 없는 풀코스 마라톤이라지만 완주를 할 수 있을지 걱정이 앞선다. 그것도 초보자에게는 아주 어려운 코스란 것도 나에게는 큰 중압감으로 작용하고 있었다. 대회 참가를 결정하고 난 후에는 발목도 안 좋은 것 같고 허리도 아픈 것 같았다. 날짜는 멈추지 않고 자꾸 흘렀고, 대회 전날은(15일) 토달에 참석하여 (시간이 늦어 뛰지는 않았음) 오뎅과 막걸리만 먹었다. 설상가상으로 초등에서 고교까지 동기 동창인 친구의 부친상가에서 조문까지 하고 집에 와 자리에 누운 시간은 새벽 02:00를 가리키고 있었다(만약 상가에 안 갔어도 이 시간까지도 잠들지는 못했을 것이다).

변명을 한 가지 더 하자면 같이 누운 아내가 감기로 잔기침을 밤새도록 하여 잠을 많이 설친 상태로 대회 날은 밝았다.

대회 당일 아침 약속된 장소에(07:30) 나가니 반가운 얼굴들이 벌써 와 있었고, 런클에 가입 후 처음으로 관광버스로 회원들과 같이 동행하여 대회에 출전하게 되었다. 런클 홍보담당인 국방위원장의 재치 있는 입담으로 지루함이 없었고, 나는 처음 풀코스 머리를 올린다고 소감 및 인사할 수 있는 행운도 주었다. 간절곶이 호미곶보다 해 뜨는 시간이 빠르다고 하는 사이 반환지점인 도구 해수욕장 입구를 09:00 정도에 지나며, 코스를 유심히 보면서 지나게 되었다. 아! 그런데 이게 웬일인가?

코스가 예사롭지 않다는 것은 익히 들어 알고 있었지만 버스를 타고 지나가서 그런지 어지럽고 현기증이 날 만큼 꼬부랑길과 고갯길이 수 없이 많은 것 같았다. 어떤 고갯길인지는 모르지만 심하게 말하면 정자길 고개가 생각나는 곳도 2곳이나 되는 것 같았다. 모두들 차 안에서 야단법석이다. 회군지점을 어디로 정할까? 오늘은 무리하지 말고 즐기자는 등.

왕 기초반인 내가 처음으로 풀코스를 도전하면서 어려운 코스이니 속으로는 바짝 긴장하지 않을 수 없었다(사실 국방위원장이 겁도 주었음). 그렇지만 내심 4시간 30분에 완주할 것이라고 결심하고, 내 자신을 추스리는 사이 드디어 호미곶 광장에 도착한 시간은 09:30분 정도 되는 것 같았다.

주위의 현장 파악을 위해 차 밖을 나오는 순간 바닷바람과 추위가 나의 자신감을 날려 버린다. 집을 떠날 때 아내가 부탁한 말이 생각이 난다.

"처음 도전이고 하니 무리하지 말고 이상이 있으면 과감하게 중간에서 포기하라."

어릴 때 농촌에서 자라(범서 촌놈임) '깡'은 있어 가지고 몸에 무리가 오더라도 목표한 시간 내에 완주할 것이란 나의 성격을 알고 있는 아내의 부탁이었다면 나의 자랑인가?

모두들 춥다고 걱정하면서 가지고 온 옷을 최대한 입고 한 두 명씩 광장으로 집결한다. 나도 회사 동료에게 미리 부탁한 빵 모자를 챙겨 쓰고 대회 주최측에서 마련한 드럼통에 불을 피운 바로 옆에서 준비운동을 해 가면서 출발시간을 기다렸다. 주최측은 날씨 때문에 개회식도 간단하게 마치는 배려를 아끼지 않았다.

추운 겨울인데도 여름 유니폼만 입고 있는 사람도 있었다. 드디어 출발신호와 함께 후미에서 출발을 했다. 약 2km 지점까지는 런클 회원들과 함께 달렸으나 그 이후는 서서히 대열이 흩어지고 있었다. 그래도 뛸만하다고 생각하면서 첫 음료수대를 지나 5km 지점에 도착하니 29분대였다. 항상 기억하고 있었듯이 무리를 하지 않기로 하고 대한유화의 김영목, 이수경 씨를 일정거리를 유지하면서, 어마어마한 고개를 힘겹게 넘었다 싶으니 10km 지점에 도착하여 56분대였다. 이제 내가 내심 생각하고 있었던 4시간 30대에 완주가 가능하리라고 기대하면서 계속 달렸다. 런클 회장님도 100km 울트라 참가 이후 몸 상태가 안 좋아 보인다. 주로에서 자원 봉사자들이 주자들에게 외쳐 주는 '파이팅' 소리는 큰 힘이 되었다.

15km 지점을(1시간 23분) 통과하여 열심히 달리고 있는데, 벌써 선두 주자는(포항의 무슨 클럽 소속) 선도차의 유도를 받으며 돌아

오고 있었다.

선두 주자가 뛰는 모습을 보니 정말 쉽게 뛰고 있는 것 같아 부러웠다(자기도 물론 고통스럽겠지만…).

조금 지나니 낯익은 사람들이 한 두 명씩 돌아오고 있었다. 이런 저런 생각을 하고 반환점에 도착하니 1시간 56분대를 가리키고 있었다. 나보다 늦게 반환점을 도는 사람도 꾀나 되는 것 같아 용기와 힘이 생겼다.

반환점을 조금 지나 양갱과 음료수로 배를 채운 후 계속 뛰었다. 32km 지점에(3시간 4분 통과) 이르러 미리 준비한 파워젤과 주최측에서 마련한 바나나 4조각(2EA)과 음료수로 배를 채우고 주로 옆에서 소변을 본 후(달리기 중 주로에서 소변 보기는 처음임) 스트레칭을 하고 다시 출발을 했다. 남은 거리가 10.2km 정도니 현재보다 조금만 당긴다면 Sub-4는 가능하리란 욕심이 생겼다.

하지만 아직도 두 개의 큰 고갯길이 있고 무리하면 부상의 변수도 있을 것 같아 무리를 하지 않으면서 계속 뛰었으나, 가장 가파르고 힘든 고갯길이 시작되는 지점인 약 35km 지점(?)에 이르니 이제 서서히 고통이 오고 있었다.

아프지 않은 곳이 없는 것 같았고, 강한 정신력도 서서히 약해지고 있는 것을 느꼈다. 포기하고 싶었다. 하지만 다시 한번 나 자신을 추스리면서 계속 뛰어보지만 오르막에서 종아리가 쥐가 날 것 같아 달리기에 입문한 후 처음으로 주로에서 걷다 뛰다를 계속하며 내리막을 힘있게 달리고 있는데 언제 왔는지 조프로가 "친구 힘"하면서 지나간다. 그 놈도 분명 놀라는 눈치였다.

마지막 음료수대에서 영양갱을 먹고 몸을 푼 후 오르막을 조금지나 38km에 도착하니 3시간 42분이었다. 남은 거리는 4.2km밖에 남지 않았다. 마지막 고갯길을 시작하는 지점이지만 4시간 10분 내에는 결승점에 도착할 것이라는 희망을 가지고 고갯길을 뛰다 걷다를 계속하였다. 약 2km를 남겨두고는 imedia의 촬영 기자에게 폼도 잡아보는 여유를 가졌다. 약 1km를 남겨두고 다시 조프로를 만나 마지막 스퍼트를 해 보지만 발걸음이 마음처럼 되질 않는다. 있는 힘을 다하여 뛰어 대회시간 4시간 09분 40초, 나의 스톱 위치는 4시간 09분 03초를 보면서 결승점을 통과할 때 해냈구나 하는 기쁨에 눈물이 핑 돌았다. 일기, 코스 등 여건이 좋지 않은 상황에서 첫 풀코스 도전에 기록은 좋지 않지만 첫 완주를 하는 순간이었다. 골인 지점에는 울산마라톤클럽 회장께서 반갑게 맞아 주었다.

대회 참가 소감으로는 완주하기까지 여러 방법으로 지도 및 도움을 주신 울산마라톤클럽 회원께 감사의 마음을 전한다. 또한 일개의 동호회가 어느 대회보다 대회를 처음부터 끝까지 깔끔하게 진행한 포항 그린넷마 회원들께 수고했다는 말을 전한다. 그리고 6시간 동안 추운 날씨에도 불구하고 음료수 및 간식을 지원하면서 힘을 준 영일고등학교 자원 봉사자들, 교통을 정리한 전경들, 아낌없는 박수로 힘을 준 해병대원들, 주로에서 하이파이브를 하면서 "힘"이라고 외치던 초등학생과 그의 아버지, 골인 지점 1km 전방에서 만세를 부르시던 할머니들 이 모든 분들에게 감사드린다.

전국에서 모인 마라톤 동호회 회원들과 서로의 이름을 외치면서 주로에서 같이 시간들을 가질 수 있었기에 무한한 영광으로 생각하며 내년 서울 국제동아마라톤대회에서는 좋은 기록을 위해 열심히 노력할 것입니다. 감사합니다.

아내와 함께한 21km의 경주벚꽃마라톤

곽 삼 렬

경주벚꽃마라톤 하프코스 부부 참가기

2002년 1월 뜻하지 않는 무릎부상으로 울산마라톤클럽에서 단체로 신청한 고성대회에서도 아픈 무릎을 참아가며 아내와 함께 10km만 뛰었지만, 그 이후로는 아예 연습조차 하지 못하고 3월 17일 서울 동아대회조차도 포기하는 아픔을 감수해야 했다. 물론 초보자의 성급함이 부른 무리한 연습에서 온 결과인 것 같았다.

내가 이 나이에 무슨 기록이 필요하며 어떤 등위가 필요한가를 생각해 볼 때 정말 어리석은 짓을 하고 있다는 생각이 들었다. 이제는 달리는 목적을 단지 건강을 위해서 즐겁게 달리기로 마음먹었다(물론 어느 정도의 고통은 있어야 하지만). 아직 완전하지 않는 무릎이지만 이번 경주 벚꽃대회에서는 아내와 같이 뛰기로 하였다. 처음 신청한 아내와 하프코스를 2시간 내 완주를 목표로 아내의 페이스 메이커를 자청하였지만 아내가 부담스러워하는 눈치이다.

런클의 전상사도 사모님의 페이스 메이커를 한다고 하니 부담은 좀 덜 되었다. 문제는 아내였다. 요즈음 라켓볼에 재미 붙여 나와 같이 주로에 나간 지 오래된 것 같았다. 설상가상으로 나도 회사에서 자리가 이동되어 연습조차 제대로 하지 못하고, 세월은 흘러 4월 6일이 되어 대회 날이 밝았다.

어제 저녁부터 비가 온다는 일기예보에 신경이 많이 쓰였다. 대회날 먹을 음식(돼지수육)을 늦게까지 준비하고 있는 아내에겐 미안했지만 일찍 잠자리에 들었고 이런 저런 생각에 잠이 오지 않아 잠을 깬 시간은 새벽 04:30!

일어나 밖을 보니 야속하게도 비가 내리고 있었다. 이동은 문제가 되진 않지만, 우리 SK CMC 회원 및 비회원 등 대인원이 머물러야 할 곳이며, 음식 준비를 천막 속에서 해야 한다고 생각하니 걱정이 태산 같았다. 경상도 말 한마디로 철때반죽이 될 것 같았다. 그렇지만 밥 한 그릇을 비우고 짐을 챙겨 집결지인 태화강 고수부지에 도착하여 인원점검을 하고 06:05분에 회사가 마련해 준 대형 버스로 출발을 했다. 이런 소개 저런 이야기를 하는 동안 버스는 경주의 엑스포광장에 도착하였다. 운영진의 안내로 천막을 치고, 음식을 준비하고, 교육부의 주관으로 간단한 스트레칭과 달리기로 몸을 푼 후 단체 기념촬영을 했다. 모든 단체행사를 마친 후 각자가 신청한 코스의 출발선상 대기하는 동안 나는 아내를 놓치고 말았다. 별로 할 일도 없었으나 홍보를 담당하다 보니 마음만 바쁘게 설친 것 같다. 여러 곳을 찾아보았지만, 많은 사람들 중에 아내를 찾기란 힘이 들것 같아 하프의 후미에서 출발하여 한 사람씩 추월하여 아내를 찾아 같이 뛰기로 작전을 바꾸었다(아내의 실력을 아니까 충분히 가능할 것이라고 믿었음).

이 경주대회는 나에게 큰 의미를 준다. 윤펀드의 전도로 공식대회 첫 출전한 곳이 작년 이 경주 벚꽃대회이며, 이 대회에서 아내보다 좀 늦게 골인한 기억이 난다. 하지만 지금은 거꾸로 아내의 페이스 메이커를 하려고 이 출발선에 섰다.

풀코스 출발 몇 분 후 하프도 출발을 하였다. 출발시 컨디션은 괜찮은 것 같았지만 여러 사람을 살피면서 가야 한다는 것이 여간 피곤하지가 않았다. 약 4km 지점에서 친구 윤펀드를 만나 같이 뛰고 있는데 바로 앞에서 아내의 모습이 보였다. 반가웠다. 그 지점이 아마 약 5km 지점이 되는 것 같았다(24분 42초).

친구를 앞으로 보내고 아내와 함께 속도를 조절해 가면서 계속 달렸다. 아내의 페이스에 맞추어 뛰자니 내 페이스로 뛰는 것보다도 무릎에 무리가 더 오는 것처럼 느껴졌다. 한참을 달렸을까. 구황교 부근에 이르니 비바람을 등지고 달려 오히려 달리는데 도움을 주었지만 아내는 영 따라오지 못한다.

역시 여자는 여자였다. 그 곳을 조금 지나니 선두주자가 오고 있다. WIA라는 로고를 달고 뛰는 분들이 선두권을 유지하고 있는 것 같았다. 경주여고 앞을 지나니 우리 딸 같은 학생들이 창문 밖으로 고개를 내밀고 '파이팅'을 외쳐준다.

반환점을 돌아 풀코스 주자들과 만나는 일천교를 지나니 조프로, 문인학 씨 등 풀코스 주자들이 가볍게 앞을 지나간다. 목이 터져라 "힘"을 외치니 뒤로 돌아보면서 "힘"을 외쳐준다. 나한테만 하지 말고 내 아내에게도 힘을 외쳐 주면 아내도 힘이 생길 것인데 하는 아쉬움이 남는다.

이제부터는 비바람을 안고 뛰자니 아내가 괴로워한다. 난 계속 뒤를 돌아 아내를 살피며 스피드를 조절한다. 얼마를 달렸을까 보문교 밑을 지나니 10km 걷기대회 참가 분들이 많은 박수를 준다. 아마 일본인들이 많은 것 같았다.

이제부터 가장 큰 오르막이 시작되었다. 아내는 영 따라오지 못한다. 측은한 생각도 든다. 걷는 사람도 있고, 그 중에는 힘차게 구령을 붙이면서 오는 사람도 있다.

　갑자기 전상사 생각이 난다. 17.5km란 거리 표지가 있었지만 반신반의하면서 시계를 보니 1시간 24분 40초. 저 거리 표지가 하프의 17.5km라면 분명 1시간 48분대에 진입이 가능하다는 생각도 잠깐 해보았다. 하지만 속도로 보아서는 2시간 내의 목표 진입도 빡빡하다는 생각이 들어 앞에서 독려해 본다.

　신라CC 근처를 달려 내려오고 있는데 언제 따라 왔는지 "삼렬이 잡아라"는 소리가 들려 돌아보니 런클의 손 라덴이 아가씨를 페이스 메이커하면서 오고 있었다.

　저승사자 같은 생각이 들어 달려 보지만 아내가 따라오지 못한다. 나도 이제 오른쪽 무릎이 더 아파 오는 것 같다. 그렇지만 아내에게는 괜찮다는 표시를 하고 참아가면서 계속 달렸지만 라덴을 따라가기는 무리인 것 같아 앞으로 보냈다. 강교수님이 부부가 함께 뛰니 보기가 좋다고 힘을 준다. 풀코스를 뛰는 강교수님을 교육문화원 쪽으로 보내고 마지막 힘을 다해 결승선으로 들어오니 런클의 여름이와 여호스가 나 보고 "이성택 씨 힘"이라고 외쳐 주고, 다른 분들의 격려 속에 마지막 골인을 하니 나의 스톱 워치는 1시간 58분 42초를 가리키고 있었다. 아내는 나보다 일찍 출발을 했기 때문에 과연 Sub-2가 달성되었는지 굉장히 궁금하였다. 아픈 무릎을 감싸고 마주 앉아 아내의 완주에 대단함을 치켜세우면서 기쁨을 만끽하였다. 이 때문에 달리기를 하는 것 같다. 나중에 기록을 조회해 본 결과 이옥수는 1시간 59분 57초, 본인은 1초가 빠른 1시간 58분 41초였다. 하프에 Sub-2 및 완주의 목표는 달성하였다.

　마지막으로 한 가지 바람이 있다면 Major대회에 풀코스를 부부가 참가하여 Sub-4에 완주를 하고 싶다. 아픈 만큼 성숙해진다고 이제부터 천천히 가을의 '춘마'를 위해 준비를 해야겠다. 감사합니다!

춘천마라톤대회 기행기

주 우 남

2001년 10월 24일

새벽, 여명이 산을 넘고 강을 건너 깊은 잠에 빠진 사람을 깨
우고 저마다 해야 할 것에 대해서 익히 해온 것처럼 살며시 잠자
리를 벗어나게 한다.

가벼운 체조와 스트레칭, 여느 날과 마찬가지로 어둠 속에서 움
직이는 벌레처럼 스멀스멀 거리로 나선다. 또박또박, 사그락, 발구
르고, 옷섶이 스치는 소리가 난다.

나의 숨소리도 고르게 고르게, 모두 규칙적이고 정겹게 들린다.
내 다리는 무쇠다리인가? 마냥 앞으로 앞으로 전진하며 육중한 체
중은 열기를 발산한다.

꼭 3년 만에 다시 찾은 조선일보 춘천마라톤대회. 엷은 가을 구름과 하늘거리는 억세대, 낙엽과 단풍놀이, 가을의 추념, 사색해야 할 시기에 나는 왜 이렇게 힘들고 지치게 하는 마라톤에 중독된 중환자가 되어서 2만 명 속의 한 점이 되어 남들의 비웃음 반 칭찬 반으로 내뱉는 말처럼 "사서 죽을 고생 뭐 하러 하냐." 나도 자조의 미소로 대신할 수밖에 없다. 완주해 보지 않은 자가 마라톤의 참 맛을 알랴?

호반의 도시 춘천은 아침 안개가 자욱했다. 날씨는 맑고 좋았다. 공설 운동장에는 운집한 사람들로 인산인해를 이루었다. 스탠드 난간에 나붙은 지역마라톤 플래카드가 빼곡이 붙어 있었다. 많이 보고 느끼고 돌아가야지. 추억이 될 수 있는 것은 무엇일까 달리는 일상일까? 이 운동장을 출발신호와 함께 사라져 버리는 군상들을 어떻게 기억할까? 운동장 내에 일만 명의 풀코스 주자가 대기했을 때 정말 장관이었다.

각자의 다짐은 다양했다. 나도 주위 사람들과 간단한 통성명을 하고 마라톤에 대해서 몇 마디 나누었다. 건강을 위해서, 남들이 뛰니까, 인내력을 기르려고, 황영조나 이봉주처럼 되고 싶어서 등.... 모두 다 제 각각의 이유가 있고 대답한다.

째깍 째깍 초침이 돌아간다. 42.195km 무려 3시간 20여 분을 달려야 한다. 달리는 시간에 비하면 출발신호가 울리기 전의 몇 분 몇 초가 더 길고 지루하고 초조하게 느껴진다.

모두들 나처럼 긴장하고 있을까? 인내력을 실험하려는 것은 경기 이전부터이다. 출발 이전의 이 짧은 시간에도 나이 머리 속은 주로에서 경기운영에 대한 계획으로 가슴이 뛴다. 9, 8...., 4, 3, 2 출발 대포소리와 함께 운동장 좁은 문으로 마치 토끼몰이에 몰린 토끼처럼 사람들이 빨려나간다. 이번에는 참가 경비가 많이 들었다. 연습량이 많아 나의 최고 기록 갱신을 기대한다.

주로 양쪽에 늘어선 구경꾼들의 함성과 박수소리에 즐겁다. 돌아올 때에도 이런 기분으로 돌아올 수 있을까? 운동장을 나와 곧바로 넓은 경사길이 시작되었다. 고개 정상쯤 황영조 동상을 지나자 삼거리에 아주머니 풍물패가 농악을 했다. 뛰면서도 신이 났다. 다시 아래로 내달리기 시작한다. 2차선 도로 주변의 산은 단풍이 들었다. 김유정 시비를 지나니 상큼한 계곡바람이 좋았다. 의암호가 보이고 멀리 건너편 주로에는 등록 선수와 헬리콥터가 뒤따르고 있었다.

지금쯤 우리 집에서는 텔레비전을 보고 있을까? MBC텔레비전 중계방송을 하고 있을 텐데 우리 같은 동호인들도 달리는 모습이 텔레비전에 나와 봤으면 좋겠는데, 이렇게 큰 대회가 열리는 곳에서는 언제나 축제 분위기라고 말하지만 주로에 서서 뛸 때는 저 등록 선수를 위한 들러리일까? 내가 처음 마라톤을 시작했을 때는 이런 생각을 안 했는데 참가 햇수가 거듭될수록 아마추어 정신의 순수함을 잃고 비속화되는구나 하는 잠시 쓸데없는 상념에 젖어 본다 . 의암댐 둑 다리를 지났다. 서울 방향 도로에 소복 입은 소녀들의 행위예술가 모임이 보였다. 흰옷자락에 창백한 분을 바르고 뭔가를 표현하고 있는 모습이 뭔지 잘 모르겠지만 인상에 남았다.

10km 왔을 때쯤, 중계방송 차가 보여서 손을 높이 흔들었다.

"주우남"하고 뒤에서 귀에 익은 소리가 들렸다. 강과장과 정과장이다. 이들은 이번 대회가 처음 풀코스이다. "열심히 뛰자, 이제 가냐."고 했다 출발선에서 앞서 뛰었던 나는 처음 10km를 45분으로 하려다 어제 사내 마라톤대회 후유증으로 50분으로 수정하여 뛰고 있었다. 곧바로 이들은 나를 앞서기 시작했다. 어, 어, 내가 저들보다 못할 것 없는데, 뒤쳐질 수는 없지. 이들을 따라서 다시 속도를 내기 시작했다.

  내가 보기에는 오버 페이스하는 것 같았지만 이들과 4개월간 같이 연습했기에 동료의식 때문에 뒤따르기로 마음먹고 뛰었다. 속도내기 좋은 시점이다. 15km 정도 왔을 때 원주에서 참석했노라면서 완주 목표시간을 물어왔다. 3시간 30분이라고 대답했다. 그 분은 체구가 작고 말랐다. 가볍게 잘 뛰고 있었다. 이 양반을 따라 뛰어야지. 됐어. 마음속으로 페이스 맨을 설정하고 그가 가는 뒷걸음 쪽에 나의 앞발을 디뎠다.

  가을 김장용 배추 무우밭이 짙은 녹색을 띠고 있다. 가을걷이를 하는 사람들이, 더러는 외출길에 차량통행을 막아버린 마라톤 대열에 대기하고 있다가 박수를 보내거나 지루하게 행렬이 끝나기를 기다릴 것이다. 17.5km는 언덕길이다. 속도를 줄여야 된다.

  강과장이 계속 앞서 달리고 정과장이 뒤처져 오고 있다. 다시 내리막길이다. 속도를 냈다. 하프 지점을 지나고 있었다. 시계를 보고, 물을 마시고, 간식을 먹었다. 어느 정도 계획대로 달리는 느낌이다. 힘이 부치기 시작한다. 길가에 코스모스 꽃잎이 지고 줄기만 앙상하게 보였다. 멀리 앞쪽으로 춘천댐이 보이고 강 건너 30km 지점으로 먼저 달리는 사람이 보였다. 25km 지점은 완만한 언덕이다. 다리에 통증이 왔다. 벌써 다리가 아프다.

  짜증이 났다. 누군가 길가에서 스프레이 파스를 뿌리고 있었다. 나도 뿌려 보았다. 효과가 없었다. 길옆 수도 호수로 물을 틀어놓고 이미 지쳐 버린 사람들이 머리를 처박고 몸을 식히고 있었다. 아마 저들은 초반 과속으로 인하여 쉬고 있겠지. 나는 그들보다 빠르겠지. 위안하면서 춘천댐 둑으로 향했지만 경사 길을 차고 오르는 데 힘이 부치고 있었다. 둑을 지나면 속도를 낼 요량으로 속도를 줄였다.

춘천댐 아래는 가을 가뭄으로 강바닥이 보이고 싱갱이가 바위에 말라붙어 죽은 자국이 허였다. 둑 아래 길은 내리막이다. 속도를 내기 시작했다.

30km 왔을 때 어제 저녁에 구입한 파워젤이라는 보조식품이 생각났다. 입 속에 넣었다. 생전 처음 먹는 맛이다. 목이 말라서 진득한 젤은 목을 넘어가려고 하지 않았다. 억지로 삼켰다. 더 이상 먹을 수가 없어 길가에 버렸다. 주로에서 쓰레기를 버린다는 죄책감이 들었다. 그리고 이런 것을 먹으면서 기록을 잘 내야 하나, 운동선수들이 도핑 테스트에서 먹지 말아야 하는 음식을, 주사를 맞아서 더 나은 기록을 얻고자 하는 인간의 심리가 이런 것일까? 파워젤은 어떤 효과를 내는지 모르지만 이런 것을 먹고 뛰어야 할 만큼 기록에 연연한 초라한 모습. 뛰는 나에게 회의감이 들었다.

30km 지점에서 물을 먹었다. 겨우 목이 메이던 젤이 넘어갔다. 바나나를 받았다. 물과 함께 억지로 넘기고 뛰기 시작했다. 102 보충대 앞에 늘어선 군인들이 박수소리와 응원 목소리 풍물소리에 힘을 얻어 걷고 싶던 생각이 순식간에 사라졌다. 군인이 길 양편에 서서 만든 인간터널을 어서 지나야지. 심리적이었을까. 잘 뛰었다. 힘도 났다. 고맙다.

사실 군대시간은 내가 살면서, 한국 남자가 거치는 통과의례 중 한 가지다. 하사관학교 훈련시절, 철원에서 포병 분대장 시절, 제대하면 강원도를 향해서 오줌도 누지 않겠다고 했는데 그리고 사내아이를 낳으면 절대로 군대에 보내지 않겠다고 다짐했는데.

이렇게 강원도에 와서 오줌도 누고 저녁도 먹고 여관에서 자고 그 힘들다는 마라톤 풀코스를 두 번씩이나 뛰고 막국수도 먹고 닭갈비도 먹고.

"岩下老佛" 택리지에 강원도는 이렇게 묘사되어 있다. 정주영 회장 최규하 대통령 조순 경제부총리 등의 비유가 적합하다. 그래 강원도 감자의 힘은 위대하다.

앞서가던 강과장이 눈앞에서 완전히 사라졌다. 뒤따르던 정과장도 시야에 들어오지 않았다. 어제 저녁과 아침 식사를 했던 102 보충대 앞을 지나고 숙박했던 여관 앞도 지났다.

직선 코스가 나왔다. 진정한 마라톤 선수의 사투가 시작되는 35km 지점이다 . 뛰는데 진짜 고통이 시작된다. 고개가 뒤로 쳐지고, 뛰려고 해도 다리가 앞으로 나아가지 않는다.

시계를 보니 3시간이 다 되었다. 처음 생각했던 3시간 10분대도 물 건너갔다. 다시 25분대로 뛰어야겠다.

3년 전에도 38km에서 죽을 고생을 했는데, 이번에도 이렇게 힘이 들까? 어쩌란 말인가.

내 몸은 기계적 움직임으로 변했다. 9번 완주한 경험이 노하우로 작용했던가. 걷지 않기 위한 비상수단은 없다. 천천히 뛰면 된다. 지금 걷지만 않으면 내가 계획한 기록은 가능하다. 머리에 열이 나고, 다리가 아파 오고, 어깨가 짓눌리고, 만사가 귀찮아졌다. 눈에는 피곤이 가득하다. 힘없이 한 발씩 한 발씩 기계적 움직임은 이 고난의 직선 길을 어서 지나가야지, 하는 생각뿐.

춘천역과 전쟁기념 공원이 보인다. 소양강 다리를 지나고, 우측의 호수는 오후의 나른함과 가을의 햇살에 반짝이고 있다. 호수 분수대의 물줄기가 하늘로 솟아오르고 있었지만, 나의 발걸음은 무겁고 앞으로 나아가지 못한다.

사람들의 박수소리도, 차량의 손짓도 모두 의미 없는 짓거리다. 이 고통과 괴로움은 육체와 정신의 시험대다. 요즈음의 풀코스 완주는 이제 인내력의 테스트가 아니라고 했는데 언제쯤 나는 이 달관의 경지에 오를까.

드디어 운동장이 보이는 40km 코너에 들어섰다. 나를 아는 사람들이 앞지르면서 나의 이름을 불러주고 앞서간다. 힘들지만 어서 가자고 하지만 나와 상관없는 소리처럼 들린다. 가자, 가자, 어서 가자, 2km만 더 가면 되는데 ‧‧‧‧‧

시외 버스 정류장을 지나자 시내 사람들이 붐비고 가로수 그늘 속으로 들어오니 따갑던 머리가 약간 시원해진 듯하다. 함성이 들린다. 그렇게 아우성치는 고통의 소리, 침이 허옇게 말라붙은 입가에서 나오는 옅은 숨소리, 다리 사이의 따가움, 허벅지의 뻐근함, 신발 속의 열기도 모두가 식어 가는 듯하다.

팔과 어깨, 다리에 소금이 뚝뚝 떨어진다. 나의 마지막 힘을 보태야 하는데 정신이 맑아오기 시작한다. 전신이 마취되기 시작했다. 이러면 안 되는데 걷고 싶다.

내가 달리는 궁극적 목표는 무엇일까? 왜 뛰냐고 묻는다면 뭐라고 대답할까. 나의 체력과 인내력을 시험한다고 대답할 수 있을까.

운동장 문이 보이고 양옆으로 도열한 군중은 응원을 하고 있지만 나는 오로지 한 가지 생각뿐이다. 갑자기 발가락에 쥐가 났다. 한번도 이런 적이 없었는데 잠시 뛰기를 멈춘다. 발끝에 힘을 주고 정신을 정비했다. 약 500m 달리면 되는데 "이게 뭐야." 몇 사람에게 추월당했다. 운동장 입구에서는 마지막 힘을 쏟아야 한다. 그런데 내 몸이 말을 듣지 않는다.

발끝이 계속 아프다. 다리가 저려온다. 아무소리도 들리지 않는다. 진군가를 불러다오. 앞으로, 앞으로, 억지로 발끝에 힘을 주고 나의 마지막 남은 힘을 소진해야 한다. 소진할 기력도 없다. 결승점이다. 시계를 보았다. 3시간 26분 수십 초로 통과했다.

끝났다. 올해의 잔치는 이렇게 끝났다. 약간 우울했다. 처음 출발할 때는 나의 최고 공식 기록을 갱신하리라고 마음속으로 약속했는데 적어도 3시간 10분대를 진입하리라고 기대했는데, 결승점을 통과하면 느끼는 몸 속의 쾌감이 전신을 전율하기 시작한다. 메달을 받고 이렇게 저조한 기록이라니, 다시 정신을 가다듬었다.

혈액 점성이 아마 응고점에 가까울 정도라고 느낀다. 약 2L 정도 물과 음료수를 위장 속으로 퍼부었다. 나만의 잔치 축배를 들자고. 그러나 몸은 꿈속의 환희가 계속되고 있는데 같이 달렸던 사람들을 찾아 서로의 완주를 축하했다. 따가운 가을 햇살은 계속 내리쬐고 있다. 이제 돌아가야 한다. 사람들이 사는 세상으로 다시 돌아가야 한다. 나는 잠시 미친 사람들이 사는 환자들의 축제 속에서 머물다가 나왔다.

목욕을 하고 저녁을 먹고 술도 한잔 했다. 격렬한 운동 후 술은 독이라고 했는데, 그래도 기분을 가라앉히려고 노력했다. 들뜨고 흥분한 심신을 정리하자 .

울산으로 가자. 춘천은 또 언젠가 다시 올 것이다. 새로운 기록 도전을 위해서!

42.195km 走路에서!

호미곶 Ultra marathon 참가기

주 우 남

2002년 5월 26일

세상의 일이란 어제가 그제 같고 내일이 오늘 같아서 때로는 새로운 것에 접하고 싶다. 늘 꿈꾸며 살겠노라고 일상을 탈출하고 싶다. 어제의 태양은 맑고 붉었다면 내일은 밝고 더욱 둥글기를 바라면서, 달리기에 중증 환자처럼 처신한 나에게도 새로운 도전이 기다리고 있었다.

울트라 마라톤 100km 생각만 해도 아찔하고 두렵다. 그래 해보는 거야.

5월 중순경 정보 수집에 늦은 나는 Site 속의 울트라 대회가 포항에서 열린다는 것과 참가 신청이 끝났다는 사실에 실망했다. 며칠이 지난 후 울산 근처에서 대회가 열리는데 그것도 몰랐던 점을 자책하면서 5월 22일 저녁 포항에 전화를 걸었다. 추가 참가가 가능하다기에, 그날 저녁 도저히 잠을 잘 수가 없었다. 이렇다 할 정보나 준비가 전혀 없이 무모한 결정에 1시가 넘어서 잠이 들었다. 금요일 아침 차량 수배를 하고 퇴근 후 준비물을 챙길 수 있었다.

토요일 오전 내내 바쁘고 일이 많았다. 오후 1시에 사무실을 나왔다. 과자와 찹쌀떡 3개를 샀다. 며칠 전부터 허리가 아픈 아내 때문에 걱정이 되어서 쉽게 나서겠다고 말도 못하고 망설였다. 집 정리를 마치고 3시가 넘어서 포항으로 향했다.

호미곶에 4번째 왔다. 올 연초에 심한 겨울바람 때문에 쫓겨났었는데 다행이 오늘은 바람이 없다. 등대 근처 들판 전체가 누렇게 익은 보리밭이다. 요즈음 보리농사를 짓는 이유가 궁금했다. 주차장에 도착하여 울산 R.C Member인 만자로, 성종경, 조충제, 송충기 씨를 식당에서 만났다. 나는 국밥을 시켰다. 운동장 집합소리가 났다. 짧은 타이즈와 흰티를 입고 등산용 배낭을 메고 주최측이 명시한 준비물을 모두 가방 속에 넣었더니 가방 부피가 크다. 다른 사람들은 수통 하나 아니면 맨몸이다. 나만 이래저래 바쁘고 어설폈다. 방송에서 바셀린을 바르라기에 다시 겨드랑이 사타구니 발가락에 새로 듬뿍 발랐다.

2002년 5월 25일 저녁 7시. 얄궂은 운명의 시간은 우리 곁에 왔다.

축포 소리와 함께 U-R-C(울산런너스클럽) Member는 완주를 기원하면서 앞으로 나아갔다.

Ultra Marathon 정보와 Study에 미약한 나는 만자로 씨 뒤를 따라 뛰기를 정하고 그의 보폭에 발맞추었다. 출발시점에서 Mr. M은 무조건 최대한 노작거려야 결승점에 웃으며 골인한다고 하기에 조심조심했다. 1km 지나자 송충기 씨가 배낭을 KBS 중계소 수위실에 맡겼다. 읍내를 벗어나니 보리밭이 사방이다. 품종은 쌀보리였는데 수염이 거칠고 길다.

어느 핸가 아버지께서 대대로 짓던 보리품종을 바꿔 쌀보리를 파종했는데 싹이 나지 않았던 실농의 한 해. 그 해 우리 식구는 우울한 세월이었다. 해안도로는 심한 굴곡과 고저에 우리 주자를 괴롭히기 시작했다. 5km 정도에 순서가 정해졌다 . 우리의 만자로는 전국적인 거물이라서 인사 받는 횟수가 여간이 아니다. 그의 푸근한 눈웃음은 쉽게 그를 잊지 않을 것이다.

우리는 작은 그룹이 형성되었다. Mr. Man-, 조충제 씨, 나, 철인 Club의 김현태 씨(?), 서울에서 오신 김씨, 이렇게 5명이 그룹으로 정말 노작거리며 언덕이면 작은 걸음, 평지면 뛰었다.

오늘은 바다가 조용했다. 어둠이 밀려오고 있다. 주자들은 깜박이 등을 켰다. 2차선인 도로에 줄지어 달린다는 것이 쉽지 않다. 모내기철인 때라 개구리 합창은 천지를 울렸다.

군장 구보가 시작됐다. 군가와 돌아와요 부산항에, 섬마을 선생, 연분홍치마 자락에, 다시 박목월의 나그네 시까지, 마봉산 고개를 넘고 시간도 제법 지났다. 음력 4월 14일 하늘에 뜬 달빛은 천천히 뛰는 우리를 시상에 젖게 하며 구름은 달 그림자 지게 하여, 해변의 선술집으로 인도하고 있었다. 그 많은 술집 이름이 하나같이 우아하다, 아무르, 핀란디아, 퀸 얼리자베스. 이런저런 야경 구경을 하면서 포항으로 향했지만 이정표를 볼 수 없어 어렴풋이 짐작했다.

배낭의 물을 마셨다. 일행에서 내가 뒤처지기 시작했다. 숨이 가쁘고 배낭이 무겁고 목덜미가 배낭 끈에 쓸려서 따갑다. 고가도로가 보이고 넓은 신작로다. 조금 더 가면 해병대 주둔지이고 포항 비행장이겠지. 포항 공항쯤에서 우리 일행을 따라 붙었다

그래도 그분들은 빨랐다. 약 20km 지났을까. 자원봉사 조에서 물을 배분하고 있다. 봉사하시는 분께 항상 감사한다. 물병을 배낭 옆구리에 넣고 천천히 우리 일행을 앞섰다.

갑자기 혼자서 달리고 있지만 붉은 깜박이 등불을 따르니 안심된다. 양갱조각을 입에 넣었다. 1km 정도 지나니 우리 일행이 앞서간다. 같이 보조를 맞추려니 숨소리가 커졌다 .

오천읍이라는 간판이 보였다. 수첩을 꺼내서 보니 문덕초등학교를 지나고 28km 지점, 시간은 11시였던 것 같다. 길은 협소하고 2차선 시골길 분뇨 냄새가 났다. 어떤 아파트 근처에서 대구마라톤클럽에서 떡을 나누어주고 있다. 물과 함께 고맙게 잘 먹었다. 제 1Check Point 주유소 공터에서 숭늉과 초코파이를 주길래 단숨에 먹고 또 우리 일행보다 먼저 출발했다.

이제 길은 산골로 향했다. 적막강산 불빛 없는 길에 빨간 깜박등만 줄지어 촐랑거린다.

산 안개가 내려오고 달빛이 사라지고 한두 방울 빗방울이 떨어졌다. 내게 전화가 왔다. 우리집 큰놈인데 '아버지 아직도 뛰어요? 저수지 둑이 보이고 수풀 사이로 불빛이 새어 나왔다. 반딧불이다. 참 깨끗한 시골이구나. 저수지 끝에 몇 가구의 집과 폐교사가 보였다. 진전리라고 했다.

철인 김씨는 부인이 차를 몰고 동행하고 있다. 동네 어귀 버스 정류소에서 물과 오렌지 반 조각을 주었는데 진짜 맛있고 고마웠다. 다시 출발하는데 봉고차가 우리 일행 앞에서 멈췄다. 이게 누군가. 조종해 중사가 부인과 함께 꿀물을 주었다. 그 꿀물 죽여주더라. 드디어 가장 험난한 진전 고개다. 몇 년 전 비포장 도로를 넘었던 기억 속에 어두운 길목을 찾아보았다.

고개 정상에서 시계를 보니 이미 하루가 지난 26일 물 한 병을 얻어 배낭 옆구리에 넣고 물을 욕심껏 마셨다. 물배 소리가 났다. 우리 일행은 요기를 하자고 했지만 물배 부른 나는 먼저 가겠노라, 혼자서 기림사를 향했다.

고개 아래 도로에는 어떤 주자도 보이지 않았다. 무섭고 잘못 온 것 아닌지 불안했다. 되돌아갈까. 2km 정도 가니 주자 불빛이 보여 안심하고 뛰었다. 사람이 갑자기 반가웠다. 작은 고개를 다시 하나 더 넘어서 기림사에 다다른 듯했다. 48km에 12시 40분 경 굴골사 입구가 절반인 50km로 표시되어 있다. 철인 김씨 아저씨가 따라왔다. 경주 가는 갈림길에서 물을 나누어주었다

우리 일행이 왔다. 여전히 천천히 앞서 출발했다. 나는 천천히 뛰므로 곧 따라오겠지. 철인 아저씨는 잠시 뒤에 오더니 감포 전촌리에서 영영 앞서 가 버렸다. 발바닥이 아파 오기 시작했다. 발끝과 뒤꿈치가 저리는 듯 했다.

이럴 줄 알았다면 조깅화를 신었다면 더 잘 뛸 것 같았다. 소금을 꺼내 먹고 약간의 허기가 느껴지니 라면 국물 생각이 간절했다. 감포 전촌리 숲이 있는 삼거리에 도착하여 의무적으로 무언가 영양 보충을 해야지 생각되어 상점에 들렀다. 이곳에는 밤낚시를 많이 하는 모양이다. 낚시가게 모두 불이 켜져 있다. 이때의 시간이 새벽 2시 10여 분이었다.

빵을 한 입 가득 물었으나 목구멍을 넘지 못하고 구역질이 났다. 우유를 마시고 포카리스웨트 한 병을 배낭에 넣고 다시 뛰기 시작했다. 감포읍을 지나고 어떤 경사지에서 어둠 속에 부부가 미숫가루 물을 주었다. 작은 언덕을 지나서 정말 지독히 완만한 경사길이 사람 잡았다. 걷자니 평지 같고 달리자니 언덕 같고 정말 힘든 2.5km 정도는 쉬고 싶었다.

감포읍 오류리 해수욕장 입구에 자원 봉사조가 컵라면을 판매하고 있었다. 아침까지 더 이상 영양 보충 Camp가 없으므로 의무적으로 먹기를 권하기에 물배 부르지만 얼큰한 국물을 기대하면서 첫 젓가락에 너무 뜨거운 국물이 입천장을 익혔다. 땅바닥에 주저앉아 국물만 마시고 출발했다. 제대로 걷기가 힘들어 약간의 스트레칭을 하면서 몸에 불기를 지폈다. 내 생각에는 70km 왔겠지. 하지만 제2C.P에서 Number를 말하자 순번을 38번째, 63km 지점이라

고 했다. 아직 남은 거리가 37km. 아이구. 다시 동해안 따라 해송나무와 축양장의 썩은 생선 냄새를 따라서 어둠에 묻힌 도로를 조심스럽게 전진해갔다. 군인 둘이 거수경례를 하기에 '충성' 손을 올렸다. 개가 짖어 대는데 요란했다.

양포항이 보이고 하늘은 구름 사이로 푸른빛이 감돌아 여명이었다. 발끝과 뒤꿈치가 아파 속도를 낼 수 없는 데 한 분이 앞서거니 뒤서거니 함께 달리다 읍내에서 뒤 처지고 URC의 성종경 씨가 앞서 간다. 배낭이 없기에 홀가분해 보였다.

이정표를 식별할 정도로 날이 밝아오자 구룡포읍까지 약 20km. C.P를 찾았으나 보이지 않다. 새벽일을 나가는 농부가 달리는 우리를 한심한 듯 쳐다본다. 물이 떨어져 가게에 들러 물을 샀다. 그리고 준비했던 찹쌀떡을 꺼내보니 3조각이던 것이 한 개로 엉켜 있다. 열심히 흔들었구나.

호미곶 8km 구룡포 입구에서 이정표를 잘못 읽어 16km 지점까지 과속했다. 몹시 실망하고 체력 안배에 실수를 했다. 구룡포 읍내를 지나서야 호미곶 10km 이정표를 보았고, 달리는 속도가 10km 당 70분인데 이제 마라톤 속도로 달려야겠다고 속도를 내기 시작했다. 그러나 속도를 내봤자 지친 몸은 처음 그 속도였다. 언덕에서 속도를 줄이고 고개를 숙였다. 성종경 씨가 맹렬한 속도로 앞서 간다.

같이 갈 기력이 없다. 젊은 몇 명이 추월하고, 또 앞섰던 분을 내가 추월하고, 끝까지 이 속도면 12시간 수십 분 이내에 골인하겠지. 호미곶 풍력 발전 탑이 보이기를 기대하고 먼 하늘 쪽으로 초점을 맞추어 보았지만 아직 멀었는지 눈에 보이지 않았다.

모내기가 끝난 논에 흙탕물이 누렇다. 6시 수십 분인데 지열을 느낀다. 남은 거리 7km. 날 추월했던 분들이 지쳐서 걷는다. 이젠 작은 언덕은 걷지 않고 뛰었다. 7시 30분 전에 도착하자.

달리면서 고개와 어깨에 통증이 온다. URC의 성종경 씨, 송충기 씨가 앞에 보였다.

'아니 저 분이 어떻게 sub-3인데 지금 가고 있나.' 나의 기준으로 아마 지금쯤 휴식을 만끽하고 있을 텐데, 사연이 있겠지. 4km 남기고 성, 송 두 분이 가게로 함께 가자고 했다.

근처 수돗물을 보충한 나는 그냥 가겠노라며 뛰었다. 속도를 내야지 7시 30분 이전에는 도착하겠다고 진짜 속도를 내어보았다.

등대가 보이고 프로펠러가 보인다. 갑자기 기분이 좋아졌다. 이 먼 길을 부상 없이 다 왔구나, 힘내자.

골인대가 시야에 들어 왔고 아침 햇살은 따가왔다. 전 속도로 골인했다.

"야! 내가 해냈어!" 고함치며 테이프를 스치는데 속도를 너무 내어 오른발 발톱이 아팠다

잘 울고 쉽게 감성에 젖는 내가 울지 않았다. 왠지 웃고 싶고 몸부림치고 싶다. 시계를 보니 7시 30분. 소요시간은 12시간 28분. 등위 21위였다.

꿈에 그리던 Sub-3

윤 회 철

최고 기록 : 2시간 55분 52초(2002년 부산마라톤대회)
경력 : 2001년
좌우명 : 나 자신을 알자.
현소속 : 삼성석유화학 기술팀
체력 한계를 찐하게 느껴보고 싶어 마라톤에 입문하여
2002년 꿈의 sub-3을 달성했다. 건강을 위해서라기보다
는 끝없는 내 안의 나와 무한한 대화를 나눌 때까지, 나
를 인정할 때까지 달려보고 싶다. 내 욕심만 채우는 것
같아 가족들에게 항상 미안한 마음을 갖고 운동한다.

어제만큼 달리는 것이 힘든 적이 없었다. 어제 걷고 있을 때, 옆으로 동국대 앰뷸런스가 요란한 소리를 내면 지나갔다. 외쳐 부를 힘만 있었다면 세워서 타고 싶었다.

마라톤대회를 앞둔 한 달 동안의 훈련부족이 원인이었다. 회사 정수작업이 겹쳐 항상 10시 넘어 퇴근하고 철야작업을 하여 체력이 엉망인 상태에서 너무 무리한 과욕을 부렸다.

처음 스타트는 가벼운 몸놀림에 기분도 상쾌하고, 꼭 일을 저지르고 말 것 같은 좋은 느낌이었다. 출발 전 예상한 시간으로 5km, 10km, 15km, 20km 하프를 통과할 때까지는 꿈의 기록에 한 발 한 발 가까워 옴을 느꼈다. 가벼운 다리놀림과 호흡이 근래의 최고였다. 다들 부러워하는 sub-3 달성은 무난할 듯 싶었다. 하프 지점을 1시간 26분으로 통과하면서 드디어 나에게도 기회가 온 것 같았다.

23~4km까지 오동방 형님과 바짝 붙어 동반주를 하다 24km를 지나면서 서서히 형님의 뒷모습만 보다 25km를 지나고 경주시내 도로를 달릴 때 현기증을 느끼고 앞이 하얗게 변하면서 꼭 구름 위를 달리는 착각과 함께 식은땀을 흘리면서 그렇게 꿈의 기록이 무참히 무너지는 듯하였다. 허기에 빈혈 증상을 느꼈다.

귓가를 울리는 말벌 소리, 거리 감각이 없어진 눈, 무거워진 다리, 작대기가 되어버린 하체 근육들. 일요일이 장날이었는지 도로 변에 많은 과일과 행상 아주머니들이 있었습니다. 부끄러움도 잊은 채 가로수를 기대고 서서 노점상 아저씨께 구걸을 했습니다.

"아저씨 죄송하지만 귤 좀 주세요."

너무 애처로워 보였는지 3개씩이나 주는 눈빛엔 '뭐 하러 저 고생을 하는지'라는 애처로움이 묻어 있었습니다. 손이 벌벌 떨리는 바람에 귤껍질을 벗길 힘도 없어 사과, 베어먹듯 그냥 벗겨 3개를 먹는 둥 마는 둥 허겁지겁 삼켜 넣고 다시 달리려고 했지만 공중에 뜬 느낌은 그대로라 꼭 술에 취한 걸음걸이로 달릴 수밖에 없었다. 태어나 이런 경험은 처음이었다. 그냥 그 자리에서 포기하고 싶은 생각뿐이다.

그렇게 2~3km를 지나 30km Check Point에서 생수와 초코파이를 3개나 먹고 또 걸었다. 나를 기다리는 사람들을 위해서라도 뛰고 싶었지만 떨어지지 않는 발걸음이 너무 무거워 한심한 내 모습에 울음이 날 것 같았다. 뛰고는 싶은데, 이젠 다리마저 경련을 일으키면서 걷는 것마저 힘들었다.

도로변에서 이번에는 자원봉사하는 이름 모르는 분의 도움으로 초콜릿과 꿀물을 얻어 마시며 용기와 힘을 되찾으려 했지만 아저씨의 함성이 아득히 멀게만 들렸고 내 몸뚱이가 너무나 초라해 보였다.

무참히 버려진 낙오자마냥 그렇게 혼자 비틀거리며 멀고도 먼 다음 이정표만 찾아 헤맸다. 고통을 달게 받아들이기엔 너무나 나약한 병실 환자 그 자체였다.

이미 주위 사람들의 시선도 잊었고, 초점도 잃어버린 상태라 기록은 무의미해졌고 오로지 결승점에서 기다리는 가족과 회사동료들이 그리울 뿐이었습니다. 나를 태워줄 승용차가 있기를 바랐다.

뛰려고 최대한의 힘을 냈지만 이내 힘들어 걷고 또 힘을 내어 뛰고, 가슴속으로 다시는 이런 무모한 짓을 하지 않겠다고 외치고 또 외쳤다.

이젠 부끄러움 마저 잊은 채 그렇게 걷다가 40km 푯말을 발견했다. 옆으로 백발의 허리 굽은 할아버지가 숨소리를 몰아 쉬며 지날 때 한없는 부끄러움에 어쩔 수 없이 달렸지만 멀어져만 가는 할아버지가 그렇게 부러울 수가 없었다. 멀고 가까움의 의미도 잊어 버렸다.

기록의 부끄러움과 낙오자의 패배도 그 순간만큼은 나를 움직이지 못했다. 그저 가족의 품과 동료들을 볼 수만 있다면. 여기가 결승점이라면. 나약함이라고 하기엔 체력적으로 너무 힘들었다. 두 다리 대퇴근의 묵직한 경련은 어쩔 수 없는 체력의 열세를 말해주었다.

뛰려고 하면 이내 앞으로 수많은 사람들이 달리며 지나갔다.

결승점이 가까워 오자 잊어버렸던 부끄러움이 서서히 고개를 들기 시작했다.

무엇이 문제였을까? 하프 지점까지는 순조롭게 잘 달렸는데, 왜 다리 경련을 일으켰을까? 충주대회에서도 그랬는데, 또...

정신력 문제는 아니다. 체력이 너무 약하다. 평소 14km 내외만의 짧은 거리만 훈련해서일까? 장거리주의 중요함을 다시 일깨우며 결승점 앞에서 무의미한 뜀박질을 했다.

너무 힘들었다. 28km 이후부터 어떻게 결승점까지 왔는지 기억이 없다. 혼자만이 가을 정취를 느끼기엔 너무 외로웠고 추웠다. 아무도 없었다. 그렇게 내버려진 채 혼자 걷기만 했을 뿐 아무 소리도 들리지 않았다. 보이지도 않았다.

외롭고 힘들다는 느낌만 가진 채 경주의 가을을 느꼈다.

의미없는 3시간 29분 02초, 꿈의 기록을 그렇게 접어야만 했다.

만자로의 런던, 뉴욕, 이브스키 완주기

'비극과 꿈이 공존한 땅' 뉴욕의 마라톤 여행기
풀완주 : 32회
닉네임 : 만자로

김 재 식

뉴욕과 인천의 시차는 14시간으로 시차적응은 비행기 내에서 시작하는 것이 가장 쉽다. 인천의 출발시간이 1일 오전 11시이니 뉴욕은 31일 저녁 9시이다. 기내에 탑승하자마자 뉴욕 시간으로 전환하고, 기내식을 먹자마자 잠이 든다. 그리고는 뉴욕 시간으로 아침 9시 기상!

두 시간 정도 움직이다보니 벌써 뉴욕의 하늘이다. 아름답게 단풍이 물든 'Autumn in New York'을 보여준다. 기대하였던 마천루는 JFK 공항이 시 외곽에 위치한 탓인지 보이지 않고, 뉴욕 테러 여파로 보안검색이 엄청나게 강화되었다는 이야기에 많이 긴장을 하였는데, 너무나 쉽게 입국 수속이 마감된다.

WTC 테러의 아픔도 역사 속에 묻혀 간다는 것을 증명이라도 하듯, 출국장에 나가자 반가운 얼굴이 환하게 우리들을 맞이한다. 뉴욕에서 숙소를 제공하기로 한 유명한 마라톤 매니아 '브라운 유' 선배님이다.

우리(충주의 '장병춘' 원장과 나)끼리 충분히 찾아갈 수 있다고 몇 번이나 고사하였음에도 공항까지 픽업을 나온 것이다.

불과 한 달 전에 국내에서 수차례 만남의 기회를 가졌음에도 반가움은 여전하다. 마라톤 행사장. 혼자서만 느끼는 엉성함!

브루클린의 아담한 3층 건물인 선배님 집에서 간단히 여장을 정리하고 바로 엑스포 행사장이 준비된 맨해튼의 Jacob Javits 빌딩으로 이동한다. 가는 도중에 뉴욕 마라톤의 출발점인 스태이튼 아일랜드와 브루클린을 연결하는 '베라자노' 다리를 멀리서 감상하며 맨해튼으로 이어지는 다리인 '브루클린' 브릿지를 건너 맨해튼의 마천루를 속으로 입성한다.

브루클린에서 조망한 마천루는 항상 보아오던 뉴욕의 상징과 같았던 WTC의 자리가 너무나 공허하게 느껴진다.

드디어 9.11 이후 항상 뉴스의 화제 속에 있던 미국의 중심 뉴욕으로 들어온 것이다. 처음 밟아보는 땅임에도 뉴욕을 소재로 한 너무나 많은 영화와 뉴스 등 화면으로 접한 곳이 되어서인지 전혀 낯섦을 느낄 수가 없다. 단지 직접 접하는 웅장함만이 더하여 질 뿐…

비극의 현장이었던 WTC 빌딩의 붕괴 장소 '그라운드 제로'를 지날 때에는 미국에 대한 알지 못할 반감과는 전혀 다른 숙연함이 느껴진다.

대낮임에도 조명등이 켜져 있고 현장은 철망으로 가려진 채 수많은 작업차량들이 이동하며 비극의 현장을 조금씩 바꾸어 가고 있다.

9.11 당시 뉴욕에서 현장을 목격하신 '브라운 유' 선배님의 이야기!

"당시에는 살아 있다는 것만으로도 얼마나 마음에 위안이 되었는지 몰라!"

배번 교부와 마라톤 엑스포 행사가 진행되는 장소 Jacob Javits 빌딩! 마라톤대회 참가자들이 입구부터 도열하여 있다. 뉴욕 마라톤 참가자 분들의 언급을 통해 각오한 유명한 줄서기가 시작되는 것이다. 줄서기도 계층이 있는지 우리의 그것과는 조금 차이가 있다.

처음부터 끝까지 줄이 길게 연결되어 있는 것이 아니라 내부의 혼잡을 방지하기 위하여 수시로 관계자들이 인원수를 통제하여 줄을 세우는 것이다. 어느 정도 내부가 정리되면 다음 단계로 한꺼번에 진행시키는 방법으로. 거의 한 시간 정도를 소비하고 나서야 배번을 수령하는 줄로 전진이 이루어지고 엑스포 행사장에 진입할 자격이 주어졌다. 그런데 내부로 진입하니 참가자에 비하여 봉사자의 수가 너무 부족함을 느꼈다.

32,000명의 참가자들을 소화하기 위해서는 배번을 나누어주는 부스가 충분히 준비가 되어야 함에도, 외국인 참가자들의 인터내셔널 프랜드십 런(이후 인프런) 배번 배부처는 불과 3명, 전체 배번을 배부하는 곳과 티셔츠 배부처의 봉사인원도 불과 몇 명이 되지 않았다!

처음부터 진입을 통제함으로 배번 배부까지는 작은 인원에도 무리 없이 진행이 되나 배번 수령 후 다시 티셔츠를 수령하기 위한 부스는 또 불과 3개만이 준비됨으로 또 한번의 줄서기를 경험하여야 하는 것이다.

줄을 서서 배부가 이루어지는 부스 쪽을 보니 미리 물품을 준비

한 것이 아니라 봉사자 두 명이 주자들이 이것저것 설명하면서 도 착하여서야 짐을 포장하여 나누어준다!

조급해하며 항상 시간에 쫓기는 우리의 문화 관점에서 보면 뭔 가 부족한 것을 느끼게 하는 장면이나, 더 신기한 것은 이렇게 주 최측의 소홀하고 부족한 것 같은 준비에 대하여 불평을 하거나 항 의를 하는 사람이 단 한 명도 없다는 것이다!

큰 대회의 필수조건인 주최측의 완벽한 준비가 아니라, 참가하 는 분들의 협조에서 시작하는 것이며 그 기본이 줄서기라는 것을 느껴본다.

마라톤 EXPO. 소문난 잔치, 빈약한 먹을 것!

행사 진행요원뿐 아니라 EXPO 행사장도 참가자에 비하여 그다 지 큰 규모가 아니다 보니 줄서기는 EXPO 행사장의 계산대 등에 서도 계속된다. 지금까지의 마라톤 여행에서 전혀 상품에 대한 관 심이 없었고, 당연히 구매도 전혀 하지 않았는데, 몇 번의 해외 마 라톤을 경험하다 보니 잘못된 생각이라는 것을 많이 느낀다.

사람은 지나간 일을 망각하게 되어 있으나, 그 여행에 대한 소품 을 하나 가짐으로 해서 그 여행에 대한 기억을 오래 간직하는 방법 이 되고 다른 동호인에게 참가에 대한 동기 부여가 될 수 있으니...

이번에는 기념품으로 기억될 만한 소품을 몇 가지 장만하겠다는 생각에 행사장을 기웃거려 보나 가격이 만만치가 않다. 우리가 흔 히 알고 있는 겨울용 방풍 러닝 재킷(기능성이 뛰어난 소재가 아 님)이 160$, 모자 하나도 22$, 면 티가 20$, 심지어 양말 한 켤레에 도 뉴욕마라톤이란 로고가 들어가 있으면 10$ 정도에 판매를 하고 있다!

'뉴욕 마라톤'이란 로고도 아식스가 독점 계약을 하였는지 아식 스 제품만 사용하고 있으며 또 재고가 남을 경우를 대비한 것인지는 모르지만 로고에 가장 중요한 개최 연도도 표시되어 있지 않다. 고민 끝에 모자 하나와 조끼 형식의 패딩을 하나 구입했다. 그래도 100$가 조금 더 되는 것을 보니 아식스에서 조직위에 제공하는 로열티가 만만치 않다는 것을 짐작하게 한다.

개인적으로 엄청나게 비싼 금액으로 생각함에도 기념품이라는 생각을 가진 참가자가 많은지 당일 기념 티셔츠를 받지 못한 '김윤회' 선배와 함께 방문한 다음날은 대부분의 소품 종류가 완전히 소진되어 더 이상 판매가 되고 있지 않다!

행사장을 떠나 브루클린의 유일한 한인 식당이라는 곳에서 간단히 뉴욕 속의 한국을 느끼는 식사를 마치고 다시 '브라운 유' 선배님 집으로 돌아오니 벌써 시계가 9시를 지나고 있다.

도착 후 처음으로 숙소에서 뉴욕에서 행동을 함께 할 일행 3인이 내일 일정에 대하여 이야기하여 본다. 애초에는 오늘은 휴식을 취하고 내일 배번 수령을 할 예정이었는데, 오늘 미리 수령하였으니 내일은 피곤하여도 유엔 빌딩의 잔디밭에서 열리는 인프런에 참석하고 간단한 뉴욕 시내를 관광하기로 결정했다.

색다른 달리기, 인터내셔널 프랜드십 런

시차적응이 되지 않아 선잠을 잤으나 일어나니 벌써 새벽 5시다. 간단하게 세면을 하고 있으니 '브라운 유' 형님이 아침 식사를 하자면서 내려온다.

간단한 토스트(미국 생활의 연륜을 증명하듯 요리 실력이 보통이 아니다.) 그리고 실례를 무릅쓰고 3층에 위치한 살림방을 구경하다 뉴욕 최고의 명소를 발견한다.

각종 대회 트로피와 사진, 메달 등이 한편으로 진열되어 있는 선배님의 거실. 이곳에는 대회 트로피뿐만 아니라 우수한 기록을 달성하였을 경우 본인이 직접 제작한 기념패까지' 거의 마라톤으로 가득 채워져 있다.

"이곳을 구경하지 못한 마라토너는 뉴욕 관광하였다는 이야기하면 안 된다!"

개인적으로 '브라운 유 명예의 전당'으로 명명하여 본다. 어제보다 기온은 더 내려가 인프런 참석을 위하여 내린 유엔빌딩 앞에서는 숨을 쉬면 하얀 김이 무럭무럭 나온다. 그래도 벌써 많은 사람들이 모여 있고, 일부는 몸을 데우기 위한 워밍 달리기에 열심이다.

아직 공식 행사까지는 한 시간 정도 남은 7시. 사람들이 모여들기 시작한다. 인터내셔널이란 명칭처럼 국기 또는 자신의 나라를 상징하는 의상 그리고 이조차도 준비가 되어 있지 않은 사람은 국가 이름이 들어 있는 운동복이라도 입고 있는 사람이 대부분이다. 나도 한국을 알린다는 생각에 월드컵을 통하여 많이 알려진 '코리아의 붉은 악마 머플러'를 준비하였다. 월드컵을 통하여 홍보가 많이 되었는지 단지 머플러만으로도 '코리아'를 반기는 참가자들이 많다.

아는 척 하는 얼굴을 그냥 지나갈 수 없기에 '대한민국'(박수 5번) 또는 '오 필승 코리아'로 답례한다. 놀랍게도 같이 엇박자의 박수 5번으로 응답하는 외국인이 많다. SURPRISE!

가장 많고 극성스러운 참가자들이 네덜란드(HOLLAND) 참가자들이다. 덩치가 산만큼 큰 남자들이 자신의 국가를 상징하는 오렌지색의 모자나 의상으로 무장을 하고 자신들의 노래를 부르면서 엄청나게 즐거워한다.

우리도 우리를 알릴 수 있는 행동을 하고 싶으나 여기서 만나기로 한 '여행 춘추' 팀이 도착하지 않는 바람에 워낙 적극적인 네덜란드 참가자들의 인원수에 밀리어 별다른 이벤트를 보여주지 못하고 공식행사장인 잔디밭(Tavern on the Green)으로 들어간다.

주최측에서 각 참가국가의 국기를 모두 준비하였다. 아직도 단

체 참가자들은 도착하지 않았기에 우리 3명만이 국기를 들고 단상 앞에 섰다.

인프런이란 행사답게 식전 행사가 요란하다. 스폰서인 Continental Airlines 관계자도 생색을 내고, 주최측의 여러 사람도 단상에 서고, 뉴욕시 관계자도 단상에 서더니 급기야 4인조 아카펠라 그룹을 내세워 'AMERICA'를 부르면서 단상 위에서 자기들끼리 숙연한 표정을 잡고 있다. 분명히 행사 매뉴얼에는 참가자격이 출전 신청한 외국인이라도 되어 있는데 꼭 그 노래를 선정하여 무게를 잡아야 하는지 고개를 갸웃하여 본다.

그리고는 출발에 앞서 사회자가 여러 가지 언어로 인사와 행사에 대한 소개를 한다. 유감스럽게도 거의 10개국 이상의 언어로 소개됨에도 한국어는 나오지 않는다. 나중에 전해들은 정보로는 참가자가 많은 국가 순으로 소개가 되었다고 한다.

모든 마라토너들이 참가를 동경하고, 가장 많은 참가자가 몰리는 보스턴 마라톤에서 같은 형식의 행사가 있으면 가까운 시간 내에 한국어 멘트를 들을 수 있기를 기대해 본다.

9시경 보도진의 카메라 세례를 받으며 국기를 든 기수를 선두로 유엔 광장 앞 도로에서 센트럴파크까지 4마일의 인프런 행사가 진행된다. 주말의 이른 시간이기는 하지만 뉴욕의 마천루 중심 도로를 달리는 경험은 또 색다른 추억이 된다.

앞선 경험자들의 조언에 따라 일본인으로 오인되는 맥빠지는(?) 경험을 방지하기 위하여 주최측이 제공한 엄청나게 무거운(?) 국기를 들고 머플러까지 목에 두르고 달리니 '간빠레'란 듣기 그다지 좋지 않은 응원은 전혀 귀에 들어오지 않는다.

오히려 도로 곳곳에서 "힘내세요", "한국 파이팅"이란 기분 좋은 응원이 들려오니 들고 있는 국기가 무겁다는 생각도 들지 않는다.

그런데 또 하나의 복병이 도사리고 있다.

유럽인(주로 오렌지색으로 무장한 엄청나게 인원수가 많은 네덜란드인)들이 나를 보고 '코리아'를 외쳐주며 꼭 마지막 말이 '히딩크'로 끝나는 것이다. 대한민국이 월드컵을 성공적으로 개최한 것이지 '히딩크'가 성공적으로 개최한 것은 아니라고 생각하는데...

다각적인 방면으로 생각하고 '히딩크'에 대한 평가를 정립하는 것이 필요하다 싶을 정도로 많은 사람들이 '코리아와 히딩크'를 연관한 격려를 많이 한다.

맨해튼 중심의 거리(avenue)를 관통하는 센터럴파크!

'뉴욕마라톤'의 태동지답게 대형 빌딩의 중심에 위치한 녹지공간이 아니라 녹지와 절묘하게 조화를 이루어 마천루들이 도열하여 있다는 느낌이 들 정도의 품격을 갖춘 시민들의 휴식공간이다.

잘 조경된 나무와 호수 그리고 절묘하게 배치된 조형물, 그래도 옥의 티를 꼬집으려면 통행로가 황톳길이 아니라 아스팔트로 만들어져 완벽한 자연미에 흠집을 낸 정도라고 할까! '센터럴파크' 역시 너무나 많은 영화나 기타 화면을 통하여 본 탓인지 처음 온 곳이라는 기분은 전혀 느끼지 못한다.

콘티넨탈 항공이라는 스폰서가 참가자들에게 베이글(빵)과 간단한 음료를 제공하는데, 이곳에서도 줄서기가 어제만큼은 극심하지 않아도 커피 서비스 코너는 엄청나게 붐빈다. 추운 날씨에 더운 커피로 속을 데우기 위하여 몇 명 안 되는 자원봉사자에게 모두 하나같이 종이컵을 길게 내밀면서. 아프간의 무료배급소와 같이 무질서하고 폭력적(?)인 광경이 단지 생존이 걸린 문제가 아니라는 정도의 차이는 있어도 이곳에서 재현되고 있는 것이다.

인프런 참가자들을 위한 커피 서비스 코너에는 그들이 자랑하는 줄서기는 보이지 않는다. 그들에 비하여 워낙 몸집이 작고 또 빈틈을 헤집는 능력은 소시 적부터 어려운 환경에서 열심히 연마하였기에 어렵지 않게 커피 한 잔을 먹을 수 있다. 이 커피조차 정말 즐기면서 펀런을 한 주자들이 도착할 시점에는 바닥이 난다.

모든 참가자들이 충분히 즐길 수 있는 양이 준비되지 않은 커피와 같은 준비물은 서비스라기보다는 생색내기에 지나지 않는다고 보아야 할 것 같다. 본격적인 뉴욕 탐험 길에서 마주 친 거지들, 무척이나 즐거웠던 인프런을 마치고 이제 뉴욕 맨해튼 탐험(?)에 나선다.

어제 기념 티를 받지 못한 윤회 형님을 위하여 다시 엑스포 행사장으로 가려고 무료 셔틀버스 정류장을 찾는다.

뉴욕의 길 표시는 남에서 북으로 스트리트(street)로 번호가 규정되며, 동에서 서로 에비뉴(avenue)로 나누어져 있으니 지도와 이정표만 있으면 초행길이라도 크게 어려움 없이 찾을 수 있도록 되어 있다.

대부분의 경우 에비뉴와 스트리트의 간격도 일정하며, 뛰어난 눈썰미로 버스 정류장을 찾았으나 '장병춘' 원장이 또 문제다.

나와 윤회 형님은 적당히 버스에 탑승하나 확실한 줄서기라는 원리 원칙에 충실한 장원장은 인원 초과로 버스에 오르지 못하는 것이다. 엑스포에서 만나기로 약속하고 올랐는데, 원리주의자 장원장은 결국 버스를 두 대나 더 놓치고 탑승할 수 있었다고 한다.

대다수가 불평 없이 당연하다고 생각하는 이런 부족한 서비스를 나는 폭력적이며 감동적이지 못하다고 생각하니 아무래도 소수인 나의 생각이 잘못된 것으로 보아야 할 것 같다. 엑스포에서 간단한 쇼핑 후 '자유의 여신상' 관광으로 뉴욕 탐험을 시작하기 위해 맨해튼 최남단에 위치한 '배터리파크'로 향한다.

엄청나게 폭력적이라고 소문난 뉴욕의 '옐로우 캡'을 이용하였으나 인도계 운전사는 운전도 얌전하게 하고 추가비용을 지급하지 않고는 않을 수 없다는 앞좌석의 탑승도 개의치 않는다. 단순하게 들은 지식으로 모든 것을 평가하는 것은 위험한 선입견을 만드는 것이리라.

바람이 제법 매섭게 불고 있는 이곳에도 장사진이 기다리고 있다. 이제 줄서기가 당연한 것으로 느껴지기 시작한다. 아니 아예 추운 곳에서 줄서는 것을 각오하고 복장을 든든하게 차려입었기에 별 걱정이 되지 않는다. 그런데 이곳에서의 줄서기는 그다지 지겹지가 않다. 배터리파크의 대부분이 흑인인 거지들 때문이다. 추운 날에도 근육질의 우람한 몸을 자랑하며 텀블링 묘기를 보이는 한 무리의 거지들은 줄을 서는 관중들을 상대로 다양한 묘기를 보여준다. 그리고는 모자를 돌리며 적선을 요구하는데 모자에 제법 많은 금액이 수북하게 쌓인다.

더 감동적인 거지도 있다. 줄이 중간쯤 전진하였을 때 중년의 흑인 거지가 바이올린을 연주하다 우리 일행에게 묻는다.

"아 유 코리언?" 반가운 마음에 당연히 "예스!"

그러자 노래가 이상하게 바뀌더니 '고향의 봄'이 연주되는 것이다. 외국에서 듣는 너무나 정다운 연주. 기분이 좋아서 고향의 봄을 따라서 부른다.

그런데 이 친구 여기서 끝이 아니다.

'애국가' 당연히 따라 불렀다. '아리랑'까지 넘어가자 그냥 있을 수가 없다. 코인이 아닌 지폐를 그 친구의 적선함에 넣는다.

며칠 전 라디오를 통해 들은 '월 스트리트의 거지'에 대한 우스개 이야기가 떠오른다. 한 거지가 적선함에 'BAG'라고 적어 넣는다. 하루에 10불을 번다. 그 다음에 'bag.com'이라고 적어 넣는다. 넥타이를 맨 투자가들이 하루에 1,000불은 낸다.

여기에 힘입어 'ebag.com'이라고 용기를 내어 적어 본다. 돈을 헤아릴 수가 없다. 급기야 나스닥의 책임자가 상장을 권하며 찾아온다. 농담이기는 하지만 이후 만난 뉴욕의 거지들도 마찬가지였다. 결코 단순하게 동냥만을 원하는 거지는 그다지 보이지 않는다.

멋지게 전자오르간을 연주하며 가스펠송을 연주하거나, 두세 명이 어울려 가수를 무색하게 하는 노래 실력으로 자신을 알리는 경우 등은 있어도.

미국의 주식 시장으로 대표되는 무자비한 자본 논리를 본받을 것이 아니라 미국의 이런 정감 넘치고 사회를 윤택하게 하는 거지의 사는 방법을 배우는 것이 더 바람직하고 문화적이란 엉뚱한 생각으로 뉴욕 시내를 방황하는 내내 웃음지어 본다.

'자유의 여신상'과 미국 이민의 역사를 보여주는 '엘리스 아일랜드'는 뉴욕을 상징하는 조형물이라는 저력이 가슴에 와 닿는다.

쫓기는 시간에 깊은 생각 없이 대충 보는 것에 지나지 않으나 '아메리칸 드림'을 꿈꾸며 이민선에 몸을 실은 많은 사람들이 '자유의 여신상'을 볼 때의 각오나 '엘리스 아일랜드'의 이민국에서 느꼈을 감정 등을 상상하여 보는 것만으로도...

지하철 그리고 차이나타운.

금강산도 식후경이라고 다시 '배터리파크'에 도착하니 배가 출출해진다. 이제부터 진짜 발의 힘인 '순발력'이 절실히 요구되는 순간이다.

무조건 지하철 코인을 사서 지하철로 진입한다. 어디가 어딘지도 모르겠으나 단순히 'low manhattan', 'upper manhattan'이란 표시만은 감이 잡히기에 상행선을 탄다. 빈자리에 구하기 힘들었던 뉴욕 지하철 노선도가 떨어져 있다.

'하늘은 스스로 돕는 자를 돕는다!'

두 정거장을 가서 내리는데 통과하는 역이 더 많다. 황급히 내린 다음 찬찬히 노선도를 보며 본격적인 공부에 돌입한다. 생활영어는 못하여도 우리의 제도권 교육이 영어에 대한 이해 능력은 엄청나게 도와주는 것이 틀림없다. 불과 10분이 지나지 않아 뉴욕의 지하철 노선에 대하여 대부분 숙지한다.

방금 탄 지하철은 'EXPRESS'로 명명되는 중요 역에만 정차하는 특급이며, 또 전역에 정차하는 'LOCAL'이란 완행이 있고, 번호나 숫자로 노선을 명명하는 것이다. 전혀 망설이는 경우 없이 한번에 식사를 하기로 한 차이나타운으로 지하철로 이동에 성공한다.

'차이나타운'은 중국의 번화가를 뉴욕으로 옮겨놓은 기분이 든다. 엄청나게 많은 유동인구, 영어는 거의 없이 한문으로만 되어 있는 간판, 팔지 않는 것이 존재하지 않는 듯한 상품의 다양성, 쫓기는 주인공이 항상 숨어드는 영화 속의 뉴욕의 뒷골목을 연상시키는 뒷골목까지 모든 것이 존재한다.

식당을 찾는다고 시간을 소비할 수가 없기에 길거리의 노점상에게 'DIMSUM'(중국 만두)를 잘하는 식당을 물으니 바로 옆의 식당을 가리킨다.

1층에 200석 정도의 좌석을 가진 식당인데 앉을 자리가 없다. 조금 기다리니 종업원이 안내를 하여 주는데, 앉고 보니 손님 한 명이 앉았다가 화장실에 간 자리다. 조금전 장원장이 옆의 페스트푸드 점에 화장실을 이용하러 갔더니 이용객 외에는 사용이 불가하다고 매몰차게 거부하더라고 하더니 한 명보다는 많은 인원에게 팔겠다는 의도적인 상술이 아닌지도 모르겠다.

자리도 없고 더 이상 움직일 수도 없을 만큼 배가 고프기에 옆자리에 놓인 옷에도 불구하고 그냥 앉아 있으니 화장실을 이용하고 돌아온 자리의 주인은 영문을 몰라하는데, 종업원은 별 생각 없이 옷을 들게 하고 비어 있는 한 좌석에 무조건 합석을 시킨다.

딤섬과 이름은 몰라도 음식을 시킬 수 있도록 음식 사진을 붙여 놓은 메뉴 판을 보고 과거 북경 여행시에 경험하였던 요리를 위주로 주문했다. 메뉴판에 음식이 무려 백 가지가 넘게 나열되어 있다. 그런데 거짓말을 조금 보태자면 메뉴판을 놓기 전에 주문한 음식이 도착한다.

워낙 기름진 음식이기에 무려 14도의 도수를 자랑하는 청도(칭다오) 맥주와 더불어 정말 맛있게 먹었다.

그리고 또 계산하면서 한번 더 놀란다!!

약 7가지 정도의 음식에 술까지 곁들였는데 총 계산 금액이 30불!

어제 단지 육개장 한 그릇을 먹었던 한인 식당에서의 금액이 70불 정도였으며, 버거킹 한 세트가 7불 정도였는데.

점심이 훨씬 지난 시간이었으나, 앉을 자리가 없을 정도로 식당이 붐비는 이유가 여기에 있는 것 같다.

"싸고, 맛있고, 빠르게 나오니!"

한인 식당이 중국 식당과 더불어 세계화하기 위하여서는 반드시 넘어야 할 과제라고 생각한다.

엠파이어스테이트의 아쉬운 야경.

바로 브루클린으로 돌아가려고 하였으나 배고픔이 해결되니 또 다른 욕심이 생긴다.

월요일로 관광을 미루었던 엠파이어스테이트 빌딩으로 향하고 싶은

장원장과 윤회 형님을 설득하여 아픈 다리를 보상하겠다며 호기 있게 '옐로우 캡'으로 엠파이어 빌딩으로 향한다.

퇴근 시간의 뉴욕은 보행자 천국이다. 신호와 관계없이 사람만

모이면 삼삼오오 무단횡단을 예사로 한다.

차량들도 난폭하게 밀어붙이는 경우는 간혹 있으나 경적을 울리는 경우는 거의 없다. 택시기사도 마찬가지다. 길이 조금만 막히면 무단 횡단을 예사로 한다.

우리 교통법규를 그대로 준수한다면 이 친구는 일주일가지 않아서 중앙선 침범에 따른 벌점 과다로 택시기사를 그만두어야 할 것이다. 이리 저리 중앙선을 몇 번 넘어서 내리니 꼭대기가 제대로 보이지 않으면서 넘어질 듯한 빌딩이 바로 머리 위에 있다.

엠파이어스테이트.

이 빌딩이 대공황 시절 불과 19개월 만에 완성되었다고 한다. 빌딩 옆으로 줄이 길게 늘어서 있다. 이제 완전히 뉴욕에 길들여져 앞을 확인할 생각도 없이 줄을 선다. 당연히 관광객들이 이루고 있는 장사진이다.

30분 만에 빌딩 안으로 진입. 그러나 끝이 아니다. 또 표를 사기 위하여 30분. 엘리베이터로 오르기 위하여 10분. 또 그곳에서 옥상으로 오르는 엘리베이터에서 20분. 그리고 올라가니 뉴욕의 야경이 황홀하나 너무나 거친 바람으로 춥다.

불과 15분 정도를 그 곳에서 머물며 더 이상 높은 빌딩이 없으며 브루클린 브릿지, 자유의 여신상, 센트럴파크가 어디에 있다는 것만을 확인하고 허무하게 내려온다.

내려오는 엘리베이터도 장사진이다. 내려오는 데 소요되는 시간이 또 30분.

다음에 자유여행으로 뉴욕을 관람하고자 하는 분에게 줄을 서지 않고도 관광을 하는 좋은 방법을 소개한다. 이른바 뉴욕 투어 프리 티켓(뉴욕을 망라하는 7개 관광지를 자유로이 관람하는 티켓이다). 자유의 여신상, 엠파이어 빌딩, 매트로, 구겐하임 미술관 등. 우리도 이 표를 처음부터 알았으면 당연히 구입했을 것이다. 그러나 저녁에 이 표의 존재를 알고 나서 뉴욕을 관광하기 위하여 남은 날은 불과 월요일밖에 없다. 또 마음속으로 월요일 일정으로 잡고 있는 박물관 순례에서 프리 티켓은 자연사 박물관은 제외되었으며 메트로폴리탄은 매주 월요일이 정기 휴일이다.

단지 시간을 절약하기 위하여 우리는 비싼 경비로 구매할 필요가 없는 것이다. 더욱이 자연사 박물관은 사실 월요일 오후 4시가 지나서 도착하여 무료로 4층의 공룡 전시관을 중심으로 잠시 돌아보았다.

그래도 시간을 절약한다는 차원에서 정확한 정보 없이 구매하였다면 우리에게 해당된 것은 단지 구겐하임 미술관 하나였기에 엄청나게 후회하였을 것이다. 7개 관광지를 모두 관람하자면 78불이 소요되나 이 티켓은 38불에 판매되고 있다. 대부분의 줄서기가 표를 사기 위한 줄인데 이 시간을 줄이니 시간의 손실까지 감안하면 뉴욕을 방문할 관광객은 반드시 알고 있어야 하는 티켓인 것이다.

이미 자유의 여신상 10불, 엠파이어 18불을 지불하였으니 우리에게는 그림의 떡인 표이다. 이 표의 위력은 월요일 구겐하임 입구에서 직접 눈으로 목격한다. 아침 일찍 방문하였으나 약 30분 동안 표를 사기 위하여 기다리는 우리를 지나서 티켓을 가진 일행들은 매표소의 통제 담당에게 표를 보여주고 바람과 같이 들어가는 것이다.

엠파이어스테이트를 이수하고 이제는 눈에 익은 지하철 노선표에 의거하여 브루클린으로 돌아온다. 돌아오는 길이라고 관광을 포기할 수는 없다. 택시를 이용하지 않고 약 4블록을 걸어서, 흔히 플러싱으로 통하는 한국인들의 거리인 32번가를 가로질러 그랜드 센트럴 역으로 향했다.

뉴욕에서 보는 한인 간판이 반갑기는 하였으나 워낙 외국에 거주하는 교민들의 바가지 상술을 여러 번 경험하였기에 쇼핑은 과감히 생략한다. 고풍스런 양식의 그랜드 센트럴역 별자리를 형상화한 천장 벽화는 환상적이다. 이 벽화의 감상을 마지막으로 브루클린으로 향한다.

뉴욕의 지하철은 오랜 세월과 뉴요커와 함께 하였다는 것을 증명하듯 역사가 대부분 지나치다 싶을 정도로 낡았다. 낡은 것뿐만 아니라 사람의 손이 닿지 않는 곳에는 도대체 언제부터 쌓였는지 도저히 가늠조차 할 수 없는 먼지가 수북하게 세월을 대변하며 쌓여 있다.

미국의 심장부라는 곳의 지하철이라고는 믿기지 않을 정도로 먼지와 녹이 뚝뚝 떨어지는 이 역의 풍경이 시간이 지날수록 어찌된 영문인지 조금씩 편하여지면서 이제는 오히려 정겹게 다가오기 시작한다.

브라운 유 선배의 집에 도착하니 벌써 9시가 다되어 간다.

뉴욕의 지하철은 급행과 완행으로 구성되어 상당히 빨리 달리는 것 같은데도 맨해튼에서 브루클린까지 오는데 거의 2시간 정도가 소요된다.

브라운 선배의 누님들이 준비한 한식으로 식사를 하고 자리에 누우면서 왜 뉴욕의 맨해튼이 엄청나게 지저분하게 보이면서도 정겹게 느껴지는지를 곰곰이 생각하여 본다.

까다롭지 않고 살갑게 사는 뉴요커들의 여유와 쉽게 접근하게 하는 건물들의 고풍스러움에 더불어 많은 화면을 통하여 경험한 눈에 익은 만남에 그 이유가 있지 않나 하고 스스로에게 물어본다.

사실 오늘 다니면서 판매되는 상품을 제외하고는 새 것이라고는 전혀 보지 못하였고 눈에 익지 않은 곳은 전혀 돌아다니지 못한 것 같다.

뉴욕 마라톤의 풍경들.

브라운 유 선배님이 깨우기도 전에 모두 기상한다. 날씨가 여전히 매섭게 차가움이 느껴진다. 다행히 날씨는 흐리지 않다.

조카의 결혼식 때문에 들어와 있는 브라운 유 형님의 누님들 덕택에 한국에서의 대회날 식사보다 더 푸짐한 아침식사를 하고 출발지인 스테이튼 아일랜드로 가기 위한 버스 정류소로 향했다. 베라자노 다리가 마라톤으로 통제 예정으로 7시 정도 된 시간임에도 지금 대기하고 있는 버스가 마지막이라고 한다.

버스에 마라톤대회 참가를 위하여 탑승한 사람은 우리뿐인 것 같다.

7시 20분경 베라자노 다리를 건넌다.

베라자노 다리는 부산의 명물인 광안대교와 흡사한 모양새를 하고 있으나 다른 뉴욕의 시설물처럼 오래된 연륜을 알리기라도 하듯 가까이 가면 벗어진 페인트 사이로 철골이 엄청나게 부식되어 있다. 뉴욕의 공공 시설물은 달리면서 보니 모두 이 베라자노 다리처럼 부식이 된 불안정하며 지저분한 느낌으로 다가온다.

베라자노는 맨해튼을 처음으로 발견한 이탈리아인이라고 한다.

차량이 정체되어 있는 다리 멀리 자유의 여신상이 보인다. 이 다리를 넘은 지점이 바로 뉴욕 마라톤의 출발선이다..

뉴욕은 크게 다섯 개 BORO(우리의 구에 해당)으로 구성되어 있는데 뉴욕 마라톤은 이 다섯 개 보로를 모두 관통하도록 구성되어 있다. 스테이튼 아일랜드, 브룩클린, 퀸스, 브롱크스와 맨해튼이라는...

다섯 개의 보로 중 맨해튼을 제외한 나머지 지역은 모두 주거지로 구성되어 있고, 맨해튼이 문화, 예술, 상업의 중심지로 사실상의 뉴욕으로 알려져 있는 것이다.

뉴욕을 가지 않은 분도 알고 있는 티파니로 대표되는 쇼핑가인 5번가를 비롯하여 월 스트리트, 엠파이어스테이트, WTC 빌딩이 있던 비극의 현장 그라운드 제로, 센트럴 파크, 브로드웨이 등 뉴욕을 상징하는 모든 시설이 맨해튼에 집중되어 있다. 서비스로 보기는 알 수 없는 거부감이 느껴지는 행사가 이곳에서도 여전히 이어진다.

수많은 인원에 비하여 화장실이 너무나 부족하고 지저분하며, 한 곳에만 준비되어 있는 커피 서비스 천막에는 도저히 끝날 것 같지 않은 장사진이 이어진다. 그나마 빵과 요구르트 등은 충분히 공급되고 있다.

그런데 화장실을 찾다보니 빵을 공급하는 천막 뒤에 금년 조선일보 대회에서 준비된 이동식 차량 화장실이 한적하게 있는 것이 보인다.

아무런 생각 없이 접근하니 너무나 깨끗하고 의외로 조용하다. 가까이 있는 윤회 형님을 황급하게 불렀다. 그리고 옆의 입구라고 적힌 곳을 보니 과일과 빵 그리고 따뜻한 커피 등이 뷔페 형식으로 준비되어 있는 천막이 있다.

윤회 형님과 그곳을 방문하여 아직도 브라운 형님이 준비한 식사로 배가 부른 상태에서 새로운 문화를 맛본다는 생각으로 모든 음식을 맛본다. 그런데 아무래도 이곳은 일반 참가자들이 이용하는 장소는 아닌 것 같다는 생각이 불현듯 들기 시작한다.

이곳에 있는 이들을 보니 모두 목에 인식표를 걸고 있다. MARSHALL, PRESS, STAFF 등...

황급히 천막을 빠져나오니 우리가 지나온 길에 접근을 금하는 줄이 바닥으로 떨어져 있다. 당연히 경비원이 배치되어 화장실로 접근하는 일반 참가자들의 진입을 통제한다.

나오는 우리를 보고 뭐라고 이야기를 하기에 그냥 두 손을 올리며 머쓱한 표정으로

"I don't know."라고 말했다.

날씨가 제법 쌀쌀하여 보온용 옷은 천천히 맡기기로 하고 다시 만난 장원장과 조금 전의 에피소드를 이야기하며 낄낄거리면서 대회장의 분위기를 즐겼다. 그런데 참가자들 대다수의 표정에서 뭔가 이상한 분위기가 느껴진다. 서양인 특유의 축제를 즐기는 활달한 기분은 전혀 없고 대다수가 쭈그리고 가수면 상태에 있거나 아니면 침낭이나 비닐 등을 준비하여 누워있는 것이다.

마지못해 어쩔 수 없이 강제 동원된 행사에 참가한 사람들처럼....

장원장과 이유에 대하여 의견을 나누어 보나 추운 날씨라고 설명하기에는 어쩐지 너무나 침울한 분위기이다. 나중에 귀국 비행기에서 장원장이 뉴욕 안내 책자에서 마라톤 칼럼 리스트가 출발 전 보온에 신경 쓰며 최대한 체력을 비축하라는 이야기가 있다며 보여 주었지만 크게 설득력 있는 정답으로 다가오지 않는다. 뉴욕을 다녀온 지 몇 주가 지난 지금도 대다수 참가자들의 무기력한 태도와 행동은 아직도 이해가 되지 않는다.

일년 전 엄청난 사태의 영향인지 모르지만 뉴욕 마라톤은 과거 참가자들의 이야기를 통해 들었던 명성만큼 화려하게 보이지는 않았다.

출발 전후의 도네이션(DONATION) 행사도 그다지 장관으로 보이지 않았으며, 베라자노 다리의 노상방뇨도 일부 몰지각한 몇 명의 참가자만이 시행할 뿐이다. 그래도 나는 엄청나게 급한 여성 참가자들을 몇 명 보는 행운(?)을 경험하였다. 그런데 이 여성들이 우

164

리와는 다르게 다리 쪽이 아닌 주로를 향하여 쭈그리고 앉아 방뇨를 하는 것이다. 아마 엉덩이를 보이는 것이 아주 심각한 욕으로 생각하는 이쪽의 문화 영향이 아닌가하는 생각이 든다.

날씨도 추워서 즐긴다는 생각으로 거의 4시간 25분을 달렸다. 길을 달리다 교민들을 만나면 되돌아가 인사도 나누고, 관중이 많은 곳에서는 준비한 머플러를 흔들며 과장된 몸짓으로 응원을 유도하기도 하면서...

작년에 경험한 런던만큼 달리는 주자에게 적극적으로 응원하는 관중은 많지 않았다. 대부분의 관중들은 자신이 응원 나온 선수에게만 관심이 있는 듯한 태도로 주로에 자리하고 있었으며, 간혹 앞쪽에 영어로 자신의 이름을 적은 주자가 다가오면 한번씩 이름을 연호하는 정도에 지나지 않았다.

모든 주자에게 아낌없는 격려를 보내던 일본 큐슈나 영국의 관중들과는 판이한 태도다. 급수대도 뭔가 허전하다.

너무나 늦게 달리는 탓인지 모르지만 길 양옆에 4개 정도 준비된 급수대에는 오직 물만 있으며, 그나마도 참가자에 비하여 자원봉사자가 부족하여 물을 마시기 위하여서는 반드시 급수대에 멈추어야 하였다.

또 고무장갑을 낀 손을 컵 속에 담궈 전해 주니 어쩐지 불결하다는 생각도 들었다. 맨해튼에 들어서자 이온 음료인 게토레이를 두 번 정도 마실 수가 있다.

모든 것이 풍족하다는 과거의 대회 평가는 전혀 다른 경험이다. 35km 이후 지점에서 파워젤을 공급하였다고 하나 너무 빈약한 급수대에 실망하여 지나친 탓인지 나는 전혀 공급받지 못한다.

그래도 맨해튼에 진입하니 관중들이 밀집한 지역이 나온다. 나름대로 한국을 보여준다는 생각으로 머플러를 흔들며 달리기 시작하니 이곳은 반응이 조금은 돌아온다.

센트럴파크의 결승선에서는 주로 사진을 찍는 친구가 준비가 되지 않은 것 같아 사진 하나 찍히자는 생각에 더 오두방정을 떨면서 결승점을 아주 천천히 통과한다. 혼자만이 느끼는 폭력은 이곳에서도 계속된다.

추운 날씨로 몸이 급격하게 식기 시작하여 화장실을 찾으나 이동식 화장실을 물품 보관 차량을 찾아 이동하는 어디에도 준비되어 있지 않다. 결국 억지로 참아가며 옷을 입고 거의 10분 이상 걸어서 이동하는 마라톤을 마친 주자에게는 엄청나게 긴 동선을 이동하여 칩 반납 장소에 도착하니 이동식 화장실이 몇 개 준비되어 있다. 더 신기한 것이 불과 몇 개의 화장실이 준비되어 있지 않으나 이용하는 인원이 많이 없다는 것이다.

주로와 결승점인 센트럴파크의 숲 속에서 대다수의 주자들이 민생고(?)를 해결한 모양이다.

혼자서만 해결할 곳에 찾지 못하여 쩔쩔맨 것 같았다.

결승점이 지나치게 방만하여 결국 일행 중 장원장을 찾지 못하고 집으로 돌아왔다. 몇 시간을 걱정하고 있으니, 혼자서도 씩씩하게 뉴욕 탐험을 하고 돌아왔다.

그리고 우리만의 마라톤대회에 대한 평가 시간을 가졌다.

나의 부정적인 평가에 브라운 유 선배님은 이해가 되지 않는다는 표정을 지으며 'REALLY'라는 표현을 자주 사용한다. 그리고는 WTC의 후유증으로 아직 대회가 정상화되지 않은 모양이라는 말로 마감을 한다. 또 상대적으로 장원장의 평가는 아주 좋다. 내가 런던 대회에서 내린 평가처럼 국내에서 경험하지 못한 황홀한 경험이라며 과거에 내가 다른 곳에서 내렸던 표현을 거의 그대로 내리고 있다. 어쩌면 내가 지나치게 많은 대회의 참가로 감정이 메말라져 지나치게 부정적으로 뉴욕대회를 평가하는지도 모른다.

　모든 평가는 주관적일 수밖에 없으며, 뉴욕 대회에 대한 너무나 많은 기대와 정보를 지니고 가슴으로 느끼기보다는 습득한 정보를 확인한다는 잘못된 생각으로 혹평을 하였는지도 모른다.

　달갑지 않게 대회를 평가함으로 정성으로 맞이하여 준 브라운 선배에게 섭섭한 마음을 안겨주지 않았는지 하는 걱정이 앞선다.

　마지막 날의 강행군

　피곤하였는지 처음으로 깊은 잠을 잤다.

　대회 다음날 아침 회복주로 어제 달렸던 베라자노 다리 아래를 달렸다. 미국 이민의 역사가 베어 있는 허드슨만의 하구를 처음으로 달려보았다. 브라운 유 형님의 이야기에서 이 강변의 도로가 형님의 마라톤에 대한 과거의 열정이 녹아 있는 곳이란 생각에 숙연하여지기도 한다. 거의 매일같이 10년이 넘는 시간을 달리지 않은 날이 없을 정도라고 한다.

　4마일이 조금 더 되는 강변도로이니 왕복 14km 정도 되는 길이다. 가는 동안 스테이튼 아일랜드의 포대, 멀리 자유의 여신상과 마천루가 보이는 맨해튼 남쪽 그리고 맨해튼을 점점 닮아 가는 뉴저지 등을 배경으로 달리니 전혀 지겨울 틈이 없다. 드문드문 쾌속선과 뉴저지의 항구를 향하는 상선과 속도 경쟁도 하여 보고, 이 달림을 마지막으로 이제 더 이상 뉴욕을 달릴 기회는 없다.

　오늘이 뉴욕을 즐기는 마지막 날이다. 아침부터 일정을 빡빡하게 잡았다. 일단 구겐하임 미술관, 매트 외관 견학 그리고 브로드웨이 뮤지컬 예약, 리틀 이탈리아에서 파스타 식사 그리고 자연사 박물관 관람, 마지막을 마제스틱 극장에서 '오페라의 유령' 관람 등으로 엄청난 중노동을 마감한다.

　돌아오는 지하철에서 피로에 잠시 졸며 구겐하임에서 보았던 피

카소, 샤갈, 고갱을 떠올리고 너무나 구수한 파스타의 크림 소스에 입맛도 다시고, 세계 공룡 화석을 한번에 전시한 듯한 엄청난 규모의 자연사 박물관에 대한 감탄도 떠올리고, 절묘하게 상업과 예술을 조화한 미국 뮤지컬의 아름다움과 너무나 맑았던 크리스틴 역의 여주인공 노래도 소리를 흉내내어 흥얼거리다 보니 벌써 브루클린이다.

시계는 이미 12시.

뉴욕의 마지막 밤을 보내는 아쉬움에 문을 닫으려는 편의점에 들어가 맥주를 두 병 샀다. 화려한 뉴욕 여행도 이제 마지막이란 섭섭함이 가슴에 배어든다. 이 기분을 아는 듯 브라운 형님의 누님들이 내일 귀국하는 손님들에게 술 한잔 대접하겠다며 자지 않고 기다리고 있다.

맥주를 들고 누님들의 숙소를 방문하니, 왕만두에 낙지볶음까지 준비하고 술도 와인과 위스키까지 준비되어 있다. 누님들의 정성에 감격하며 이야기를 나누다 보니 벌써 새벽 3시. 뉴욕의 마지막 밤은 이렇게 지나갔다. 그리고 다시 귀국하기 위하여 방문한 JFK 공항.

아직도 아쉬움이 남아 형님을 보내지 못하고 이야기꽃을 피우다 보니 벌써 출발시간. 아예 출국 심사도 생략한 미국 공항을 떠나며 문득 한 가지 사실을 발견한다. 뉴욕의 다른 구조물과 달리 JFK 공항 대한항공 출국장 건물은 엄청 깨끗하다는 것을...

울산에서 '만자로' 김재식 올림.

1년의 기다림

남 송 희

최고 기록 : 풀코스 3시간 43분(2002 포항 호미곶), 하프코스 1시간 28분(2002 울산하프)
경력 : 풀코스 2회 하프 6회 산악 1회(2001년 11월)
좌우명 : 마라톤은 취미이지 직업은 아니다. 욕심부리지 말자.
현소속 : 대한알칸 마라톤동호회(알칸검프)
40에 시작한 마라톤은 내 인생에 없어서는 안될 동반자가 되었다. 이것을 시작하고 생활이 즐겁고 체중 6kg의 감량성공. 주중에 출퇴근을 달리기로 단련하는 매니아가 되었다. 마라톤 목표는 보스톤 출전이다.

2001년 11월 18일 처음으로 울산하프 마라톤으로 시작하여 오늘이 딱 일 년 되는 날이다. 5월에 울산마라톤에 입문을 하면서 체계적인 마라톤과 고수들의 귀동냥과 뒷모습을 바라보면서 나름대로 많은 흉내를 내면서 달려보려고 노력을 하였다. 건강을 위하여 시작한 마라톤이 이제는 목표를 정하고 하나하나 이루어 나가는 즐거움으로 달리기를 하고 있다.

작년 첫 대회 때를 생각하면 지금도 피식 웃음이 나온다. 테니스 신발 테니스 바지와 상의. 그냥 아무 생각없이 뛰었다. 600여 명 참석에 반환점을 돌아올 때 300등을 하고 있음을 확인하고 열심히 달리다가 여성 주자의 추월을 허용하기 싫어서 결국 오버 페이스를 하고 심한 탈수증에다가 몸살 감기로 인하여 다음날은 하루종일 끙끙거리며 회사를 쉬어버린 기억이 난다. 그때의 기록은 1시간 59분 10초. 일 년 만에 31분을 단축하였다

1년 중 40여 일간 부상이라는 늪에 빠져서 허우적거리며 진정한 마라톤의 참맛을 알았고, 또한 즐거운 달리기가 무엇인지 느꼈다.

집을 나서면서 오늘 복장을 어떻게 해야 하는지 많은 고민을 하였다. 일기예보에는 비가 온다는 말과 상당히 추운 날씨가 될 거라 하여서 가방에다 긴 옷과 짧은 옷을 여유 있게 준비하고 문수구장에 도착하니 날씨가 너무나 상쾌하였다. 시합에 참가하여서 이렇게 좋은 날은 처음으로 만나는 것 같다.

아마도 오늘은 좋은 기록을 낼 수 있으리라는 기대를 해본다.

상의는 울산마라톤의 쿨맥스 짧은 것과 하의는 약간 긴 반바지를 착용한다.

문수구장에 도착을 하여 형님과 함께 3km 정도 몸 덥히기를 실시하고 진하게 스트레칭도 해주고, 오늘의 목표와 주로에서의 작전을 세우는데, 형님이 우측 허벅지 통증으로 인하여 완주할 수가 없을 것 같다고 한다. 이왕 참가하였으니 10km라도 뛰기를 바란다.

몸을 풀면서 조아서 님과 간단한 인사를 나누고 파이팅을 외친다. 와띠노 님은 5km 지점에서 봉사활동을 하며 아직도 무릎 상태가 별로라고 한다. 하루 속히 회복하여 대회에 참석할 수 있기를 바란다.

29분대의 진입을 목표로 출발선에 섰다.

울마클의 조프로 님, 촌님 님, 윤펀드 님과 간단히 인사를 하고, 참가자 전원이 파이팅을 외치면서 출발한다. 처음 2.5km는 그동안 스피드 훈련을 못했기에 조심스럽게 앞의 주자를 따라서 오르막을 질주했다. 생각보다 조금 빠르게 첫 급수대를 통과하면서 아직도

호흡이 정상이 아님을 느낀다.

5km지점을 통과하면서 와띠노 님의 격려를 받는다.

뛸 수 없으면서 저렇게 주로에서 봉사활동까지 하는 걸 보면 진정한 마라토너가 아닌가 생각한다. 오-잉! 그런데 19분 17초가 아닌가? 5km를 전력 질주하여도 20분이 넘었는데 어떻게 된 것인지. 혹 오버 페이스가 아닌지 걱정이 된다. 하지만 이왕 당겨버린 스피드 가는 데까지 가보는 거다. '힘!'

7.5km 지점을 달리던 중 나를 추월하려는 고수분을 만난다. 27분대의 기록을 가지고 계신단다. 좋다. 한번 따라가자며 열심히 따라간다. 이런저런 이야기를 나누면서 4분의 스피드로 경쾌하게 달리니 기분이 상쾌하다. 2km 정도를 동반주를 하고 도저히 따라갈 수가 없어서 헉헉거리며 뒤로 처지고 만다.

10.5km 파트너를 놓치고서 혼자서 달리려고 하니 너무나 힘들다. 반환점을 돌아오는 주자들을 하나 둘 세면서 달리니 지겨움이 덜하다. 울산마라톤클럽의 홍매실이 2등으로 그리고 촌넘이 7등으로 경쾌하게 달리고 있다. 돌아오는 주자들을 확인하니 대충 40위권으로 달리고 있다. 1년 전과 많은 변화가 아닌가. 입가에는 흐뭇한 미소가 발걸음을 가볍게 한다. 42분 16초 올 때처럼 달리면 1시간 24분 32초가 아닌가. 그래 올 때처럼만 달리자. 달려보자.

13km 반환점을 돌면서 이제부터는 울산마라톤클럽 회원과 알칸 검프 회원을 보면서 열심히 힘을 외친다. 이렇게 힘을 외치면서 달리고 있으니, 힘든 줄 모르게 달릴 수가 있다. 역시 힘을 외치니 힘이 난다. 알칸검프의 임시영 회원이 제일 먼저 눈에 들어온다. 그렇게 열심히 연습을 하더니만 좋은 결과가 기대된다. 잠시 후 전갑천, 김장섭 회원의 열심히 달리시는 모습이 보인다. 김장섭 회원은 첫 하프 도전인데 육중한 몸으로 잘 달리고 있다.

15.5km 여기까지는 4분 페이스로 아무 이상없이 달렸다.

와띠노 님의 파이팅을 들으면서 힘을 얻는다. 이제부터는 오르막의 시작이다 아마도 오늘 달리기 중 제일 힘든 구간이라 생각한다. 급수대를 지나면서 10월 27일 동아마라톤 때 왼쪽 허벅지 통증이 다시 나타나는 게 아닌가. 이렇게 하다가 다시 한 번 악몽을 되풀이할까 싶어 머리가 쭈뼛하다. 속도를 조금 줄이고 보폭도 줄이고 발의 높이도 낮추면서 왼쪽 허벅지에 최대한 신경을 쓰면서 달렸다. 형님은 포기를 하였는지 보이지 않는다.

18km 지점. 2.5km를 15분에 달렸으니, 지금부터 3km를 15분에 달린다면 1시간 32분이 된다. 마음속으로 파이팅을 외친다. '아자! 아자! 아자! 할 수 있다.' 마지막 3km를 12분에만 달려 준다면 새로운 기록을 달성할 수가 있다. '왼발아, 좀만 참아 두가. 참아 두가.' 이렇게 주문을 하면서 달리는데, 뒤쪽에서 "남송회 힘! 힘! 힘!"을 외치면서 나에게 마지막 힘을 불러일으키며 울산마라톤클럽의 우간다 형님이 무서운 속도를 내면서 빨리 가자고 한다.

경쾌한 발놀림에 놀라서 500여 미터를 따라갔지만 역시나 뒷심 부족으로 이내 처지고 만다. 하지만 골인지점이 눈에 들어오니 새로운 힘이 솟는다. 시계를 보니 27분 55초, 거리 계산이 안되니 30분 안에 골인을 할 수가 있을지 아직도 헷갈린다. 하지만 마지막까지 이를 악물고 달려간다. 또 한번 시계를 보니 28분 20초 조금만 더 가자 조금만 더 가면 물이 있고, 빵이 있고, 새로운 기록이 기다리고 있지 않은가. 마지막 30초가 왜 이리도 길기만 한지? 결승점 뒤에서 옆에서 많은 분들이 '남송회 파이팅!'을 외쳐 주니 발걸음이 한결 가볍다. 드디어 골인이다. 이런 기분을 느끼려고 마라톤을 하는 게 아닌가. 칩 반납차 운동장으로 들어서는데 울산마라톤클럽의 최윤정님이 기다린다 하이파이브를 하고 따끈한 꿀물한 잔을 받아먹으니 21km의 피로가 모두 사라진다. 이제 올해의 마지막 풀 코스 Sub-4를 호미곶에서 하고 나면 올해의 목표를 달성할 것이다.

내년의 새로운 목표를 위하여 계속해서 달리리라.

"울산마라톤클럽 힘!"

마라톤에 데뷔하기까지

최고 기록 : 2시간 55분 34초
현소속 : 울산마라톤클럽 (주) 풍산

이 종 우

나는 평소에 마라톤만큼 힘든 운동은 없다고 생각했다.
2001년 여름 우리 회사에선 마라톤 동호회를 발족한다고 분
주했지만 나에겐 관심 밖이었다

그 힘든 운동을 왜 하냐고 나 자신에게 반문하면서.....

현재 활동하고 있는 축구 동호회에서 적당히 운동하며 건강을
다지며 인생을 즐기고 싶었다. 그런데 2001년 가을 회사 게시판에
경주동아대회에서 우리 사원들의 마라톤 완주 소식을 보고는 얼마
나 부러웠는지 나도 꼭 해보고 싶다고 생각은 했지만 행동으로 실
천을 하기엔 많은 시간이 흘렀다.

마음으로만 생각하고 있던 중 2002년 4월 6일 경주벚꽃대회 접

수가 시작되었다. 나는 참가 여부를 놓고 고민하다가 결국 접수하고야 말았다. 단체 참가가 끝났다는 소식에 실망을 했지만, 개인접수가 가능하다는 말에 앞뒤 재보지도 않고 풀코스를 신청해버린 것이다. 연습도 없이 풀코스를 신청하고, 2월 초부터 무식한 촌놈의 달리기가 시작되었다.

평소 축구로 기초 체력은 어느 정도 다져 있었지만, 축구와 마라톤은 너무도 많이 달랐다. 축구는 뛰다 힘들면 적당히 쉬면서 해도 동료들이 대신 뛰어주지만 마라톤은 그게 아니었다.

첫 연습을 양동 회야댐 도로 왕복 17km를 한번도 쉬지 않고 1시간 29분만에 달렸다. 다음날 또 다음날 계속 양동길을 달렸지만 기록은 줄어들지 않았다. 종아리와 무릎에 통증이 오고, 발가락엔 물집이 잡혔다. 부상으로 몸은 따라 주지를 않고, 마음은 급한데 대회 날짜는 성큼 성큼 다가왔다. 아픈 다리를 끌고 연습한지 약 한 달이 지나서야 양동 왕복주를 1시간 10분 남짓에 달리게 되었다

이제 어느 정도 속도는 되었다고 자위하며, 지구력을 키우기 위한 훈련으로 양동 왕복 2회를 계획하곤 실천하지만 3월은 지나가는데 3번을 계획한 장거리 훈련을 한 번도 완주하지 못하고 30km를 지나면서 중도포기를 했다 처음 출전하는 대회라 대충 준비하고 경주벚꽃대회의 마무리 훈련을 하면서 목표시간을 3시간 30분 이내로 세웠다.

1km당 5분 속도로 달리면 가능한 시간이라 생각했다. 드디어 결전의 날은 다가와 경주행 단체 버스에 몸을 실었다. 마라톤 선배님들의 한 마디 한 마디가 초보 달림이인 나에겐 교과서였고 힘이었다.

뭐가 뭔지 모든 것이 처음인 까닭에 시키는 대로 해야 겠다고 마음먹으면서 우리 회사에서 잘 달린다고 소문난 이성우 선배님과 동반주로 어깨를 나란히 하며 떨리는 마음으로 출발선에 섰다.

드디어 출발 총성이 울렸다.

아무 생각없이 30km까지는 같이 뛰어야겠다고 다짐하면서 처음 5km를 달리는데 얼마나 다리가 무거운지 벌써 숨이 가빠온다. 긴장한 탓인지 5km를 지나면서 소변이 마렵다. 다리기둥을 방패삼아 해결하곤 저 멀리 달아나는 선배님을 따라간다. 난 페이스 조절이라는 걸 모르고 달린다.

선배님만 따라가면 페이스 조절은 선배님이 조절해 주리라 믿는다. 초반 속도가 내가 느끼기엔 너무 늦다는 생각에 앞서가면, 빠르다고 조절해준다. 이렇게 20km를 지나면서 오르막이 시작되는데 뒤에서 원종효 선배님과 김부만 후배가 따라와 동반주를 하지만, 후배는 우리를 멀리하고는 추월해 버린다. 이렇게 달려 오르막 정상에 다다르자 다시 긴 내리막이 시작된다.

셋이서 달리니 속도가 엄청나다. 성우 선배님이랑 종효 선배님의 경쟁에 초보인 난 따라가기가 버거워 선배님들 한 걸음 뒤에서 달린다. 뒤처지면 안 되는데 다짐하지만 다리가 말을 듣지 않고 자꾸만 힘들어진다. 죽어도 30km까지는 붙어야겠다는 마음에 속도를 올려본다.

그렇게 30km를 지나자 불국사역 조금 못 미쳐서 간식 지점이 보였다. 종효 선배님은 간식도 먹지 않고 그냥 지나친다. 난 초코파이 한 개를 먹고 급한 마음에 성우 선배님을 뒤로하고는 초코파이 한 개를 들고 다시 달리기 시작하는데 다리가 저려 온다. 초코파이를 도로 위에 던져버리고 경주역을 반환하면서 돌아오니 아직도 종효 선배님은 초코파이 테이블에서 서성이고 있다. 그냥 지나쳐 계속 달리는데 벌써 앞서 가야 할 부만이가 오버 페이스했는지 힘들게 달리고 있다. 오르막에서 그를 추월하고 다시 힘을 내어 달려본다.

이제 남은 거리를 혼자 사투를 벌이면서 아직도 반환점을 향해 달려가는 동료들의 힘찬 구호에 나도 모르게 속도를 올려본다. 35km 지점, 긴 오르막을 오르면서 걷고 싶은 충동이 밀려온다.

몇 번을 뒤를 보아도 동료들은 보이지 않고 나 자신의 한계를 느끼며 고통이 밀려 왔다. 포기하면 안 된다는 생각에 힘들 때마다 가족들의 얼굴을 떠올리며 훈련 중 힘들었던 시간을 생각하며 전의를 다시 한번 불태운다. 긴 오르막을 올라서니 37km라는 표지판이 보인다. 이젠 얼마 남지 않은 거리, 꿈에 그리던 마라톤 완주라는 커다란 선물이 기다린다는 생각에 다시 속도를 올려본다.

정신은 혼미해지고 두 다리는 마비되어 이미 나의 두뇌로는 조절이 안 된다. 그 와중에도 시계를 바라보며 기록에 대한 애착에 또 고통은 시작된다. 내리막 커브를 돌아 직진하는데 늦게 본 주로 안내원이 고함친다. 그 쪽이 아니고 이쪽으로 돌아가라고 한다 미치고 환장할 지경이다. 이만큼 지친 몸에 100m는 족히 넘을 거리를 다시 돌아가라니……

마지막 커브를 돌아 저 멀리 결승점 아치가 눈에 들어온다. 도로에 좁게 들어선 응원행렬 속에서 하프코스를 완주하고 응원하는 회사동료들이 힘을 외쳐 주지만 혼미해진 정신에 다리는 이미 나의 뜻과는 무관하게 움직이고 아무 것도 보이지 않는다. 마지막 남은 에너지도 발산하며 1초라도 줄여 볼 생각에 스퍼트를 하는데, 뛰어도 뛰어도 제자리걸음만 뛰는 것 같다. 너무 일찍 스퍼트하여 힘이 다 빠져 버린 상태로 골인을 했다. 완주를 한 것이다.

3시간 20분 11초.

2달 연습한 마라톤 데뷔전치곤 나 자신에겐 훌륭한 성적이다. 나도 해냈다는 기쁨에 눈물은 흐르고, 새벽 찰밥까지 차려 주며 격려해 준 아내와 두 딸아이의 얼굴이 스쳐온다. 눈에선 기쁨의 눈물이 홀러 나도 모르게 울어버린다. 고통을 느낄 때마다 힘이 되어 준 가족들과 동료들을 생각하며 극복한 고통이 이렇게 행복하단 말인가.

"무엇과도 바꿀 수 없는 행복한 눈물을 영원히 기억하며 마라톤 데뷔를 풀코스로 해버린 무식한 촌넘의 달리기였습니다."

"앞으로 계속하고 싶습니다. 달리기를......"

춘천가을여행 전설을 꿈꾸며

이 종 우

1 년도(딱 8개월 20일) 채 안되는 기간에 너무도 많이 변해버린 나의 생활에 또 다른 목표를 향해 전진하는 나 자신을 사랑하며 더 많은 세월이 흐르기 전에 달성하고 싶은 꿈이 춘천마라톤이다. 지난 5월에 울산마라톤클럽을 알게 됨으로써 나에겐 커다란 행복의 시작이었다. 정말로 마음이 건강하고 다시 보고 싶은 사람들의 모임이라는 것을….

약 3개월간 오직 머리속엔 춘천만 떠올리며 훈련한 나의 비장함을 그 누가 알아줄까.

마라톤 입문 약 5개월만에 꿈을 키우게 해준 춘천마라톤(6월 29일에 열린 울산마라톤클럽 하프대회)에서 1시간 22분 27초라는 기록이 주위 사람들로부터 춘넘도 sub-3가 가능하다는 말에 마음속에 꼭꼭 숨겨 나에게 맹세하면서 춘천의 전설을 준비한다. 6월 29일 이후로 전설을 꿈꾸며….

7월엔 왼쪽 종아리 부상으로 약 40일간 훈련같은 훈련 한 번 못하고 안절부절 못했던 기억이 새롭다. 전설을 꿈꾸니 시작부터 꼬이기 시작하네. 장거리 여행땐 공기좋은 시골에서 오래 살아온 촌넘은 버스만 타면 복병을 만난다. 다름아닌 차멀미.

하루 전에 춘천에 도착하여 컨디션을 다졌으면 했지만 여의치 않아 당일 새벽에 울산마라톤클럽과 회사동호회회원들과 가을여행은 시작된다.

버스 안에서 잠을 청하지만 좀처럼 생각대로 되지 않고 날이 밝으니 멀미까지 밀려온다. 눈을 감고 애써 참아보지만 전설을 그르칠까봐 걱정이 태산이다. 10시에 춘천에 도착 신호대기중인 버스에서 멀미 때문에 먼저 내린다. 거리엔 마라톤 참가자로 분주하고 날씨도 갑자기 기온이 뚝 떨어져 쌀쌀한데 혼자서 춘천공설운동장 스탠드에 올라가 옷을 갈아입고 소염제와 바세린을 바르고 파워젤도 챙기곤 물품보관소를 찾다가 난장판이 되버린 입구를 보곤 아연실색한다.

출발시간도 얼마 안남았는데 어떻게 물품을 맡겨야할지. 물품을 맞기곤 시계를 보니 10시 40분 운동장 외곽에서 약 10분간 몸을 풀며 날아가는 비닐봉투을 한 개 주위 덮어쓰고는 마지막으로 화장실을 갔다가 또 놀랜다.

화장실마다 길게 늘어선 줄을 보곤 이리저리 뛰어 다니지만 마음만 더 급해진다. 화장실 앞에서 줄을 서서 스트레칭을 하고…

정확히 11시에 운동장 트랙에 들어와 나의 위치를 찾아 출발대기를 한다. 정말 어마어마한 참가자들로 촌넘 출세했다고 속으로 웃어면서 오늘 페이스 띠를 내려본다.

비장함으로 꼭 해내리라 마음 먹으며 목표달성이 아니면 차라리 꿈이길 바라며 출발총성이 울린다.

0-10km 40'52"

처음 5km를 최대한 천천히 달리려고 마음먹으면서 운동장을 빠져나간다. 편안한 호흡으로 주위를 즐기면서 달리는데 다리가 묵직함을 느낀다. 앞에 나가는 사람이 얼마나 많은지 나보다 잘 뛰는 사람이 이렇게 많단 말인가. 훈련할 땐 나보단 앞서가는 사람만 만나면 죽어도 추월을 허용하지 않는 나이지만 오늘은 마음을 다스린다. 정말 놀랠 일이 아닐 수 없다. 내 앞에 족히 500명은 넘을 것 같은 마음에 내리막에서 속도를 조금 올려본다. 5km를 통과하면서 시계를 보곤 헉! 얼마나 놀랬는지 예상시간보다 2분 이상 빠르다. 속도를 떨어뜨린다. 주위에선 나를 추월하며 지나는데 나도 모르게 급한 마음에 자꾸만 빨라진다.

천천히 천천히를 되새기고는 주위를 감상하며 10km를 통과한다.

10-20km 41'44" 1:22'36"

내 생각엔 빠르지 않다고 생각했지만 초반 기록단축이 걱정되어 속도를 더 줄인다. 편안한 페이스였지만 나도 모를 한계가 찾아오면 안되기에 초보달림이 마음을 누가 이해하랴.

오르막도 없고 편안한 구간이었지만 기록이 제일 처진 구간이 된다. 나 스스로 초반 오버페이스를 상쇄하기 위한 조절이었다.

20-30km 41'32" 2:04'08"

20km를 통과하면서 시계를 보곤 아직 빠르다는 생각에 속도를 줄여가는데 23km 지점인가 약 30여 명이 무리지어 달려온다. 뒤에서 촌넘 힘!을 외치길래 뒤를 돌아보니 번개 최상대가 아닌가 그 무리 속에 번개와 강정철 님이 속해 있는데 벌써 앞서가야 할 번개가 내 뒤에서 뛰었다니 이게 어찌된 일인가.

역시 고수는 오버페이스를 안한다는 사실을 생각하며 동반주를 한다. 이 무리들이 sub-3를 위한 페이스라는 걸 금새 알아차린다. 그 속엔 7월 7일 김해산악에서 같이 앞서거니 뒤서거니 했던 창원 마라톤소속의 신봉식 님도 만나 인사를 나누고 sub-3의 열정을 한 번 더 불태운다.

긴 오르막이 시작되는데 정상에 다다르니 무리지어 달리던 사람들이 하나둘 떨어져 나가고 이제 열댓명밖에 없다. 그 속엔 당연히 번개와 강정철 님, 신봉식 님 김해마라톤 회장님이신 이후근 님도 포함되어 있고 우린 서로 힘을 외치며 30km를 지난다.

30-42.195km 51'26" 2:55'34"

남들은 달리면서 주위를 즐기며 달리지만 초보인 나는 그런 여유가 없다. 언제쯤 그럴 여유가 생길지….

30km를 지났는데도 아직 힘이 있다. 시간을 계산해보니 충분한 것 같고 욕심이 머리를 스친다. 조금 더 좋은 기록으로 목표를 달성하고 싶은 마음에 속도를 올려본다. 그런데 오른쪽 허벅지가 당겨온다. 근육이 뭉치는 현상 얼른 속도를 줄여 같이 무리지어 달리며 sub-3에 만족하자고 다짐한다.

38km를 지나면서 번개가 속도를 올린다. 따라가고 싶지만 억제한다. 여기서 다리에 쥐가 나면 끝장이다라는 생각에 멀어지는 번개를 잊어버린다.

오직 내 페이스대로 달리려고 다짐하면서 40km를 지나면서 스퍼트를 할 생각이었다. 근데 앞서가던 번개가 다시 속도가 줄어 같이 달리게 되었지만 번개도 힘들기는 마찬가지인가보다.

25km까지 약 30여 명에 달하던 sub-3 페이스가 다 떨어나가고 채 열 명도 되지 않는다. 이제 마지막 남은 에너지를 발산하기 위해 강정철 님을 뒤로 한채 속도를 올려본다. 허벅지는 당기지만 무리를 뛰쳐나온다. 번개가 저 앞에 먼저 가는데 이젠 기어가도 3시간 안에는 골인할 수 있겠다 싶어 서서히 속도를 올리며 운동장 입구에 들어서며 트랙 한 바퀴를 돌면서 전속력으로 달린다. 트랙에서만 무려 10명 정도 추월하며 골인한다.

주위에서의 부담을 덜어버린 홀가분한 마음에 촌넘도 해냈구나.

sub-3를.

근데 감동이없다. 첫 풀 완주 후 나도 모르게 울어버린 6개월 전보다 25분이라는 기록 단축에도 감동이 없단말인가.

오늘은 너무 편안한 레이스였기에 감동이 덜한가보다. 골인 후 지친 내 모습이 보고싶었는데 너무 편안하다. 먼 낯선 타향에 처음 와 본 춘천의 전설은 꿈꾸며 달려왔던 양동 회야댐을 생각하니 마음이 편안함을 느끼기에 이 기쁜 소식을 기다리고 있을 아이 엄마에게 제일먼저 전하고 정말 행복하게 했던 울산마라톤과의 만남도 잊지 않을런다.

대회 때마다 고생하시는 전인환 총무님께 감사드리며 회사일이 바빠 참석치 못하고 금일봉까지 찬조해주신 이태걸 회장님 그리고 오늘 춘천여행의 옆자리에서 초보달림이의 촌넘에게 마라톤의 노하우를 전해주신 울마클의 철인이신 김재식 님, 오늘의 기록을 달성하게끔 장거리연습주를 같이 해주신 안종인 님, 홍광식 님, 게으르지 않게끔 늘 경쟁해준 회철이와 번개 페이스 조절에 충고를 많이 해주시고 언젠가 추월해 보고싶은 최진황 님, 송충기 님, 울산마라톤클럽 홈페이지를 기쁨으로 찾게 하시는 국방위원장 김용웅 님, 늘 관심과 격려로 챙겨주는 박상대 친구들 모두모두 사랑하고 싶습니다.

야심차게 다음 목표를 세운다. 내년 서울동아에서의 2시간 50분 벽 돌파와 내년이 다가기 전에 울트라 100km 완주를 향해 다시 신발끈을 조여 맵니다.

첫 도전한 풀코스

박 근 석

1 년 전 건강을 생각하여 문수구장을 한 바퀴씩 뛰던 내가 풀 코스 도전장을 접수시키고, 왜 이런 무리한 행동을 했는지 후회스럽기 한이 없다. 하지만 1년 전 나도 뛸 수 있다는 자신과의 싸움 속에 문수구장을 1바퀴, 2바퀴.....

1개월 뒤에는 3바퀴 4바퀴를 달림이를 하면서 울산시민 건강달 리기 10km에 출전하면서부터 자신감을 가지고 이렇게 충주국제마 라톤대회에 도전을 하게 된 것이다.

드디어 결전의 날이 밝았다. 총을 메고 전방 경계근무를 하고 있 는 초병들의 두근거리는 마음이 이러한가? 다시 한번 마음을 추스 리면서 오늘 나 자신과의 싸움을 생각한다.

새벽 3시 30분 전날 챙겨둔 준비물들을 다시 한번 확인하고 아내가 준비한 식사를 가볍게 하고는 장비님과 함께 로터리에 도착하니 리무진 버스가 벌써 대기하고 있었다. 버스에 오르니 먼저 와 있는 선배들이 오늘의 결전을 생각하며 리무진 버스에 편안하게 몸을 자리하고 있다.

나도 인사를 나눈 뒤 자리를 잡고 눈을 감자 피곤함은 어디 가고 학창시절 이른 시간에 수학여행 떠나는 학생처럼 설레는 마음을 감출 수가 없다.

4시 30분 드디어 충주로 출발.

경부고속도로를 신나게 달리는 리무진 버스 속에서 과연 고수님들은 무슨 생각을 하고 있을까 Sub-3를 생각하고 있겠지 물론 나야 4시간 30분 완주를 생각하고 있지. 이런저런 잡념 속에 벌써 버스는 서대구를 지나 중앙고속도로를 접어든다.

창문밖에 서서히 밝아오는 오늘의 날씨를 보면서 제발 구름이라도 많이 끼어라. 특히 더위에 약한 내가 기도 아닌 기도를 한다.

이렇게 어처구니없는 생각을 하는 동안 버스는 낙동강 휴게소에 도착하여 식당에서 동료들이 준비해온 김밥, 감자송편 그리고 가락국수를 간단하게 먹어도 제법 배가 부르다.

자 이젠 조금만 가면 충주에 도착하여 많은 매니아들과 함께 달릴 생각을 하는 동안 아니, 버스는 점촌 방향이 아닌 제천 방향이 아닌가 그래도 수석을 한다고 점촌, 충주를 얼마나 다닌 코스인가 하지만 어딜 가도 충주는 갈 것이다. 우여곡절 끝에 충주에 도착하니 우리를 맞이하는 것은 강렬한 햇빛 '아! 오늘 죽었구나.'라고 외쳐본다.

버스 안에서 장휘곤 님이 생수를 많이 먹으라고 하는 말이 수분을 충분히 축적하라는 것이라고 생각하고 2병을 마셨더니 충주에 도착하자마자 볼일이 급하다 교회 화장실을 이용하고 선-크림과 크림 스프레이를 충분히 바르고 운동장에 들어가니 마음이 뿌듯하다. 이렇게 많은 사람 속에 나도 같이 할 수 있다는 모습이 정말 자랑스럽다.

동료들과 스트레칭을 하고 나름대로의 몸을 풀고는 4시간 30분 목표를 잡고 출발선상의 페이스 메이크 풍선을 따라 가리라고 다짐한다.

드디어 총성과 함께 출발.

많은 사람들을 헤집고 공중에 있는 4시간 30분 풍선을 따라 km당 6분 페이스로 절대 오버 페이스는 하지 말아야지 하면서 10km 정도 달린다. 페이스 메이크와 이야기하면서 달려도 호흡이 안정되고 그렇게 편할 수가 없다. 정말 이렇게 달린다면 Sub-4도 할 수 있다는 기분이다.

10km 정도 지나면서 연습했던 것보다 느린 것 같아 km 당 5분 30초로 달린다. 18km에서 장휘곤 님과 만나 힘을 외친다. 장휘곤 님이 힘이 충분하냐고 묻자 충분하다고 하자 4시간 10분 풍선을 잡으라고 한다.

욕심에 오버 페이스인 줄도 모르고 힘 하면서 20km까지 달려 파워젤을 먹고 4시간 10분을 따라가리라 마음을 먹고 출발. 20km 지나면서 속도를 km당 5분으로 달리면서 4시간 10분 페이스를 따라간다. 아무리 가도 보이질 않고 울-마클의 아는 님도 보이질 않는다. 아~아 폭염 속에 내가 무엇을 하려고 이 고생을 한단 말인가.

집에서 에어컨 틀고 두 다리 펴고 낮잠 잘 것을 하지만 고생 뒤에는 꿈이 나를 기다리고 있질 않은가.

20km 이후부터는 2.5km마다 급수대가 준비되어 있다. 그 만큼 날씨가 덥다는 것이겠지. 약 23km 지나면서 4시간 10분 풍선이 보

인다. 저 놈의 풍선이 왜 저리 빨리 도망간단 말인가.

그래 아직도 힘은 남아 있다. 25km에서 같이 물을 먹고 달린다. 나의 꿈 42.195km 향해서 풍선과 같이 30km 통과 파워젤을 35km에서 먹어야지 하면서 풍선과 행동을 같이한다.

이대로만 간다면 첫 도전한 풀코스를 예상시간보다 20분을 당길 수 있다. 큰 욕심없이 나 자신에게 힘을 준다. '히~ㅁ.'

30km 지나면서 한두 명씩 걷는 모습이 많아진다.

고수들이 하는 말씀 30km 지나면서 체력은 고갈되고 나 자신과의 싸움이다. 정말인 것 같다. 여기서 모든 것을 포기하면 인생의 낙오자가 된다.

30km에서 파워젤을 먹지 않고 달리니 점점 체력이 떨어진다. 하지만 풍선은 나를 버리지 못하고 아직도 동반주하니 감사할 뿐이다.

드디어 35km 온몸은 문어같이 늘어진다. 파워젤을 먹고 물을 2컵 마시고 풍선만 쳐다본다. 풍선아 도망가지 말아다오.

스트레칭을 하면서 몸을 풀고 나니 한결 좋아진 느낌이다. 한눈파는 사이 20m 앞에 풍선이 도망가고 있질 않은가. 울산서 너를 잡으려고 1년을 고생했건만 '안 돼!' 4시간 10분 풍선을 향하여 무거운 발걸음을 재촉한다.

고수들이 오버 페이스 때문인지, 날씨 때문인지 걸어가는 모습이 많이 보인다. 내 몸도 천근만근이지만 힘이라고 외친다.

나도 여기서 멈출 수는 없질 않은가. 나는 할 수 있고, 뛸 수 있다는 꿈이 있질 않은가.

드디어 오르막길도 지나고 운동장으로 접어드는 내리막길 아이미디어 사진 기자가 보인다.

약 1km 정도 남은 것 같다. 그래도 사진은 잘 나오길 바라면서

내 앞의 주자 1명을 제치고 홀로 두 팔을 벌리면서 사진 한 컷 잘 나오길 기대하면서 하지만 저 놈의 풍선은 왜 저리 잘가 점점 풍선이 멀어진다.

자 마지막 힘을 모은다. 히~ㅁ!

운동장으로 접어드는 곳 300m 정도만 가면 국방위원장이 풀코스 완주 7회라고 큰소리 치는 것 못지 않게 드디어 마라톤에 입문하는 풀코스에 이름을 올리는 것이다.

이젠 골인이다 결승점이 보인다.

홀로 독주다. 사진 한 장 잘 찍기 위하여 주자를 모두 보냈다. 어떤 포즈를 취할까 하면서 주먹을 쥐고 '힘!'하면서 골인 지점을 통과 4시간 14분 56초 풍선을 놓친 4분이 아쉽다.

먼저 들어온 선배님 신발 끈을 풀어 주고, 샤워실까지 안내해 주신 대하여 감사하게 생각합니다. 항상 울마클을 이끌고 계신 회장단 및 집행부에 감사하게 생각하며 저도 최대한 협조할 것을 약속합니다.

"멋진 인생! 뛰어서 가자! 달리며 살자!"

"울산마라톤클럽. 히~임!"

"회원님 모두 히~임!"

고통과 마음 졸인 42.195km

박 옥 선

서울동아대회를 앞두고 2월 43km를 연습하다 발바닥 삔 이후로 다리를 절뚝거리며, 한의원과 병원을 전전하다 1달이 훌쩍 지났다. 마음은 뛰고 싶은데 왼쪽 발바닥은 통증으로 날 괴롭혔다.

3월 9일 마지막 연습을 10km로 접었다.

서울동아대회에 가야 하나 말아야 하나. 대회가 다가올수록 내 자신과 심한 갈등을 겪었다. 물론 식구들한테 대회 참가한다고는 차마 미안한 마음에 얼굴을 보고 말을 못하고 눈치만 보다 전화로 말했다. 다리 아픈데 완주나 하나 식구들 걱정이 이만저만이 아니다.

그래 완주만 하는 거야. 굳게 마음을 먹고 토요일 버스 시간에 맞추어서 여호스와 옥현주공 앞에서 버스에 몸을 실었다. 이때도 몸은 천근만근 버스 안에서도 어떻게 뛸 것인가 포부를 이야기한 과정에서도 "전 완주가 목표입니다." 나와 같은 분들이 몇 분 더 계셨다. 부상과 싸우고 있는 상태에서 나처럼 걱정을 해서인지 얼굴이 어두웠다.

신랑한테 전화가 왔다. 아프면 주저없이 포기하라고 말 한마디에 괜히 서글퍼진다. 내 마음을 아는지 모르는지 버스는 신나게 달리고 어느덧 저녁. 저녁은 버섯전골을 먹었다. 먹는 둥 마는 둥 다시 버스를 타고 계속 구리시를 지나고 남양주를 지나서 밤 10시 넘어서야 "포천까지 조금만 가면 철원"이라고 누가 이야기한다 그쪽에서 군복무를 했다고 한다.

'림스호텔'이란 상호가 눈에 들어온다. 나와 여호스는 510호라는 키를 들고 재빨리 엘리베이터를 탔다. 밖의 화려함은 어디로 가고 없는 너무 대조적인 모습이다.

남자 분들은 한 방에 4명씩인데, 우린 둘이라 넓게 편하게 씻고 잠을 청했지만 잠이 오지 않았다.

꿈나무한테 전화가 왔다. "언니 파이팅!"하란다. 자신이 없다. 옷이며 신발이며 파워젤을 챙겨 놓고서 내 숏다리를 보면서, 걱정 또 걱정. 아침에 일어나니 6시 30분 후다닥 씻고서 옆에 식당으로 가서 시레기국하고 밥을 먹고 버스를 타고 경복궁 입구에 오니 사람들이 많이 붐빈다.

기념촬영을 하고 서서히 줄 맞추어 남대문까지 왔다. 낯익은 분들이 여기저기 눈에 띈다. 출발하기 전에 남자 몇 명이 뛰어가서 도로 위에 키 작은 나무에 나란히 쉬를 하는 모습들은 정말 꼴불견이었다. 미리 준비들을 하지...쯧쯧... 나도 모르게 혀를 차고 있었다.

출발을 알리는 축포와 오색연기가 피어올랐다. 천천히 달렸다. 여호스, 이쁜 엄마는 앞을 치고 간다. 난 완주가 목표니까 따라가면 안 된다. 내 자신에게 주문을 걸었다.

5km 반환점에서 유익상 씨, 마교주님, 이쁜엄마 서방님, 파이팅을 외쳐 주었다. 정말 잘 달린다. sub-3를 해야 할텐데.... 아는 사람들이 꼬리를 물고 지나간다. 7.5km에 스펀지도 외면을 했다. 10km 게토레이를 한 컵 마시고 달린다. 아저씨 한 분이 기록을 묻는다. 먼저 가라고 했다. 처음 도전하는데 오버 페이스를 하지 않으려고 했던 모양이다.

10km에서 게토레이 2컵을 먹었다. 갈증이 가신다.

4시간 페이스 메이커가 뒤에 따라온다. 시간을 보니 1시간이 되었다. 15km 지점에서 게토레이와 바나나를 먹고 뛰었다. 내 나이 또래 되었을까 둘이 나란히 앞서거니 뒤서거니 나와 신경전을 20km에서 보기 좋게 내가 따돌렸다.

시간은 2시간째라고 시계가 알린다. 할아버지가 12번 풀코스 도전 중이라고 이야기한다. 대단하시다. 느린 페이스 같은데 따라가기가 힘들다.

할아버진 내가 35km지점에서 1,000명을 제낄거야 하고 호탕하게 웃으신다. 풀을 처음 뛰시는 아저씨와 같이 뛰어갔다.

25km 지점에서 물을 먹으면서 놓쳤다. 4시간 페이스 메이커 아저씨도 지나간다. 현, 자회원들이 "힘"하면서 지났다.

30km에선 게토레이와 물을 정신없이 먹었다. 시간을 보니 3시간이나 와 있었다. 이제 안심이다. 33km지점에서 파워젤을 먹었다. 이제 걸어가도 완주는 해야지 발바닥이 얼얼해 왔다.

35km 지점은 물을 먹고 많은 사람들이 걷는다. 37.5km지점에서 구령을 붙인 두 아저씨가 뛰길래 합류를 했다. 하나, 두울 ...난 속

으로 하나 둘 외치면서 갔는데 아저씨 한 분이 힘이 들어 구령소리가 나오지 않는다. 너무 힘들어서 관세음보살, 식구들 얼굴, 친정엄마 모두 부르면서 도와달라고 외치고 있었다.

옆에 아저씨들도 축 처진 어깨와 나와 같이 절뚝거리며 뛴다. 마라톤이 무엇이란 말이냐! 이 힘든걸 왜 해. 다시는 안 뛰어야지. 속으로 다짐 다짐해 본다.

40km지점에서 마지막 목을 축이고 냅다 달린다. 41km로 푯말이 지나간다. 조금만 내다리야 참아라. 잠실구장 깃발이 보이기 시작한다. 힘이 난다. 힘껏 뛰었다.

500m밖에 남지 않았다고 응원이 대단하다. 그리고 스피드를 마지막 잠실구장에서 냄으로써 골인했다.

4시간 18분 37초...

눈물이 핑 돌았다. 골인지점에 사람들이 누워 있고 맛사지 받는 사람, 스탠드에서 응원하는 사람...

이제 제정신이 온다. 완주도 못할까봐 친정이 서울인데 왔다는 말도 못하고 뛰었는데...

연도에서 멋진 옷을 입고 응원하는 대학생도 고마웠고, 잘 뛰라고 목청이 아프도록 외쳐 주신 아저씨, 도로 차단 때문에 시민과 싸워야 하는 경찰 아저씨, 학생, 주부, 앉아서 사물놀이 학생들이 정말 열심히 응원해서서 뛰는데 많은 도움이 되었답니다. 감사한다는 말밖에 할말이 없군요.

"서울 시민들~."

"힘~."

작년 가을에 처음 풀 도전한 곳도 경주동아대회였고, 올해 많은 사람들의 걱정에도 불구하고 내 개인 기록을 4분을 앞당겼다.

힘들면 힘들수록 완주의 성취감은 배가 되는구나. 바로 이거구나 이래서 마라톤을 하는구나.

4번 풀코스 도전에 2번 실패를 맛도 보았기 때문에 의기소침도 해보고 남모르게 울기도 했다. 준비를 철저히 해서 sub-4를 위해서 내 자신과 길고도 긴 싸움을 지금부터 시작하려고 합니다.

그때도 많은 응원 주십시오.

처음으로 걷지 않고 완주한 풀코스

송 충 기

닉네임 : 송학(宋鶴)
생년월일 : 65년 03월 04일(음)
최고기록 : 2시간 57분 20초(2002년 서울동아)
경력 : 100km 울트라 완주 2회, 풀코스 완주 13회
꿈과 이상을 향해 오늘도 내일도 달려라
멈추면 쓰러진다
달리는 과정에 고독과 고통이 있으며 달리는 과정에 꿈과 희망이 있으며 달리면서 이상을 실현하게 되리라.

요란하게 울리는 시계소리에 새벽의 단잠을 깨우며 몸을 일으켰다. 어제는 일찍 자야 된다는 강박관념에 늦게까지 잠을 자지 못하고 뒤척였다. 먼저 창문을 열어 밖의 날씨를 살폈다. 아직 어둠이 가시지 않은 새벽의 찬 공기에 상쾌함도 잠시 조금은 춥게 느껴진다. 고개를 들어 하늘을 보니 군데군데 구름은 많으나 비는 오지 않을 것 같다. 간단히 아침식사를 마치고 어제 챙겨둔 가방의 내용물을 다시금 확인하고는 집을 나섰다. 언제나 그렇듯이 새벽의 도로는 너무도 조용하다.

한적한 길을 달려 30여 분 경주에 도착하였다. 도시 입구에서부터 활짝 핀 벚꽃이 장관을 이루고 있다. 경주는 언제나 보아도 아름다운 도시다. 오늘도 벚꽃으로 아름다움에 화려함을 갖추고 있다.

보문단지를 지나 도착한 곳은 엑스포 광장, 벌써 많은 사람들이 나와 있다. 제각기 준비운동으로 몸을 풀고 가벼운 런닝을 하는 사람들 울긋불긋 형형색색의 유니폼을 차려 입고 준비운동에 여념이 없다.

평소 안면이 있는 분들과 인사를 하고 준비운동을 시작하였다. 20여분 준비 운동과 가볍게 달리면서 몸에 열기를 데웠다. 바세린으로 발바닥을 마사지하고는 사람들이 모인 장소로 이동하였다.

오늘 2000년 4월 7일 제10회 경주벚꽃마라톤이 열리는 날이다.

오늘 마라톤의 전체 참가자는 8,200여명 이 중 1,000여명이 풀코스에 도전하면서 너무나 참기 힘든 고통의 순간을 통해 자신을 뒤돌아보며 영광과 좌절을 후회와 기쁨을 맛보게 될 것이다.

고통의 순간을 짧게, 영광의 순간은 길게.

이는 많은 훈련을 통해서만 얻을 수 있을 것이다.

나도 월 200km 이상 많은 훈련을 하면서 오늘을 기다려 왔다.

출발선상에서 주위를 둘러보니 다양한 연령층의 많은 사람들이 레이스에 대한 각자의 경험담을 서로 충고하며 격려하고 있었다.

나도 이번이 풀코스 도전이 3번째라 제법 안면이 있는 분들이 눈에 띈다. 삼성직원들도 간혹 보여 인사를 나누고 지난 대회 유난히 방귀를 많이 뀐 외국인도 보인다.

이번 대회는 일본의 요미우리 신문사의 협찬으로 열리는 순수 아마추어들만의 대회로 유명한 선수들은 참가를 하지 않았고, 일본인들이 단체로 많이 참가를 하였다.

초조한 마음과 약간은 흥분이 되는 마음을 애써 진정시키며 출발 시간을 기다릴 즈음 일본의 단체 참가자들을 태운 버스가 약간의 접촉 사고로 인해 도착이 늦어져 출발시간이 10여 분 늦어질 것이란 안내방송이 흘러나오고 있다.

자원봉사자들이 나와 준비운동을 시작한다.

약간의 추위도 느껴지고 해서 계속해서 몸을 움직이며 출발신호를 기다릴 즈음 07:15분 출발을 알리는 예포 소리와 모든 참가자들의 함성 소리가 어우러지며 첫발을 서서히 내딛고 있었다.

처음 약 3km까지는 제법 가파른 오르막으로 출발을 하고 있었다. 나를 선두로 5~6명의 주자들이 바짝 붙어 따르고 있었다.

나의 출발은 힘이 있었다. 많은 주자들을 뒤로하며 앞으로 나아가고 있었다. 고개를 반쯤 넘을 즈음 더 넓은 보문호가 시야에 들어 왔다.

우리들의 역주를 축하하듯 분수대에는 힘차게 물이 솟아오르고 있었다. 길가 가로수에는 벚꽃들이 흐드러지게 피어 호흡은 거칠었으나 두 눈은 즐거웠다. 이렇듯 주위의 아름다운 경치를 감상하며 어렵지 않게 이 지점을 통과하고 있었다.

약간의 담소를 나누며 달리고 있을 때 번호표가 다른 색이 보인다. 하프코스의 선두주자다. 아주 빠른 속도로 우리를 추월해 나아가고 있었다. 그러나 여기에 신경을 쓸 바는 아니다. 우리는 풀코스로 초반의 오버 페이스를 가장 경계를 해야 한다. 우리들은 우리의 페이스를 잘 지키면 되는 것이다. 5km의 음료수대를 대부분의 주자들이 그냥 지나쳐간다.

우리들은 서로 가벼운 얘기를 주고받으며 앞으로 다가올 고통의 순간을 아는지 모르는지 앞으로 앞으로 나아가고 있었다.

황성교를 지나 10km 지점을 40분에 통과하였다. 아직 햇살이 퍼지질 않아 땀도 많이 나질 않는다. 바람도 시원할 정도로 조심씩 불어 주어 달리기에는 아주 좋은 조건이다. 우리들도 약간의 오버 페이스를 염려하며 속도를 조금 줄일 것을 서로에게 충고했지만 좀처럼 속도는 줄지 않고 있었다.

다시 하프코스 주자들과 합류하여 도로가 아주 좁게 느껴졌다.

시내 쪽으로 들어서니 출근을 서두르는 직장인과 등교하는 학생들이 많이 보인다. 차량을 통제하여 미안한 마음에 고개를 숙이고 달려가고 있는데 박수를 치며 격려를 보내 주고 환호성을 울리며 힘을 실어 준다. 경주시민들의 높은 시민의식에 고무되어 다리에 더 한층 힘이 들어가면서 주먹을 쥐어보며 격려에 답해본다.

12.5km 지점에서 물 스펀지로 흐르는 땀을 닦으며 보문단지 쪽으로 달려가고 있을 때 누군가 삼성 파이팅이라고 한다. 삼성마크를 달은 하프코스의 주자다. 인사를 하고는 보문단지 입구에 이르니 많은 하프코스의 주자들이 걷고 있었다. 나는 통도사의 가파른 그 길을 매일 달리며 훈련을 해온 터라 이 정도의 오르막은 그다지 힘들게 느껴지질 않았다.

20km 지점을 1시간 20분에 통과하고 있었다. 이 정도의 페이스라면 2시간대도 가능할 것 같다. 그토록 기록에 대한 욕심을 갖지 말자고 다짐을 했지만, 사람의 욕심은 어쩔 수 없나 보다.

내리막길을 힘차게 내려가며 기록 단축에 대한 욕심이 앞서 다소 무리한 느낌이 든다.

하프코스와 갈림길이다. 엑스포 광장에 다시 왔다. 하프코스의 주자들이 골인지점에 들어가는 것이 보인다. 25km 지점이다. 1시간 40분이 조금 넘었다. 이제 남은 거리는 18km 정도 불국사 방향으로 갔다가 다시 돌아와야 하는데, 오르막과 내리막이 계속해서 이어지는 가장 난코스이다. 이제 힘이 많이 빠진 느낌이다. 다리가 무거움을 느낄 수 있다.

가파른 오르막을 헉헉거리며 뒤를 돌아보니 따라오던 분이 보이질 않는다. 고개를 하나 넘고 보니, 또 다른 고개가 나오고 이제 다

올랐나 싶은데, 다시 기다란 고갯길이 앞을 가로막고 떡 하니 버티고 서있다.

이제 속도도 많이 떨어졌다. 거의 산 정상처럼 느껴지는 곳에 27.5km의 푯말과 음료수를 공급하고 있었다. 2시간이 다 되었다. 물을 조금 마시고는 이제 계속해서 내리막길이다. 속도를 내어보지만 초반의 페이스는 나오질 않음을 느낄 수 있다. 발바닥에 열이 나는 듯하다. 발바닥에 물집이 생기는 것 같다.

이제 2시간대의 진입은 돌아올 때의 계속되는 오르막을 생각하니 힘들 것 같다.

30km 지점을 2시간 10분에 통과하면서 다시 물을 마셨다. 이제 조금만 가면 반환점이다. 선두 차를 앞에 두고 선글라스를 쓴 멋진 선두주자가 달려오고 있다. 혼자서 독주를 하고 있었다.

반환점을 통과한 주자들이 하나둘씩 늘어나면서 반환점이 시야에 들어 왔다. 반환점을 통과할 즈음 자원봉사자 누군가가 말해 주었다. 내 순위가 26위라며 힘을 내라고 한다.

이제 5~6km 정도가 계속되는 밋밋한 오르막이다. 속도는 현저히 줄고 있었고 다리는 천근만근 무거워졌다. 역시 마라톤은 35km 지점이 가장 힘들다는 말을 실감하는 듯했다. 많은 주자들이 반환점을 향해 가고 있었지만 모두가 속도는 많이 내지 못하고 반환점이 얼마나 남았느냐고 물어보곤 한다. 처음에는 몇 번 대답을 하곤 했는데 이마저 귀찮아 고개를 땅에 묻고 달려가니 35km 지점이 보인다.

2시간 40분이 되었다. 이제는 몇 분이 중요한 게 아니라 이 고통이 빨리 끝이 났으면 하는 마음만 간절할 뿐이다. 허기가 져서 그런지 어서 빨리 집에 가서 맛있는 음식을 먹는 생각에 침이 넘어간다.

내 뒤에는 따라오는 주자가 거의 보이질 않으니 경쟁심을 유발해 주지 않아 더 힘이 드는 것 같다. 물을 한 컵 마시고는 달리기 시작했다.

달린다는 말보다는 빠르게 걷고 있다고 하는 표현이 더 맞을까. 속도는 많이 떨어져 있었다. 37.5km 지점 오르막의 끝이다. 물을 한 통 머리에 끼얹었다.

이제 힘든 코스는 없다. 다리에 힘이 빠져 속도를 내지 못하고 가슴을 뒤로 제치고는 내려간다.

내리막길을 바람이 약간 불어주면서 물을 머리에 부었기에 시원함이 느껴진다. 발바닥에 물집이 생긴 것 같다. 따끔거리지만 계속해서 달렸다. 저만치 엑스포 광장이 보인다. 이제야 얼마 남지 않았구나 싶은데 40km의 푯말이 좀체 보이질 않는다. 40km 지점은 표시가 없나 생각하면서 달리니 연도의 많은 사람들이 박수를 보내준다.

엑스포 광장의 입구에 거의 왔을 때 음수대가 놓여 있다. 40km 지점이다. 3시간 3분 정도인 것 같다. 이제 3시간 10분 진입도 어려울 것 같다.

마지막으로 힘을 다해 보려 하지만 마음뿐 몸이 말을 듣지 않는다. 사실 나는 이번에 3시간 20분 이내에 진입을 목표로 했기 때문에 목표는 달성이 된 셈이다. 교육문화회관 앞으로 돌아가면 된다. 이제 정말 얼마 남지 않았다. 힘이 완전히 떨어져 금새라도 쓰러질 것 같은 탈진 상태다. 연도에는 많은 단축코스의 주자들이 레이스를 끝내고 응원을 보내 주고 있었다.

저만치 결승점이 눈에 들어온다. 결승점에는 많은 사람들이 모여 있었다. 나는 어떤 모습으로 결승점에 골인을 할까! 황영조 선수처럼 주먹을 쥔 손을 높이 들어 보일까. 승리의 V자를 그려 보일까 이런 생각을 하며 골인의 라인을 밟았다.

많은 박수 소리와 함께 나도 모르게 두 팔을 높이 들고 만세라고 외쳤다. 이것으로 나의 3번째 풀코스 도전은 끝이 났다. 한 번도 걷지 않고 풀코스를 뛰어서 완주를 했다.

사실 나는 어린 시절부터 달리기에는 별로 소질이 없는 그런 아이였다. 순위를 메기면 뒤에서 찾는 것이 더 빨랐을 것이다.

건강을 위해 조금씩 달리기 운동을 하곤 하던 것이 체력이 좋아지고 차츰 달리는 거리가 늘어나고 마라톤 풀코스도 완주를 하게 된 것이다.

5시간이 지나고 교통통제도 풀려 이제 집으로 돌아가야 한다. 3시간이 넘는 동안 고통의 연속인 이 짓을 왜 했을까를 잠시 생각해보지만 딱히 알맞은 답이 없다.

돌아오는 길에 아직 끝나지 않은 주자가 있었다. 주최측도 철수를 하고 차량은 통제가 풀려서 인도를 따라 골인 지점을 향해 가는 허리가 구부정한 할아버지가 있었다.

기록이나 주위의 그 무엇에도 연연하지 않고 오로지 자신과의 싸움을 하며 목적지를 향해 가는 할아버지를 보니 이것이 마라톤의 정신인가 싶다.

온몸은 지쳐 있었지만 머리는 맑고 기분은 좋았다. 도전하여 이루는 것이 이런 것일까 무언가 모를 뿌듯함과 자신감 결승점의 라인을 밟는 그 순간 감동과 희열을 무슨 말로 감히 표현할 수 있을까? 이는 느껴본 자만이 알 것이다.

일몰에서 일출까지의 머나먼 100km

송 충 기

지난 겨울 산악을 방불케 하는 험난한 코스와 살을 에이는 듯한 매서운 바람을 맞으며 풀코스를 완주하고는 다시는 호미곶에는 오지 않겠다고 하던 그때의 기억이 아직도 생생한데 무엇에 이끌려 이 자리에 다시 서있는 것일까?

오늘은 그때보다도 2.5배가 넘는 102K를 달리기 위해 다시 호미곶을 찾았다.

출발 10분전 아무래도 배낭이 거북하고 무게도 무거운 것 같아 서둘러 내용물의 일부를 내려놓고는 출발선에 돌아오니 출발신호가 떨어지고 180여 명의 건각들은 서서히 무리를 지어 나아가고 있다.

얼마가지 않아 뒤에서 배낭의 지퍼가 열렸다고 한다. 배낭의 지퍼를 채우고 가는데 이제는 배낭의 내용물이 바닥으로 떨어진다. 주섬주섬 주워서 배낭에 넣고는 지퍼를 끈으로 아예 묶어버렸다.

환송하는 주민들의 배웅을 받으며 시가지를 막 벗어나려고 할 때 이번에는 배낭의 어깨끈이 떨어지기 직전이다. 이런 큰일이다. 배낭을 내려 들고는 조금을 걸으면서 생각하니 오늘 102km의 완주는 나를 멀리하는구나 라는 생각이 든다.

그러면 가는 데까지 가보자 생각하고는 배낭을 송신소의 경비실에 맡기고 63.3km 정도라도 갈 수 있다면 다행이라고 생각하고 다시 달리니 이제는 홀가분한 기분으로 자연히 속도가 빨라진다.

앞선 많은 주자들을 뒤로하고 저무는 일몰을 보면서 달리게 된다. 저만치 자전거를 타고 가는 학생이 보인다. 마산에서 오신 분인데 아들은 자전거로 아빠는 뛰어서 102km를 완주를 한단다. 나도 우리 아들이 어서 자라서 아빠와 함께 밤을 세워 얘기를 나누며 100km 울트라를 완주하기를 마음속으로 기원을 해본다.

호미곶의 가파른 오르막길을 물 한 모금 마시지 않고 계속해서 달리니 많은 체력의 소모는 뻔한 일이다.

휘영청 밝은 달빛을 보면서 파도소리를 들으며 뛰는 맛이 새롭다. 그렇게 힘들다는 느낌은 들지 않는다. 12km 지점에서는 앞에도 뒤에도 보이는 주자는 없고 달빛에 매료되어 외로이 독주를 하게 된다.

이렇게 20km 지점을 통과하는 데 1시간 43분이 지나고 있다.

엉뚱한 길로 어려움은 더해지고, 이제는 포항시내로 접어드니 곳곳에 주유소와 식당 등이 있어 물을 마실 수가 있었다. 과속으로 달리는 차들도 많고 위험하기도 하여 인도를 이용하여 달리게 된다.

곳곳에 교차로가 많아 자칫 길을 잃을 수도 있겠다. 다행이 교차로마다 주로를 안내하는 분들이 있어 어려움 없이 지날 수 있었다. 25km 정도의 지점을 통과하니 다리 난간에서 무료함을 달래던 중인가 화들짝 놀라며 내려와서는 방향을 제시해 주는데 오천 마라톤 소속의 유니폼을 입고 있다. 조금 지나 한 분의 안내를 받고는 그분이 저만치 가면 또 다른 안내자가 있다는 말에 뭐라고 하는 말은 별 대수롭지 않게 생각하고는 조금 지나니 갈림길이 나오고 한쪽은 길이 끊어져 있어 이 길은 아니고 주유소에 들러 물을 마시고는 진전령으로 간다고 하니 곧장 가란다.

오천 시가지인 모양이다. 곳곳에 상가가 많이 있고 2차선 도로에 제법 차들도 많이 다닌다. 10여 분 이상을 달렸지만 진전령의 이정표는 보이지 않고 아무래도 예감이 이상하다. 주유소에 들러 상황을 설명하는데 도통 말이 통하질 않는다. 분명히 길을 잘못 들어온 것은 사실이다.

코스도를 준비했지만 가방을 두고 왔으니 답답할 노릇이다. 왔던 길을 다시 돌아가야 하다니 이제는 뛰고 싶은 의욕도 없다. 지나는 택시라도 있으면 타고 가야겠다 싶어 밖으로 나오니 경찰차가 주유소에 기름을 넣기 위해 들어온다. 경찰관들에게 얘기를 하니 오늘 무슨 대회가 있느냐고 물어온다. 상황을 설명을 하였더니 저쪽에서 뛰고 있는 사람들을 많이 보았다고 한다.

경찰차를 타고 다시 돌아온 곳이 오천 마라톤 소속의 그분이 있던 25km 지점이다. 40여 분을 엉뚱한 곳에서 허비하고 돌아왔다.

이제는 곳곳에 주자들이 많이 보이고 무슨 생각조차도 없이 달리는 주자들의 틈 속으로 뛰어든다. 얼마 있지 않아 가게에 들러 음료수를 하나 마시고 있는데 양쪽 팔이 없는 분이 있다. 달리만 합니까?하고 물으니 벌써 한 30km 왔지요. 이제 70km 밖에 안 남았네. 누구는 300, 400km도 뛰는데 70km 정도는 장난이지 뭐 라고 하면서 활짝 웃는 모습에 신체의 장애는 있지만 마음만은 무척이나 밝고 매사를 긍정적으로 생각하는 분이라는 생각이 든다.

가게에서 나오니 성종경 님이 오신다. 이런저런 얘기를 하면서 조금 지나니 (CP#1)3시간 30분. 주최측에서 준비한 초코파이와 누룽지를 한 컵을 마시고는 그 험하다는 진전령을 향해 나아간다. 완주를 위한 각오를 다지며....

이제는 마을은 안 보이고 들녘에는 개구리 소리만이 귓가에 맴돌고, 보름달이 주위를 밝혀 주기에 랜턴을 켜지 않고도 달릴 수가 있다.

띄엄띄엄 반딧불도 보이고 바람도 조금은 차게 느껴진다.

한참을 지나니 붕어빵을 파는 곳이 나와 붕어빵 3개와 물을 한 통 손에 쥐고 걸으면서 붕어빵을 먹고 허기를 달랜다.

조금 걸었다고 불어오는 바람에 한기가 느껴져 다시 달리기 시작하여 오르막을 힘겹게 올라가다 보니 커다란 둑이 보여 무슨 댐인가 싶은데 이곳이 바로 진전의 저수지이다. 상당히 큰 저수지인 것 같다.

가도 가도 오르막은 끝이 없다. 이러다가는 여기서 탈진할 것 같아 다시 걷기로 했다. 5분 정도를 걸었을까 앞에서 차가 한 대 지나면서 힘 하길래 손을 형식적으로 살짝 들어주고는 지나치는데 차를 돌리고 있다. 군투 부부다. 이 늦은 시간에 이곳까지 오다니 힘없이 걷고 있는 내 모습이 초라해 보여 길을 잘못 들어 어쩌고 저쩌고 몇 마디 변명을 하고는 뒤에 오는 분들에게 가보라고 보내고 조금 지나서 기림사로 향한다.

기림사로 내려가는 길에서 군투와 다시 만나고 기림사 입구에서 군투가 준비한 음료를 마시며 대구런클의 지인을 만나 동반주를 하니 대체로 1km에 5분 30초의 속도로 CP#2에 도착하니 5시간 55분이 지나고 있고 선두가 지나간 것은 1시간 정도가 되며 우리보다 앞선 주자는 12~3명 정도가 된단다.

포항 그린넷마의 한 분이 합류를 하여 이제 3명이 동반주를 하게 되는데 나는 서서히 다리에서 근육이 뭉치고 체력의 저하를 실감하게 된다. 수시로 스트레칭으로 근육을 풀어 주면서 오르막에

는 걷게 된다.

오르막 한 곳을 걷다가 저만치 흰색 운동복을 입고는 손에 물병을 들고 있는 분이 있다. 나는 속으로 어디서 많이 본 듯한 분이라고 생각을 하며 가고 있는데, 물 한잔하고 가시오 하면서 이쪽으로 건너오는데 돌격 최두석 님이다.

형수님은 물을 가지러 가시고 없고 준비하신 미숫가루를 2컵이나 마셨다. 대회에 신청하고는 부상으로 참가를 못하는 심정이 오죽하겠는가 이렇듯 여러분들의 격려가 있고 성원이 있는데 나도 포기를 할 수 없다는 생각이 들면서 혼신을 다해 완주를 하겠노라고 다짐을 해본다.

나의 스트레칭하는 횟수가 잦아지고 자연히 걷는 횟수도 늘어난다.

이제는 km에 6분이 넘게 걸리면서 63.3km 지점에서 7시간 15분 라면과 커피를 마시고는 발바닥에 바세린도 발랐다. 10여 분을 휴식 후 출발하니 해수욕장인가 젊은이들의 노래소리가 들린다. 좋은 시절이라 생각하며 70km 지점에 도착하니 붕어빵을 굽는 아저씨가 있다. 8시간 10분 붕어빵을 먹고 물을 마시고 다시 갈 길을 재촉해본다.

80km 지점 CP#3을 지나는데 아주머니 한 분이 보인다. "먹을 것 좀 있습니까?"하고 소리를 지르니 오라고 손짓을 한다. 9시간 20분, 닭죽을 먹고는 근육이 많이 뭉치므로 두 사람을 먼저 보내고 연신 스트레칭을 하면서 다리를 풀어 주고 있으니 대구에서 왔다고 하는 분을 만나 이런저런 얘기를 하며 동반주를 하기로 한다.

찬란히 떠오르는 여명을 맞으러.

이제는 10분을 계속해서 달릴 수가 없이 걷는 횟수가 잦아진다. 속도도 현저히 떨어져 있다. 다리는 천근만근 다리를 질질 끌면서 가는 느낌이다. 이제 곧 해가 뜰 시간이다. 힘을 내어 떠오르는 여명을 맞으러가자. 그러나 해는 구름에 가려 보이질 않고 구룡포에 거의 왔다 싶은데 이정표에 호미곶 14.5km라고 적혀 있다. 구룡포를 지나 고깃배들이 많이 보인다. 사람들도 곳곳에 많이 보이고 저 멀리 구름 사이로 모든 것을 삼킬 듯이 붉게 불타는 태양이 고개를 내민다.

일몰에 시작하여 일출을 보면서 달려왔다. 벅찬 감동으로 터질 듯한 가슴을 움켜지었다. 힘은 빠져 기진맥진 하지만 이제 해냈다는 감동이 찬란한 태양을 보면서 전해진다.

이제부터는 굳이 무리를 해서 달릴 수도 있지만 부상이 염려되어 가능한 많이 걸으면서 가고 있으니 많은 주자들이 앞서 나가고 뒤에서 성종경 님을 만나 음료수를 마시러 가게로 들어가니 주우남 님의 역주 모습이 힘이 있어 보인다.

조금을 걷다 보니 저 멀리 바람개비가 보이니 성종경 님은 달려가고 나는 조금을 더 걸어가다 골인을 하니, 12시간 42분의 사투가 끝이 난 것이다.

충분한 사전의 준비도 없이 무리하게 하다보니 많은 어려움을 느꼈다. 배낭 등은 직접 사용을 해본 후 착용 여부를 결정해야 함에도 그렇지 못했고, 면밀히 주로를 분석하지 못한 잘못이 크다.

여러 회원님들의 격려와 성원이 없었다면 결코 완주를 못하고 포기했을 것이다.

다시 한번 관심을 가져주신 여러분들에게 감사를 드리며 울산마라톤클럽에 소속됨을 자랑스럽게 생각합니다.

삶의 여정이 또한 이렇지 않을까?

허 진 년

최고 기록 : 3시간 52분 50초
경력 : 풀코스 4회 하프 다수(2001년)
좌우명 : 마라톤도 인생같이 즐기며 뛰자.
출발선에 서면 가슴이 두근거린다. 주위를 둘러보아도
모두들 같은 심정으로 심장박동을 듣고 있는 것 같다.
그냥 뛰어서 가는 것이 아니라 발바닥으로, 심장으로
느끼며 달리고 싶다. 차분하게 즐겁게 인생을 마감하는
날까지 달리고 싶다.

마라톤에 처음 입문을 하고서는 달리기가 뭐 그리 어렵겠는가?
그냥 날렵하게 조깅하듯이 달리면 될 것이 아닌가? 무슨 그
리 어려운 것이 있을까, 그런 생각이었지만 차츰 진정한 달리기의
진수를 맛보면서 아하! 마라톤은 우리들이 살아가는 인생살이와
너무나 흡사한 과정이고 너무나 닮은 똑같은 여정이라는 것을 실
감을 한다. 투자나 준비가 없이 덤벼들면 용케도 알아차리고 정신
이 번쩍 들도록 반성을 하게 만들고, 너무 지나친 자신감에 과욕을
부렸다가는 어김없는 자신에 대한 질책이 뒤따라 붙으니 말이다.
차근차근 자신을 겸허하게 다스리며 한 걸음씩 나아가는 인생살이
처럼 달리기는 어떤 권모술수나 술책이나 지름길을 용서하지 않으

니 인생 여정과 같지 않다고 누가 말을 하겠는가?

올해 봄!

2002년 3월 17일 서울 광화문을 출발하여 잠실운동장에 골인하는 서울동아마라톤에서 내 기록이 4:05:12초였다. 마라톤 풀-코스 네 번째 완주인 이번 경주동아오픈마라톤에서 목표 기록은 Sub-4로 정하였다. 나름대로 이력저럭 연습이라고 하였지만, 연습기간의 반은 술자리에 앉아 마음으로만 용을 쓰고 있었으며, 반은 아파트 옆 초등학교 운동장 몇 바퀴를 뛰는 것으로 마음을 달래었다.

다행인지 아닌지, 이번 대회의 기록이 3:52:50초에 골인하였다. 부상도 없이 목표 달성을 하여서 정말 다행이다 싶으나, 제대로 달렸는지 조금은 부끄러운 마음이 앞선다. 왜냐하면 35km까지는 3시간 40분 초반대 기록으로 달렸으나, 역시 마라톤은 38km 지점부터라는 말을 증명이라도 하는 것인지. 연습을 게을리 한 결과인 뒷심 부족으로 40km를 통과할 쯤에는 비몽사몽간에 정신력으로 달려서 골인한 것 같으니 말이다.

회사 업무 사정으로 10월 20일에 열린 춘천조선마라톤에 참가하지 못하여 많은 아쉬움을 달래고 있었다. 그 대회는 내가 풀-코스를 처음으로 머리를 얹은 대회이니 꼭 가고 싶었는데 여의치 못하였다. 그러나 올해가 가기 전에 목표로 정한 Sub-4 기록은 달성하여야 하였기에 마음만은 단단히 먹고 이번 대회에 임하였다.

일요일 아침, 어제 저녁에 미리 준비하여 둔 물품들을 고수들이 전하여준 메모지를 확인하면서 다시 하나씩 가방에 챙겨 넣고, 아침밥을 먹고는 아내가 종아리와 허벅지에 근육 테이핑을 정성을 들여 해주면서 잘 달리라는 주문을 넣어 주었는데, 그 주문이 족쇄처럼 마음을 무겁게 하였다.

회사 동호인들과 단체버스로 7:40분에 울산을 출발하였다. 울산

공항 앞을 빠져나오자 7호선 국도는 막힘 없이 시원하게 달린다. 버스 맨 뒷좌석에 앉아 오늘 어떻게 달릴까 생각을 하고 있는데, 옆자리 고수 반열에 올라 있는 회사 동료 2명이 오늘 레이스를 같이 달려 보자고 한다. 다행이다 싶다는 반가운 마음으로 환호를 보내면서 창밖을 보니, 버스는 벌써 불국사 앞 도로를 지나서 경주문화엑스포 광장에 도착하고 있었고, 광장에는 벌써 마라톤 매니아들이 타고 온 대형버스들과 승용차들로 대단한 성황이다. 아침 일찍 몇몇 동호회원들이 일찍 출발하여 마련한 천막으로 가서 유니폼으로 갈아입고 발가락, 젖꼭지에 테이핑과 바세린을 바르고, 출전 준비를 마치고 화장실까지 다녀오니 출발 준비 끝!

파시코에서 나누어주는 보온 비닐로 몸을 감싸고 있지만, 아침 기온은 생각보다 매우 쌀쌀하였다. 출발선상에 전국에서 모여든 10,225명의 마라토너들! 개그맨 배동성 씨가 진행하는 출발 멘트가 재미가 있었고, 정말로 마음 속으로 잘 달려야겠다는 용기를 불러 일으킨다. 배동성은 이제 마라톤 출발 전문 진행자로 자리를 굳힌 것 같다.

처음 약속한 대로 출발부터 3명이 나란히 달렸다. 1km 지점부터 나타나는 불국사로 가는 언덕은 가파르고도 긴 오르막이다. 3명이 서로 초반 오버 페이스하지 말자며, 천천히 달렸지만 5km 지점 통과기록이 25분이다. 예상보다 2분이나 빠르네, 코오롱 호텔 입구부터 불국사역까지는 내리막길인데, 갑자기 빗방울이 몇 방울씩 떨어졌으나 아랑곳할 사안이 아니다. 묵묵히 내리막길을 내려서는데 속도를 내지 말라고 옆에서 고수가 자꾸 주의를 준다.

불국사역을 돌아 벗어나니, 기다렸다는 듯이 맞바람이 심하게 불어오는데, 땀이 조금 나기 시작하자마자 금방 말라버리고 체감 온도가 급하게 떨어지면서 추웠다. 조양마을 앞을 지나는데 10km

푯말이 보인다. 통과시간을 58분으로 예상하였는데 54분에 도착하였다. 오버 페이스인가? 차가운 바람이 런닝 한 장만 입은 양 어깨와 허벅지를 사정없이 몰아치니 춥고 시리다.

통일전에서 좌회전하여 15km 지점인 정강왕릉까지의 코-스는 바람막이 나무 한 그루 없는 허허벌판이다. 을씨년스럽게 가을 추수를 끝낸 논둑길을 맞바람을 안고 달리니, 힘이 들고 춥다. 통일전을 지나서 가을 들녘길을 통과하니, 경주박물관이다. 사거리 신호등에 밀려선 차들에게 미안하였다. 그래도 창문을 열고 박수를 치거나 환호를 보내 주는 분들이 있어 너무 고마웠다. 안압지와 월성공원을 지나 첨성대를 끼고서 좌회전하여 힘차게 달려나갔다. 기분은 상쾌하고 좋다.

천마총 옆에 20km 푯말이 보인다. 3명이 나란히 1시간 40분에 도착하였다, 팔목에 적어 놓은 통과예상시간보다 8분이나 앞서 있다. 같이 달린 3명은 물 한 잔씩 마시고 비상식량인 파워젤을 먹고서 1~2분 동안 스트레칭을 하였다. 옆의 고수가 이제부터가 진정한 마라톤이 시작되니 마음을 단단히 다져 먹고 같이 잘 달려 보자고 한다. 하프지점을 1시간 46분에 통과하였다. 무리가 없어서 기분이 좋았다. 제발 이 컨디션으로만 계속 달렸으면 좋을텐데. 욕심을 부려본다. 이제 반을 달려 왔으니, 반밖에 남지 않았다고 자신에게 주문한다.

경주시가지로 들어서서 경주 문화웨딩 앞의 25km 푯말을 지나치면서 잠시 서서 스트레칭을 하는데. 진행요원은 아닌 것 같았는데 어떤 아가씨가 우리 일행에게 스프레이를 뿌려 주었다. 고맙다는 인사를 하면서 돌아보니. 오늘이 마침 경주장날인지 인도에 난전을 벌여 놓고 푸성귀를 팔고 앉아 있는 아줌마들이 왜! 저런 고생을 사서들 할까? 안타깝다는 눈길로 건네다 보고 있어 목례를 간단히 하고 달린다.

아직까지는 호흡도 괜찮고 다리에도 이상이 없다. 경주여고를 지나서 금장교를 지나면 30km이다. 경주역이 얼마 남지 않은 지점의 도심이지만 간식 제공하는 지점이라 배가 고프면 현기증이 몰려 올 것이라는 생각에 초코파이 두개를 집어 들어 먹고도 바나나 하나를 집어 들었다. 정신없이 먹다 시계를 보니, 2시간 15분이다. 예상 시간과 비교하여 서서히 기록을 까먹기 시작하고 있다.

분황사 사거리에 교통통제로 밀려 서 있는 자동차 행렬을 바라볼 때쯤에는 다리에 힘이 빠지기 시작하며 피로가 누적된 표시가 나타난다. 평소에 자동차로만 달리던 보문단지로 들어가는 일직선 도로가 왜 그렇게 멀고도 지루한지 모르겠다. 도로 중간쯤에서 만난 35km 지점에서는 정말로 걸어가고 싶다. 밀려선 차들이 창문을 열고서 응원을 하여 주어서 힘을 내어 보지만 한계에 도달한 것 같다. 이제 같이 달려 왔던 동료선수 3명은 각자 뿔뿔이 흩어지고 있었다.

그때 영천시청 유니폼을 입고 달리던 선수가 어디에 넣고 왔는지 휴대폰으로 현재 자기 상황을 어디로 연락하면서 "아고고! 죽겠다." 고 말을 하니 연도의 시민들이 웃고, 나도 따라 웃는데 지쳐서 웃을 기력도 없다.

보문교를 지나자 한화콘도 오르막길이 나온다. 이 오르막은 몇번이나 달려 보았기 때문에 힘들겠구나 하고 예상은 하였으나, 이미 몸이 많이 지친 상태라서 죽을 맛이다. 걸어가는 사람들이 늘어나고 나도 거의 걷다 싶은 걸음걸이로 달린다. 기록 달성을 하여야 한다는 강박관념에 달리고는 있지만 이제는 정신력으로 달리는 수밖에 없었다. 콩코드 호텔 앞의 40km 지점에는 정말로 하늘이 노래진다. 길옆의 골프장에서 한담을 하면서 여유롭게 걸어가는 골퍼들이 그렇게 부러울 수가 없다. 경주월드 입구에 41km 푯말이 보인다. 이곳만 통과하여 좌회전하면 결승점이 보일 것이다. 있는 힘껏 달렸다. 과연 모서리를 돌아서자 길 양 옆으로 응원하는 많은 가족들의 환호성이 들려 온다.

동호인들과 여러 사람들의 박수를 받으면서 골인 하니. 3:52:50 초! 정말 기분이 좋다. 동료회원이 달려와서 신발끈도 풀어 주고 기록-칩도 대신 반납하여 주고 음료수도 건네 주는데도 고맙다는 말도 제대로 하지 못할 정도로 지쳤다. 동호회 텐트로 들어오니, 추어탕이 가스통 위에서 끓고 있었고, 손두부와 김치 그리고 수육에다가 주섬주섬 배를 채우니 긴장이 풀리면서 제 정신이 돌아온다. 동호회 부인들이 전해주는 점심인 추어탕 맛이 일품이다. 거기다가 막걸리 두 잔을 연거푸 마셨더니, 기분이 정말로 좋다.

이제는 누가 뭐라 하여도 마라톤에 매력에 푹 빠져버린 매니아가 되어 있는 나 자신을 발견하고는, 달리고 뛰면서 그 속에서 인생을 배우고, 또한 인생살이의 교훈들을 달리기에 접목하여 조금은 더 나은 풍요로운 행복한 삶의 여유와 달려서 튼튼한 신체를 만들어서 두 가지 모두 사랑하고 아끼며 살아가고 싶다.

코스 막바지에서의 정말로 주저앉고 싶었던, 힘겹고 고통스러운 순간들은 언제 그랬느냐 싶게 내년 봄에 있을 서울동아마라톤에서는 더욱 열심히 달려 보리라 연습 계획표를 머리 속으로 작성하고 있다.

나는 마라톤을 사랑하고, 또 그 만큼 나의 인생을 사랑한다.

동아대회 그 아름다움이여

김 철 수

아침에 눈을 뜨니 기분이 상쾌하다.

창문 밖의 공기가 조금은 차갑고 거세지만 힘차게 심호흡으로 하루를 열었다. 푹 잠을 청한 것 같아 기분이 맑다. 아내도 하프를 신청했는데 2시간 안에 들어와야 체면이 선다면서 더욱 바쁜 아침이다.

7시 아파트를 나서니 길가엔 들국화가 아름답게 피어 있고, 코스모스가 하늘거리며 손을 흔들며 환송을 해준다.

경주로 향하는 마음은 애써 평온을 찾으려 하지만 완주에 대한 부담감을 떨칠 수가 없어 쌀쌀한 늦가을 추위만큼이나 경직되고 있다.

무더운 여름을 달리는 열정 하나로 이겨 왔지만 완주에 대한 자신감은 부족하다는 걸 부인할 수는 없다.

도전, 고통.

모든 걸 초월하고 즐기는 마라톤을 하자라고 되내이며 아내와 절대 무리하지 말자며 서로를 격려한다. 코스는 가을 경치가 아름답고 고적지를 옆구리에 끼고 달릴 수 있기 때문에 지루하거나 힘들지 않은 코스라고 생각하지만 풀코스를 아무나 하는 것이 아닌데.

엑스포 광장에 도착하니 많은 마라토너들이 와 있었고 오고 있었다. 전부가 비장한 모습으로 추위를 이기려고 몸을 풀고 있었다. 스트레칭을 하면서 4시간 페이스 메이크를 찾아 그 앞에 섰다.

드디어 출발을 알리는 함성이 들리고 전부가 자신에 찬 표정으로 뛰어간다. 5분 정도 지나니 보문로 초입인데 초반 오르막이 길지만 힘든 것은 아니기에 훈련 때의 마음으로 편하게 뛰면서 오버 페이스는 하지 말자라고 마음먹는다.

오르막을 지나니 내리막길이다. 갑자기 옆 주자들이 속도를 내기 시작한다. 10km 까지는 km당 6분으로 설정하고 코스의 변화에 따라 강약 조절을 할 예정이다. 처음 5km 26분22초, 조금 빠른 것 같아 늦추어 가자라고 하며 속도 조절로 힘을 비축시킨다. 불국사역 삼거리까지 내리막이지만 체력 안배를 위하여 설정 속도를 유지하며 달린다. 오버 페이스 방지를 위하여 공예촌, 주변식당 이름도 익히고 들녘과 저수지, 주변 경관도 감상하며 달린다.

역전 삼거리에 오니 하프코스 주자들이 유턴을 하고 간다.

10km. 50분 50초, 목표시간보다 조금 빠르지만 이 정도 컨디션이면 이제부터 5분 페이스로 달려도 되겠다라고 자신을 달래어본다.

15km, 1시간 15분, 급수대의 물 한 모금 마시고 경주 남산 기슭

에 위치한 통일전을 관망하며 들길을 달린다. 평지이지만 가로수와 들판과 산이 어루러져 지루하지는 않다. 뒤에서 울마클 힘!이라는 소리에 돌아보니 만자로 님이 화려한 복장과 특이한 동작으로 역주를 한다.

20km 1시간 39분, 경주시내 평지길 좌우로 박물관, 반월성, 안압지, 첨성대, 계림 숲……내 어릴 때 뛰어놀던 정든 곳을 차례로 조망하며 지나지만 이제 조금씩 힘이 부침을 느낀다.

25km 2시간 05분, 정확하게 전체 5분 페이스다. 너무 욕심을 내는 건가? 마라톤은 30km부터라는데 조금은 걱정된다.

장갑 속에 넣어둔 파워젤을 하나 먹고 이제부터는 6분 페이스로 몸을 다스리며 달려야겠다고 마음먹는다.

아래 시장은 장날인지 많은 사람들이 몰려 있고, 할머니들이 박수를 치면서 힘내라고 격려해준다. 힘이 조금씩 들지만 시민들의 응원과 박수를 받으니 힘이 난다. 날씨가 추워 아랫도리가 저리는 듯한 느낌이지만 황성공원을 끼고 도는 맛은 일품이다.

30km 2시간 31분, 시내를 벗어나 보문관광단지로 가는 길목 황룡사지, 분황사, 그리고 내 어릴 적 절친한 친구집도 지나고 잘 가꾸어진 고수부지의 경관도 감상하면서 피로를 극복하도록 나 자신을 달래어본다.

이제부터다. 마라톤을 즐기려면 지금부터 달리기를 멈추지 말아야 한다. 간간이 걷는 사람들이 눈에 많이 들어오고 마음 한쪽에서는 나도 걷고싶다라는 생각도 들지만 내 의지를 이기고 싶기에 참아야 한다.

35km 02시간 59분, 서서히 다리의 힘이 풀리고 속도도 떨어진다. 배가 고프지 않지만 마지막 파워젤을 꺼내 먹고 힘을 내어 달려나 간다.

37km 푯말이 보이면서 보문단지를 오르는 오르막이지만 그리 길지 않기 때문에 그간 비축한 힘을 쏟으면 쉽게 극복할 수 있겠지 하고 속도를 내어 오르막을 올라서서 조금 뛰어가니 훈련 때 간간이 나타나던 대퇴부 쪽에 근육통이 오려고 경고를 보내어 욕심을 버리고 물을 먹으면서 스트레칭과 근육을 마사지하는 여유를 가지고 심호흡으로 잠시 휴식을 취해본다(40km 3시간 30분).

남은 2km, 마지막이 중요한 거야. 지금부터는 지친 기색을 접고 힘차게 뛰어가는 거야. 드디어 커브길을 돌고 나니 엑스포 광장이 눈에 들어오고 길 가장자리에는 뛰는 선수를 격려하려고 많은 사람들이 몰려있다. 웃으며 달리며 주위를 둘러본다.

내 사랑하는 아내가 하프를 달려와서 누구보다도 나를 기다리고 있는걸 알기에……

목소리다. 많이 들어본 목소리……

아내와 조기회 회장님 사모님이 제일 먼저 나를 반긴다. 그리고 울마클의 손라덴님, 국방위원장님, 여러 회원님들의 얼굴이 스쳐지나가고 마지막 파이팅을 외쳐준다.

잠시지만 아주 잠시지만 눈에는 눈물이 핑돈다.

'드디어 골인!'

감격! 감격! 무정도 완주했다는 거 아닙니까?

아내를 찾았다. 감격의 포옹을 하고 싶어서. 아내는 조용하면서도 힘있게 수고했다는 말을 하면서 따스한 꿀물로 나의 마음을 포근하게 안아준다. 4시간의 목표를 했는데 42.195km를 3시간 41분 50초에 완주했다는 것 아닙니까? 아무나 할 수 있지만 아무나 할 수 없는 거리를 초짜베기 무정도가 해 내다니……

이 모든 것은 울산마라톤클럽의 저력이고 내 사랑하는 눌라님의 배려가 있기에 할 수 있었다는 걸 잘 압니다. 교통사고로 한쪽 다리를 부여잡고 밤마다 울어야 했던 일이 어제 같은데 풀을 뛰다니 그것도 완주를……

　물론 뒤도 안 돌아보고 정신없이 뛰었지만 할 수 있다는 걸 안 이상 무 정도는 오늘도 그리고 내일도 달릴 것입니다.

　영원히 달리고 싶은 무정도……

진짜 마라톤은 언제쯤에나

최고 기록 : 2시간 2분
마라톤을 만나기 전에는 정말 평범한 아줌마였다. 마라
톤을 만나고 난 후에는 흔히 말하는 아줌마의 힘이 뭔
지 알았다. 2002년 월드컵 대한민국의 힘과 함께 내 속
의 큰 힘을 발견했다. 앞으로 늘 달릴 수 있는 건강한
대한의 아줌마가 될 것이다.

이 은 숙

충주의 새벽을 열면서.

나, 이은숙 36세, 우리 엄마 아빠의 소중한 딸, 결혼 12년의 한
남자의 아내, 두 아들의 엄마, 결혼 전에는 우리 엄마의 정성스런
밥상을 받았고, 결혼 후에는 남편과 아이들을 위해 밥상을 차렸다.

나를 위해 내가 먹기 위해 정성껏 밥상을 차려본 적이 있었던가.
하지만 난 이제 다르다 누가 먹기 위한 것이 아닌, 나 자신을 위해
정성스럽게 밥을 짓고 국을 끓인다.

아이들이 먹다 남긴 음료수로 목을 추기는 것이 아닌, 내가 먹기
위해 슈퍼에서 이온음료를 장바구니에 담고 선식을 준비하고, 우
유를 산다. 밥이 어중간하다고 라면을 끓여 아이들이랑 나눠먹으

면서 국물로 배를 채우지 않는다. 밥이 어중간하면 얼른 밥을 올려놓고, 맛있는 찌개를 준비한다. 생선 한 토막 튀기면서, 즐거워하고 콧노래를 흥얼거린다.

왜, 난 건강한 몸과 건강한 정신을 원하고, 잘 달리고 빨리 달리는 것보다 "늘" 달리고 싶기 때문에 나를 위해 시간을 투자하고 정성을 투자한다.

오늘 이 새벽 , 누가 깰 새라 까치발로 며칠 전부터 차근차근 챙겨둔 가방을 들고 문을 살짝 밀고 나선다.

새벽공기에 정말 가을이 흠뻑 묻어 있다. 지금 자고 있는 세 아들(?)은 이미 안중에도 없다. 오직 오늘 있을 뜀박질 생각과 곧 만나게 될 마마님들 생각만이 머리 속에 가득하다.

잔잔한 새벽을 가르면서 부디 오늘 완주만 했으면 하고 욕심 많은 기도를 해본다.

지금부터 충주의 시작이다.

충주의 새벽을 여는 마마님들은 역시나 달랐다. 버스 두 대에서 내린 모든 님들이 휴게소 식당으로 총총 걸음을 옮길 때 마마님들은 손수 차려온 성찬을 내놓았다.

이슬 머금은 잔디 위에 쫙 펼쳐진 밥상. 김이 모락모락 나는 찰밥에, 정성 담긴 사골국, 김밥, 시래기국, 김, 김치, 장아찌, 꿀물까지.......

얼마나 멋진 마마님들인가? 이른 새벽보다 더 이른 새벽에 나를 생각하면서 다른 마마님들을 생각하면서 따끈한 도시락을 준비하는 마마님들........

그 정성을 먹고, 풀코스의 첫 도전이다.

내가 왜 풀코스를 신청했는지 내 두 다리로 뛰고 난 지금까지도 미스테리다.

3km를 뛰고, 6km를 뛰고, 10km를 뛰고, 17km를 뛰고, 하프를 뛰고, 좋은 사람들을 만나고, 다른 세상을 만나고, 인연을 만들고 이런 것들만으로도 충분히 행복하고 충분히 만족하고, 달라진 나를 만났는데, 풀이라니? 정말로 미쳤지, 욕심이지, 과욕이지, 그동안 속으로 풀을 몇 번이나 뛰었는지? 또 꿈속에서는 몇 번씩이나?

아무튼 뛴 것인지, 걸어온 것인지, 놀다가 온 것인지, 충주관광을 한 것인지 가닥이 잡히질 않지만 스타트를 했고, 피니쉬 라인을 밟았다. 이것이 완주인가?

아마도 '그냥 나'였더라면 10km에서 돌아왔겠지. '그냥 나'가 아닌 '아줌마 속의 나'이었기에 끝까지 지겨운 길을 왔겠지. '마마님들 전원 완주'에 티가 되지 않으려 끝까지 심심한 길을 왔겠지.

5시간을 오면서 충주댐도 구경하고 가로수에 올망졸망 달린 작은 열매도 따서 냄새도 맡아보고, 머리 속으로는 별의별 생각, 공상, 망상, 명상, 등……

아마도 이것은 마라톤이 아닐 거야, 진짜로 마라톤을 할 때가 언제쯤일까? 다리가 아프고 숨이 차도 이겨내면서 참고 견디면서 나랑 싸우면서 달릴 수 있을 때가 언제쯤일까?

언제쯤의 그날을 위해서 오늘도 나를 위해서 '힘~'

"마마님들 힘~"

"울산마라톤 힘~"

"이수화학 마라톤 힘~"

이천이년시월가을에 경주를 뛰고

이 은 숙

달림이를 시작한지 얼마 안된 초짜배기라서인지 대회라 하면 먼저 긴장부터 한다.

9월 그후라이팬 같은 충주를 경험하고는 지레 지쳐서 제대로 된 연습 한번 없이 한달 보름을 보내버리고 장거리 훈련, 심지어 토달 참석 한번 없이 사흘에 한번 꼴로 문수구장 3바퀴씩 뛴 것이 전부인데, 오늘은 어쩔라나, 그래, 초짜배기 좋다는 것이 뭐냐, 우선 배짱부터 부려본다.

오늘은 가까운 경주, 소풍가는 기분으로 약속장소로 간다. 오늘의 봉사조 나래 언니, 약속시간 칼이네, 나래 언니 차에다 이것저것 옮겨 싣고는 효문에서 가을산 언니, 북구청에서 가을이 언니 태우고는 신나게 경주로 간다.

여름이 언니가 봉다리 봉다리 싸가지고 온 옷도 펴보고, 모자도 써보고 재미나게 경주에 도착한다. 아침 8시 넉넉히 도착했다. 근데, 날씨가 장난이 아니다. 잘못하다가는 동사할 날씨다.

가장 목 좋은 곳에 아줌마 마라톤 플래카드 걸고, 따뜻한 차 한 잔으로 몸을 녹인다.

대빵 형님, 소빵 형님, 하니 언니, 진주 언니, 하늘이 언니, 모두 다 모이고 예정에 없던, 아가씨 짱 늘씬한 예비 줌마 둘을 대동하고 나타나고, 조아서 언니, 여름이 언니, 가을산 언니, 가을이 언니, 나, 그럼 오늘 우리 식구가 열셋이네, 경주동아대회를 단단히 빛을 내주는 미인군단이네....

　　소빵 형님 생강차에다 찹쌀떡으로 간단히 요기를 하고 옷을 갈아입어 보지만 너무 추운 날씨 때문에 몸이 제대로 풀리지 않는다.

　　비닐을 뒤집어쓰고 잠바까지 입어도 떨리기는 마찬가지이다. 다 같이 모여서 하이파이브를 한다.

　　진주 언니, 하니 언니, 풀 대기선으로 나가고 나머지 마마님들 하프 대기선 맨 뒤에 선다. 출발신호가 들리고 그 많은 주자들 다 보내고 맨 꽁지로 스타트 매트를 밟는다. 햇살도 가끔씩 비치고 빗방울도 한두 방울 떨어지고 바람은 엄청 불고, 정말로 날씨 개떡 같으네.

　　출발은 같이 했지만, 각자 뛰어가는 것은 혼자, 이것이 마라톤!

　　1km 지점부터는 경사가 심하다. 앞뒤로 부는 바람을 적당히 타가면서 오르막을 힘겹게 오른다. 뒤에서 누가 부른다. 어릴 때 동네에서 같이 자랐던 남자 동기네. S-OIL 옷을 입고 너무 힘들게 뛰어온다. 10km만 뛴다고 한다.

　　오르막 다 오른 지점에서 속도를 내볼까도 싶었지만, 지레 겁이 난다. 어제 미리 해둔 테이핑 공사 덕에 다리는 안심이 되었지만, 아직도 믿음이 가지 않는 내 심장 때문에 그냥 천천히 걷지 않고 달리 수 있을 만큼의 속도로 간다. 중간쯤에 김종무 사장님, 윤전무님 응원에 정신이 번쩍 든다.

　　불국사 턴해서 다시 오르막, 코오롱 호텔 옆 다시 오르막, 힘든 오르막보다도 너무 춥다. 팔과 종아리가 너무 시리다. 손가락도 떨

222

어져 나갈 것 같다. 잉~배꼽은 왜이리 시린 거야. 오만 가지 잡 꾀병이 다 나네. 경사가 완만하다 싶더니 또 오르막이다. 도대체 몇 km를 온 건지. 엥 저게 누구야. 아까 짱이랑, 하늘이 언니네.

야! 나 너무 추워. 아까 짱 우정의 벙어리 장갑을 한 짝 얼른 빼준다. 너무 고마워. 염치 불구하고 얼른 받아들고는 이쪽저쪽 번갈아 끼면서 팔도 문지르고. 아! 너무 따뜻해.

5km쯤 남았나 보다. 지금까지 뛰어오던 것보다 조금 빨리 뛰어본다.

달리기를 시작하고 나서 가장 가볍게 뛴 것 같다. 도대체 몇 십명을 추월한 거야. 워매, 기분 좋은 것.

감포랑 갈라지는 삼거리쯤에서 울마회원께서 이제 오르막이 없고 저기 풍선 보이는 곳이 종점이란다. 수학여행 온 남학생들 차가 막혀 짜증이 날텐데도 누나 파이팅이라고 난리 났다. 마라톤 아니면 누가 이 아줌마더러 단체로 누나 파이팅이라고 응원해 주겠는가. 아이구 저기가 종점이라고 신나게 달려왔는데, 풍선아치는 너무 멀리 있다. 200m쯤 되는 거리 같은데, 2km보다 더 멀다. 아이고힘 빠져.

드디어 피니쉬 메트를 밟았다

2시간 2분, 환상적인(?) 기록과 함께, 하프 뛴 마마님들 다 들어오고, 기념촬영도 하고, 따뜻한 국물에 밥 한 덩이 말아서 후루룩~.

너무 맛있다. 부는 바람에 딸려온 시커먼 먼지도 같이 말아먹지만 그 맛 또한 끝내준다.

얼른 치우고, 결승선에 서서 응원을 시작한다.

아는 님들은 더 반가워 파이팅 외치고, 모르는 님들은 같이 뛴다는 것만으로도 반가워 힘을 외치고, 여자 일등이 들어오고, 눈이 빠지도록 기다리던 진주언니가 저만치서 달려온다.

너무 힘들어 보인다, 왜 내가 눈물이 나려하지~

또 목이 빠지게 하니 언니를 기다리고, 몇 분밖에 되지 않은 시간이 왜 이케 길게 느껴지는지. 드디어 하니 언니 들어온다. 역시나 힘들어보여.

그래 풀은 아무나 뛰나. sub-4는 아무나 하나. 그것도 한방에~

경주여 안녕, 내년 봄에 다시 보자.

그때는 날씨 심술 부리지 말고 예쁜 벚꽃으로 맞이해 주길~

울산에서 돼지마을 뒷풀이 너무 푸근해~

나래 언니, 오늘 봉사 정말 너무 고마웠습니다.

마마님들 모두 감동 먹었습니다.

고통을 즐기며 달린 42.195km

강 숙 자

떨어지는 낙엽만큼이나 무거운 마음으로 집을 나선다.
기온은 뚝 떨어져 초겨울 날씨를 방불케 하고 추위를 많이
타는 데다 고관절 부상까지 겹쳤으니 여간 걱정스러운 일이 아닐
수 없었다.

경주도착 9시 오늘은 두번째 풀을 뛰는 날, 언제나 그랬듯이 불
안과 초조함이 엄습해 오고 또 양출석 님의 도움을 받을 요량으로
울마클 텐트로 찾아갔다.

어영부영 하다보니 출발을 알리는 소리가 들리고 난 스트레칭도
한번 못한 채 풀코스를 향해 첫발을 내디뎌야 했다.

첫 오르막을 지나 10km 지났을 즈음 오른쪽 허벅지에 찌~~~~

릿한 느낌이 오기 시작하더니 시간이 흐를수록 마비증세가 난다.

길가에 즐비한 차량들 짜증내는 사람도 있었지만 아줌마~~~힘내세요. 라고 외치는 소리가 가슴에 와 닿는다.

18km를 벗어나 시가지로 접어드는데 조금 더 뛰면 풀리겠거니 생각했던 다리의 통증은 점점 더 심했으나 나 자신과의 싸움을 포기할 수 없었다.

하프 지점에서 물 한 컵과 파워젤을 먹고는 다시 용기를 내며 아~~~그래 고통을 고통으로 받아들이지 말고 즐기자 내 여기서 그만둘 수는 없다. 묵묵히 앞으로 치고 나갈 것이다. 찬바람과 함께 진눈깨비가 흩날리고 고르지 못한 날씨가 미웠다.

신라 천년의 역사가 살아 숨쉬는 이곳 선조들의 얼을 받을 수 있는 후손이 되자, 온갖 생각을 하며 아픔을 물리치려 애쓴다.

30km 지점 파워젤을 가지고 기다리겠다는 사람이 보이지 않아 그냥 지나치는데 32km 지점에서 그를 만났다.

건네준 파워젤 3개 모두 개봉상태 인줄 몰랐던 난 양출석 님께 내민다. 얼른 잡아 옷깃에 넣었어. 끈적끈적 흘러내리는 내용물 얼마나 미안하던지…….

그 와중에 웃음이 ㅋㅋㅋㅋㅋㅋ

너무나 아파하는 나를 보고는 약국마다 눈길을 돌리는 양출석 님 일요일이라 그런지 문은 잠겨 있었다. 한적한 길에서 만난 할머니 그분은 가방에다 생수 한 병과 맨소래담 한 통을 들고서 지나가는 주자들에게 조금씩 부어주고 계시기에 얼른 달려가 손바닥을 내밀었다.

할머니 고맙습니다. 건강하세요.

35km를 지나니 힘은 불쑥 솟아나는데 도대체 내 다리는 밀고 나갈 생각을 하지 않는다. 지난 여름 경주동아대회를 위해 쏟았던

땀방울을 생각하니 오기도, 깡다구도 생긴다.

충주에서 경주동아를 위한 장거리 연습 삼아 첫 풀을 뛰었는데 여기서 좌절할 수는 없어 충주에 비교하면 기록이 더 좋아야 할긴데 내 오른쪽 다리가 부자연스럽고 흔들린다는 것을 알면서 자세에 신경쓸 수가 없었다.

자연히 몸은 더 망가지고 있음을 느끼고 있었지만 골인 지점을 향해 한발 한발 내딛는 자신이 대견스럽고 어디서 그런 깡이 나오는지 알 수가 없었다.

마지막 오르막을 지나고 종착역이 가까워져 간다는 생각을 하니 좀더 힘을 내고 싶었다. 길모퉁이를 돌아서는 순간 응원 나온 아줌마클럽 회원님들의 힘찬 목소리에 힘이 솟구친다.

헉헉헉 ~~~~~ ~~~

혼신을 다하여 답례하며 매트를 밟았다.

입구에서 기다리고 계신 우리 헬스 회장님 파이팅을 외치며 반겨 주시고 100m 달리기로 뛰어들어오신 전인환 님, 혜성같이 휘~~리릭 나타나신 철수 오빠!

따끈따끈한 생강꿀차 들고서 몸을 녹여주시던 눌라님 부부 항상 격려와 용기를 주신 여러님들의 성원에 힘입어 sub-4라는 좋은 결과를 얻었습니다.

양출석 님! 혼자도 힘든 먼길 이끌어 주시느라 애 많이 쓰셨습니다. 정말 눈물겹도록 고마운 님들께 다시 한번 감사의 말씀드립니다.

이천이년 경주동아마라톤 완주기를 마치면서........

2002년 하기 LSD 훈련 봉사후기

악세사리

無慾. 욕심을 버려야 되는데... 일을 할 때, 남들로부터 욕심이 참 많다는 소리를 종종 듣는다. 그런데 그런 얘기를 들어도 기분이 상하거나, 나쁘지 않다. 오히려 그렇게 얘기해주는 분에게 고맙다는 생각이 먼저 든다. 왜? 나를 남들보다 먼저 알아 주셨기 때문이다. 일이 좋아서 보다 사람들과 같은 주제로 함께 할 수 있어서 좋다. 얘기하고 공감하고 협상 할 수 있기 때문이다. 한 분, 한 분에게서 배울 것이 많다. 그리고, 인연이 된다. 그 인연 중에 어떤 한 인연을 소개할까 한다. 울산마라톤클럽이다.

7월 7일은 일요일과는 관계없이 덤으로 생기는 공휴일이다. 휴식이라는 제목으로 하루를 써 버릴 수도 있지만, 무슨 마음에서인지 산에를 가야겠다는 생각이 문득 든다. 소뿔도 당긴 김에 빼라고 했던가! 그동안 회사일로 알고 있었던 전인환 님께 7월 7일 산행의 동행을 요청하니 흔쾌히 승낙해 주신다.

그것이 내가 울산마라톤클럽을 만나게된 계기다.

울마클회원들과의 첫 산행에서 나를 당황하게 하는 것은 사람들의 발소리였다. 군인들의 행군소리처럼 씩씩하다는 표현이 전혀 어색하지 않은 소리였다. 산행을 가는 발소리가 아니라 훈련 가는 군인의 발소리와 같은 소리를 내며 걸어가고 있었기 때문이다. 그 땐 산행하는 사람들이 왜 그렇게 씩씩하게 걸어가는지를 알 수 없었다. 울마클에 가입한 지 10월 현재 겨우 3개월이 지났다. 3개월이라는 시간을 울마클과 함께 하면서 이제야 그 발자국소리의 비밀을 조금 알 것 같다. 쪼츰발이의 발소리가 씩씩하고 당당할 수밖에 없는 이유를 말이다.

태양을 못 본 지가 십며칠이나 지난 듯하다. 선배들의 말은 햇빛 반짝 나는 날보다는 비가 주루룩 내리는 날이 뛰기에는 좋다라고 하시고, 비가 부슬부슬 내리면 마음 뒤숭숭해지기보다 몸이 먼저 날씨를 알아차리고 근질근질한다고 말씀하시는데, 아직 최고 3km가 뛰어본 기록의 최고인 내가 그 마음을 이해하기는 쉽지 않다. 8월 15일은 선배들이 얼마 전부터 준비하던 2002년 하기 LSD 훈련이 있는 날이다. 쪼츰발이 완전초보인 내가 과연 주자들을 위하여 물봉사를 제대로 할 수 있을까, 걱정은 되지만 좋은 경험이 될 것 같아 자진하여 봉사활동에 참여하게 되었다. 815 LSD 행사를 위하여 햇볕 나서 뜨거운 한여름의 날씨보다는 부슬부슬 비 내리는 날씨를 기대하며 새벽3시30분의 기상시간을 맞는다.

2002년 8월 15일 문수구장 주차장 4시 30분의 시간인데도 불구하고 전원지각도 없고, 결석도 없다. 지독한 사람들이다. 무모해 보이는 일행들을 태운 버스가 오늘의 출발지 송정 해수욕장으로 출발한다.

이 무모한 사람들을 모집하고 진행까지 하시는 조정제 님! 이런 행사의 진행을 지시하셨던 마교주 님!

이런 두 분의 작품 속에 작품 그 자체로 영원히 남겨질 50개의 작품들! 주자들 한사람 한사람이 작품이다.

전세버스 45인승 1대를 넘어, 봉사차량으로 동원된 차량에도 각기 나누어 태워야 할 만큼의 엄청난 숫자다. 모두들 이동 중인 버스 속 에서 무슨 생각, 어떤 각오를 하고 있을지 궁금하다. 아무리 능구렁이 같은 사람도 이 시간에 의자등받이에 기대어 잠을 자고 있을 사람은 분명 없으리라 추측해본다.

송정해수욕장의 백사장에 도착했다. 태양도 나와 있지 않은 새벽이지만, 이른 새벽에 움직이는 사람들이 우리 일행들만은 아니다. 백사장에서 스트레칭을 하는 우리 일행들을 무슨 구경이나 났는가 쳐다보는 사람들에게 "우리 전부 미치갱이요! 우리 여기 부산에서 울산까지 뛰어갈거요! 우린 좀 정상인이 아니요!" 라고 함성이라도 지르는 듯 일행들 스트레칭에 열심이다.

초등학교 운동회에서 꼴찌를 면하면 그나마 잘 했다고 스스로 만족해하던 친구! 그런 나는 달리기는 특별한 사람만이 하는 것으로 생각하고 살았다. 그런 내가 오늘 행사에서 주자들을 위하여 봉사활동을 하는 것은 있을 수 없었던 일이 있을 수 있는 일로 바뀌는 시간인 만큼 긴장된다. 또한 주자들을 가까이서 볼 수 있어서 주자들의 움직임 하나 하나가 신기하지만 하다.

행사를 기획하시는 조정제 님의 차를 내가 운전하기로 했는데, 시동이나 안 꺼뜨려야지! 근데 오토라서 그럴 염려는 없을 거고, 도대체 물을 어떻게 해줘야할지 경험이 없다보니 도무지 불안하기만 하다. 같이 물당번 하시는 박종석 님, 이복순 님과 조종해 님의 신세를 지는 수밖에는 없겠다.

오늘 훈련은 50여 명의 선수가 참가했다. 처음 계획보다 참가인원이 많은 관계로 3그룹으로 나누어서 출발을 한다. 1km 당 5분 그룹과 6분 그룹, 7분 그룹으로 분류되어 자신의 페이스에 맞는 그룹에서 달리면 된다. 6시 00분 1그룹이 출발을 했다. 1조의 자원봉사를 맞은 나도 주자들의 뒤를 1호차를 운전하여 출발했다.

5km 지점을 기준으로 휴식을 한다고 하니, 울산까지 47km니까 8번만 쉬면 도착하겠구나 하는 계산이 머릿속에 스쳐간다. 차로 가고 있는 내가 숨 헐떡이면 뛰어 가는 주자들을 앞세우고 지금 무슨 생각을 하고 있는지 잠시 부끄럽다.

비도 오지 않고 햇볕도 없다. 11km 지점. 주자들이 약간 지칠 때가 되었으려나, 비가 온다. 출발할 때의 주자들의 얼굴과 휴식 중의 주자들의 얼굴, 비를 맞으면 달리는 주자들의 얼굴이 의외로 편안해 보인다. 뛰면 얼굴도 빨갛게 상기되어야 하고 인상도 일그러져야 한다고 생각하던 나의 고정관념이 틀린 것임을 확인시켜 주기라도 하듯 주자들의 검은 피부색과 웃음 띤 얼굴은 초보 봉사자의 생각을 깔보고 있는 듯하다.

길가에 장안사 20km라고 쓰여진 표지판이 보인다. 장안사까지 4번 쉬면 되는 거리다. 20km라고 씌어진 숫자보다도 송정에서 장안사까지의 구간개념이 나에겐 더 익숙하고 이해도 잘된다.

5km 지점에 도착하면 물 공급을 하라는 무전기를 통해 들려오는 박종석님의 목소리와 함께 1호차를 앞질러 2호차를 몰고 박종석님께서 속도를 낸다. 잠시 후 1호차도 속도를 내고 도착한 곳이 장보고라는 식당입구다. 낯설지 않은 곳이다. 얼마 전 친구와 해운대에서 아쿠아리움 관람하고 돌아오는 길에 점심을 먹었던 곳이다. 우리로서는 고기값이 약간 비싸다는 생각을 했지만, 물건을 모르면 돈을 더 주라는 말처럼 좀 비쌌다는 생각보다는 고기 맛이 좋았다는 기억이 더 많이 남아 있는 곳이다.

첫 휴식장소인 그곳에서 박종석님과 그분의 보좌관이신 이복순님께서 보여주는 물봉사 시범을 눈여겨 봐두었다. 물을 준비하고 얼마 지나지 않아 1조의 선두에서 뛰시는 장은익 님의 모습이 보인다. 와~ 빠르다. 물을 받아먹고 바나나 먹는 분도 있다. 페이스에 대한 얘기도 하고, 20km 지점이 지나면 이온음료와 이동식으로 준비한 초코파이 등을 제공하기로 하고 간단한 휴식 후 주자들 출발한다.

지금은 각 그룹의 거리 차가 얼마 나지 않으므로 1,2그룹의 동시 물 공급이 가능하지만 20km쯤 지나면 그룹간의 거리차이가 심해져서 그룹간의 차량 지원이 힘들어지므로 물 공급을 혼자 할 수 있도록 잘 보아두라는 박종석 님의 지시가 있었다. 또 각 호의 차량들은 도로에 지나다니는 컨테이너를 실은 대형 차량으로부터 주자들의 안전에 주의를 기울여 운전을 하라고 당부하신다. 이번 경험이 처음인 나에게 노련한 솜씨로 시범을 보여주신 박종석 님과 그의 보좌관 이복순 님께 늦게나마 감사를 드린다.

몇 차례의 휴식이 끝이 났을까 2그룹에서 뛰시던 문인학과 배달식님께서 1그룹으로 합류를 시도하시는 듯하다. 얼마 전부터 배달식 님께서는 비만 오면 농수산물시장에 물장화 벗어두고, 양동으로 달려가신 것으로 알고 있지만, 그렇다면 문인학 님은 집안 내력인가? 닉네임이 조개반장인 것으로 보아 조개 잡으며 바닷가에서 연습을 하시는 모양이다. 여하튼 말리면 안 되는 사람들이 모여있는 특이한 집단이다.

20km 지점쯤 오니, 처음 출발과는 달리 비가 너무 많이 온다. 주자들 모두 이젠 약간의 허기감이 있는 것 같다. 물 대신 준비한 이온음료와 초코파이를 나누어 먹는 주자들을 보고 있으려니 참으로 어이가 없다. 입술을 새파랗게 하고는 춥지 않냐고 물으니 땀이 난다고 한다. 이 쏟아지는 빗줄기 속에서 흘릴 땀이나 있는가 모르겠다. 며칠 굶주린 늑대가 먹이를 찾아 슬금슬금 뛰어다니는 것처럼 보인다. "뭐 이런 미칭게이들이 있노!"하는 소리가 입 밖으로 나오

려고 한다.

Mania! 우리가 언제부터 이 말을 우리말처럼 사용하였는지는 알수 없으나 듣고 있으면 저절로 입가에 미소가 머금어지는 기분 좋은 말이다. 이 말을 좀 친근한 일상어로 바꾸어 사용하는 말이 특히, 이쪽 아랫동네, 경상도지방에서 흔히 사용하는 말로 "미칭게이"다. 그런데 이런 세상에 지금 1그룹에 미칭게이가 열네 명 정도 되는데, 2그룹에도 3그룹에도 1그룹보다 더 많은 수의 미칭게이들이 줄지어 뛰고 있을 거라 생각하면 말문이 막혀버린다.

달리면서 다리가 불편하다며 스프레이를 찾는 배달식 님께 구급함을 신속히 배달해 주어야 하는데, 자원봉사 인원이 부족하다 보니 신속히 공급되지 못한 점이 아쉬움이 남는다.

10시경 47km를 완주하고 문수구장에 도착하니 주자들을 환영하는 빗줄기가 더 거세진다.

산이 저기에 있다. 넘어가는 길은 험하고, 돌아가는 길은 편한 길이 있는 산이다. 사람들은 당연히 돌아가는 편한 길을 선택해서 간다. 그렇지만 몇몇 사람들은 산을 힘들게 넘어가려 한다. 오기일 수도 있고, 객기일 수도 있지만, 많은 사람들은 그 몇몇 사람들에게 박수와 환호와 찬사를 아낌없이 준다. 왜일까, 그 사람들이 가지고 있지 않은 '용기'가 그 몇몇 사람들에게는 있기 때문이다. 과연 나는 어떠했을까. 울산마라톤클럽을 만나기 전이라면 나도 박수를 치고 있는 일행 중에 포함되어 있었을 것이다. 그렇다면, 지금은 어떻게 할까, 오늘 LSD의 봉사활동을 하면서도 그들을 전부 이해하는 것은 아니다. 하지만, 그렇게 할 수 있는 용기와 열정에 누구보다도 힘차게 박수와 환호를 보낼 수는 있다. 그리고, 나도 박수와 환호를 받을 수 있는 사람으로 변할 수 있을지도 생각해 본다.

그렇지만, 자신 있게 애기하고 싶은 것이 있다. "산을 이해하려면 산을 넘어보면 된다. 또 이 미치광이들을 이해하려면 같이 뛰어보면 된다." 오늘 내가 봉사활동을 하면서 얻은 수확물이다.

2002년 춘천마라톤을 완주하면서

풀 : 3시간 21분 26초(4회 완주)
하프 : 1시간 35분 06초(수회완주)
경력 : 1년
회사 : 애경유화 주식회사
가족 : 마눌과 공주 2
생일 : 1957년 1월 2일생
주소 : 신정2동 1680 올림푸스골든 APT4동1301호.
몸무게를 줄이기 위해서 달리기 시작
언제나 즐거운 달리기가 되도록

배 광 조

10월 19일 비가 온다.
야간 근무치고 오늘 야간은 휴가를 내었다. 춘천마라톤에 처
음으로 출전하기 때문이다. 올해 풀코스를 3번이나 완주했지만 최
고 기록이 3시간 41분 3초이다. 경주 벚꽃에서 간단하게 짐을 챙기
고서 잠자리에 들었다.

약간은 긴장이 된다. 충주에서 3시간 45분 13초의 기록이다. 일
어나니 낮 12시다. 아직도 비가 내리고 바람도 세게 분다

양동으로 컨디션 조절하러 갈까 하다가 집에서 쉬기로 했다. 저
녁을 먹기 전 비가 오질 않는다. 대공원에 가서 한 5km 정도 뛰었
다. 약간의 땀을 흘리고 나니 기분이 상쾌하다. 집사람보고 내일

아침은 찰밥으로 도시락을 준비하라고 하고 잠자리에 들었다. 21시 40분이다. 그런데 잠이 오질 않는다. 엎치락 뒤치락 하다가 자명종이 울린다. 드디어 10월 20일 03시 40분이다.

다시 한 번 짐을 챙기고 7시간 후를 생각하면서 문수구장에 도착하니 모두들 나와 있다. 울마클 회원들과 그리고 풍산회원님들 역시 울마클 회장님과 손철수 님은 그 새벽에 잘 뛰고 오라고 배웅까지 나오셨다. 어찌 보면 역시 마라톤은 하는 사람만이 무엇인가 통하는 데가 있다. 가족들과 친구들도 이젠 그만 하라고 야단이지만.

드디어 리무진 버스 2대는 어둠을 타고 중앙고속도로로 움직이기 시작했다. 내 옆자리에는 정환기 씨가 앉아 있다. 아마 그분도 나와 같은 심정일꺼야. 약간 초조한 마음.

난 차에서도 잠이 오질 않는다. 정환기 씨는 잘 자는 것 같다. 휴게소에 도착해서 아침을 먹고 나니 이제는 잠이 조금 온다. 약 1시간을 잤다. 8시가 넘었다. 바세린 작업 등 모든 준비는 끝이 났다.

그런데 날씨는 춥다. 상의만 두꺼운 외투를 걸치고서 운동장으로 갔다. 이미 10시 25분. 모여서 사진 한 장 찍을 시간도 없이 물품보관소에 상의를 보관하고 소변을 보고서 출발 대기선에 섰다. 난 3번째 출발이다.

울 마클 회원들도 보이질 않는다. 각자가 스스로 몸을 풀면서 마음은 허전하면서도 약간의 초조함이 온다. 어쩌면 춘천을 위해서 그 무더운 한여름도 그리고 장마철도 땀흘리고 뛰었는지도 모른다.

혼자서 개산길도 뛰고 충주도 춘천을 위해서 뛰었는지 모르지만 충주의 기록은 나에게는 최고의 나쁜 기록이다.

3시간 45분이다. 한번도 걷지 않고 뛰었다는 자부심이 있다. 요번 춘천은 나의 기록 3시간 30분으로 목표를 잡았다. 과연 해낼 수

있을까?

드디어 출발이다. 오색 풍선이 날아가고 함성과 함께 C조에서도 중간지점이다. 오늘은 제법 춥다. 이 정도면 좋은 날씨이다.

처음부터 오르막이다. 제법 숨이 차면서 아직 땀이 나질 않는다. 급수대를 지나서 얼마 안 가서 최경웅 씨를 만났다. 힘이라고 구호만 외치고서 온 것이 미안하다.

드디어 10km 지점. 47분

과연 이 페이스대로 계속 갈 수가 있을까? 아직도 컨디션은 좋다. 코스도 완만하고 5km마다 급수대 물을 조금씩 먹다보니 20km 지점이다. 1시간 32분이다. 요번에는 10km를 45분만에 뛰었다. 오버 페이스 하는 느낌이다.

몸에 이상 징후가 나는 것은 아니지만 후반부가 문제다.

'그래 속도를 늦추자. 완주의 실패가 될지도 모른다.'

내 뒤에는 아직도 많은 사람들이 있다. 뒤에 있는 사람들을 생각하면서 나 역시 처음 페이스대로 뛰기로 마음을 먹고서 아직은 괜찮은 편이다.

30km 지점이다. 시계를 보니 2시간 20분이다. 47분 페이스다. 아침에 찰밥을 먹어서 그런지 든든하다. 그래도 파워젤 하나를 먹었다. 길거리에는 파워젤 등 보조식품 빈 봉지들이 보인다. 1km마다 이정표가 있어서 그런 대로 뛸 만하다. 35km 지점이다. 나 역시 다리에 힘이 빠진다. 왜 이럴까? 5일 전에 금일도로 낚시를 가서 2박 3일 동안 음주한 것이 서서히 나타나는 모양이다.

1km가 나에게는 지겨운 코스다. 안 뛰어 본 사람은 모를 꺼야. 다시는 마라톤을 하지 않겠다는 생각도 들고, 이런 생각도 잠시 무의식적으로 내가 뛰고 있잖아. 이것이 연습한 대가라고 할까. 마라톤은 정직한 운동이지. 땀흘린 만큼 자기와의 싸움이지.

38km 지점. 105리 중에서 90리를 뛰었다.

남은 10리 이제는 마무리해야 된다는 생각이 들면서 그러나 시간 단축은 불가능하다. 이미 모든 에너지가 고갈된 상태이므로 나의 페이스대로 뛰고 있는 것이다.

1km 당 5분이 소요되는 것 같다. 그래도 걷지 않고 이대로 뛰면 3시간 25분에는 완주할 수 있다고 생각하면서 40km 지점을 지난다. 3시간 12분이다. 52분 10km.

이젠 남은 2.195km다. 이미 운동장이 가까워 오니까 많은 춘천시민들이 응원까지 해준다. 욕심도 한 번 내도 되지만 이미 시계는 3시간 21분을 나타내면서 드디어 운동장이 보인다. 다른 대회보다 결승선이 아주 멀리 있다.

이젠 춘천마라톤은 끝이 났다. 정확한 기록은 3시간 21분 26초로.

2002년의 가을에 나의 목표는 달성했다.

또다시 내년을 바라보며 2003년을 기대하면서 그리고 춘천시민과 학생, 군인아저씨들 자원봉사 아줌마 아저씨 모두다 감사합니다.

비록 경기에 참석하지 못한 울마클 회원님들에게도 감사의 마음을 전하면서 울마클 힘!

꿈은 이루어진다

FULL : 3시간 27분 23초
하 프 : 1시간 35분 06초
경력 : 2년
주거지 : 야음 2동 현대 홈 타운
회사 : 태영 인더 스트리
가족 : 옆지기와 2남
생일 : 1958. 10. 20일

건강을 위하여 시작한 달리기 언제나 부상없이 즐겁게
달릴 수 있기를...

김 한 우

04시 30분.

아직도 짙은 어둠 속이다.

새벽의 찬 공기를 헤치며, 리무진 버스 두 대가 조용히 그리고
아주 빠르게 춘천으로 춘천으로 달려가고 있다.

각 자의 희망과 포부를 가슴에 안고서...

춘천.

춘천에 가면 무엇이 있을까?

우선은 닭갈비에, 막국수 그리고 막걸리 한 잔이면, 오늘의 피로
는 말끔히 씻어지겠지. 그리고 시간이 허락한다면 배를 타고 소양
댐을 거슬러 올라가서 청량사를 둘러보고 나온다면 가을 여행 치

고 이만한 코스도 드문데.

운동장에 도착하였다.

상당히 흐린 날씨다. 빗방울도 한두 방울 비치는 게 선수들 가족에게는 상당히 추운 날씨겠지만 우리 같은 매니아들에게는 더없이 좋은 날씨이다.

물품 보관소에 옷을 맡기고, 성우랑 나란히 출발선상에 섰다. B그룹 후미이다. 그런데 화장실에 갔다오느라 조금 늦었는데, 우리의 전사들은 모두 어디로 갔는지 도통 보이지를 않는다.

골인 후에는 얼굴을 볼 수 있겠지.

스트레칭을 하면서 대기하고 있는데 옥현의 이상섭 씨가 온다. 대회 때마다 만나는 얼굴이다.

내 기억으로 10분대의 고수로 알고 있는데 잘 되었다 싶어서 성우에게 동반주하라고 일렀다. 오늘 성우는 sub-3가 목표인데, 처음 뛰는 FULL 코스니 누군가 옆에서 같이 뛰어 주면 좋을 듯해서 이야기했다.

출발.

직 4문을 통과해서 시내를 조금 뛰니 바로 오르막이다.

춘천에서는 최고의 난코스라 했는데 별 무리 없이 통과하였다. (24분 / 5km)

출발 전에 사타구니의 쏠림 때문에 허벅지 양쪽에 파스를 붙였는데, 달리는 중에 끈적거리는 게 무척이나 따갑다. 지금은 그래도 참을 만한데 앞으로가 걱정이다.

다행히 7km 지점에서 구급낭을 멘 자원봉사자가 있기에 뛰어가서 바세린이 있냐고 물어보니 있단다. 다행이다.

파스를 뜯어내고 바세린을 양쪽 허벅지에 듬뿍 발랐다. 나는 지금 20km를 96분에 통과해서 움직이는 광고판, 압구정동의 배터지는 집과 앞서거니, 뒤서거니 하면서 열심히 뛰고 있는 중이다.

그리고 페이스가 비슷하다 보니까 앞뒤로 같이 뛰는 선수들의 얼굴이 이제는 낯이 익다. 매번 대회 때마다 느끼는 것이지만, 이번에도 어쩔 수 없는 모양이다. 바로 화장실 문제다.

그렇다고 참고 뛰기에는 무리가 있을 것 같고 마침 간이 화장실이 눈에 띈다.

내가 화장실로 뛰어 오니까, 나를 따라서 몇 명이 우루루 몰려온다. ㅋㅋㅋㅋ

지금 페이스대로 바퀴만 제대로 굴러준다면 좋은 기록이 예상된다.(3시간 20분)

그러나 기쁨도 잠시. 오른쪽 종아리에서 근육이 경직되는 게 쥐가 내린다. 이러면 안 되는데. 지난 달 충주에서 욕심을 부리다가 얼마나 헤맸든가.

오늘은 시원하게 완주를 해야 할텐데...

일단은 속도를 늦추었다.(6분/km)

조금 더 가면 30km 지점이니까 의무팀이 있지 않을까 하는 생각이 든다.

30km 지점에서 다행히 수지침 봉사요원을 만났다.

오른쪽 종아리에 쥐가 내린다고 하자 아줌마가 오른손 새끼손가락 첫마디를 침으로 쿡쿡 찌르고 피를 짜니 시커먼 피가 솟아오른다. 아줌마에게 꾸벅!

그리고 바나나 한 개 먹고서 출발을 하니 시간이 제법 지체되었다. 그렇다고 이 상황에서 무리할 수는 없지 않은가?

이제 35km.

지금부터는 속도를 올려야 하는데, 다리가 걱정이 되어 5분 페이스로 맞추었다.

다행히 아직까지는 통증이 없다.

제2소양교를 지나는데 걷는 사람이 하나둘 눈에 들어온다. 이제 시내로 접어들었다. 연도의 많은 시민들이 박수를 치며 응원을 한다. 나도 웃으며 손을 흔들어 주고, 힘차게 뛰고 싶은데...

38km부터 다시 쥐가 내리는 통에 지금 악으로 깡으로 버티는 중이다. 40km부터 동반주 해주신 조프로님. 감사합니다. 덕분에 기록을 조금이나마 줄일 수 있었답니다.

3시간 27분 23초!

비록 좋은 기록은 아니지만, 열심히 노력하였고 결과에 만족한다.

수지침 봉사자 여러분 감사....!

걸어서 완주한 충주

김 한 우

말이 9월이지(9월 8일) 아직은 따끈따끈한 햇살이 마라톤을 하기에는 무척이나 더운 날씨이다.

오늘이 FULL 두번째 도전이다. 첫 도전에는 가슴 설레임에 잠을 못 이루었지만 이번에는 충분한 연습? 덕분인지 잠도 잘 잤고 잘하면 목표 달성도(3시간 30분) 가능하지 않을까 하는 바램도 있다.

출발하기 전에 말톤 시계를 0에 맞추고 매 5km를 24분에 달리다가 후반에 힘이 있으면 속도를 좀더 올려보자는 작전을 세우고 스타트 라인에 섰다.

출발!

트랙을 천천히 돌면서 시계를 보니 정상적으로 작동을 한다.

따가운 햇살이 내리 쐬는 도로에 나서니 선두그룹은 벌써 어디쯤 가고 있는지 보이지도 않는다.(억시기 빠르네)

조금 빠르게 팔 다리를 움직이니까 전방에 풍선이 보이는데, 따라가 보니 3시간 30분 페이스 메이커다. 그래, 오늘 목표가 3시간 30분인데, 이분과 같이 뛰면 목표 달성 아닌가 하는 생각에 페이스 메이크랑 2km 정도를 같이 뛰었다. 즐겁게.

그런데 컨디션이 너무 좋은 나머지 3km를 벗어날 즈음에는 머리와 다리가 따로 노는 게 아닌가. 통제를 하려고 해도 내 다리가 제맘대로 가겠다고 자꾸만 우긴다.

그래서 작전을 바꿨다. 전반에 많이 뛰고 후반에는 천천히 뛰기로.(땡칠이 되는 지름길!)

5km 통과 22분! 신났다.

10km 44분 얼씨구.

아직까지는 달리는 데 여유가 있어서 인지, 충주호의 황톳빛 탁류도 보이고, 파란 하늘에 뭉게 구름이 한가롭게 산등성이를 넘어가고, 도로가의 일찍 핀 코스모스가 가을이 왔음을 알려준다.

그런데 주로에 반사되는 햇살이 너무 따가워서 가끔씩 눈동자가 아프다.(다음부터는 고글을 끼고 폼나게 뛰어야지)

15km 66분!

시계가 맞는 건지, 내 다리가 정확한 건지 알 수가 없다.

20km 지점에서 음료수 마시고, 뻐근한 다리 스트레칭 좀 해주고, 출발하면서 시계를 보니 90분이다.

너무 빠르다는 생각이 든다.(경주 : 20km 110분 골인 : 3시간 36분) 충주 : 20km 90분 골인 ; 4시간 07분

25km 26분.

조금 늦기는 했지만, 아직까지는 여유가 있다.

물통에서 세수하고 맨소래담은 무릎에 왕창 바르고, 시원한 그늘에서 음료수 마시며 조금 쉬고 있으니까, 옥현의 캥거리가 온다.

반갑게 악수를 하고 같이 달려간다.

그러나 이게 웬일. 나도 같이 뛰고 있는데 자꾸만 멀어져 가는 당신. 종아리를 망치로 얻어맞은 듯이 아프다.

27km 지점에서 힘도 부치고, 논두렁에 거름도 줄 겸, 농로 쪽으

로 슬슬 걷고 있는데 울클의 장수 장비께서 "힘!" 하면서 지나간다.

"성님, 먼저 가이소."

인사를 하고는 논두렁에다 퍼뜩 거름을 주고는 뒤를 쫓았으나 역부족. 이제부터 기나긴 고통의 시작이지 뭐.

30km 가까이 왔는데, 페이스 메이크(3시간 30분)와 그 일당들이 포부도 당당하게 나를 추월해서 지나간다.

아이고 내가 미쳤지. 처음 목표대로 몸조리하면서 같이 뛰었으면 저 무리 속에 나도 끼기가지고 잘 뛰고 있을 낀데. 그러나 이제 와서 후회하면 뭐해?

내가 물 마시고 퍼질러 앉아서 바나나 먹는 동안 그들은 이미 댐 위를 지나서 오르막을 잘도 올라가고 있다. 그후부터는 걷다가 뛰다가 쉬다가, 9월의 땡볕을 온몸으로 받으며, 내가 추월한 숫자만큼의 유니폼들이 다시 내 앞을 여유있게 제치고 지나갈 때는 그저 고개만 수구릴 밖에.

참으로 안타까운 순간이다.

36km 지점에서 만난 배광조 님.

지금가도 3시간 45분 안에는 가능하다며 힘을 내란다. 그리 빨리 뛰지도 않는데, 걷지 않고 뛰는 님의 뒷모습이 참으로 존경스럽다.

39km 지점에서 신호대기 중인 차량(검정 카렌스)에 다가가서,

힘들고 지친 분 : 아저씨. 좀 태워주면 안 되요?

운전 기사 : (씩 웃으며 고개를 가로젓는다.) 아저씨 3km 남았는데 완주하셔야죠.

그리고는 주먹을 한번 쥐어 주고는 출발한다.

힘들고 지친 분 : 우이~c 좀 태와주면 어때서.

그런데 이 상황에서 오기라도 생길 법한데 오히려 비상금 챙겨오지 못한 것이 후회가 된다. 최선을 다해서 달리다가 그래도 안되면 포기하는 것이 미덕이라고 생각한다. 이 더위에 버티다가 쓰러지면 큰일 아닌가.

　　그럭저럭 오기는 다 왔다. 오늘의 자원 봉사자인 선봉대님 앞에서 사진 찍는다고 개폼 한 번 잡아주고(개띠니까, 개폼으로.) 억지로 골인하니까 4시간 07분.

　　더운 날씨에 좋은 경험했다.

엉덩이보다 배가 큰 사람이 달려간 춘천마라톤

정 환 기

최고 기록 : 4시간 32분 17초
경력 : 1년 남짓
좌우명 : 최선을 다하되 후회하지 않는 삶
현소속 : 현대중공업(주) 경영기획팀
허리 사이즈를 2인치 줄이기 위해 시작한 달리기가 아직
도 초짜배기 수준을 벗어나지 못하는 달림이지만 인생
의 가치를 느낄 수 있는 좋은 운동인 것 같고 여러 분야
에 종사하는 많은 회원들과 달리기보다 더 다양한 정보
를 나누는 아름다운 만남이 울산마라톤클럽에 있다.

마흔이 훌쩍 넘어 시작한 달리기, 아직 마음만큼은 이팔청춘이
라 지난해부터 시작하였지만 공식대회 하프도 한번 안 뛰어
본 미천한 실력의 초짜배기가 46년 만에 풀코스 마라톤에 도전을
하게 되었고, 연습량이 약간 부족하다는 느낌은 있었지만 토달과
월례회, 뒷풀이에서 울산마라톤클럽의 고수들로부터 귀동냥 한 온
갖 이론을 나름대로 정립하여 완주를 목표로 하는 오늘을 준비해
왔다.

누구나 도전하면서 살아갈 수 있다면 정말 보람 있는 삶을 산다
는 평범한 진리를 깨닫고 큰딸의 피아노 연습장에서 대기하면서
시작한 운동장 달리기가 2002년 10월 20일에 호반의 도시 춘천에

서 나는 새로운 도전에서 성공하는 정말 내 평생 잊지 못하는 아름다운 하루를 만들고야 말았다.

출발을 앞둔 전날 모임을 일찍 끝내고 저녁 11시에 귀가하여 약간은 긴장된 마음으로 잠자리에 들었지만, 새벽 1시에 잠이 깨어버려 놀란 토끼 눈 마냥 눈이 반들반들! 아직 두어 시간이 남았는데 도통 잠이 오질 않는다. 초등학교 운동회 때 노트 한 권 받아보지 못했던 달리기 실력! 그뿐인가? 지금은 헤비급에 가까운 중량에 엉덩이보다 배가 더 커 보이는 이 몸매로 날이 밝으면 춘천으로 달려가야 하는 기이한 운명의 장난은 시작되고 있는 것이다.

달리기를 하는 건지 소풍을 가는 건지 구분을 할 수 없다는 집사람의 이야기를 들어가며 삶은 고구마, 바나나, 미숫가루, 초콜릿, 물, 이온음료, 도시락, 달리기용품, 여벌옷, 우산을 챙겨 새벽 4시 20분 문수구장에 도착하니 준비된 차량에 먼저 온 회원들로 웅성웅성.

대회에 출전을 하지도 않으시면서 이렇게 이른 시간에 이태걸 회장께선 회원들을 격려하고 계시고, 얼마나 마셨는지 간밤의 보약냄새가 덜 가신 손라덴 공께서도 일일이 손을 잡고 선전을 바라고 있었다.

지각 한 명 없는 정확한 시간에 출발하게 되었고 날이 밝으면서 차창 밖으로 활활 타오르는 단풍을 바라보며 북으로 북으로 달렸다. 휴게소에 들어갈 때마다 엄청난 달리기 매니아들로 남녀 화장실을 구분조차 할 수 없을 정도였고 도대체 순서를 기다릴 수 없어 발만 동동 구르다 다시 차에 탑승하기를 두어 번. 휴게소에서 여름이 님, 윤정 씨, 배광조 님과 아침으로 준비해간 찰밥을 먹고 10시쯤에 춘천에 도착을 하였지만 엄청난 인파로 거리는 북적거리고, 운동장 입구에 도착하자 출발 준비를 안내하는 방송은 마음을 더더욱 들뜨게 하였고, 화장실 줄서기와 물품을 맡기고 오니 일행들은 온데간데 없어 합동체조는커녕 사진 한 장도 찍을 수가 없었다. 운동장에 들어가는 순간 출발선 스탠드를 가득 메운 가족들을 보니 정말 전국의 달림이들이 다 모였다는 것을 느낄 수 있었다.

운동장 한가운데서 몸을 풀며 선봉대 고수로부터 오늘의 전략을 다시 한번 확인받고 등록선수들의 출발장면을 구경하는 여유도 부려보고 처녀출전자들이 모이는 J조의 맨 끝에 자리를 잡고 구렁이 담 넘어가듯 어슬렁 어슬렁 운동장을 돌아 순서를 기다리며 출발선으로 가고 있었다. 영양제 한 알, 진통제 한 알 초콜릿 3개를 작은 호주머니에 꼭꼭 숨겨넣고 장갑 속의 비상식량(파워젤)을 다시 한번 확인하고 나니 마음은 든든한데 완주를 할 수 있을지 걱정도 되고 중도에 포기라도 한다면 이 무슨 울산마라톤클럽 회원의 망신인가.

시계를 누르면서 스타트라인을 통과, 잔뜩 겁을 먹고 출반한 5km까지의 오르막이 양동코스에 비하면 아무것도 아니다는 것을 느끼며, 오버 페이스만 하지 말자는 자신과의 약속을 다시 한번 되새기며 사뿐 사뿐(?) 의암호에 들어서는 순간 주로에서의 인간파도타기는 정말 장관이었고, 얼마나 갔을까 건너편에 가고 있는 주자를 한없이 부러워하며 바지런히 뛰어갔는데 조금 전에 내가 지나온 반대편에 나보다 늦게 따라 오는 주자를 바라보니 와그리 뿌듯한지.

5km에 도착하니 정확하게 32분. 제대로 가고 있었다. 10km에서부터 매 5km를 갈 때마다 준비한 작은 초콜릿을 먹었고, 최윤정 씨 경험대로 25km의 300미터 전 표시에서 좋은지 안 좋은지 약효도 모르면서 만자로 님께서 주신 파워젤을 장갑 속에서 끄집어내어 한 입에 쭉쭉쭉(와~달다) 식수대에서 이제껏 먹어온 포카리 대

신 물을 두 컵이나 먹고 입을 깨끗이 행군 후 전진! 전진!

매 5km당 32분의 정확한 페이스로 30km 도착. 바나나 한 개를 먹고 이제부터 조금 빠르게(?) 가야겠다는 마음으로 출발을 하였지만 완주에 대한 부담 때문에 무리수를 둘 수가 없었다.

35km 지점에서 본 시계가 30분, 2분 정도 앞당겨졌다. 지금보다 조금만 빨리 간다면 4시간 30분에 골인을 할 수 있을 것 같았으나 다리에 쥐가 나서 구르고 있는 사람들과 뛰는 사람보다 걷는 사람이 더 많은 것을 보고는 지금의 페이스대로 가기로 마음먹고, 사진기사를 볼 때는 제법 여유있게 포즈도 취하고, 고맙게도 며칠 전 수시에 합격한 큰딸래미 생각하면서 혼자 비시시 웃어도 보고, 격정어린 표정으로 하루를 보내고 있을 집사람 생각도 하고, 울마클 가입을 권유하신 조프로 님, 얼떨결에 참여의 기회를 만들어주신 국방위원장님 등 모든 분들께 감사해가며, 격려 나온 춘천시민들에게 인사도 크게 하고 손도 마주치며 시민들의 열렬한 응원 속에 그렇게 그렇게 춘천시내로 들어 왔다.

2km 남았다는 시민들의 소리에 많은 걱정을 하고 출발한 마음은 어딜 갔는지 완주를 할 수 있다는 확신이 서는 순간 내 자신에 대한 뿌듯한 마음에 눈물이 핑 돌았다. 잠시 후 춘천공설운동장이 눈에 들어 왔고 격려 나온 많은 인파 속을 지나 결승점에 골인. 골인. 골인.

한 번도 걷지 않고 뛰어온 4시간 32분 17초.

첫 풀코스 도전은 이렇게 막을 내렸다.

동쪽 먼 섬 울릉도로 가려나

배 달 식

마라톤을 핑계로 마음의 벽지에 그림을 그리러 간다.

밤새 뒤척이다 새벽을 맞는다. 서둘러 세수하고 챙겨둔 배낭을 메고 아내와 아이들에게 작별을 고하고 집을 나선다.

처음 울릉도 여행을 계획할 땐 가족과 함께 동반하려고 했으나 계획이 뜻대로 되지 않아 많은 아쉬움이 남는다.

포항으로 가는 길에 경주 온천에 들러 가볍게 샤워하고 포철에 다니는 큰처남 집에서 아침식사 후 9시쯤 여객 터미널에 갔다.

그런데 어이없는 일이 생겼다. 여행사에서 예약이 잘못 되어서 우리가 탈 선플라워호에 좌석이 없다고 한다. 각지에서 온 달림이들의 원성이 높다.

궁여지책으로 후포항으로 한 시간 반 정도 버스로 이동하여 점심 식사 후 13시 정각 선플라워호(817석)의 절반도 안 되는 카타마란호(386석)에 승선했다. 배에 타고 보니 귀밑에 붙이는 멀미약을 모두 했는데 나만 없었다. 예전에 친구들과 배낚시를 갔다가 호되게 배멀미를 당한 적 있어 걱정이 좀 된다.

파도가 출렁이고 바람도 제법 분다. 엔진소음과 기름냄새에 속이 별로 좋지 않다. 억지로 잠을 청해 보지만 뜻대로 되지 않는다.

3시간 정도 지났을까. 웅성거리는 소리에 창 밖을 보니 저 멀리 저동항이 보인다. 아담한 산골 마을 같은 느낌이다. 선착장에서 다시 숙소가 있는 도동항으로 이동하는데 도로가 가관이다. 꼬불꼬불은 보통이고 울퉁불퉁 시멘트 길에 절벽을 오르락 내리락 야단났다.

4명씩 한 조로 방을 배정받고 서로 인사를 나눈다.

오승환(서울), 강동석(팽택), 정연석(울산).

마라톤이라는 터울 속에 있는 사람들이라 모두 마음이 통한다. 저녁 식사 후 오징어 체험 승선이 있다고 한다. 나는 멀미 걱정에 망설이는데 모두들 가자고 야단들이다. 우리 방에서는 강동석 씨가 대표로 가서 오징어회를 마음껏 먹고 20여 마리를 가져와 다음날 거하게 회식을 하였다.

내일의 일정에 휴식을 취하는 사람, 즐달 차원에서 벌써 선술잔을 기울이는 사람, 울릉도에서의 첫밤은 그렇게 깊어갔다.

시합 당일날 새벽 4시 기상.

아침 식사 후 지금은 폐교된 사동분교(청소년 수련원)에 도착했다. 식전 행사가 시작되면서 울릉군수님의 장황한 연설은 마치 선거 유세장을 방불케 한다.

날씨가 덥고 바람도 없다. 행사 본부에서 무더위 관계로 8시 30

분 출발을 20분 당겨서 하겠다고 한다. 학교 운동회 같은 분위기에 육지에서 300백여 명, 울릉도 주민과 학생 해병전사 등 200여 명 모두 500여 명쯤 될 것 같다.

강남 런러스 클럽 달마봉(양시방) 씨의 간단한 스트레칭으로 몸을 풀고 군수님의 징소리에 마라톤은 시작됐다. 마라톤 경험이 부족해 보이는 군인, 학생들의 무식한 초반 질주가 모두 오버 페이스인 것 같다.

그런데 나도 별 수 없다. 작년 10월, 경주 동아 오픈 10km에 데뷔해서 울산광역시장배, 부산하프, 현대산악, 대구 마라톤, 강릉 경포 마라톤, 대전 MBC마라톤, 경주 벚꽃 마라톤 10km만 뛰고 올 4월 울산마라톤 클럽에 가입하여 처음 보령 임해 하프 마라톤대회(1시간 48분)에 머리를 얹고 이번 대회가 두번째 도전이다 보니 제대로 내 페이스가 없다.

더운 날씨와 불규칙한 시멘트 도로, 부상이 신경 쓰인다.

4km쯤을 지날 때 10km 선두주자가 벌써 반환점을 돌아오고 있다. 우리 방 오승환 씨다. 어제 일찍 잠자리에 들며 남다른 비장함을 보이더니 역시 고수다.

2등은 아직 보이지도 않는다.

5km를 지날 쯤 유일한 울산 사람인 옥현 호수 마라톤 클럽에 정연석 씨가 무거운 발걸음을 옮기고 있다. 아마 내 기분에 초반에 오버 페이스를 한 것 같다. 같이 보조를 맞춰보지만 먼저 가라고 한다. 파이팅을 외쳐주곤 앞으로 나갔다. 하지만 힘든 건 나도 마찬가지이다.

그나마 도움을 주는 건 탁 트인 시야와 저 멀리 보이는 수평선으로 대부분 바닷가를 접하다 보니 귀암 절벽과 괴암들이 너무 절경이다. 바위 틈틈이 보이는 낚시꾼들이 부럽다.

주로는 일주도로다 보니 제대로 통제가 되지 않아서 터널 속을 지날 땐 말 그대로 방독면이 그립다.

낙태바위, 오리바위, 인디언바위, 용바위를 지나다 보니 건너 해안 쪽에 선두차량이 보인다. 부럽다. 아직도 나를 추월하는 사람들이 있다. 자제하며 마음을 다잡는다. 반환점까지는 코스를 점검하고 기록에 신경 써볼까 한다.

7.5km 지점. 유별한 남근바위. 정말 신기하게도 나를 많이 닮았다. 히히히.

9km쯤 지나는데 반환점을 돌고 선두가 오고 있다. 서울에서 온 달마봉 씨다. 같은 달마지만 대단한 달마다. 아무튼 나도 반환점이 멀지 않았다는 생각에 위안을 갖는다.

수녀봉을 지나 금바위, 수층교 고가도로 앞 하프 반환점을 지난다. 시끄러운 꽹과리 소리와 학생들의 파이팅 소리가 힘을 북돋워 준다. 아직 갈 길은 먼데 그래도 힘이 된다.

오는 동안 주로에는 물봉사조 외에는 사람이 거의 없다. 가끔 관광객들이 조금씩 보일 뿐이다. 더위에 외로운 사투다. 반환점을 돌아 앞서가는 주자가 40~50명은 되는 것 같다.

선두그룹 7, 8명 정도 외에는 나머지 3, 40명은 많이 지친 표정이 역력하다. 역시 더운 날씨와 코스 공략이 실패 원인인 것 같다. 그러나 나는 조금 달랐다.

좀 우스운 얘기지만 처음 마라톤을 하려고 친구들과 달리기를 할 때엔 오전 9시에서 10시 사이에 달렸다. 그것도 한여름에 땡볕에서. 이유인즉 마라톤 출발시간이 오전 10시니까 우리도 거기에 맞추어서 해야 시간과 날씨 적응이 된다 이거였다.

거기에 하루라도 휴식을 하면 연습에 지속성이 떨어진다고 하루도 쉬지 않고 달렸다.

그 정도면 다행이다. 몸무게가 많이 나가면 무릎에 부상이 온다며 포도단식에 음식 조절까지 74kg에서 62kg까지 감량을 해가며 달렸다. 주위 사람들이 모두 환자 취급은 둘째치고 불쌍한 눈으로 본다. 이 무식한 경험이 지금 나를 지탱하고 있는 것 같다.

13km 지점, 걷는 주자들이 1, 2명씩 보인다. 1명씩 추월할 때마다 묘한 희열을 느낀다. 17km 지점에서 20명은 능히 제친 것 같다.

1시간 48분대에 데뷔 기록은 무난히 갱신할 것 같다.

18km 지점, 무릎과 어깨가 아파온다. 앞의 오르막도 걱정이다.

내가 왜 이렇게 고생하는지 자타도 해본다. 흔히 태양을 희망의 상징이라 하지만 오늘은 무지한 불덩어리로 내 등허리를 지피고 있다. 원수가 따로 없다.

19km 지점. 시간은 보지 않았다. 마음만 조급해지는 것 같아 긴 호흡을 해본다. 멀리 사동항이 시야에 들어온다. 선두는 벌써 골인 했을 것 같다. 그런데 많은 차이가 날 것이라 생각했던 선두후미가 전방 100m 부근에서 7, 8명 그룹을 지어 달리고 있다. 그럼 지금 20등 정도?

무식하게 한번 해볼까? 갈등과 함께 스포트 지점을 생각해 본다. 지금 상태로도 거리가 조금씩 줄어드는 것 같다. 20km 지점. 세 명을 추월하면서 숏 피치에서 롱 피치로 엉덩이에 점화불을 댕겼다.

사실 달리기는 내 전공이 아니다. 초등학교 운동회 때 우리 엄마는 자주 구경을 못 오셨다. 그래서 늦게 귀가하신 어머니가 '달리기 1등 했냐'고 물으시면 나는 힘들어 보이는 엄마를 기쁘게 해드리려고 '예' 하면서 단체 게임이나 재수가 좋아 3등 정도 했으면 주는 상품을 보여주곤 했다.

헌데 4학년 때, 이웃 식구들과 푸짐하게 음식을 차려서 큰맘 먹고 엄마가 운동회에 오신 것이다. 내심 엄마는 아들자랑이었다.

'우리 달식이는 달리면 으레 1등만 한다'고 자랑을 하시는데 거짓이 들통날 판이다.

'뛰다가 넘어져서 기권을 하나. 설사가 났다고 화장실로 도망을 가나.'

걱정이 보통이 아니다. 할 수 없다. 한번 달려보기나 하자.

초등학교 땐 나는 덩치와 키가 커서 순서대로 뛰면 맨 뒷줄에서 뛰었다. 6명씩 출발하는데 일이 잘 되려는지 마지막 조에는 4명밖에 없다. 재수가 좋다.

한 명만 제쳐도 3등이다. 출발 총소리에 팔을 돌리면서 눈을 크게 뜨고 뛰었다. 운동장 반쯤 돌아서 커브를 도는데 네 명중 3등이다. 차라리 6명 뛰어서 3등이면 체면이나 설텐데.

우리 엄마는 못 본 거 같은데 옆집 아줌마가 나를 보고 "달식이 엄마, 3등이야, 3등."이라며 야단이다. 그 소리가 부끄러워 그곳을 빨리 지나치려고 팔을 더 세게 돌리면서 골인점으로 달렸다. 거의 3등으로 굳혀지나 하고 최선을 다해 뛰는데 행운의 여신이 나에게 미소를 지었다. 그날 바람이 좀 세게 불어서 본부석 앞에 세워둔 교기가 달리는 주자 쪽으로 넘어진 것이다. 갑작스런 상황에 엉거주춤 거리는 두 주자 사이로 내가 1등으로 들어갔다. 이것이 하늘이 내게 준 처음이자 마지막 입상 경력이다.

얼마 전 친지와 집에 들른 어머니는 거실에 주렁주렁 달려 있는 완주메달을 가리키며 며느리한테 묻기를 '저게 다 뭐꼬?' 한다. 나는 얼른 가로채서 달리기해서 상탄 것이라고 했다.

우리 엄만 또 난리났다. '우리 달식이가 달리기하면 항상 1등이라 안카나, 저 금메달 봐라, 한두 개가 아니다, 돈으로 치면 얼마고. 야야, 무리하지 마라, 몸도 생각해야지, 며늘아 애 좀 잘 먹이라. 새벽에 일하고 달리고 해서 몸이 많이 상했다'라며 야단이셨다.

40년 전 거짓이 다시 복원된 것이다. 오늘도 느낌이 좋다. 지금은 코흘리개 쪼촘발이 달리기가 아니다. 부단한 자신과의 싸움, 자제력의 산실이다.

골인 지점까지 6명은 더 추월한 것 같다.

1시간 42분 58초. 9등을 했다. 마라톤은 나홀로 운동이라 하지만 먼 동쪽 울릉도까지 와서 아는 이 아무도 없는 결승점을 들어오니 새삼 가족과 울산마라톤클럽 그리고 친구들이 그립다. 예정에 없는 시상식에도 참석, 사진도 한팡, 오징어 2첩도 얻었다.

런너스 잡지에도 실린다니 가문의 영광이다. 재빨리 울산 런너스 클럽의 홍보위원장과 이태걸 회장님께 초짜배기의 쾌거를 전한다.

오후에 홀가분한 마음으로 울릉도 관광에 나섰다. 도동 약수공원과 케이블카 전망대에서 멀리 독도를 바라본다. 울릉도는 지형이 험해 육로로는 다 볼 수 없다. 해안 일주 도로가 건설되고 있으나 아직 미완성이고 해안선에는 깎아지르는 절벽이 기이한 괴석들과 장관을 이루고 있어 유람선을 타지 않고는 그 전경을 제대로 음미할 수 없다.

저녁엔 축하파티가 도동의 선착장 야경 속에서 한몫을 거든다. 전국에서 모인 달림이들의 주담과 자신들의 무용담에 둘째밤이 꼬박 새고 있다.

셋째날 새벽, 해안 산책로로 해돋이 구경을 하고 선인봉 등정에 나섰다.

서울에서 온 팀과 한 조가 되어 코란도 택시로 KBS중개소 옆에서 내려 팔각정을 거쳐 선인봉에 올랐다. 성스러운 모습이라 선인봉이라 부른단다. 안개에 구름이 덮이니 신비로움이 더하는 것 같다. 내려오는 길에 신령수에서 약수로 갈증을 해소하고 나리분지까지 온다. 나리분지는 울릉도에서 유일한 평지이며 투막집, 느와

집, 울릉도 국화, 더덕밭 등 볼거리가 다양하다.

분지에서 동동주에 더덕무침, 해상관광을 하고 가져온 오징어 회무침에 또 무제한의 주량들을 과시한다. 모두들 헤어짐에 아쉬운 듯 마음껏 즐기는 것 같다.

선착장에 모인 일행들, 모두들 오징어 몇 묶음씩 들었다. 아니, 추억을 한 묶음씩 든 것 같다.

우리를 태운 선플라워호는 긴 고동 소리 여운을 남기며 항구를 떠났다.

나의 사랑 울릉도.. 언제까지나.

가을의 전설을 위하여

최고 기록 : 3시간 14분 41초
소속 : 울산마라톤클럽, 대한적토마클럽
달리기를 시작한지도 벌써 한 해가 지나간다. 작년 여름인가? 금연을 시작한지 7개월만에 나의 몸무게는 88kg을 가르킨다. 숨쉬기도 힘든 몸에 커다란 충격을 받고 달리기를 시작했던 것이다. 아직도 목표치(75kg)보다는 못미치지만 지금은 아주 편한 몸을 가지고 뛰고 있다.

양 춘 수

석 유화학단지에서는 정기보수가 한창이다.

이젠 몸도 마음도 지쳐 있다. 빨리 보수가 끝나야 될텐데.

시간은 어느덧 빨리지나 3주 후면 경주동아마라톤대회이다. 연습은 충분치 못하고 걱정만 태산같다. 하지만 그 와중에도 틈틈이 연습을 했다. 훈련만이 내 기록을 유지하거나 단축할 수 있다.

그럭저럭 시간은 지나 조선일보춘천마라톤에 출정한 우리 울산마라톤클럽 회원들의 기록 속보가 전해진다. 아니 이럴 수가. 나보다 하수님들의 기록이 더 좋아지거나 바짝 다가오지 않았나. 정신이 바짝 들었다. 이래서는 장비의 체면에 손상이 간다.

앞으로 일주일이 남았다. 이제부터라도 술을 끊고 몸관리를 철저히 하여 최상의 컨디션으로 경주동아대회를 치러야겠다. 그리고 훈련을 줄여야 하지만 급한 마음에 달리기 강도를 높여 나갔다.

드디어 결전의 날이 다가왔다. 새벽에 일어나자마자 얼른 하늘을 본다. 전날에는 바람이 많이 불던데, 오늘은 괜찮은 것 같았다.

하얀 찰밥과 만두국을 먹고 집을 나섰다. 그래도 우리 마눌님은 아무 불평없이 해달라는 대로 다 해준다. 고맙다. 이 보답은 내가 충분히 해줄 꺼라 믿는다. 아니 이번만은 진짜다.

우리 회사 버스에 몸을 싣고 경주를 향하여 달려간다.

그런데 경주가 다가올수록 하늘이 왜이래? 먹구름이 우리를 짓누른다. 하여튼 경주대회만 오면 날씨가 개판이다. 올 때마다 비가 와서 우중주를 했으니까.

경주에 도착하여 마라톤복으로 갈아입고 버스에서 내리니 와이고! 와이리 춥노! 놀래서 얼른 차안으로 후다닥. 마라톤 복 속에 면티를 껴입었다. 조금 나았다.

저 멀리서 사회자의 목소리가 들려온다(배동성 씨인 것을 나중에 알았다.)

시간이 다 되어간다. 천천히 뛰어서 몸을 서서히 풀어본다. 그래도 추운 건 마찬가지다. 큰일이다. 몸이 굳어 있어 초반에 스피드를 내는 건 무리가 될 것이다. 하늘을 보니 햇빛이 한 번씩 얼굴을 내민다. 이크! 나중에는 덥겠다 생각하고 얼른 면티를 벗어 옆의 제수씨에게 맡기고 출발대에 섰다.

드디어 카운트다운이 시작됐다. 열, 아홉, …, 셋, 둘, 하나. 땅!

0~5km(23:05)

출발선의 요란함에 정신이 없다. 이리저리 피하면서 앞으로 내달았다. 조금 달리니 첫 오르막이 길게 누워 있다. 이 오르막을 작년 경주동아하프에서 달릴 때 경험을 살려서 뛰니 훨씬 쉬웠다. 또

한 여러 달림이들과 함께 뛰니 더욱더 힘이 났다.

5km 지점이 다가올 무렵 장비 힘! 하는 소리에 깜짝 놀라 보니 폭탄 선생과 포포포 선생이 아닌가? 반가웠다. 인사를 하는둥 마는둥 하면서 앞으로 달려간다. 하여간 고마운 친구들이다.

5~10km(22:20) 45분 25초

계속 내리막길이다. 오버 페이스 하기 쉬운 구간이다.

아직 초반전인데 힘을 아껴야 한다. 내리막에는 이렇게 듬직한 나의 체중에 몸을 싣고 일정한 간격으로 내달려보자.

불국사역쯤에서 하프 주자들과 헤어진다. 갑자기 주로가 텅빈 느낌이다. 날씨도 변덕이 심하다. 진눈깨비인지 찬비인지 요놈의 빗방울이 몹시 차다.

이럴 줄 알았으면 긴 티를 하나 더 입는 건데 후회가 된다. 이 정도 뛰면 몸도 풀릴 만한데 아직도 근육이 뻣뻣하다.

10~15km (22:23) 1시간 7분 48초

이젠 페이스를 조금 올려야겠다. 날씨가 추워서 몸에 땀이 안 난다. 물도 먹기 싫다. 가다가 목이 마르면 먹어야겠다.

이때 우리 적토마 선수인 엄주천 씨를 만난다. 같이 달리면서 이런저런 얘기를 나누어본다. 이때부터 바람이 거세어진다. 모자가 날리려고 한다. 통일전을 향하는 나의 발길이 아직은 가볍다.

길 한쪽에 수확한 벼를 말리느라 일하고 있는 아낙을 보니 괜히 미안한 생각이 든다. 그래도 우리를 보고 웃어주니 더욱더 힘이 난다.

15~20km (22:27) 1시간 30분 15초

확실히 경주는 사람이 별로 없는 것 같다. 날씨가 추웠든지 아니면 일요일이라 놀러갔든지 인도에 사람이 보이지 않는다. 아직 시내 번화가가 아니어서 그럴 것이다.

첨성대쯤인가 보다. 일본인 관광객들이 우리를 보고 열심히 응원을 해준다.

올봄 경주벚꽃마라톤에서 응원하는 모습을 보고 일본은 마라톤 문화가 우리보다 꽤 앞섰다고 생각했다. 하여간 고마웠다.

박물관을 지나 20km 지점이 다가온다. 그래도 이 추운 날씨에 굳건히 식수대를 지키는 우리 자원봉사님들이 자랑스럽다.

한 여학생의 부드러운 목소리.

"아저씨! 선글라스가 멋져요!"

오 예! 이 나이에도 멋있다는 소리에 힘이 저절로 난다.

20~25km (22:30) 1시간 52분 30초

경주시내로 접어드는가 보다. 차들은 한쪽 편에 서서 짜증을 내는지 부릉부릉! 하고 심통을 낸다. 그래도 차 안의 아이들만은 표정이 밝다.

"아저씨! 파이팅!"

창문을 열고 손을 내미는 아이들과 하이파이브를 하고 나니 기분이 좋아진다. 이젠 사람들도 제법 많다. 길옆에서 박수도 치고 때론 파이팅도 외쳐준다. 교통정리하는 경찰관들에게는 미안한 생각이 든다. 괜히 우리 때문에 저 고생이구나 하고.

지금까지는 나의 페이스대로 달려가 본다. 아직 힘이 남아있다. 하지만 아직도 갈 길이 멀다. 시계를 본다. 이대로 달리면 3시간 10분대다.

너무 빠르나? 혹 오버 페이스는 아닐까? 불안감이 스쳐지나간다. 에라 모르겠다. 이 속도로 계속 가보자. 조금씩 욕심이 꿈틀거린다.

25~30km (22:41) 2시간 15분 11초

그래도 사람들이 많으니 힘이 난다. 괜히 안 피곤한 척 폼도 잡으면서 어깨를 바로 하고 힘있게 뛰어 본다. 아마 저들이 나를 보면서 이렇게 생각할 것이다.

'체격도 좋고 멋있고 마라톤도 잘하는 저 사람의 부인은 얼마나 행복할까?'

맞는 말이다. 나도 그렇게 생각한다. 그러면서 쿡! 하고 웃어본다. 별의별 생각을 다하면서 뛰는구나 하지만 이런 잡생각이 힘이 드는 이 순간에는 많은 도움을 준다.

경주여고 앞을 지나면서 이젠 한적한 대로를 달려간다. 왠지 다시금 외로움이 느껴진다. 또 혼자다. 아니지? 내 앞에 내 뒤에 수많은 달림이들이 있는데 외롭다니.

30~35km (24:34) 2시간 39분 45초

이제부터 새로운 거리와의 싸움이다. 앞으로 10km 정도만 달리면 되니 평소 연습거리라 생각하고 뛰면 훨씬 힘이 날 것이다. 분황사를 지나 인적이 뜸한 거리를 외로이 달려간다. 발바닥 통증이 서서히 오기 시작한다. 또 물집이 잡히려나보다. 단골손님이다. 이젠 겁도 안 난다. 하지만 몸은 무거워져 간다. 나 자신을 독촉해 본다.

힘을 내라고, 이쁜 생각, 미운 생각하려고 해도 모든 것이 귀찮아진다.

35~40km (24:40) 3시간 04분 25초

저기 보문교가 보인다. 이젠 다 와간다. 체력도 서서히 소진되어 간다. 주로에는 걷는 사람들이 드문드문 보이기 시작한다. 힘이 난다. 우리는 남들이 걸으면 더욱 힘이 나는 체질이다. 놀부 심보는 아니지만 괜히 으쓱하면서 앞을 지나친다. 그리고 "힘!" 하고 외쳐준다. 아니지 속삭인다고 해야지(힘이 다 빠져서 목소리가 안나온다).

가다보니 드디어 36km 오르막이다. 웬 오르막이 이다지도 긴지.

마지막 언덕이라 생각하고 그동안 아껴두었던 양팔을 힘차게 흔들었다. 조금 나았다. 오르막 정상에 올라서니 이젠 다 왔구나 하는 생각이 든다. 앞으로는 거의 내리막길일 것이다. 체중이 나가는 우리 같은 헤비급에게는 그래도 내리막길이 좋다. 가속도가 붙으니까.

인도에는 응원해주는 사람들이 많아졌다. 대한유화 파이팅!

힘내세요! 이젠 얼마 안 남았어요! 누가 모르나. 얼마 안 남았다는 사실을. 하지만 양쪽 종아리에서는 신호가 오기 시작한다.

ㅈㅈㅈ즈즤쥐쥐.

저기 콩코드호텔이 보인다. 저곳만 가면 40km 지점이 아닌가? 그러면 문수구장 한 바퀴도 안 남았지 않은가? 그 더운 여름에 무수한 땀을 흘리면서 연습한 것이 모두 이 동아경주대회 때문이 아닌가?.

40~42.195km (10분 24초) 3시간 14분 49초

콩코드호텔 앞을 지나 힐튼호텔로 달려간다. 마지막으로 힘있게 팔을 저어본다. 하지만 마음뿐이다. 도대체 스피드가 안 난다. 파워젤을 두 개나 먹었는데도 힘이 없다. 그냥 이대로 가보자. 더 빨리 뛰어서 뭐하려고?

저기 멀리 꼴인 지점이 보인다. 길 양옆에 응원부대도 보인다. 여기서부터는 얼굴 인상도 펴고 어깨도, 자세도 바르게 힘이 남은 것처럼 폼잡고 뛰어가자. 장비 파이팅! 힘! 우리 울산마라톤클럽 선수들이다.

여기저기서 힘! 하고 외쳐주니 다리에 힘이 솟는 것 같다. 또한 내 옆에 춘천마라톤에서 sub-3한 강정철 선수가 얼마간이 뛰어주니 힘이 더욱더 솟는다.

드디어 골인!

매트를 밟고 시계를 보니 3시간 14분 49초. 얼굴에 웃음이 돈다. 비록 힘들었지만 목표시간대에 들어 왔고 또한 발바닥 물집을 제

외하고는 별다른 부상도 없이 완주했다는 사실이 나를 기쁘게 한다.

이젠 동계훈련을 착실히 하자. 그래서 내년 서울동아마라톤에서 3시간 10분대 벽을 한번 깨보자. 그리고 나서는 편런을 하자. 또한 페이스 메이커도 한번 해보자. 다시금 다짐을 해본다.

장비야! 달려가자!

양 춘 수

작 년 무더운 여름날 무거운 몸을 이끌고 문수월드컵경기장을 찾았던 때가 눈에 선하다. 아마 7월 중순쯤이었을 것이다. 담배를 끊은 지 7개월 만에 몸무게가 80kg에서 정확히 7kg이 불어 87kg이 되니 숨쉬기가 조금씩 불편하게 되었다. 아이쿠! 이래선 안 되겠다 운동을 해서 살 좀 빼보자! 다짐을 하고 무작정 달리려온 것이다. 처음 한 바퀴를 돌고 나니 하늘이 노랗고 숨이 턱까지 차오르는 것이 아닌가? 참 한심했다. 내가 생각해도 너무 운동을 등한시한 것 같다. 이때부터 나는 매일 문수구장을 찾았다. 한 석 달쯤 운동을 하니 어느 정도 뛸 수 있게 되었을 때(문수구장 6바퀴 : 16.8km) 동아경주마라톤 하프에 도전하였다.

하필이면 첫도전하는 날이 장날이라구, 비가 오는 것이 아닌가?

그래도 다행이 후반에는 오지 않아 무사히 경기를 마칠 수 있었다. 달리기를 시작한 지 3개월 만에 데뷔전을 치른 것이다.

기록을 보니 1시간 44분 그런 대로 괜찮은 성적이었다.

그래 한번 해보자! 하는 자신감이 들어 적토마클럽과 울산마라톤클럽에 가입을 하였다. 이때부터 여러 달림이 고수들의 지도와 격려 속에 하루하루 실력이 늘어나고 있었다. 동계훈련, 산악훈련, 또한 토달(토요일 달리기)을 통하여 언덕훈련도 병행하여 달려보니 어느덧 마라톤 중독자가 되어가고 있었다.

드디어 동아마라톤을 신청하고 나니 불안감과 함께 희열감도 느껴지는 것이다. 이젠 주사위는 던져졌다. 훈련 스케줄에 따라 운동을 하는 수밖에 없지만 마음대로 되지 않았다. 연말에 회식도 자주 있고 회사도 바쁘고 이럭저럭 연말은 지나가고 2002년 새해를 맞이하니 70일 정도의 시간뿐이 남지 않았다. 한번 더 마음을 굳혀 7주의 프로그램을 만들어 착실히 훈련에 임하였다. 아직도 몸무게는 83kg을 왔다갔다하고 있었다.

동아대회까지는 79kg 밑으로 내려가야 하는데 도대체 이 술이 문제다. 줄여야 되는데 잘 안 된다.

아직 정신을 못차렸나 보다. 어느덧 3월, 동아마라톤은 다가오는데 연습량은 부족한 것 같다. 울마클 회장님 지도 속에 적토마회원들과 함께 42km LSD를 하니 35km 지점부터는 체력저하가 눈에 띄게 온다. 이렇게 운동해서 어떻게 풀을 달릴지 걱정이 앞선다. 마지막 40km를 양동에서 혼자 해본다. 이젠 훈련효과가 있는지 후반에 힘이 붙는다. 시간도 3시간 40분대로 난코스인 양동코스에서 뛴 것치고는 괜찮은 느낌이다. 이제야 조금씩 자신감이 붙는다.

2주전 토달에서 17.2km를 양동코스에서 힘있게 달려본다. 오르막길은 치고 나가고 내리막길은 조심하면서 속도를 내어본다. 시간을 재니 1시간 20분이다. 지난번 연습 때보다 3분 단축이다.

일주일 전, 우리 울산마라톤클럽 회장님이 권고한 카보로딩을 실시하였다.

월요일부터 소고기와 닭고기를 3일간 먹었다. 정말 질렸다. 꼭 이래야 하는지 의문이 든다. 목요일부터는 탄수화물만 섭취하였다.

밥, 감자, 국수, 라면 등은 먹을 만하다. 한국 사람은 그래도 밥이 최고다.

반찬도 무심코 두부를 먹고 나서 화들짝 놀랄 정도로 철저히 식이요법을 하였다. 이제는 훈련도 가볍게 하였다. 수요일만 문수구장을 4바퀴 뛰고(11.2km) 월, 화, 목요일은 가볍게 5.6km를 뛰었다. 토요일은 2.8km를 뛰고 마지막 1km는 경기한다는 생각으로 속도를 내었다.

드디어 출발시간이다. 토요일 오후 관광버스에 몸을 실었다. 집사람이 마중나왔다. 다치지 말고 잘 뛰란다. 그래도 내 몸 생각해 주는 사람은 마누라뿐이다. 밤늦게 도착한 서울근교, 아마 포천이었을 것이다. 호텔에 짐을 풀고 밤 늦게까지 다리에 테이핑도 하고 옷에 번호표도 붙이고 나서 잠을 청하였다. 하지만 객지인데다가 내일을 생각하니 잠이 잘 안 온다. 술이라도 조금 마실걸 그랬나 싶지만 참았다. 그리고 보니 금주한 지도 벌써 7일째 아닌가? 밤새 헤매이다가 새벽 기상소리에 깜짝 놀라 일어나 보니 6시가 안 됐다. 정말 짜증이 났다. 이 사람들 잠도 없나?

아침밥을 먹고 서울로 출발 경복궁에 도착하니 웬 사람들이 이렇게 많나? 마음이 설레인다. 울산마라톤클럽 회원 모두 스트레칭을 하고 몸에 바세린도 바르고 선크림도 바르고 부산을 떤다. 그리고 손목에는 3시간 30분 레이스띠도 차고 마음을 다져본다.

한번 해보자고. 어느덧 시간이 되어 9시가 조금 넘었다. 시간이 되어 물품 보관함에 옷을 맡기고 출발선을 향하여 앞으로 나갔다. 세종문화회관 앞에 서서 출발신호와 함께 우리는 출발하였다. 가슴이 벅차 오르고 긴장이 된다. 드디어 대망의 서울 동아마라톤 풀코스에 입문 순간이었다.

처음 5km는 최진황 sub-3가 가르쳐준 대로 속도를 자제하였다.

하지만 사람들 물결에 휩쓸리고 나니 웬걸 23분 45초로 조금 빠르다. 괜찮겠다 싶어 그대로 달려본다. 10km 지점을 통과하니 46분 10초이다.

그래도 조금 빠르다. 마음은 속도를 줄이고 싶지만 달려가 본다. 20km 지점을 통과하니 1시간 34분 50초를 가리킨다. 이때 적토마 고수인 엄주천 씨가 인사를 한다.

"장비 형님! 컨디션은 어때요?"

아마 이 나이에 이 몸무게를 갖고 뛰니 걱정이 되나 보다. 하지만 나는 경쾌하게 "오케이!" 하고 외치니 옆에 가던 외국인이 쳐다본다. 키도 작고 몸도 빵빵한데 잘도 뛰어간다. 그렇게 달려가니 어느덧 한강이 나온다. 잠실대교를 달려가니 바람이 시원하다. 레이스에 지장을 초래한다. 모자가 신경쓰인다. 벗겨지면 나의 본모습이 나오니까.

다행이 잠실대교를 무사히(?) 건너 30km 지점에 도착하니 2시간 20분 45초로 예정된 시간보다 6분 정도 빠르다. 30km까지 뛰어가다 몸상태를 체크하고 그래도 괜찮으면 계속 달려가라던 고수들의 조언이 다시금 생각난다.

무릎에 스프레이도 하고 스트레칭도 하고, 물을 먹으면서 몸상태를 체크하니 그런 대로 괜찮다. 그래, 달려가자! 얼마 후 앞에 반가운 사람이 뛰어간다. 최경웅 씨다. 반갑다. 서로 어깨를 나란히 하고 달려보니 발걸음이 훨씬 가볍다. 32km가 되었을 때 최경웅 씨가 먼저 가란다. 할 수 없이 "힘!" 외치면서 앞으로 달려간다.

35km 지점. 가락동시장 앞인 모양이다. 시간이 2시간 47분 12초로 조금 속도가 늦춰졌다. 이제 팬티 속에 그동안 아꼈던 파워젤을 꺼내 먹고 스트레칭을 해본다. "형님!" 하는 소리에 깜짝 놀라 뒤를 보니 우리 적토마 이수경 씨다.

"형님 이대로 가면 3시간 30분 안에 가겠는교?"하고 묻는다.

"무신 소리고? 나 따라온나!"

하고 달려나간다. 37km. 왼쪽 허벅지에 이상한 징후가 온다. 혹 쥐가 나는 것이 아닐까? 마음이 불안하다.

여지껏 달려온 거리가 아까운 생각이 든다. 갑자기 그런 생각이 드니 속도가 늦어진다. 몸조심하자! 그냥 이대로 골인해도 안되겠나, 괜히 욕심부리지 말자고 속으로 마음을 다스려본다.

40km 통과. 이제는 정말 얼마 안 남았구나 하는 마음에 조금씩 힘이 난다. 문수구장 한 바퀴도 안 남았구나 생각하니 용기가 저절로 나온다.

드디어 잠실구장! 얼마나 보고 싶었던 운동장이더냐? 응원하는 사람도 점점 많아진다. 힘도 난다. 메인 스타디움을 달려 골인하니 눈물이 앞을 가린다. 막상 풀코스를 완주하니 가슴이 벅차기도 하고 허망하기도 하다. 이걸 위해서 그 추운 겨울에 그 많은 훈련을 해왔던가?

시간도 좋았다. 3시간 23분 41초로 첫 완주치고는 성공작이다.

문득 집사람이 생각난다. 이럴 줄 알았으면 응원차 서울로 데려오는 건데. 칩을 반납하고 스포츠 마사지도 받고 나니 기분이 상쾌하다. 이젠 마음에 여유가 생긴다. 장비야! 다음 도전을 위해 우리 다시 한번 달려가 볼까나?

동아를 꿈꾸며

김 경 원

최고 기록 : 3시간 38분 53초
경력 : 15개월
좌우명 : 터질 것 같은 심장의 박동소리를 듣고 거친 호흡을 대지에 발산하고 싶다
현소속 : 울마클 및 현대자동차 마라톤 클럽
산꾼으로 생활하다가 친구의 꾐에 빠져 영원히 헤어나지 못하고 조츰발이 되어버린 달리미입니다. 달리미 동무 여러분 모두 다 사랑합니다.

　작년 5월 어느 날 그 주도 여지없이 산에 가는 주말이었는데 친구로부터 전화가 왔다. 산에 가는 거나 산악 마라톤 가는 거나 똑같지 않느냐로 시작되는 유혹에 솔깃하여 땡볕이 내리쬐는 아스팔트를 지나 언덕으로 내리막으로 거의 초죽음이 다돼서 흐느적 흐느적거리며 배번도 없는 이단자로 1시간 15분 소요되는 시간은 달리기는 절대로 절대로 않겠다는 다짐과 친구를 원망하는 시간들로 채워졌다.

　그러나 끝난 후 목욕과 생맥주 한 잔의 맛은 무어라 형용할 수 없는 맛을 내포하고 있다.

　땀 흘린 자만의 깊은 맛을.

얼마 후 친구로부터 한 통의 전화가 왔다. 동강병원 10km 마라톤대회가 있어 이미 신청을 했으니 연습 좀 하란다. 안가면 그만이지 마음속으로 얘기를 하면서 전화를 끊었다. 그런데 배번도 없이 이방인처럼 뛰었던 산악마라톤 생각이 난다. 그래 다른 사람처럼 당당하게 가슴에는 배번도 달고 뛰어보리라. 이번 한번만 달리자.

태화강변에서 8km 연습을 하는 나를 보고 잘 달린다 하면서 사탕발림을 한다. 나는 내 자신을 너무나 잘 알기에 솔직히 단거리 달리기에는 별로 자신이 없다. 다만 장거리 걷기, 장거리 달리기에는 남들보다 잘하지는 못해도 중간정도는 자신이 있다.

상의는 대회주최측에서 준비한 기념 티, 바지는 긴 반바지, 발에는 조깅운동화 아무리 봐도 어색하다.

출발의 총성과 함께 유월의 더위에 몸을 맡겨야 했다. 한 바퀴 돌고 두번째 바퀴를 돌 때에는 이글거리는 태양과 뿜어 나오는 아스팔트의 열로 내 몸은 용광로처럼 들끓기 시작했다. 고통의 시간, 이 시간이 지나야만 이 고통을 멈출 수 있을 텐데 라고 되뇌이면서 점점 마라톤의 깊은 유혹 속으로 빨려 들어가고 있다.

배번을 가슴에 품고 뛰었지만 정작 뛰고 난 후에도 가슴은 허전하다 뭔가가 빠진 느낌이다 10km 가지고는 채워지지 않는다. 10월에 경주에서 열리는 동아오픈에 참석하기로 하고 친구와 의기투합하여 연습에 임한다. 전초전으로 9월에 창원통일마라톤 하프에 참석했다가 더워서 죽는 줄 알았다.(1시간 43분)

비가 부슬부슬 내리는 경주동아오픈에서는 수많은 사람들을 헤집고 1시간 37분대로 골인을 했다. 몸 상태도 멀쩡하고 점점 마라톤으로 몸이 만들어지는 듯싶다. 11월 부산마라톤 하프에 참석하고 생맥주 한 잔 걸친 자리에서 우리도 풀로 가자는 얘기에 10여

차례 하프완주 경험이 있는 친구는 망설였지만 분위기에 휩싸여 의기투합했다.

목구멍으로 생맥주는 시원하게 흘렀지만 할 수 있을까 하는 의구심이 생기지만 까짓것 18시간 동안 영남알프스 종주 경험도 있지 않느냐. 그것보다는 덜 힘들겠지 하는 생각이 든다.

12월 바깥바람은 몸을 움추려들게 만들고 휘청거리는 네온사인에 술자리는 늘어나고 좀처럼 뜀박질 엄두가 나지 않는다. 동아 홈페이지의 날짜는 어김없이 넘어가는데 연습은 되지 않고 세월만 흘릴 수 없어 동네 헬스클럽에 등록하여 하루 하루 런닝머신과 전쟁을 치른다.

런닝머신에서 1시간 뛰기는 무척 힘들다. 그것도 속도는 9 정도에 맞추고도 '아 아 런닝머신 정말 힘들다'는 생각이 든다. 차창가로 보이는 횡단보도의 신호를 마음속으로 5번, 10번 자기 최면을 걸어 버티어 보지만 무아지경에 빠진다.

출전하기 전에 40km 이상 LSD 목표로 잡고 연습 중이지만 그러나 쉽사리 40km의 벽은 무너지지 않는다. 28km, 31km, 30km, 24km 거듭되는 실패, 실패, 실패의 연속이다. 이 난관을 어떻게 뚫고 지나갈까. 40km LSD를 소화해내지 못하면 동아대회에서 4시간 넘도록 주로에서 흐느적 흐느적 거리며 맛이 간 폼으로, 띠미한 눈동자로 해 멜 생각을 하니 아찔하고 포기해 버릴까 하는 생각마저 든다.

sub-3을 한 주자와 5시간 넘도록 들어오는 주자는 누가 더 고생할까 누가 더 집념의 승부사일까.

나는 두 가지 다 해보지는 못했지만 5시간을 넘어서 회수차량의 간사한 유혹을 뿌리치고 무릎이나 다리가 아파 거의 질질 걷다 시

피 인도로 인도로 완주의 목표를 향해 골인지점으로 들어오는 사람들이 진정한 풀뿌리 아마추어 마라토너가 아닐까 생각한다.

나는 5시간 넘도록 완주를 위해 주로에 버틸 힘은 없다. 회수 차가 나를 따라 온다며 아마 그냥 올라탈 것이다. 버틸 힘이 없기에 40km LSD 훈련을 거쳐야 하는데 쉽사리 뜻대로 되지 않는다. 세심하게 계획을 세워 마지막으로 한 번 더 도전한다. 이번에도 안되면 할 수 없지 3/1일 마지막으로 문수구장에서 양동왕복 코스 계획을 잡고 문수구장에서 덕하 검문소 방면으로 출발한다.

매 4km마다 친구의 차로 물 공급을 약속받고 1km당 5분 10초의 페이스로 기분좋게 덕하 검문소를 지나 양동다리 밑에 도착한다 (11km).

덕하 검문소 조금 못 미쳐 인도가 없어서 위험하고 검문소에서 양동다리까지는 무한질주로 달리는 트럭들이 위협적이다. 양동다리 밑에는 아직은 달림이 들이 보이지 않는다. 양동상회에서 턴(20km)했지만 아직까지는 별무리가 없다. 기분은 상쾌하고 다리는 지휘한대로 척척 나간다.

양동 오르막 두 개만 무사히 지나면 오늘의 LSD가 성공할 것 같은데 멋모르고 처음 달리기를 시작할 때는 오르막이 전공이었는데 산에서 닦은 실력 덕분에.

언젠가 오르막만 오르면 무릎이 한 번씩 삐끄덕 하여 오르막만 보면 괜히 겁나고 어떤 보폭으로 가야 할지 갈피를 못 잡는다. 무릎에 바짝 힘을 주어 뒤꿈치로 쿵쿵거리면서 올라도 가보고 이것도 여의치 않아 발 앞쪽으로 힘을 주어 올라가지만 여전히 불안하다.

오늘은 다리와 무릎에 힘을 빼고 보폭을 최대한 작게 하고 빠르게 팔을 흔들면서 올라가니까 훨씬 쉽다. 무릎의 통증도 없고 주로에서 안면이 익은 울산마라톤클럽 회원님들이 지나간다. '히~힘'

이라고 크게 외치고 싶지만 에너지 고갈을 방지하기 위해 '힘'이라고 작게 소곤거린다.

양동다리를 지나 구치소 방면 길로 접어든다 이제부터는 내가 접하지 못한 거리이다. 32km부터는 자연스럽게 1km 당 6분대로 떨어진다.

구치소를 지나 문수구장에 도착하니 차의 적산계가 38.5km를 가리킨다. 35km 이후부터 아랫배가 아파서 억지로 끌고 왔지만 호흡을 한번 더 가다듬고 거의 걷는 수준으로 문수구장 한 바퀴를 돈다. 배만 아프지 않았으면.

체력이 떨어져서 배가 아픈지 32km 지점에서 초코파이를 먹어서 아픈지 하여튼 고질적으로 배알이 대책을 어떻게 세우지.

드디어 골인 41km 3시간 53분

41km를 견디어준 내 다리와 내 몸이 고맙다.

앞으로 동아는 17일.

LSD 후 토요일은 푹 쉬고 일요일은 그냥 쉬려니 동아가 다가오는 발자국 소리가 잠자는 나를 깨워 산으로 몰고 간다. 무룡산을 가볍게 뛰어 오른 뒤 간단한 운동을 하고 내려오니 무릎이 시큰시큰하다. 괜찮아야 할 텐데.

월요일 런닝머신에 올라서니 죽을 맛이다. 다리가 떨어지지 않는다. 그런데 어쩌랴 동아가 코앞에 닥쳤는데 떨어지지 않는 발걸음을 돌아가는 런닝머신 모터에 억지로 돌린다.

다음날 자고 나니 별무리가 없는 듯하더니 그날 오후부터(3/5) 다음주 수요일(3/13) 8일 동안 아무것도 할 수가 없다.

온몸의 피곤은 목욕을 해도 푹 쉬어도 풀리지 않는다. 그런 와중에 산악회 형님으로부터 전화를 받고 뛰쳐나갔다.

"니 동아간다 하는데 고기라도 먹여 보내려고 불렀다."

왠지 모르게 눈물이 나려고 한다. 사람이 산다는 게 아니 더 정확하게 말하면 몸은 피곤에서 깨어나지 못하고 연습은 안되고 속절없이 시간은 지나고 탈출구가 필요한 시점에서 형님이 나를 부르니 오랜만에 핑계로 투명한 소주잔을 목에다 뿌리고 삼겹살의 기름을 가슴에 축이니 몇 달 동안 묵혀둔 담배 연기가 허공을 가른다.

천년 만년 살자는 게 아니고 살면서 아프지 않고 재미나게 달리자는 달림이의 달리기도 좋지만 이렇게 방황하는 날, 날 불러주는 님과 함께 주태백이 되어 봄날의 꽃망울을 부풀리며 쓰러진 달림이의 가슴을 태우며 통곡 아닌 통곡을 받아줄 수 있는 님의 그림자에 쌓여 동아가 다가오는 숨소리를 애써 모면한 채 끈끈한 숨소리를 들으며 가슴에는 술기운이 젖는다.

공약 아닌 공약을 지껄이며 술에 절은 이 몸은 걱정 아닌 걱정을 잉태해내며 집으로 돌린 발걸음이 피곤하기만 했지만 조금씩 깨어나고 있다.(수요일(3/13))

문수구장을 1km 당 5분의 속력으로 14.5km를 뛰어보니 몸이 어느 정도 회복되는 것 같다. 언제나 몸이 만들어져 한 달에 250km 이상씩 소화해낼 수 있을까. 기껏해야 한 달에 160km 정도, 이것으로 동아의 연습을 마친 셈이고 이제 컨디션 조절만 남았다.

울산마라톤클럽 회원이기에 회원들과 함께 토요일 버스로 이동하려 했으나 몸이 피곤한 관계로 친구와 나는 일요일 아침 7시에 어울리지 않게 비행기에 몸을 싣는다. 시간이 빠듯한 관계로 공항에서 전철로 또 한번의 마라톤이 시작되었다.

겨우겨우 옷을 보관하니 9시 35분. 간이화장실의 긴 꽁지에 붙으니 10여 분이 휘리릭 지나가고 안내방송은 마스터즈 선수 여러분

은 출발점으로 이동하라는 안내멘트가 불안하기 그지없다. 겨우겨우 물로 채워진 배를 빼내고 줄 꽁지에 붙어 조금씩 조금씩 이동하니 전날 오신 울산마라톤클럽 회원님들이 보인다. 처음으로 인사드리고 출발 축포의 여운이 가실 무렵 105길을 향하여 나아간다.

차량 매연의 가스를 뚫고 환호하는 서울 시민들의 정다움을 느끼며 노오란 런클 옷을 입고 잠실대교도 넘어보고, 38km 지점에서 마라톤 벽도 만나보고 잠실운동장 트랙을 돌아도 보고, 3시간 40분 동안 서울 구경도 채울 수 없는 허전함이 있었다.

그래서 하늘을 쳐다봤더니 고달팠던 연습시간들이 주마등처럼 떠오르면서 눈물 한 가닥 여울졌다.

왜 달리느냐고 묻지 마세요. 오늘 내 가슴이 살아 있고 내 다리가 움직일 때 감사하는 마음으로 달리지요.

물품보관소에서 겨우 옷을 찾으니 핸드폰이 불이 났다.

"니 정말 완주했나."

"진짜로 완주했심더."

축하전화를 받다보니 아무도 반겨주지 않는 이곳을 얼른 떠나 울산으로 향한다. 일주일 동안 술에 절은 상태로 살다가 8일만에 깨어나 보스턴의 기록을 꿈꾸며 신발끈을 다시 조인다.

꿈꾸는 자만이 꿈을 이룰 것이다.

무릎부상을 이기고 풀코스 도전에 성공

최고 기록 : 하프코스 1시간 41분 40초(울산시민 단축
마라톤대회), 풀코스 3시간 45분 27초(2002. 조선일보
춘천마라톤대회)
경력 : 하프 1회, 풀코스 1회(2002년 3월 11일 울산 마
라톤 클럽 가입)
현소속:카프로(주)

박 종 석

2002년 7월 7일
　울산마라톤클럽 하계훈련 일환으로 열린 영남 알프스 여덟 봉우리를 타고 넘는 14시간에 걸친 무리한 산행으로 인해 무릎 관절을 심하게 다치는 부상을 입어 두 달 가까이 재활치료로 인해 마라톤 연습을 제대로 할 수가 없었다.

　마흔 셋의 조금 늦은 나이에 마라톤에 입문하여 기록생신을 위한 욕심만 앞세웠지 몸은 내 마음 뜻대로 따라 주지가 않았다.

　9월초 어느 정도 몸을 추스리고 났을 때 이왕 시작한 마라톤 열심히 노력하여 이름 있는 메이저급 대회에 참가하여 첫째로는 완주를, 두번째로는 기록단축이라는 나름대로의 목표를 세우고 마음

의 각오를 새로이 하고 재활 훈련에 돌입했다. 두 달만에 다시 시작한 첫번째 훈련은 문수월드컵축구경기장 외곽도로를 걷기부터 시작하여 계단 오르기, 스콰르 등을 하면서 몸 만들기에 들어갔다.

그 즈음 나의 첫번째 목표를 춘천마라톤대회로 정하고 전초전으로 부산 광안대교대회를 참가하기로 결정했다. 무릎 부상 후 처음 시도이기에 두려움과 긴장감으로 달리는 두 다리가 후들후들 떨렸다. 그나마 위안이 된 것은 집사람과 함께 뛴다는 것과 아낌 없는 격려가 큰 힘이 되어 비록 뛰다 걷다를 반복하면서도 끝까지 완주할 수 있었다. 광안대교 대회 이후 자신감은 생겼으나 무릎 부상은 완쾌되지 않고 지루하게 나를 괴롭혔다. 주위에서는 이번 대회 참가는 무리라며 포기하라는 말과 아내는 평생 마라톤을 할 것이데 무리해가면서 뛸 필요가 있냐고 나를 꾸짖었다.

시간은 흘러 춘천마라톤대회가 4주 앞으로 다가왔다.

D-4주차

주위 사람들의 포기하라는 말에 여태까지 해온 것이 아까워서 조금은 객기를 부려가면서 연습을 하였다. 무릎의 통증을 덜기 위해 진통제를 먹어가며 스프레이 파스로 극복하고 문수월드컵축구경기장을 한 바퀴씩 달리며 연습을 시작하였다. 또한 달리고 난 후에는 얼음찜질과 맨소래담을 바르며 훈련에 박차를 가했다.

D-3주차

무릎 통증이 진정되는 기미가 보이기 시작하였다. 마음 속으로 얼마나 기뻤던지 좋은 예감이 들었다. 나에게 포기하라던 사람들에게 뭔가를 보여줄 수 있다는 생각이 들었다. 이때부터 문수월드컵경기장을 다섯 바퀴씩 달리기 시작했다.

D-2주차

무릎 통증은 사라지고 문수월드컵경기장을 7바퀴로 늘리며 스피드를 올리기 시작하였고 장거리(43km) 연습을 감행했다. 무사히 완주하였고 고질적으로 괴롭히던 무릎 통증은 없었다. 더욱더 자신감이 붙었다. 그러나 연습을 무리하게 하는 바람에 스포츠 두통 증세가 나타나 나를 괴롭혔다.

D-1주차

다시 난관에 봉착했다. 해마다 한번씩 하는 공장 정기 보수작업이 시작이 되어서 훈련에도 차질이 생겼다.

연일 계속되는 밤 11시까지 잔업과 짧은 연습기간으로 마라톤 연습을 게을리할 수 없어 늦은 밤에도 문수월드컵경기장을 뛰고 또 뛰었다. 스포츠 두통 증세는 더욱 심해지고 눈이 충혈되는 지경에 이르렀다. 포기하고 싶은 마음과 마라톤 풀 완주를 해야 한다는 마음이 나를 혼란스럽게 만들었다. 그러나 무릎 통증 때문에 약을 먹어가면서 연습했는데 여기서 포기 할 수는 없었다.

정비 보수 작업도 막바지에 이르러 철야작업을 했다. 몸 컨디션은 zero에 가까워짐을 느낄 수 있었다.

아무래도 포기를 해야 할 형편에 이르렀다. 그러나 판단은 일단 오늘 밤을 자 보고 내일 아침 기상 후 결정하기로 마음먹었다.

춘천 대회 참가 준비를 끝내고 일찍 잠자리에 들어갔다.

D-day

새벽 3시에 기상하니 몸 상태가 좋고 기분이 아주 상쾌했다. 포기하더라도 일단은 뛰어 보자고 마음을 다져 먹었다. 집사람이 준비 하여준 찰밥을 먹고 집합 장소인 문수월드컵경기장 야구장 부지로 향했다.

4시 30분 울산을 출발하여 경부고속도로를 달리다가 북대구에서 중앙고속도로로 갈아타고 대회 장소인 춘천에 10시 10분경 도착하였다. 하늘을 쳐다보니 비가 곧 쏟아질 것만 같았고 날씨 또한 매우 쌀쌀하였다.

물품 보관소에 입고 있던 옷가지를 벗어 맡기고 춘천 공설운동장으로 향했다. 이때 시간이 10시 30분이었다.

춘천공설운동장에 들어선 순간 깜짝 놀랐다. 놀란 이유는 그 비좁은 공간에 16,000여 명이라는 마라톤 매니아들이 운집해 있었기 때문이다.

비좁은 구석에서 같은 클럽 회원들과 가볍게 몸을 풀고 머리 두통으로 인해 진통제를 먹고 나는 출발점에 다가섰다.

출발신호와 함께 구름처럼 모여 있던 매니아들이 한꺼번에 운동장을 빠져나갔다.

처음 와 보는 춘천의 거리는 생각하였던 것보다도 한산해 보였다. 딱딱한 아스팔트 위로 나의 두 다리를 한걸음씩 한걸음씩 내딛어 달리기 시작하였다.

2km 지점에서 앞서 달리던 국방위원장(김용웅), 만자로(김재식), 조개반장(문익학) 그룹에 합류하게 되었다.

3km 지점에서 조개반장님과 같은 페이스로 뛰어나가면서 국방위원장과 만자로를 뒤로 제치고 앞서 나갔다. 페이스가 살아나는 듯한 기분이 그런 대로 괜찮았고 뭔가 해낼 수 있다는 자신감이 들었다.

5km 지점 급수대에서 물을 한 컵 마시고 아무런 생각 없이 앞서 달리는 사람의 뒷모습만 쳐다보며 달렸다. 나의 시야에는 아무것도 보이지 않았다.

순간 옆을 보니 의암호가 그림처럼 펼쳐지고 옆으로 촛대바위와 3시간 40분대 페이스 메이커 풍선이 보이기 시작하였고 욕심이 생겨 문익학 형과 3시간 40분대 페이스 메이커와 보조를 맞추기로 하였다.

옆에서 인학형이 속도를 너무 낸다고 조언을 하여 뛰는 속도를
약간 down하여 페이스를 유지하였다.

계속 앞만 보고 달리다 보니 20km 지점에 이르고 신매 마을 주
민들이 달리는 행렬을 향해 응원 박수 갈채를 보내고 나는 장갑
속에 파워젤을 하나 꺼내 먹었다.

해병대 군인들의 힘찬 응원 속에 오른쪽으로 길게 늘어진 춘천
댐을 지나면서 30km 지점에 도착했다. 마지막 남은 파워젤 하나를
먹고 32km 지점에 도달하니 페이스가 조금 떨어지는 느낌이 들었
다. 점점 스피드가 떨어지고 체력이 급격히 저하되는 현상이 나타
나기 시작했다.

3시간 40분대 페이스 메이커와의 격차는 점점 벌어지고 같이 뛰
던 인학 형도 저만치 앞서 나갔다.

앞으로 남은 거리의 부담감으로 포기하고 싶은 충동이 엄습하였
지만 여기에서 포기하면 지금까지 어렵게 준비한 것이 모두 수포
로 돌아간다는 생각과 아내의 걱정스러워하던 완주 응원을 져버릴
수 없어 이를 악물고 뛰었다.

드디어 36km 지점 푯말이 보이기 시작했다. 길가에 설치된 분무
기에서 지친 사람들을 향해 물을 뿌리고 있었다.

계속해서 달리다 보니 소양교가 보였다. 뒤에서 힘이란 구호를
외치며 앞으로 내딛는 사람을 보니 다름이 아닌 전인환 총무였다.

아이구야! 싶어서 나는 전인환 만큼은 이겨야지 하면서 100m 가
량 앞서 나갔다. 그러나 벌써 지칠 대로 지친 발바닥에서 쥐가 나
기 시작했다.

속도를 늦추고 뒤에서 달리던 전인환을 앞서 보내고 그 페이스
를 꾸준히 달렸다. 아무리 달려도 40km 지점 푯말은 보이지 않고
지루한 레이스는 계속 되었다. 얼마를 달렸을까 시내버스 터미널

을 지나면서 아직도 멀었나 하는 생각에 응원을 보내던 행인들이 2km 정도 남았어요 하는 말에 드디어 다 왔구나. 하고 더욱더 힘을 내려고 하였으나 휘청거리는 다리는 내 뜻대로 되지 않았다.

드디어 춘천 운동장이 보이고 나는 그곳으로 빨려 들어가듯이 운동장 속으로 들어섰다. 들어선 순간 앞서 가던 주자들과 가족들 응원석의 박수를 받으면서 골인지점을 향해 운동장을 돌았다.

드디어 두 손을 높이 치켜들고 골인하면서 이제 다 왔구나, 더 이상 안 뛰어도 되는구나. 내가 왜 미쳤다고 이렇게 고생해 가면서 뛰었나.

여러 가지 생각이 들면서 아내의 얼굴이 떠올랐다. 빨리 연락해야지 하고 동료들의 축하를 받으면서 칩을 반납하고 엉금엉금 걸어서 물품 보관소로 가서 휴대폰을 꺼내어 아내에게 전화를 했다. "여보 나 완주했어! 기록이 생각보다 빨랐어. 3시간 45분이야."

아내 왈 "몸은 어때? 아픈 다리는 괜찮아?" 하는 말에 눈물이 핑 돌았다.

나는 해냈다. 그것도 첫 풀코스를 완주했다. 그저 완주를 하기만을 바랬는데, 기록도 잘 나와 기분이 좋았다.

역시 마라톤은 연습한 대로 결과가 나오는구나! 정직한 운동이로구나! 내가 뛰는 이유가 바로 이것인가 보다 생각했다.

울마클 힘!

춘천대회 준비에 힘을 써주신 회장님과 전총무님도 힘!!

부산 광안대교 반은 뛰고 반은 걸어서

박 종 석

울산마라톤클럽 하계훈련으로 시행된 7월 7일 영남알프스 종주산행에서 아픈 무릎 관절을 무리하게 사용하였더니, 산행 이후 심해진 무릎 부상으로 달리기를 못하고 재활 훈련을 하고 있던 나로서 이번 아시안게임개최와 광안대교 개통기념 마라톤대회 참가는 모험에 가까운 것이었다.

그래도 다소간 위안이 되는 것은 아내와 함께 뛴다는 사실에 힘을 얻을 수 있었다.

대회날 이른 아침 약속 장소인 문수월드컵축구장에 도착하여 보니 이른 새벽 시간인데도 약속시간에 모든 회원들이 나왔다. 마라톤에 대한 열의들이 대단하다.

모두들 분주하게 아침 인사를 나누고 집사람과 함께 관광버스에 오르자, 잠시 후에 목적지 부산 광안대교를 향하여 출발한다. 마라톤대회 행사장까지 가는 버스 안에서 나는 눈을 지그시 감고서 오늘 걷지 않고 과연 뛰어서 완주를 할 수 있을까? 걱정을 하면서 통증이 있는 왼쪽 무릎을 슬그머니 만져 보았다.

드디어 광안대교 행사장에 도착하여서 유니폼을 갈아입고 바세

린을 바르고 다시 운동화 끈을 조여 매면서 출전 준비에 만전을 기하였다.

화장실을 다녀오면서 긴장된 마음을 누그러뜨리면서도 자꾸 아픈 무릎에 신경이 쓰인다. 혼자서 스트레칭을 하면서 몸을 풀어 보았다. .그러면서도 아픈 무릎에 스프레이 파스를 연신 뿌리면서 떨각오를 단단히 하였다. 그런데 마음 속으로 긴장이 연이어 지면서 화장실를 자주 가고 싶어 왔다갔다 장난이 아니다.

동회원들과 빙 둘러서서 구령에 맞추어 스트레칭을 하고 출발선으로 이동하여서 집사람과 나란히 서 있으면서도 내심 완주가 가능할까? 하고 걱정이 되었다.

출발 함성과 동시에 집사람의 손을 꼭 잡고서 힘! 이란 구호를 외치고는 천천히 뛰기 시작하였다. 동백섬을 한 바퀴 돌아가는 코스에 이제서야 나는 동백섬 입구 오르막을 올라가는데 벌써 선두주자들은 동백섬을 돌아서 내려오고 있다.

집사람과 함께 동백섬을 한 바퀴 돌아 시가지 대로를 한참이나 달려서 광안대교를 들어서니 바다 위로 떠 있는 다리가 꼭 구름 위를 달리는 것과 같다. 기분이 갑자기 상쾌하여진다.

이 얼마나 아름다운 대교인가. 방금 달려온 동백섬과 요트경기장 선착장을 건너다보면서 여유를 부려가며 조금씩 속력을 내어 달리기 시작하였다.

그런데 이런 일이…. 대교의 중간쯤에 있는 8km 지점에 이르자 걱정 했던 대로 아픈 무릎 부위에 통증이 몰려오기 시작하였다.

이래서는 집사람과 동반주는 도저히 안 되겠다 싶어서 먼저 가라고 앞서 보내고 나는 천천히 뛰었다.

10km 지점에 이르러 아픈 무릎에 통증이 참을 수 없을 만큼의 한계점에 오르자 도저히 더는 뛸 수가 없어서 천천히 걷기 시작하

285

였다.

바람은 조금 심하게 불었으나 비가 조금씩 내리기 시작해 달리기에는 어렵지 않았으나 무릎이 아파서 도저히 더 뛸 수가 없었다.

뛰다 걷다를 반복하면서 14km 지점에 있는 반환점을 돌아 간식으로 주는 초코파이 하나를 먹고서 배가 고플까 싶어서 바나나 하나를 더 먹었다.

비가 조금 굵어지면서 본격적으로 내리고 있다. 여기서 포기할 수는 없다고.

끝까지 완주하여야겠다는 오기가 발동하여 한 걸음씩 옮기기는 하나 움직이며 뛸 때마다 무릎 통증은 더하여만 갔다. 정말로 죽을 지경이었다.

이를 악물고 아픈 무릎을 참아 가면서 천천히 한 걸음씩 아스팔트 위를 내딛어 달리다가 도저히 뛸 수가 없으면 조금씩 걷기를 반복하여도 무릎의 통증은 더욱 심해져 갔다.

드디어 20km 지점에 이르자 얼마 남지 않았다는 마음 때문일까 조금씩 힘이 나기 시작했다. 이때부터는 걷지 말아야지 마음을 다져 먹고는 남은 힘을 다하여 달렸다. 고가도로 내리막길을 내려서자 응원하는 사람들이 많이 보인다.

힘이 솟으며 다리의 통증도 조금 잊게 되었다. 커브를 돌아서자 결승점이 보이고 사력을 다하여 드디어 골인! 드디어 내 생애 처음으로 기록을 연출해 냈다.

기록은 2시간 28분이지만 기록이야 어떻든 아픈 다리를 이끌고 포기를 하지 않고 끝까지 완주를 하였다는 것으로 나 자신에게 위안을 삼으니 내 자신이 대견스러웠다.

그런데 나보다 먼저 들어와 있어야 할 집사람이 보이지 않았다. 골인 지점 부근을 살펴보아도 집사람도 동호회원들도 보이지 않아

조금 섭섭하였다. 하기사 내가 너무 늦게 도착했으니 어쩔 수가 없지만 마음이 울적하여서 이곳저곳 행사장을 찾아다니는데, 오동방 회원이 나를 발견하고는 반갑게 끌어안는다. 벌써 모든 회원들이 차에 탑승한 상태였다. 내가 버스에 오르니 회원들 모두가 박수로 환영하여 준다. 어떻게 그 몸 상태로 포기하지 않고 완주를 하였는지. 대단하다며 축하하여 주었다.

그 순간 무언가 가슴 밑바닥으로부터 뜨거움이 벅차 오르면서 나도 모르게 눈물이 왈칵 쏟아질 것 같아서 창 밖으로 눈을 돌렸다. 애써 웃으면서 속으로는 내가 해냈다는 뿌듯함과 자신감이 솟아오른다.

아픈 무릎도 치료하고 좀 더 연습을 열심히 하여서 춘천조선일보마라톤에 대비를 하자고 마음먹었다.

내가 중도에서 포기한 줄 알고 먼저 버스에 오른 집사람이 조금 서운하였으나 다시 손을 꼭 잡으며 힘!을 외쳤다.

돌아오는 길에 기장시장으로 들어가서 목욕탕으로 가서 더운물에 몸을 담그니 피로가 한꺼번에 몰려온다.

가만히 눈을 감고 오늘 힘들게 달린 것을 생각하여 본다.

모든 회원들이 횟집으로 옮겨서 회와 매운탕을 곁들여 시원 소주잔을 치켜들고 브라보. 힘!을 외쳤다.

모두들 빗속의 50리 길을 달린 보람으로 환하게 웃었다.

아픈 무릎이 주인을 잘못 만나서 아픈 통증에도 그 먼 거리를 달렸다.

다리야 고맙다. 무릎아 고맙다.

사랑하는 집사람도 고맙다. 회원들 모두 고맙다.

힘!

아버님 저 달리려고 이곳까지 왔어요

마라톤 시작 10개월
4시간 41분
첫 풀 도전 시간치고는 40대의 끝자락에서 달린 시간치
고는 괜찮지 않은가 말이다.
이제 한 달은 구름 위에서 살 것이다.

이 미 순

토요일 오후에 신랑이랑 기차 타고 인천으로 향한다.
목적은 영종도 마라톤 하프에 출전하려고.

신랑은 혼자 비행기 타고 다녀오라지만 난 같이 가야한다고 고집을 부려 기차표를 끊어 놓았다.

겉으로는 아버님도 뵙고 좋지 않냐고 했지만 사실은 혼자 가기가 쑥스럽기 때문이다.

집안 대소사에는 거의 빠지는데 하는 일이 있다는 건 핑계일 뿐 난 게을러서 바쁘게 왔다갔다 하기가 싫다. 다행히 집안 분들이 많이 이해하여 주신다.

큰 문제없이 지금까지 버티어 왔는데 달린다고 불쑥 울산에서

인천까지 찾아가기가 스스로 말해서 쪽팔리기도 하다. 그런데 아버님은 이미 알고 계신다. 며느리가 달리려고 이 먼 인천까지 신랑 대동하고 왔다는 걸. 아이구 아버님 죄송합니다.

거의 12시가 다 돼서 집으로 들어가 다음날 새벽부터 부산을 떨어댄다 동서가 아침밥을 챙겨주고 시동생은 차를 대령한다.

아침 먹자마자 큰 아주버님과 셋째 아주버님이 오신다.

'제수씨가 마라톤을 한다구?'

평소에 자랑을 해댄 신랑 때문에 모두들 알아버린 모양이다.

큰 아주버님과 신랑, 시동생, 조카 둘, 나 이렇게 여섯이 영종도로 향한다. 올해 68세인 큰 아주버님까지 동행하신다니 조금은 부담스럽다.

날씨조차 뜨겁다. 고글을 걸치고 한껏 멋을 부리고는 하프 자리에 선다. 이 땡볕에 2시간 이상 기다리신다는 게 힘드실 텐데 잠깐 그런 생각이 스쳤지만 개의치 않고 달려나간다.

도로에만 서면 난 즐겁다. 모르는 아무에게나 인사를 해대는 내가 뜻밖이다. 조금은 내성적이고 숫기가 없다고 생각한 내게서 이런 면을 발견하고는 스스로도 놀라울 뿐이다. 이게 마라톤의 긍정적인 면인가 보다.

올 일월에 처음으로 하프를 경험하고 지금 이 영종도 하프가 벌써 세 번째다. 내게 기록은 별로 중요하지 않다. 이런 멋진 경험을 좀더 많은 사람들과 함께 한다는 것 그게 중요하다.

등 뒤에 쓰여진 이름과 소속을 보고는 그냥 힘을 외쳐댄다 내가 처음 보는 여자분과 동반주를 하면서 서로의 기록을 비교해보기도 한다. 힘들어하는 여자만 보면 괜히 힘을 주고 싶다.

왕초보인 주제에 이렇게 달리다보니 벌써 반환점을 지나고 중간에 주어든 바나나를 반만 먹고는 봉사요원에게 준다.

나중에 나 받으러 올 거예요. 잘 보관하세요.

언제 만나려나 이제부터는 좀 열심히 달려야지 난 후반에 강하니까. 어림도 없이 2시간 안에 들어오려고 욕심을 부려본다.

아들이 사준 마라톤 전용화를 신은 발이 놀랐는지 뒤꿈치가 쓰라리다 아마도 까졌나보다 이게 걸림돌이군. 엉뚱하게 변명거리를 찾고는 혼자 우습다. 누가 뭐라 할 것도 아닌데 괜히 하프 썹투에 목숨걸 필요는 없잖아.

어느새 마지막 오르막을 올라가고 있고 이제는 속도에 감각도 없고 다만 내 다리가 가는 만큼만 가고 있다. 걷는 사람이 태반인데 그래도 속도 줄이지 않고 달리는 내가 대견스럽다.

저 멀리서 신랑과 큰 아주버님이 보인다. 여러 사람들 틈에서 미처 사진을 못 찍은 신랑은 다시 폼을 잡으라고 성화지만 만사가 귀찮다. 쉬고 싶다. 아주버님은 연신 감탄사를 연발하신다. 기분 좋다. "대단한 제수씨 기록이 좋은 거냐"고 물으신다.

아주버님 죄송하지만 이 나이에 기록은 중요하지 않아요.

기다리다 지친 조카들은 곯아떨어지고 서둘러 영종도를 빠져나온다. 그때까지 집에서 기다리시던 셋째 아주버님께서 아버님이 하루종일 안절부절 못하셨단다. 아침에 며느리한테 일등하라는 말씀을 미처 못하셨다고. 불편하신 몸으로 문밖까지 배웅해주시더니 그 말씀을 하시고 싶으셨구나. 갑자기 가슴이 뭉클하다.

밤 늦게 불쑥 찾아와 잠도 설치게 만든 며느리가 무에 그리 이쁘다고. 작년에 어머님을 여의시고 부쩍 늙어버리신 아버님, 몸까지 불편하셔서 거동이 부자연스러우신 우리 아버님, 오늘은 기분이 좋으시다고 회 한 점에 소주 한잔까지 하신다.

기차 시간에 쫓겨 바삐 나오면서 아버님 내년에도 올까요? 여쭤보니 웃으신다. 신랑과 함께 올리는 인사절을 몇 번이나 드릴 수

있으려나.

멀다는 핑계로 자주 찾아뵙지도 못하는 나쁜 며느리 어떨 때는 명절에 빠지기도 한다. 일년에 잘해야 3번. 이런 꺼리로라도 자주 찾아 뵙는 게 좋으신가.

내년에도 오밤중에 주무시는 아버님 깨워서

"아버님 저 달리려고 또 왔어요." 하면 좋아하시려나?

풀~! 들어나봤나, 뛰어나봤나

작 년 다대포에서 처음으로 10km에 도전하고 감격에 겨워 일주
일을 어떻게 보냈는지 기억에도 없다.

올 초에 타의 반 자의 반으로 하프에 머리 얹고는 열흘을 어떻
게 보냈는지. 올 봄에 가을의 전설 운운할 때만해도 그건 순전히
농담이었을 뿐이다.

2002년 9월 8일

구체적인 준비도 없이 풀에 도전하는 날이다. 나름대로 집 근처
성안길을 밤마다 뛰면서 속으로는 정말로 내가 풀을 뛸 수 있으려
나. 매일 거의 매일 기도하는 마음으로 학교운동장과 성안길을 오
르락 내리락 하면서 '자신감을 가져야지.'

6월 6일

말로만 듣던 옥동산악길을 달려봤다. 아무렇지도 않은 척 점심
먹고 집으로 오자마자 곯아떨어진 한심이가 일어나니 저녁이 다
되었다. 밤마다 얼음찜질을 해야 한단다.

7월 7일

문수구장에서 출발 개산길 거쳐 양동 왕복 처음으로 40km에 도

전한 날. 스스로 너무나 대견스러워 하늘을 붕붕 떠다니는 기분이다. 마지막 발이 무거워 쇠뭉치를 달고 걷는 느낌이 새롭다.

허리가 무지 아파 3일간 한방치료를 받았다.

8월 15일

울마클에서 실시하는 장거리 47km에 도전한다. 새벽 4시 30분에 출발해서 송정엔 5시 30분에 도착했다. 간단한 스트레칭 후에 6시에 출발.

부슬부슬 비가 내리고 시간이 지날수록 길에는 차량이 늘어난다. 노래를 부르며 달리는 체력에 감탄하고 봉사하시는 분들께 감사하며 무사히 그 먼길을 달려 자신감이 생긴다.

그런데 자고 나니 발목이 아프다. 대수롭잖게 생각했지만 날이 지날수록 걷기도 힘들다. 하는 수 없이 침을 맞으며 전혀 달리지를 못하니 우울하다. 하루하루 걱정만 쌓이고 전혀 달릴 수가 없다.

거의 20일을 허송세월만 보내고 점점 자신감이 없어지고 짜증만 는다. 그렇게 여름이 가고 제법 바람에서 가을이 느껴진다. 우울한 하루 하루가 왜 그렇게도 빠르게 지나가는지 9월 8일 새벽 4시. 나는 풀을 뛰기 위해 새벽길을 달리고 있다.

출발선상에선 오히려 담담하다. 날도 가을답지 않게 뜨겁다. 완주를 위해 마음속으로 기도해 본다.

오늘은 즐달이 문제가 아니라 완주다 라고 천천히 선두그룹이 빠져나가고 이제 105리 먼길을 돌아 돌아 이 지점까지 와야 한다.

초반부터 땀이 흘러내린다. 젊은 줌마들은 속도를 내서 달린다. 여름이 님이 뒤돌아보면서 속도를 조절한다. 미니와 둘이서 조금 쳐진다. 어느 지점에서 내가 달리는 것에 몰두했을까?

두 손에 꼭 쥐고 출발한 젤을 25km지점에서 입에 넣는다. 그런대로 먹을 만하다.

옆에서 뭐라 하더라도 대꾸하지 않고 앞만 보고 달린다. 2.5km 마다 준비된 물을 빠짐없이 마셔댄다. 스프레이 봉사도 꼬박꼬박 받으면서 다리도 풀어본다.

도저히 경치를 감상할 마음이 안 난다. 너무 긴장했나 보다. 이제 서서히 힘이 든다. 남은 거리가 부담스럽다.

속으로 주문을 왼다. 스스로에게 '나는 할 수 있다.'

생각지도 않게 그 주문을 외는데 눈물이 나려고 한다. 그래 나는 할 수 있다. 두 주먹을 불끈 쥐면서 계속 앞만 보면서 달리려한다.

35km 지점에서 나머지 파워젤을 입에 넣는다. 잠깐 물을 먹기 위해 쉬면서 악마가 유혹한다. 그렇지만 난 해야돼 달려야 한다구.

자꾸 입으로는 나는 할 수 있다라고 주문을 외는데 눈에선 눈물이 나는지 모르겠다.

신랑이 생각나고 객지에서 공부하느라 고생하는 두 아들이 떠오르고 그동안 내가 그들에게 못해준 것들이 생각나는지 지금도 모르겠다. 그러다가 흐느낌이 터질라하고 가슴이 답답하면서 호흡이 어긋나고. 이제 시내로 들어서고 내 앞에는 앞을 볼 수 없는 분이 줄로 옆사람과 연결해 달리고 있다.

언젠가 텔레비전에서 본 분 같다.

얼마나 아름다운 장면인가. 난 두 눈 멀쩡히 뜨고서도 이렇게 힘들어 눈물을 흘리면서 뛰고있는데 갑자기 부끄러운 생각이 든다.

앞에서 잘 달리시던 그분이 갑자기 멈춰선다. 다리에서 쥐가 나는지 괴로워하시는 그 분을 지나치면서 참으로 미안스러웠다.

지금도 적절한 표현이 생각나지 않는다. 단지 미안스러웠던 것 같다.

힘이라고 한마디 해줄 기운도 없었던 게 속상하다. 드디어 사람들이 늘어서 있고 코너를 돌면서 공설 운동장 입구가 보인다. 내가 아침에 출발한 곳이다.

이곳으로 되돌아오다니. 올 수 있었다니.

내 몸 어디에서 이런 힘이 남아 있었을꼬. 난 거의 두 다리를 힘껏 들어올리면서 달려 골인 지점을 통과한 것 같다.

나도 모르게 꽥꽥 소리를 지르면서 본부석 마이크를 통해 내 배번호가 불려진다.

885번!

자랑스럽게 두 손을 벌려 처음으로 보이는 두 손과 하이파이브를 한다. 진주 님의 손이다.

왜 고함을 질러대면서 골인지점을 통과했을까.

좀더 나은 폼으로 우아하게 멋지게 통과할 수도 있었는데. 나중에 사진을 보면서 이런 생각도 들었지만 다시 그 장소에 선다 해도 난 아마 똑같이 꽥꽥 소리를 지르면서 골인 지점을 통과할거다.

봐라! 내가 105리를 무사히 지나 이곳까지 왔다니까. 누구를 향한 게 아닌 모두를 향해서 자랑스럽게 나를 알리고자 난 소리를 지르면서 혼신의 힘을 다해 마지막 지점을 향해 달릴 거다.

아! 이건 고통인가? 통증인가?

전 인 환

이건 고통인가? 통증인가?

글쎄. 모르겠다. 그래 고통으로 치부하자.

자꾸 약해지며 통증이라고 호소하는 마음을 달래며 달렸다.

봄을 시샘하던 찬바람이 잠깐 스친 봄비에 조용히 물러나고 구름 짙은 날씨 속에 서울로 향하는 우리 일행은 오랜만의 장거리여행과 내일 있을 마라톤과 지난 3월 4일 있었던 서울마라톤대회 때의 날씨 이야기 등을 하는 사이 어느 듯 고속도로를 달리고 있다.

주말 오후의 고속도로는 약간의 정체도 있었지만 나의 애마(카니발)는 버스 전용차선을 이용 2,3차선의 정체 차량들의 부러움을 받으며 조금 쉽게 서울로 진입했다.

오재권 씨의 상세한 안내로 종합운동장 옆 탄천주차장에 주차한 후 지하철 2호선을 타고 최두영 씨 이모님께서 여관을 예약해두신 신촌에 도착하니 역까지 마중 오셔서 여관까지 안내해주신다.

방 3개에 나누어 투숙하고 돌아가며 간단히 샤워하고 신발에 Speed Chip도 부착하고 다리상태가 안 좋은 최두영 씨에게 테이핑을 해준 뒤 잠을 청한다.

드디어 날이 밝았다 좁은 탕에서 뜨거운 물에 다리만 담근 채 근육을 풀고 제일 늦게 식당에 도착해 뜨거운 추어탕으로 아침을 먹고 택시를 타고 집결지로 이동하여 계속되는 공갈과 협박에 얼른 옷을 벗어 택배를 신청한 후 출발지로 갔다.

빌딩 숲 사이의 찬 기운이 긴장된 내 아랫도리에 소름이 돋게 한다. 아직 출발시간이 20분 이상이나 남아 계속 제자리 뛰기를 하는데 소변이 마려온다. 길게 늘어선 이동식 화장실 앞에 줄을 서서 소변을 보고 오니 동료들을 찾을 수가 없다.

앞으로 가지도 못하게 한다 에라 모르겠다.

어차피 나 혼자와의 싸움인데. 오, 사, 삼, 이, 일, 빠~방.

와! 하는 함성과 함께 폭죽이 대각선을 그리며 하늘로 오른다. 두번째 마라톤 도전이 시작됐다.

지난 가을처럼 걷지는 말아야지. 천천히 천천히를 되새기며 무리 속에 섞여 따라나간다. 참가선수들의 가족들이 연도에서 파이팅을 외치고 카메라도 들이댄다. 부럽다 나도 지난 춘천대회 땐 아내가 응원을 해줬었는데.

박수와 환호를 받으며 종로를 지나니 곧 동대문이 나온다. 남대문은 여러 번 봤지만 동대문은 처음이다.

촌놈 출세했다. 마라톤이라도 하니 그나마 구경이나 하지. 쩝쩝 5km 지점을 지난다 물을 먹으며 시계를 들여다본다.

27분이 지났다 아! 너무 늦다 계획시간보다 2분이 넘었다. 조금 속도를 내본다. 그러나 늦게 출발한 하프 선수들과 섞여 앞으로 나가기가 예사롭지 않다 그래도 좌우로 돌아서 추월하고 싶진 않다 10km를 지나며 약속대로 스포츠 음료 및 물을 챙겨먹는다. 50분이 지났다.

조금 빨리 뛰었구나. 그런데 힘들거나 숨이 차지도 않는다. 그래도 체력을 아끼자며, 조금 늦추자며, 스스로 추스러본다.

잠실대교를 지나 넓은 대로에서 15km 지점을 만난다 한쪽 봉사요원이 담배를 피워 물고 물을 따라주는 모습이 도무지 좋아보이지 않는다. 거기에다 길가에 아무렇게나 버려진 종이컵도 거슬린다. 언젠가 만자로 님의 글에 외국에선 종이컵 회수용 통도 준비되어 있다던데.

1시간 17분이 지난다 몽촌토성 입구에서 하프코스 선수들이 빠져나가니 길이 한결 넓어진 것 같다.

20km를 지나고 21km 통과지점에서 시계를 본다.

1시간 46분 어! 하며 스스로 놀랜다. 지난 광양대회에서 하프기록과 같다. 좀더 힘을 내면 Sub-4를 할 수 있을 것 같다.

하프 선수들을 다시 만나고 올림픽공원을 통과 하니 약간 오르막이 나온다. 갑자기 다리가 휘청하는 느낌을 받고 몇 발짝 걸어보고 종종걸음으로 뛰어보니 아직 괜찮다.

Sub-4에 욕심이 난 건가. 속도를 대폭 낮춘다.

25km. 2시간 8분이다. 이대로만 계속가도 되겠다 싶다.

주위 아파트 뒷 베란다로 어린이들의 응원에 힘차게 손을 흔들며 답례하고 송파대로를 접어든다. 사람들도 이젠 드문드문 보인다. 지겨워지기 시작한다.

장지 인터체인지 밑을 지나고 30km 지점 통과 시간이 2시간 40

분 5km를 32분이나 걸렸다. 너무 늦은 것 같다.

페이스 조절이 엉망이다. 어쩨 지금쯤 우리 최두영 씨를 만나야 되는데 보이질 않는다.

다리가 아파 걱정이 많았는데 잘 달리고 있는지, 어디로 샜는지, 잘 달리고 있겠지.

세곡동 사거리를 돌아 약간 오르막을 지나 내리막 직선길에서 다시 힘을 더해 속도를 내어본다 나 자신이 힘을 내기 위하여 다른 선수들을 추월하며 "히-임"하고 외쳐도 보지만 농수산물 시장의 쓰레기 냄새도 역겹고 힘도 빠져서 속도가 잘나질 않는다.

수서 인터체이지 지하도로를 통과하니 34km 지점이다.

문득 시계를 들여다본다 3시간 1분 우리의 태걸이 형님과 최진황 씨가 골인했기를 내심 기대하며 35km 지점을 3시간 8분에 통과한다. 이제 7km 남았다.

우리가 연습해오던 양동을 출발 오복까지의 거리만 달리면 된다. 그러나 마음뿐이다.

누군가 마라톤은 이때부턴 다리 힘이 아닌 팔을 흔들어 추진력을 낸다던가 팔을 힘차게 흔들어 보지만 그것 또한 마음뿐이다.

오른쪽 무릎관절이 아파온다. 작년 춘천 대회 때 무릎관절이 아파 걸었던 기억이 난다.

또 걸어야 하나. 오늘은 걷지 말아야지 하고 마음을 다지는데 뒤에서 웬 엔진 음이 들리더니 닭장차가 천천히 다가오며 그만 포기하고 타라며 나를 유혹한다.

서울로 떠나올 때 아프면 중간에 포기하는 것도 용기라는 것 알죠! 하던 아내의 얼굴도 떠오르고 지난 겨울 만자로 님의 기획 하에 실시했던 LSD 훈련에 회사업무에 바쁘다는 핑계로 자주 참석치 못하고 35km까지만 한 것이 후회스럽다.

이제 5km만 가면 된다. 참자. 그래 참자!

장은익 님의 글귀가 생각난다 고통은 참고 통증은 참지 말라던. 그런데 이건 고통인가, 통증인가. 글쎄, 모르겠다.

고통으로 치부하자 자꾸 약해지며 통증이라고 호소하는 마음을 달래며 달린다.

40km 지점을 3시간 39분에 통과한다. 멀리 종합운동장이 보이고, 길가에 한 선수가 쓰러져 통증을 호소하고 전경들과 주위 사람들의 안타까워하는 모습도 보이고, 운동장 입구에선 한 여자선수가 벌써 골인했는지 메달이 기다린다며 고함치며 응원을 보낸다.

손을 흔들어 답례하고 운동장으로 접어든다. 발바닥으로 부드러운 트랙의 감촉을 느끼는 사이 여러 선수들이 나를 추월해간다. 골인 지점에서 멋지게 사진 찍히기 위해 앞사람과 거리를 벌려본다. 또 추월하려는 사람을 막으며 마지막 10m 정도를 오른팔을 힘껏 치켜올리며 골인 전광판 시계가 3시간 54분 11초를 지나간다. 아! 해냈다.

나도 이젠 Sub-4(공식기록: 3시간 52분 49초) 내 자신의 뿌듯함과 고마움에 전율을 느끼며 북직문을 나서는데 수고했다며 물을 준비해서 다가오는 엄주천 씨 몸을 풀며 기다리는 이태걸 회장님, 최진황 씨, 김영목 씨 건강하게 잘 달리고 스포츠마사지까지 받고 오는 최두영 씨 다리통증으로 고생했던 정영완 씨는 파워 젤까지 준비하고 달린 오재권 씨 모두들 좋은 기록으로 완주하심을 축하합니다.

그리고 Sub-3 달성하신 안남연 님, 보스턴마라톤 참가 기록을 달성하신 만자로 님, 총무 이상종 님 그리고 개인기록을 갱신하신 울산마라톤클럽의 모든 분들 축하드립니다.

달리기 시작한 지 이제 꼭 1년이 됐다. 운동하고는 거리가 멀었

던 내가 그 동안 하프 4회, 풀 2회를 완주했으며, 몸도 마음도 많이 건강해졌음을 스스로 느낀다.

다음엔 완주 후에도 절룩거리지 않게 체력 보강에 많이 힘써야 겠다.

최근엔 아내도 달리고 있다.

아내와 두 딸과 함께 달리는 모습을 상상해 보며 대유클 전인환 이었습니다. 히~임

나에게 들어선 춘천

강 병 렬

최고 기록 : 풀코스 3시간 28분 49초, 하프코스 1시간 29분 21초
경력 : 풀코스 3회, 하프코스 18회
소속 : S-oil 주식회사
지구력을 키우기 위해서 시작한 마라톤이 이제 삶의 한 부분으로 자리잡고 있다. 하루를 뛰지 않으면 불안함을 가지게 하는 중독증세까지 보이니 부상없이 항상 마라톤과 함께 긴 여행을 할 수 있기를 바라는 마음이다.

2001년 마라톤을 시작한 지 2년여 만에 첫 풀코스를 도전하기 위해 찾았던 춘천은 너무나도 나에게는 마음과 몸을 온통 아프게만 했던 곳이다.

준비도 안된 상태에서의 자만심은 나에게 처절함을 안겨주었다 완주 후 근육통증으로 근육이완제를 먹어야만 했고 자신과의 싸움에서 졌다는 아픔에 고개를 떨굴 수밖에 없었다.

이제 다시는 오지 않을 춘천이라 생각하며 내려왔건만 2002년 무엇엔가 홀린 듯 또다시 춘천행 차에 몸을 싣고 있었다.

발의 부상으로 1월부터 4월까지 집 베란다에 앉아서 문수구장을 뛰는 달림이들의 모습만을 지켜보아야 했고 가장 중요한 여름에는

떠오르는 태양빛을 받으며 출근해서 별님과 함께 집으로 돌아오곤 했다. 얼마 남지 않은 시간이지만 할 수 있다는 생각과 해야만 한다는 굳은 의지로 마무리 춘마준비는 끝을 맺었다.

10월 19일.

아침부터 집안은 소란스럽다.

창 밖에는 굵은 빗방울이 떨어지고 춘천행을 위해 짐을 챙기는데 아이들은 온 집안을 뛰어다니며 아빠의 춘천행을 방해하고 있다. 아이들의 댕겨오십시오라는 말을 뒤로하고 동료들과의 약속장소인 문수구장으로 향했다.

문수구장에는 참석치 않는 직장동료들까지 나와서 힘을 외쳐주는데 왜이리 부담스러운지 그러나 고맙기만 하다. 춘천으로 향하는 도로 옆으로는 붉게 물든 단풍들로 가을을 맘껏 즐기게 하고 모씨는 웃음 띤 나의 얼굴을 보며 내일 5시간은 웃지 못할거니까 실컷 웃어두라고 약을 올리기도 한다.

오후 3시경 다시는 찾지 않으리라고 생각했던 춘천에 도착했다. 여장을 풀고 내일 대회가 있을 춘천공설운동장으로 갔다.

내일 대회를 위해 자원봉사자와 스탭들의 바쁜 움직임에서 드디어 올 것이 왔구나 하는 설레임을 자아내게 한다.

저녁식사를 하기 위해 찾은 식당에서 내일 등록선수로 출전하는 윤선숙 김선애 선수를 만났다.

생각지도 않은 반가움에 면티에 사인을 부탁하고 잘 뛰라는 고마움의 인사도 받았다 왠지 내일 잘 될 것 같은 기분이 든다.

얘기라도 나눠보고 싶은 마음에 식이요법을 안 하느냐고 물어보니 그냥 아무거나 잘 먹는다고 한다.

며칠 전에 식이요법 한답시고 사먹었던 비싼 소고기가 생각이 왜나는 것일까.

숙소로 돌아와 잠을 청하지만 왜이리 잠이 오지 않을까.

긴장은 자꾸만 되고 동료들이 하고 있는 전기 마사지도 덩달아 받고 다리에 파스도 바르고 별 짓을 다해 보고 잠을 청했다.

드디어 시간은 다가오고 춘천공설운동장은 축제를 즐기려는 많은 사람들로 북적대기 시작하고 옷을 갈아입고 몸을 풀기 시작했다. 혹 너무 몸을 많이 풀어서 나중에 체력이 딸릴까봐 다른 사람 눈치를 보면서 대충대충 뛰어본다.

시간은 다가오고 많은 사람들의 표정에선 비장함마저 보이고 오늘은 목표시간 3시간 30분대에는 무슨 일이 있어도 들어오리라 다짐을 하며 출발선상에 섰다. 총성과 함께 시작된 춘천에서의 두번째 축제는 시작되고 많은 달림이와 함께 서서히 달려나간다.

초반에 오버 페이스는 곧 실패라는 말을 머리 속에 되뇌이며 천천히 아주 천천히 달려본다.

얼마가지 않아서부터 시민들의 열렬한 응원.

춘마는 온 시민이 함께 하는 아름다운 축제라는 생각이 든다. 날씨가 좋아서 초반 페이스는 한결 부드럽다. 울마클에 마이웨이 님을 만나 목표를 물어본다. 어! 나와 비슷하네.

마이웨이 님과 동반주를 같이 하기로 마음먹고 뒤에서 계속 뒤쫓아간다.

10km 지점 49분.

아직까지는 아무런 문제가 없다는 것이 느껴져 페이스를 조금 늘려본다. 맑은 공기와 아름다운 호수 다른 대회에서는 찾아보기 힘든 정경이다.

오늘 만큼은 물 먹을 때도 쉬지 않고 뛰리라 마음먹고 급수대에서 물을 잡고 뛰는데 웬 여학생의 화난 목소리가 뒤에서 들린다. 연습되지 않아서 물을 들다 학생에게 물이 튄 것 같다.

그러나 뛰기에 바빠 미안하다는 말도 못하고 뒤가 켕긴다.

20km 지점 1시간 20분.

조금 힘이 들기 시작한다. 마이웨이 님은 조금씩 앞서나가고 따라가기가 무척이나 힘들어져서 마이웨이 님을 포기하고 단독주를 시작하기로 마음먹고 뛴다.

방송국에서 촬영한다고 계속 많은 사람들이 방송차 뒤를 따라가는데 나도 한번 끼어보지만 왜 나만 안 찍냐고요. 괜히 방송국차가 미워져서 차보다 앞서서 달리다보니 조금씩 오르막이 나타난다 계속되는 오르막 25km지점이 다가오고 있는데 몸은 자꾸만 무거워져온다.

오르막 연습을 한다고 노력했건만 왜이리 힘든지 군인 아찌들이 힘내라고 응원을 하고 있다 그러나 나는 얼굴도 쳐다보지 않고 고개 숙여서 뛰어본다. 작년에 군인 아찌들의 응원에 흥분해서 오버한 것이 아직도 머릿속에 꽉 들어차 있다

단독주는 계속되고 지겨움을 달래려 아는 이를 찾는데 아무도 없다. 어디서 많이 본 듯한 얼굴이 휙 하고 지나간다. 다름 아닌 전해열 님이다. 초반에 만났는데 여기서 또 보네. 말을 걸 틈도 안주고 뛰어가 버린다. 우와! 대단하다.

30km 지점 2시간 24분

시계를 봐도 이게 빠른 속도인지 생각할 겨를도 없이 달림은 계속되고 한 명씩 걷는 달림이들이 나를 유혹한다.

마음속에서는 계속해서 싸움은 일어나고 초반부터 시작된 소변의 마려움은 지금까지도 계속되고 있고 환장하것네.

저 멀리에 보였던 울산마라톤클럽의 누구누구씨 조금씩 모습이 선명해 지더니 코앞에서 달리고 있다. 같이 동반주하려니 그 틈만은 좁혀지지 않고 어 근데 팬티 속으로 손이 들어가네 어디가 간

지러운가 생각하는 찰라 무언가를 꺼내 먹고 있다.

이름하여 파워젤 대회 전에 많은 이들이 구입하는데 귀찮게 넣고 뛸까 생각해 구입 안한 것이 왜이리 후회가 되던지.

먹다 남은 거라도 있으면....

주로 바닥에는 파워젤 껍데기들은 나돌고 깨끗하게 비워진 상태로 얻어먹기는 포기하고 일정한 페이스를 유지하며 뛰어본다.

도심 속으로 들어오고 많은 인파가 응원을 한다.

힘든 모습은 안 보이려고 얼굴표정을 밝게 하려는데 얼굴근육이 실룩샐룩하고 얼마 남지 않았다는 생각에 속도를 부쳐보는데 얼마 가지 않아서 힘은 떨어지고 눈앞으로 종합운동장이 보이기 시작하고 나의 마음은 벌써부터 요동치기 시작한다.

이 페이스라면 생각지도 못했던 3시간 20분대도 가능하다는 생각에 눈물이 핑 돈다.

드디어 트랙 한 바퀴를 남겨두고 젖먹던 힘과 온몸의 정신까지 쏟아 부어 본다.

105리의 긴 터널의 무사히 통과하는 순간이 3시간 28분 49초.

두 손을 번쩍 들어 나 자신과의 싸움에서 이겨낸 달림이와 나 자신에게 큰 박수를 쳐본다. 운동장 잔디밭에는 환한 달림이들의 아름다운 모습과 최선을 다해 달려온 달림이들을 응원하는 소리가 요란하다.

이제 빨리 동료들이 들어와서 함께 춘천의 명물 닭갈비와 쐬주 한잔 먹으러 가고픈 생각뿐 좋은 기록으로 들어온 우리 울마클 회원과 직장동료들과도 인사를 나누고 예쁘지는 않지만 예쁜 표정으로 사진도 찍고 닭갈비집으로 발길을 향했다.

사람이 꽃보다 아름답다는 노래제목처럼 이번 춘천에서 16,000여 명의 달림이와 시민들에게서 진정한 아름다움을 느꼈고 함께 한 이들에게 사랑의 박수를 보내고 싶다.

항상 함께 하고 있는 s-oil마라톤 동호회 파발마와 울산마라톤클럽 회원님들에게 감사하다는 말씀을 전하고 싶다.

파발마 힘

울마클 힘

의암호반을 달군 마라톤 첫도전

최 두 석

내게 인생의 의미를 가르쳐준 야속한 건강진단.

1999년 6월 중순경에 건강진단결과가 나왔다. 혈당치 399. 갑자기 주위가 캄캄해지더니 끝없는 심연으로 추락하고 있는 나를 보았다. 발버둥치며 떨어지지 않으려고 매달리는 난 과연 무엇을 하며 살아 왔던가? 그리고 일주일이 악몽같이 흘러갔다. 많은 고민과 고심 속에서도 "당신은 당뇨병 환자입니다. 앞으로 마음대로 먹을 수도 먹어서도 안됩니다. 술은 삼가시고 식사량도 줄여야 합니다. 정해진 칼로리만큼만 먹어야 합니다. 체중을 줄여야 하니까 산책 같은 운동을 매일 한 시간 정도씩 하여야 합니다. 이 책은 당뇨병 환자를 위한 지침서이니 잘 읽어, 항상 숙지하여야 합니다. 그리고, 사탕을 가지고 다니다가 머리가 띵하거나 식은땀이 나면 드세요. 당분간 매주 한번씩 병원에 와서 혈당치 변화를 체크하여, 식사량과 약의 강도를 조절하여야 합니다. 혈당치는 잘 내려가지 않으나 나를 믿고 처방에 따라야 합니다."라는 의사선생님의 말씀이 얼마나 얄밉게 느껴졌던가? 당뇨병환자라는 말을 어렵게 꺼내는 나의 말이 끝나기도 전에 아내는 큰 눈을 더욱 둥그렇게 뜨면서 한없는 실망감에 사로잡혀 갔다. 나는 눈길을 돌리며, "가계에 당뇨가 있어서 평소에 단 것을 입에 대기를 싫어하며 살아 왔는데, 이렇게 빨리 찾아올 줄은 몰랐어. 미안해."라고 말한 것 같다. 그리고 일주일쯤 지난 후에 혈당치가 172로 떨어졌다는 검사결과와 식사량을 평소의 반정도로 줄이고, 매일 1시간씩 산책 및 운동을 한 후에도 배고픔 외에 피로감을 느낄 수 없었던 일주일간이 생각났다. 배고픔을 물과 야채로 채우고 버텨오지 않았던가? 당뇨가 아닐 거라는 생각이 들었으나, 이왕에 시작한 운동이니 체중 10kg을 빼자고 다짐하였다. 그때부터는 1.5시간 정도씩 운동을 하였다.

더운 날씨로 흘린 땀에 옷까지 흠뻑 젖을 정도로 운동을 한 덕분에 체중이 줄기 시작하였고 걷는 것은 재미가 없어서 달리기를 하기로 하였다. 운동장 세 바퀴를 시작으로 차츰 거리를 늘려 갔다. 일요일날은 등산을 다녔다. 오랜 시간 땀을 흘릴 수 있기 때문이었다. 그러던 중 오래 전부터 지리산 종주를 하기로 한 직장의 동료들이 등산장비와 휴대품을 의논하자는 연락이 왔으나 진짜 당뇨라면 완주가 불가능할 것이며 그들의 즐거운 하계휴가등산을 망치게 될 거라는 생각에 가지 않겠다고 하였다. 그러자 지금은 정년퇴직하신 분이 나도 가는데, 니가 갈 수 없다면 말이 안되며, 당뇨병환자가 매일 뛸 수가 있겠느냐며 격려 반 권유 반에 못 이겨 지리산 종주에 참여하게 되었으며, 지리산 종주는 매우 힘든 산행이었으나 산행 중 고산의 맑은 공기와 시원한 약수는 잊을 수가 없을 정도로 나를 사로잡았으며, 완주 후에 느낀 성취감은 이루 말할 수 없었다. 산행 중 "형님, 제발 좀 쉬었다 갑시다. 좀더 천천히 갑시다."라는 말을 가장 많이 하였던 것으로 기억난다.

더운 여름날 2개월이 지나자 체중은 67kg대로 떨어져 목표한 10kg을 달성하게 되자 나의 달리기 실력도 성장을 거듭하여 3~4km 정도는 달릴 수 있는 수준이 되었으며, 전에는 신불산 정상을 밟는 것이 어려워 중간에 내려온 적이 더 많았으나, 봉우리 하나로는 부족하여 2개 이상씩을 타게 되었으며, 지리산 종주를 함께 한, 회사 내에서 산에서 뛰어다닌다는 소문을 몰고 다니는 김모 씨가 '석골사-억산-운문산-가지산-석남사' 산행에서 나에게 'KO패'한 것이 사내에 알려지게 되자, 나와의 산행을 기피하는(?) 사람이 늘어서 같이 등산을 하려는 사람이 거의 없게 되었다. 누군가의 말처럼 그야말로 미친 듯이 산을 탔으며, 랩타임을 체크하면서 등산을 하는 나는 사람이 아니었다.

울산에 사는 사람들은 알겠지만, 석남사 주차장에서 가지산을 1시간 42분에 완등하였고, 석골사 주차장에서 운문산을 1시간 16분에 올랐으며, 등억신리 산장에서 신불산을 1시간 35분에 밟은 등산 속력은 너무 빨라서 산의 정취를 맛보지 못한다고 말한다. 어쨌든 등산 스피드 못지 않게 조깅거리와 스피드가 늘어가자 운동장은 좁게만 느껴졌고 도로로 나가기로 하였다. 옥동공원과 남부순환도로에서 겨울을 보낸 나에게 마라톤경기에 참여하고픈 마음이 생긴 것은 우연이 아니었다. 동아마라톤이 중계되던 날 나도 단축마라톤을 해보고픈 생각이 들게 되었다. 어쩌면 정해진 순서였는지도 모르게 마라톤이 나에게 다가왔고 인터넷을 통하여 알게 된 진주월례마라톤과 경주벚꽃마라톤에 도전하기로 하였다. 무작정 10km

와 하프에 신청은 하였으나 완주할 수 있을까라는 불안감에 연습을 게을리 할 수 없었고 두 발은 여기저기 통증과 물집이 꼬리를 물게 되자, 그때까지 신던 10여 년 전의 일반 운동화로는 감당을 할 수가 없다는 것을 깨닫게 되어 신발가게를 찾게 되었으며 2번의 실패 끝에 지금의 런닝화를 갖게 되었다. 진주 10km 일주일 후 경주벚꽃 하프에서, 마라톤은 달리기와 걷기가 반복되는 운동(?)이라는 것을 가르쳐 주었다. 페이스 관리나 주법에 대한 상식도 없이 그냥 숨찰 때까지 달리다가 힘에 부치면 속도를 줄이기도 하며 걷기도 하였던 것이다. 그리하여 혼자서 달리기만 하여서는 안 되는 운동이라는 것을 깨닫게 되었고, 자연히 마라톤동호회를 찾게 되었다. 인터넷에서도 마라톤에 관한 지식을 얻는 한편, 동호회에 관한 소식도 접하게 되어 가던 중 울산 헤르메스의 박희상 원장님과 연락이 닿게 되어 지금까지 게스트로 훈련에 참여하게 되었다. 유명한 만자로 김재식 사장님은 나에게 사부격이다. 마라톤에 관한 상식을 넓혀 주었으며, 훈련일정도 챙겨주어 오늘 조선일보춘천마라톤 풀코스에 도전이 가능하게 한 일등 공신이다.

경주포항네티즌마라톤클럽(경포넷마) 박태신 회장님의 주선으로 경주에서 45km LSDT를 4시간 17분에 완주하게 되자 Sub-4를 목표로 하게 되었고 내심으로는 3시간 40분을 욕심내게 되었다. 경포넷마 회장님을 비롯한 여러 회원님들과 최경원 기획님의 수고덕분에 춘천까지 편안하게 동행하게 되었으며, 울산에서 춘천은 긴 여정이었으나 설레임과 흥분 속에 페이스를 어떻게 할까라는 생각 속에 춘천땅을 밟게 되었다.

춘천마라톤 이브와 나를 비롯한 전도전자들의 완주를 기원하기 위하여 유명한 닭갈비를 먹으러 갔다. 울산에는 아파트단지에 흔한 호프집이 춘천에는 보이지 않았다. 그래서 들어간 곳이 일본을 연상케 하는 분위기의 조그만 생맥주집 다락방이었다. 좁은 계단과 통로는 국토를 가장 효율적으로 이용한다는 일본 거리에 흔한 저렴한 구멍가게와 같은 술집이었고, 여기저기 써 붙인 메뉴판도 일본에 온 것 같은 착각을 일으키게 하였다. 분위기탓이었을까. 닭갈비를 먹겠다고 갔으나, 주문은 생맥주 한잔씩과 안주로 닭껍질과 닭살꾸이 각 한 접시, 오뎅 한 사발을 시켰다. 다들 내일의 경기를 생각하는 것 같았다. 마라톤 식이요법에서 경기전 일주일간에는 가능한 한 술과 소화가 힘든 지방질과 단백질은 피하고 완주를 위한 에너지원인 탄수화물을 최대한 섭취하라고 하는 것을 염두에 두는 것 같았다. 울산에서 목요달리기를 하는 날이었다면 3000cc 몇 통은 해치울 인원이었으나 오늘은 많이 자제를 하는 것 같았다. 여독 탓일까, 가급적 빨리 여관으로 돌아가 자고 싶은 맘을 억제하고 내일의 완주를 기원하며 생맥주잔을 기울었다. 늘상 하던 대로 오늘도 실제 안주는 마라톤이었다. 그간의 경기 경험을 들려주는 고참분들과 지난 여름날에 힘들게 연마한 LSDT, 최대의 관심사인 내일의 구간별 페이스를 몇 분 속력으로 할 것인가 하는 등등을 얘기하며 가슴속 깊이 두려움으로 간직하고 있는 마라톤벽이 40km 이후에 찾아주기를 기원하고들 마시고 있는 것은 아닐까?

준비된 자들만의 잔치라는 마라톤경기의 출발선은 5,400여명의 풀코스 출전자들과 응원객, 10km, 5km 출전자들 및 춘천 시민들로 인산인해 그 자체였다. 스트레칭을 할 공간확보는 생각할 수도 없었다. 어릴 때 비빔밥을 좋아한 나는 콩나물국을 끓여 주면 빈 그릇을 달라고 하여 고추장에다가 콩나물을 넣어서 맛있게 비벼서 먹곤 하였다. 외아드님이신 부친의 맏아들인 내가 콩나물을 좋아해서일까, 가난 때문이었을까, 우리집에는 늘 콩나물 시루가 방 한 구석을 차지해서 좁은 집이 더욱 좁아 보이곤 하였었다. 오늘 출발선의 모습이 콩나물 시루를 연상케 하여 잠시나마 옛추억을 더듬어 보았다. 그런데 출발시각이 임박하였는데 또 소식이 왔다. 구불구불 길게 늘어선 큰일(?)을 치를 줄을 뒤로하고 간단히 볼일을 마치고 돌아오니 일행을 찾을 수가 없었다. 너무 많은 인파라 헤집고 들어가는 것도 한계가 있었다. 미리부터 대기하고 있던 포개어진 사람들을 헤치고 들어갈 용기가 나지 않았다. 이건 분명히 큰일이었다. 마라톤에는 초보인 내가 페이스를 조절하려면 만자로 김재식 님과 함께 뛰어야 무리없이 완주할 수 있을텐데. 그러나 어쩌랴 주사위는 던져진 것을.

　출발신호와 함께 서울 지하철역의 출근인파처럼 거대한 성냥개비군단이 서서히 움직이기 시작하자 나도 앞으로 나갈 수밖에 없었다. 모두들 상쾌한(?) 완주와 목표한 기록을 달성하기 위하여 열심히 주판알을 튕기며 달리고 있겠지. 만자로 님을 포기하고 출발선상에서 뒷모습으로 손용범 총무님이라 생각되던 사람을 쫓기 시작하였다. 손 총무님이었다. 너무 반갑기도 하였으나 나에게는 만자로 님을 찾는 것이 중요하여 물어 보았으나 어디에 있는지 모른다는 것이었다. 페이스 조절이 걱정이 되었으나 어차피 마라톤은 내 스스로 달려야하는 경기라고 자위하며 나의 단점인 초반 오버페이스를 극복하려면 자제하는 길 밖에 없었다. 앞으로 치고 나가는 많은 주자들의 씩씩한 뒷모습을 보며 나도 저렇게 달려서 골인할 수 없을까하는 오기도 생겼으나 경주 45km LSDT 때 39.5km 지점에서 찾아온 불청객으로 걷다시피 골인한 악몽과 왼발 족저근막염으로 피 같은 막판 열흘간 달리지 못한 것을 떠올리며 자제에 자제를 거듭하였다. 어느덧 5km 지점을 26:15초로 통과하였다.

　자제를 하였으나 또 1분 정도 오버한 것이다. 5km 이후는 내리막이라 모두들 가속을 하였으나 나는 이미 내 실력으로는 오버한 상태라 여겨져 앞서가는 그들을 보며 후반에 대한 대비를 생각하지 않을 수 없었다. 더구나 벌써 낙오자가 두 명이나 생긴 것이다.

42.195km를 생각하면 5km에서 낙오한 사람들을 이해하기가 힘들 것이나 그들이 힘차게 달려나가는 고수들에 이끌려 저도 모르게 오버하였을 것을 생각하며 저들의 대열에 끼지 않으려면 더욱 속력을 줄여야겠다고 생각하며 달렸다.

붕어섬 뒤로 삼악산자락의 단풍이 활짝 펼쳐지자 벅차 오르는 감동을 억제할 수가 없었다.

울산 헤르메스의 플래카드에 쓰인 대로 "달려보아라. 느낄 것이다." 다른 표현이 필요 없었다. 아니, 나로서는 더 이상 표현할 능력이 없었다는 것이 올바른 얘기다. 의암교를 지나자 초등학교 1,2학년 정도로 보이는 꼬마들이 "힘내라, 힘"을 목청껏 외치며 우리들에게 응원을 하고 있었다. 무엇이 놀 시간도 없는 그들에게 도로에 나오게 하였을까, 마라톤을 알고 나왔을까. 골짜기 동네마다 아저씨들, 아주머니들, 할아버지들, 할머니들이 만면에 가득 웃음 띤 얼굴로 박수를 치며 격려하여 주셨다. 훈훈한 시골 인심을 느끼게 하는 그분들 중에는 우리들의 대열에 달려들고 싶은 충동을 느낀 분들도 있으리라.

덧없이 흘러간 세월 속에 왕성하였던 젊음은 자식들 뒷바라지하느라 세파에 시달리며 삼악산 너머로 숨어 버렸으니.

발목관절의 부상을 염려하느라 가능한 도로중앙선을 달리다 보니 의암호의 수질을 정확하게 관찰할 수는 없었으나 쪽빛이 한없이 펼쳐진 것으로 보아 울산의 여타 호수와는 비교할 수가 없을 것 같았다. 맑은 물은 만물의 생명의 원천인 것을 알고 있으면서도 경제논리만 앞세워 무차별적으로 개발하고 하수종말처리시설도 갖추지도 않고 아파트 단지만 건설하여 폐수를 강과 하천으로 마구 버리게 한 것 등 아름다운 금수강산이 아직도 신음하고 있는 지역이 허다한데도 춘천의 의암호는 내게 너무나 맑아 보였다. 서울시민들의 젖줄인 한강을 살리기 위한 정책의 결실이 열매맺고 있는 과정을 보고 있음이리라. 의암호가 이렇게 맑은 것을 보니 서울시민들은 그래도 행복해 보인다.

아침에 운동장으로 향하던 중에 지나친 도심의 소하천도 울산의 하천과는 대조적으로 보였다. 비교적 맑은 물이 흐르고 있었기 때문이다. 중랑천을 비롯한 한강의 지류에도 많은 종류의 물고기가 살고 있다는 뉴스를 본 기억이 난다. 수치적으로 수질이 어떠하다고 말한들 무슨 소용이 있는가? 물고기가 돌아왔다는 사실이 수치적 환경지표보다도 더욱더 우리들의 가슴에 와 닿는다.

직장에서 업무가 환경이기 때문일까, 어디를 가건 대기질과 하천의 상태를 우선적으로 보며, 울산과 비교를 해보곤 한다. 대기공해의 주범은 자동차이다. 대기로 배출되는 총 환경오염물질의 40% 이상을 자동차의 매연을 통하여 대기로 배출되고 있다는 사실을 알고 있는 사람들이 과연 얼마나 될까? 그 중에서도 경유를 연료로 사용하고 있는 차량이 문제다.

버스와 대형화물차가 뿜어내는 매연을 마시며 달리다 보면 자신도 모르게 호흡이 멎게 된다. 특히, 오르막에서 화물차가 가속을 할 때 배출되는 시커먼 매연이 얼굴로 다가오면 피하지 않을 수 없다.

독일에는 전차, 자동차, 자전거와 사람이 한 덩어리가 되어 같은 도로를 주행하는 것처럼 보인다. 자전거 전용차선이 표시되어 있으며 인도도 상당히 넓은 편이다. 특이한 것은 시 외곽의 국도급 도로는 대부분이 중앙선이 따로 없다는 것이다. 중앙선 대신에 나무가 자리잡고 있다. 우리나라의 도로는 도로의 가장자리에 나무가 자리잡고 있어서 좁은 인도를 더욱 좁게 하기가 일쑤이지만, 반대방향에서 차가 통행하고 있는지를 알 수 없을 정도로 넓은 공간을 나무가 푸르름을 자랑하고 있다. 마주 오는 차선과 교행시에 안전운행과 푸른 나무를 보며 주행하는 운전자의 눈보호와 운전자에게 심리적인 안정감을 주기 위함일까? 도로확장이 필요할 경우에 대한 대비를 생각한 것은 아닐는지? 우리나라에도 도로확장을 고려한 접도구역을 설정하는 제도가 있는 것으로 알고 있다. 실제적으로는 어떻게 시행되고 있는지를 알 길이 없다. 도로확장시마다 지주들에 대한 보상문제로 공기가 늦어지는 것을 보면 유명무실한 제도가 아닌지?

10km를 51:15초에 통과하였다. 예정보다 2분 정도 빠른 것 같았으나 같은 스피드로 달리기로 하였다. 주위의 주자들 모두가 밝은 표정으로 달리고 있다. 의암호반의 단풍과 맑고 싱그러운 가을공기를 가슴 깊이 들이키며 한국 최고라는 코스를 달리고 있으니 그럴 수밖에.

나보다 10여 미터 앞서서 달리고 있는 사람은 요리사인가보다. 요리사들이 쓰는 흰 모자에 호텔명을 새긴 것 같다. 안경을 착용하였다면 정확하게 볼 수 있는 거리지만 끝내 볼 수가 없었다. 완주를 하려면 바람의 저항을 받아서 피로가 빨리 올 것같이 여겨지는 높이가 꾀 높은 모자였다. 추월하지 못하여 얼굴이나 참가번호는 보지 못하였지만 그의 직업의식이 높은 모자보다 더욱 돋보이는 것은 무슨 까닭일까? IMF를 겪으며 전사회에 만연한 부도덕성을 너무 많이 보고 들은 탓일까? 고객이 맡긴 돈으로 직원들이 단합(?)하여 저리 융자받는 일은 전금융기관에 걸쳐 보편화되었던 것 같았다. 부실채권과 적자에 허덕이면서도 퇴직금을 후하게 주던 금융기관의 인심(?)에서 직업의식과 책임감이 사라져 가는 것을 느꼈었다. 여수의 김종생 런클 남부권 수석부회장님이 지난 9월 2일 진주월례마라톤대회 후 뒷풀이장에서 말한 "마라톤만큼 양심적인 운동이 없습니다. 자신이 노력한 만큼 결실을 거두게 되는 운동이 바로 마라톤입니다."라는 말이 생각난다. 천하가 인정하는 선수라 할지라도 평소에 연습을 게을리하게 되면 완주도 힘들 수 있으나 80, 90대 연로하신 분들도 20, 30대처럼 씩씩하게 완주할 수 있는 운동이 마라톤인 것이다. 뿌린 대로, 거둔 대로 결실을 맺는다. 문전혼전 중에 흘러나온 공이 우군의 발에 가서 득점에 연결시킬 수 있는 행운 같은 것은 애시당초 바랄 수가 없다. 거대한 마라톤 벽을 넘어서 자기 발로 끝까지 가야 하기 때문이다.

이런저런 생각을 하며 달리다 보니 하프를 통과하고 있었다. 1:43:24.93 개인하프기록이 1:39:18초인 것을 생각하면 너무 오버하였으나 3:30:00에 주파하고 싶은 욕심이 강하게 일고, 늦더라도 3:40:00 안에는 들어가겠다는 생각이 나의 마음을 지배하게 되자 스피드를 올리게 되어 35km쯤에서 벽을 만나게 되었다. 30km를 2:24:20초에 통과하고 초코파이를 황급히 먹고 난 후 달리기 시작하였으나, 다리에 소식이 오기 시작하였다. 거의 평탄한 구간이었으나 속도를 늦추지 않을 수 없었으며 양발과 왼쪽 다리에서도 앞선 구간이 오르막 구간이었는데도 너무 무리하였었다며 항의하는 것 같았다.

마라톤은 본래 능력껏 뛰어야 하는 운동임을 망각한 나의 몰지각한 질주가 너무 빠르게 마라톤 벽을 초대한 셈인 것이다. 35km를 2:54:25초에 통과하고 난 후부터는 너무 심한 고통이 오른다리에도 번져서 멈추어 선 채 다리굽혀펴기를 반복하면서 달렸다.

남은 거리가 7km 정도이나 내게는 출발선에 다시 선 것같이 멀게만 느껴졌으며 남은 거리를 포기하고픈 생각이 나를 유혹하기 시작하였다. 버스를 타면 되는데 평소 여행시에 고속도로나 잘 뻗은 도로를 보면 내려서 달리고 싶은 충동을 느껴온 내가 아니었던가? 너무나 약하여진 자신에 스스로 놀라면서 마라톤이라는 거인을 상대하기엔 더욱더 많은 훈련과 심신의 정진이 필요하다는 것을 깨닫게 되었다.

38km 지점에서 사부격인 만자로 김재식 님이 씩씩하게 추월하여 갔다. 만약에 만자로 님과 동행하였다면 나도 나의 페이스를 유지할 수가 있었을지도 모른다는 생각에 이르자, 변명의 구실을 찾고 있는 자신이 한없이 작게만 느껴지며, 나를 추월하여 가는 많은 주자들이 너무도 당당하게 느껴졌다. 참가번호는 생각이 나지 않으나 39km 지점쯤에서 나를 추월하여 간 40대로 보이던 여성주자도 벽이 찾아온 듯 나처럼 스트레칭을 잠깐하고 달려갔다.

울산헤르메스 Slogan인 "No Give-up, No Because, No Past."를 가만히 되뇌었다.

여기까지 와서 포기할 수는 없었다. 30km 이후부터는 여기까지 오면서 헤르메스마라톤모토를 수없이 반복하며 달려온 것이다. 만약에 여기서 중단한다면 아내와 두 딸들에게 완주할 것이라며 큰소리치고 올라온 가장과 아빠의 모습을 어떻게 그릴 것이며 나는 어떤 사람으로 그려 주기를 바랄 것인가? 고 1인 큰딸이 공부에 시달려서 힘들다고 할 때마다 니가 대학을 졸업하고 세상에 나가게 되면 어떤 어려움이 너를 가로막을 지도 모른다. 상식에 어긋나는 일일 수도, 육체적인 일일 수도, 물리적인 일일 수도. 지금의 어려움은 나중에 닥치게 되는 어려움에 비하면 너무나 행복한 고민이라는 것을 알게 될 거라며 다독거려 왔던 것이다. 그래 달리자. 죽는 날까지 달릴 수 있는 자만큼 행복한 사람은 없을 거라고 생각해 오지 않았던가.

헤르메스 슬로건을 읊조리며 섰다 가다를 반복한 끝에 운동장의 초입에 들어섰지만 또 멈추었다. 고통으로 일그러졌나 보다. 길가에 늘어선 수많은 사람들 중에 초등학교 1, 2학년쯤으로 보이는 사내아이가 "아저씨, 힘내세요."라며 거의 울먹일 것 같은 표정을 지으며 나를 격려하여 주었다. 그 아이에게 약한 모습을 보여준 것이 미안하기도 하였지만, 잠시 쪼그리고 앉아서 거의 감긴 듯한 눈으로 그 소년을 바라보았다.

잠시였지만 그의 표정은 순수함, 너무나 순진무구한 천사의 모습처럼 내게 다가왔다. 많은 인파에 밀려 비틀거리며 나를 향하여 보내준 그 눈길을 잊을 수가 없다.

아무런 연고도 없는 나를 말이다.

트랙을 돌면서도 많은 주자들이 앞서가고 있는 데도 나는 앉았다 섰다를 반복하였다.

폴리우레탄트랙이 접착제인양 나를 붙잡고 늘어진 것일까? 왜 이리도 골인지점이 먼 것일까? 트랙을 가득 메운 인파 속을 씩씩하게 달리며 올림픽경기장을 달리고 있는 선수인 양 뽐내며, 환한 웃음을 얼굴 가득히 담은 채 당당하게 들어가리라고 다짐했었건만.

"No Give-up, No Because, No Past."

"No Give-up, No Give-up."

가슴속으로 외치며, 또 외치며 가던 중 골인지점이 눈에 들어 왔다. 순간 나도 모르게 오른 주먹을 힘차게 올리며 "히-임!"을 소리 없이 외치며 골인하였다. 3:41:00.69. 너무 기뻤다.

하늘 높이 소리치고 싶었다. 나도 이젠 마라톤맨이 되었다고 외치고 싶었다. 그리고 죽는 날까지 달릴 것이라고.

헤르메스의 또뛰나 오일환 선생님(울산여중)과 대한유화공업(주)

이태걸 님이 좋은 기록으로 먼저 골인하고서 쓰러질 듯 비틀거리는 나를 부축하여 주셨다. 마라톤을 같이 하는 동료이기 전에 마라톤을 사랑하는 그들이기에 초짜인 나의 양다리를 번갈아 마사지를 하여 주었다.

고마운 분들. 미안해요. 경주에서는 씩씩하게 골인할게요. 그리고, 오늘의 고통 뒤의 성취감이 무엇인지를 가르쳐준 헤르메스 만자로 김재식 사장님, 박희상 원장님, 장휘곤 사장님 감사합니다. 마라톤 경기의 양념이자 감초인 수많은 자원봉사자 여러분들, 교통정리하시느라 고생하신 전경 및 경찰관님들, 아름다운 춘천인심을 심어주신 연도의 춘천 시민님들, 대회관계자 여러분들 감사합니다.

아! 울트라여!

아 직도 경력이 얼마 되지 않은 중급 정도의 수준이지만 울트라를 향한 나의 의지만큼은 누구보다도 강하다고 자부하고 싶다. 기나긴 기간 동안 울트라를 향한 나의 열정은 식은 적이 없었다. 지난해 5월쯤으로 기억된다. 서울마라톤클럽의 제1회 울트라마라톤경기(63.3km)에 대하여 인터넷상으로 접하게 되면서 하프를 몇 번 뛴 정도인 나도 내년에는 울트라에 도전할 수 있도록 훈련을 하리라 하고 다짐하였다. 거리가 거리인 만큼 금년에는 몸의 상태에 이상이 온다면 중도에 포기할 수밖에 없으므로 대회출전도 자제하였다. 같이 훈련을 하고 있던 동료(런너스클럽 울산토달 및 대한유화마라톤클럽)들에게도 금년의 목표는 울트라다라고 선언을 하였던 것이다. 그래서 풀코스는 서울 동아마라톤에 중점을 두었으며, 조선일보 춘천마라톤은 울트라를 위한 컨디션 조절 정도의 대회로 생각하고 준비하여 왔던 것이다.

대망의 경기일이 코앞으로 다가온 11월 6일 KBS로부터 취재차 전화가 왔다. 울트라마라톤에 참가하느냐? 마라톤은 언제 시작하였나? 마라톤을 시작하게된 계기는 무엇인가? 참가에 대한 다짐은? 완주할 자신이 있는가? 주변, 특히 가족의 반응은 어떠하였나? 등.

KBS로부터의 전화인터뷰를 처음으로 받은 나는 상당히 흥분된 상태로 취재에 응하지 않았나 생각된다. TV화면에 나의 얼굴이 나오거나 방송에 나의 목소리가 나가게 된다면 하는 기대를 하여 보았었다. 그리곤 이내 피식 웃고 말았다. 과연 완주할 수 있을까? 부상을 입지는 않을까? 11시간 내에 골인할 수 있을까? 등등...

멤버들 대부분이 춘천과 경주동아대비에만 열중하고 있던 지난 여름에도 나는 울트라만 생각하고 있었던 것 같다. 60km, 70km, 90km LSDT를 먼저 제안하였지만 70km는 불참하였고 90km는 중간에 1.5시간을 쉰 후에 다시 25km를 뛰었다. 마지막 연습이었던 9월 29일. 전국이 귀성인파로 뒤덮여 가려던 때에 11명(7명은 90km, 4명은 50km)의 건각들이 여명을 깨고 울산 문수구장을 힘차게 출발하였다. 목표는 반송에서 되돌아오는 것.

무시무시한 고개가 2곳에 있는 힘든 코스였다. 등산용 두꺼운 양말을 신은 것과 너무 단단하게 끈을 맨 것이 부담이 되어 50km 지점에서 기권하였다. 20km 지점부터 통증으로 신 끈을 고쳐 매었으나 제대로 되지 않았던 것이다. 기권할 무렵에 발의 상태는 최악이었다. 시커먼 멍과 같은 선(신 끈을 매었던 부위에 죽은 피가 엉킨 것처럼 보였으며 얼마 후 사라졌음)이 발등을 가로질러 달리고 있었으며 바닥과 발가락은 물집이 뒤덮여 걸을 때마다 쑤시고 쓰라리고. 연습을 기획한 내가 가장 먼저 퍼진 것이었다. 뛰고 있는 주자들에게 미안함은 말할 수 없을 정도였다. 그리고 금년의 목표를 이룰 수 없을 것 같은 불안감과 중도하차라는 불명예로 겪을 스스로의 마음고생을 탈피하고 싶었다. 비록 중도에 포기하였지만 나머지 거리라도 완주하여 보리라. 그러나 25km는 장난이 아니었다.

너무나 힘들고도 먼 거리였다. 그야말로 기억하기 싫을 정도로.

울산발 새마을호를 타기 위하여 모인 사람들 가운데 한 분을 빼고는 모두가 잘 아는 얼굴들이다. 그런데 모르는 그 한 분이 유명한 울트라마라토너인 이영정 님으로서, 311km 울트라에서 4위(만 59세)였고 공교롭게도 ROTC 3기(17년 선배님) 선배님이셨다. 나도 아내로부터 미친놈(?)이란 소릴 듣는데 아마도 선배님의 부인께서는 집안에 '말(선배님, 형수님 죄송합니다)'을 한 필 키우고 있는 것으로 생각하시고 계시는 것은 아닐런지.

나는 겉으로는 태연한 척 하였지만 마음속으로는 내일에 대한 불안감에 휩싸여 있었다.

주행에 대한 작전도 완료되었어야 하지만 대회일이 가까워질수록 완주에 대한 자신감이 열어지고 있는 현실은 어쩔 수가 없었다. 닭장차(기권자들을 후송하는 차량)에 실려서 본부석으로 후송되는 상황은 상상조차도 않고 있지만, 확실한 자신감이 있는 것도 아니므로 마음속의 갈등과 번민 속에 속을 끓이며 부족한 부분은 의지력으로 극복 할 수밖에 없다는 결론을 내었다. 그리고 우리들을 전송하기 위하여 나와 주신 런너스클럽 울산 토달님들과 대한유화 적토마님들 그리고 울산 철인클럽의 회원님들의 환송에 힘을 얻으며 절대로 포기는 있을 수 없다는 다짐을 하였다.

전국에서 모인 내노라하는 315명(100km 219명, 63.3km 96명)의 건각들과 대회를 준비하고 계시는 서울마라톤 박영석 회장님을 비롯한 회원님들과 자원봉사자님들 등 600여 명의 틈바구니에 끼이게 된 것만도 영광이지만 과연 완주할 수 있을까? 혹시라도 중도에 변수가 생긴다면 어쩌지? 라는 불안감을 안은 채 주최측에서 베풀고 있는 만찬장의 분위기에 휩쓸려 내일에 대한 불안감을 잊어 가고 있었다. 그리고, 사장님과의 동기들이신 50대 중반의 두

분, 정영주 님(9시간 55분)과 안영수 님께 처음으로 인사를 드리며 이 분들도 완주를 하려는 데 내가 못한다면 이라는 오기도 생겼다. 하지만 마라톤은 오기로 되지 않는 것이라는 걸 나는 잘 알고 있다. 그리고 수많은 참가자들의 면면을 보면 마라토너라면 잘 알 수 있는 이름들. 그 중에서도 3쌍의 부부참가자(100km 2쌍, 63.3km 1쌍)들이 이 밤의 최고 영웅이었다.

마라톤 맨 중에는 홈스테이를 자청하는 분들이 제법 있는 것 같다. 자신들의 삶만도 힘든 세상에 홈스테이를 하는 분들의 여유로움이, 아니 넓은 마음씀씀이가 부러울 뿐이다.

울산에서 대회가 개최된다면, 울트라처럼 새벽에 일어나서 가야 하는 대회가 있더라도 나는 할 수 있을까 라는 의문과 함께 그 분들 중 한 사람이 공교롭게도 사장님의 친구분이신 정영주님일 줄이야. 나와 다른 두 사람과 함께 우리는 문종호 님의 집으로 향하였다.

그런데 더욱 놀라운 것은 다 큰 따님의 방을 주실 줄이야. 영국과 미국에서도 홈스테이를 할테니까. 고국의 마라톤맨이 참가할 경우에는 연락을 달라고 하는 것을 넷을 통하여 본적이 있지만. 장성한 따님의 방을 주시는 분은 없을 것으로 생각된다(이 글을 통하여 다시 한번 더 감사한 마음을 전하고 싶다.).

새벽 4시에는 출발하여야 하며 아침식사는 3시경에는 하여야 하기에 고량주를 한잔씩 마시자고 제안을 하였고(사실은 내가 일방적으로 먹인 셈) 나는 그 덕분인지는 몰라도 숙면을 취하였다. 따뜻한 방에서 상경길의 피로가 풀렸으니 컨디션 또한 날아갈 것 같았다.

그리고 맛있는 식사와 온화한 듯한 날씨에 뭔가가 이루어질 것 같은 예감 속에 풀코스를 맞는 것보다 훨씬 더 가벼운 마음으로 출발지로 향하였다.

머리를 올리게(골프 표현 차용) 하여 주신 관계자님들께 감사, 또 감사.

첫사랑은 영원하다고 했던가? 첫만남이 중요하기에 맛선, 면접, 첫미팅은 특별히 신경을 써서 준비를 하지만 쉽게 넘기는 사람이 별로 없다고들 하는 것 같다. 그만큼 심리적인 부담이 큰 탓이겠지만, 100km 첫 데뷔 또한 내게는 무겁디 무거운 짐이었으나 대회장에 나와서 준비를 하고 계시는 서울마라톤클럽의 회원님들과 자원봉사자들을 보며, 이래서 서울마라톤클럽이 최고 클럽으로 평가를 받는구나 하는 생각을 하였다. 어둠 속에서도 충분히 그들의 움직임을 읽을 수 있었다. "주로를 확보하여 주십시오."라는 스피커 소리와 무전기를 통한 여러 전달 및 보고음을 들으며.

아직도 대부분의 서울시민들이 고요히 잠들어 있는 시각에 출발의 총성은 우리들의 발걸음을 재촉하였다. 새벽 5시. 주변은 어둠 속에 잠겨 있지만 우리들의 끓는 열정이 한강변을 밝히고 있는 것을. 주로는 다소 어두웠으며 갈 길은 멀지만 모두들 100m를 달리는 것 같았다. 초반부터 기록경쟁이 붙은 것이다. 하지만 나는 나의 길을 갈 수밖에.

수많은 사람들이 나를 추월하여 갔으나 km당 6분을 목표로 하여 55km까지는 지금의 페이스를 유지하자고 내 나름의 작전을 세웠던 것이다. 하지만 행주대교 2.5km 전에 있는 최초 반환점을 돌아오는 선두권의 기세는 나의 상상을 초월하였다. 단축마라톤의 선두권을 보는 듯 하였다. 어둠과 함께 마치 한 무리의 말들이 지나가는 것처럼 보였다. 그것도 징기스칸의 기마병들 같은 아마도 저렇게 유럽의 일부까지도 삼켰으리라.

그린넷마의 회장님과 두 분의 부부 마라토너와 잠시 동행하며 페이스를 조절하였다. 호미곶대회 개최를 위하여 홍보도 겸하여 출전하였으리라. 그린넷마의 유니폼을 입고서 부부(남경화·박선부)가 같이 울트라를 달릴 수 있는 저력 앞에 그저 고개가 숙여지며 감히 앞지를 수 없을 것 같은 위압감이 63빌딩처럼 내 눈앞을 가로막았다. 너무나 정연한 폼으로 달리고 있었다. 그리고, 서로의 호흡을 느끼며 주고받고 있을 밀어를, 한강 저 너머의 아련한 불빛처럼 나의 가슴을 뚫고 지나가는 것을 아프게 느끼며 그분들의 완주를 마음속으로 빌었다. 나의 꿈 또한 아내의 손을 잡고 풀코스 결승선을 통과하고픈 것이기에.

내년 경주 벚꽃에 10km 데뷔를 위하여 아내는 가끔씩 나와 함께 문수구장을 달린다. 2년간에 걸친 나의 성화(?)에 엄청 시달리면서도 그런 대로 나를 따라 주어서 3km를 달릴 수 있게 된 것이다. 별 것 아닌 것으로 여길 수도 있지만 나에게는 아내가 무척이나 대견스럽다. 겉으로 보기에는 멀쩡하지만 생체기상예보로 정확하게 맞추는 류마치스성 관절염을 오랫동안 앓아 왔기에 그날 그날의 상황을 보아가며 억지로 끌고 나가서는 운동을 시켰던 것이다. 의학적인 지식은 없지만 단련을 하면 좋아질 것이라는 막연한 기대 속에 그러나 내게는 악몽 같았던 기억이 있다. 1985년도였다. 유명세를 쫓아서 6개월여의 투약 끝에 찾아온 아픈 기억이 소위 스테로이드성 약품의 중독증세로 얼굴이 부으며 돌아가 버렸던 일을 결코 잊을 수가 없는 것이다. 그런 일이 있고 난 후부터는 아내가 약을 먹는 것을 싫어하였다. 환자들은 건강으로 인하여 의지가 약하여 지는 것이 일반적인 현상이라는 생각에 약보다는 정신력과 운동을 요구하였고 취미생활 내지는 무언가의 심취할 수 있는 것을 찾을 것을 권유하였었다. 그런데 이제 10km를 뛰겠다고 하였으니 기쁠 수밖에. 멋진 페이스 메이커가 되어주리라.

일기예보에서는 맑음이었으며 새벽에도 화창할 것이라고 생각했었는데 흐릿한 날씨가 영 맘에 들지 않는다. 별로 춥거나 덥지 않아서 뛰기에는 좋았을 텐데도 내겐 별로였다. 영화의 한 장면처럼 왠지 모를 불안감을 심어주는 그런 날씨였다. 해님이 얼굴을 내밀라치면 어느 틈엔가 한 무리의 구름이 다가와서 나의 기대를 무너뜨리곤 하였다. 구름이 그렇게 많은 것도 아니었으며 흥이 날만도 할 만큼 뛰었는데도 기분은 착 가라앉아서 일어날줄 모르는 것이었다. 각개전투장에서 바닥을 빡빡 길 때 느껴지는 그런 기분이랄까? 아니면 타잔그네를 타다가 똥통에 빠졌을 때 느꼈던 그런 기분이 마치 입영전야의 기분이랄까? 웬만한 날씨에는 1시간 정도 뛰면 상쾌함을 느꼈었는데.

3쌍의 부부 중 2쌍은 마주친 기억이 난다. 만날 때마다 그들에게 히--임을 외쳐 주었다. 우리 딸들이 한때 HOT를 외칠 때 느끼던 기분이 아마도 지금 부부마라토너들을 향한 나의 동경심과 같지 않을까? 그들과 두번째 스쳐 지난 후에 기다리던 전복죽을 먹을 수 있었다. 평소에 먹기 힘든 전복죽을 나 혼자만이 먹을 수밖에 없는 것이 가족들에겐 미안하였지만 가족들 분량만큼 먹을 수도 없었다. 마음대로(?) 퍼먹더라도 말하는 이 없겠지만 나의 위대(胃大)하지 못한 밥그릇을 탓할 수밖에 도리가 없었다. 공교롭게도 내가 당도하였을 즈음에 해님이 얼굴을 내밀고 있지 않은가? 반가운 해님이(나중엔 미웠지만). 짧은 유니폼으로 갈아입었다. 차라리 그 시간에 스트레칭을 했더라면 좀더 편하게 달릴 수 있었을 텐데 되돌아올 때 전복죽을 한 그릇 더 먹었더라도 시간상으로는 여유가 있었을 텐데.

얼마 지나지 않아서 얄미운 해님은 나를 외면한 채 모습을 감추었고 보기 싫은 구름만 잔뜩 끼어서리(사실 구름이랄 수도 없는 수준이었음에도). 60km를 6시간 4분에 통과하였으니 페이스 유지는 성공을 하였으나 그후부터는 추위와 벽과의 싸움 속에서 무디어져 가는 나의 발걸음에 안타까운 마음만 간절할 뿐 몸은 나를 붙잡고 놓아주지를 않았으니... 그런 와중에 잠깐씩 얼굴을 내밀며 마치 "메롱"이라고 하며 해님은 나를 비웃듯이 내려다보다가는 옅은 구름 속으로 이내 사라지곤 하였다. 아마도 불교에서 말하는 찰나와 같은 시간의 길이가 이와 같은 것은 아닐까? 매우 추운 날씨가 아니었음에도 추웠으며 더군다나 달리고 있었음에도 추웠으니 한강의 바람에 지레 겁먹고 출발 전에 먹은 복합감기약의 효력이 떨어졌기 때문이었을까? 어쨌든 내게는 짧은 유니폼으로는 견디기 힘드는 괴로운 날씨였었다.

나와 같은 짧은 차림새도 그렇게 많지 않았던 걸로 보아서 주제 파악도 제대로 못하고 달리다가 얻은 별명처럼 또다시 '돌격'을 하고만 것이었을까?

상경길에 썹쓰리와 준썹쓰리분들께 주문을 하였었다. 울산 멤버들이 3개조로 나누어서 가는 것이 어떤가 하고 말이다. 그런데 고삐풀린 말마냥 잘들 달리고 있지 않은가? 울산-반송 왕복길에서는 이번에 2위를 한 서정교 님과 9언더를 한 오일환 님 외에는 쥐약 먹은 쥐새끼(죄송) 마냥 비실 비실대던 양반들이 게다가 아무리 311km에서 4등을 하였더라도 이순(耳順)의 이영정 선배님까지 나의 앞에서 "날잡아 봐라!"를 외치고 있었으니 아마도 그 당시 소대원들은 말하였을 것이리라. 사관학교 출신이 아니지만 사관학교 출신 못잖은 소대장을 만나서 X나게 고생한다고 그리고 런클 울산 토달의 회장님이신 이태걸 님은 어떻고 그 나이에 어울리지 않게 엽기적인 차림(?)으로 또 서울 아낙네들의 가슴을 울리려나 보다. 바람처럼 지나가니 누군들 따르겠는가? 한강변에서 조깅을 하던 아줌마들 가슴께나 아팠을 거야. 저만치, 항상 저만치서 따라 오라면 와 하듯이.

울산의 성적표를 보면, 12명이 출전하여 2위 입상, 9언더 3명, 10언더 3명(계 : 10언더 7명),11언더 4명, 12언더 1명. 공해에 찌들려서 기를 못 펼 줄 알았는데도 이만한 성적이 나온걸 보면 환경데이터가 말하듯이 공해가 말끔히 씻겨진 지 오래다. 실제로 제철이 되면 숭어가 태화강을 오르내리며 까마귀가 울산 들판을 메우고 있다.

말은 제주도로 보내고 사람은 서울로 보내라고 하였던가? 수도 도심을 흐르는 한강의 색깔이 왜 저렇게 보이는 것일까? 나랏돈의 절반(?)을 쏟아 부었는데도 또 냄새는 어떻고.

아마도 내가 안경을 쓰지 않아서 이거나 검은 선글라스를 써서 한강물이 더럽게 보였을거야. 더구나 지천은 더욱더 까맸었지? 지천(안양천과 양재천)을 지날 때는 구름도 더 많았고 선글라스에는 자동차의 매연이 달라붙어서 일거야. 그리고 복합감기약의 효능(?)이 떨어진 이후라서 냄새도 더 역겹게 느껴졌을 거야. 더구나 여의도를 경유하면서 흐르는 물이기에 더욱더 역겨운 냄새가 났을 거야. 아니면 사촌이 논을 사면 배가 아프다는 심사였을까? 그리고 주인 배가 부르면 머슴도 배부른 줄 안다고 하였었지?

고인 물은 썩는다던가? 글씨유.

70km쯤에서 유명한 창마의 정점미 님이 어딘가 고장이 난 모양이다. 지금까지 한번도 앞서보지 못하였던 내게는 태산같은 존재였었다. 처음으로 나의 못생긴 뒷꼭지를 보여주며 힘차게 달리려 하였으나 이미 내 몸도 몸이 아니었으니 잠깐씩 스트레칭을 하여 보아도 더 나아질 것 같지 않아서 무조건 달렸다. 그런데 내가 정말로 놀란 것은 걷는 모습이 거의 보이지 않았다는 것이다. 고수들이 많이 참가한 것을 알았음에도 이쯤에서는 태반이 걸을 것으로

생각하였었는데 모두들 멈춤을 생각하지 않는 것이었다. 그 덕에 나도 별 수 없이 달릴 수밖에 없었다. 쬐끔씩은 걸었지만 휴식처에서 옷을 갈아입고, 양말을 갈았었고, 중간 중간에 물과 음료 등을 먹은 시간을 모두 합하더라도 30분이 안 되는 것 같다. 그만큼 나도 열심히 달렸었으며 다들 죽을 힘을 다하여 달렸던 것 같다. 마라톤 선진국인 일본의 경우에도 완주율이 40～60%라 하던데 완주율이 95%를 상회하는 것만 보아도 혼신의 힘을 다하여 달렸던 것이다.

75km 지점쯤이었던 것 같다. 다리가 너무 아파서 잠깐 쪼그려 앉았다. 그때 TV 카메라와 마이크가 나의 앞으로 다가왔다. 완주할 수 있느냐? 왜 달리느냐?는 등의 질문을 받았던 것 같다. 그리고 화면에는 어떤 모습으로 편집이 되어 나올지 모른다. 사전에 연습이라도 하여 둘 것을. 지금은 말하고 싶다. 어쩌면 당신이 취재를 하여야 되는 것과 마찬가지로 나도 이 길을 달릴 수밖에 없다고. 그외에 다른 말이 필요없을 것이라고... 그리고 내게는 포기할 수 있는 용기는 더더구나 없다고.

가도 가도 끝이 보이지 않으니 얼마나 온 것일까? 아니 얼마나 남은 것일까? 이제는, 앞서 달리는 사람도 별로 보이지 않았고 뒤에도 달리는 모습은 거의 보이지 않았으니 종착지가 다가온 것만은 분명한데도 몸은 천근만근 무거워져서 다리가 말을 듣지 않는 것이었다. 아직도 가야할 길은 멀고도 먼데 저 멀리 보이는 것이 63빌딩이던가. 60km를 넘어서면서부터는 스프레이를 뿌리며 갔다. 거의 5km 구간을 벗어나지 못한 채 뿌려 달라고 하였으며 때로는 내가 직접 뿌렸다. 스프레이가 없었다면 완주가 훨씬 더 어려웠을 것이고, 스프레이에 의존하도록 단련을 하지 못한 것이 안타까웠으나 어쩔 수 없었다. 오른발의 2째 발톱은 또 빠질려나 보다.

이제는 통증이 있는지 없는지도 모르겠다. 그냥 묵직하게만 느껴지고 있을 뿐이다. 오히려 무릎 뒤가 아프다. 아니, 온몸이 너무 쑤신다. 배는 전체적으로 묵직한 통증으로 한발씩 내달을 때마다 장기중의 일부가 파열될 것 같은 불안감을 주고 있다. 그야말로 사뿐히 즈려밟고 가건만.

어여쁜 천사님들(?)을 잊을 수가 있을까? 마치 자신들의 분신인 것처럼 성심을 다하여 주신 그 분들을. 서울마라톤클럽의 대회를 참가하고 나면 마라톤대회의 진수를 볼 수 있다고 들었다. 과연 소문대로였다. 소문난 잔치 먹을 것이 없다는 옛말이 틀린 것이다. 최소한 서울마라톤클럽에서 개최하는 대회에서 만큼은 대회관계자 및 자원봉사자들이 벌이는 한편의 드라마 인 것이다. TV에서는 도저히 볼 수조차 없는, 그것도 최상급의 드라마.

도로변에 잔여 거리를 표시한 표시판을 찾아 헤맨 지 얼마던가. 해님은 또 얼마나 찾았던가. 한참동안 모습을 감추었던 63빌딩이 왼쪽으로 다가서자 종착지가 저기라는 것을 알고 있지만 또다시 표시판을 찾아다니는 내 눈을 붙잡아둘 수가 없다. 그리고 그 숫자가 틀리다는(?) 것도 알고 있다. 아무리 달려도 숫자가 쉽사리 줄어들지 않으니 틀린 것으로 생각하기로 하였다. 서울마라톤 관계자 분들이 일부러 숫자를 틀리게(?) 적었을 것일 거야 라고 위안과 위안을 하였건만 좀체 골인지점은 보이지 않고 또 돌아서 오라는 것은 무슨 심사인고 정말 미칠 것만 같다. 길을 똑바로 만들어야 쉽게 찾아갈텐데, 꼬부라졌으니.

그래도 지구는 돈다고 하였던가? 그래, 돌라면 돌으라지 여의도에는 어차피 또라이(?)들을 많이 볼 수 있는 곳이니까 그렇게도 찾아 헤맨 골인지점을 알리는 포스트가 내 눈앞으로 다가선 순간 나의 눈에는 눈물이 고이고 그래도, 힘차게 오른 주먹을, 내 속을 썩

어문드러지게 한 해님을 향하여 내지르며 이태걸 회장님의 품에 안기며 골인하였다.

10시간 46분 52초. 11언더 목표 달성

이번에도 어김없이 나를 맞아 주셨다. 아마도 회장님으로 한 해 더 썩(?)으려는가 보다.

서울마라톤 관계자님들, 런클 울산 토달회원님들, 적토마회원님들, 울산철인클럽회원님들, 홈스테이를 자원하신 분들, 주로를 빛나게 하여 주신 자원봉사자님들, 울산역에서 배웅하여 주신 분들 모든 분들께 감사드립니다.

데뷔전을 sub-4로

최고 기록 : 3시간 50분 15초
경력 : 2년 6개월(2000년 7월)
현소속 : SK CMC
운동은 좋아하지만 마라톤은 해보지 않던 2000년 초여름. 아들과 함께한 제1회 울산대회를 시작으로 이제는 풀코스까지. 연습땐 피곤하지만 그래도 완주할 때의 기분은 안해본 사람은 모르죠. 집사람은 살빠진다고 그만하라고 해도 그래도 나는 오늘도 뛰러 문수로 양동으로 간다. "힘"을 외치며….

장 종 영

내가 마라톤이라고 시작한 건 2000년도 7월인가? 제1회 울산광역시 생활체육 마라톤대회부터이다.

아들(장성환) 도 축구를 잘하는지라 재미삼아 같이 참가신청을 해 놓고서는 (나는 10km, 아들은 5km) 아파트 뒷길(울산대공원 옆길)로 한 이틀 연습을 한 덕인지(?) 대회 기록은 1시간 6분여 만에 완주를 했고 성취의 쾌감도 만끽할 수 있었다.

그리고는 2001년 4월 사내 마라톤 동호회가 결성이 되었다, 처음 총무를 맡았던 분이 개인사정으로 총무직 사퇴를 함으로써 내가 지목이 되었고, 직함 또한 사무국장으로 바꾸었다.

사무국장직을 맡다 보니 당연히 정기모임일에는 거의 참석이 되

었고, 그 덕분으로 실력도 많이 향상되었으리라고 생각된다. 그리곤 울산 부근의 대회가 있을 때마다 참가를 하여 10km와 Half를 다수 완주를 했다. 하프코스 몇 번을 완주하고 나니 이제 풀코스 욕심이 생겼다

11월, 동아 서울국제대회 안내문이 나오면서 우리 SK㈜ 울산 Complex 마라톤 클럽(SK CMC)도 참가자 접수모집을 하기 시작했고, 나도 이번에 풀코스에 도전해 보리라는 결심으로 접수를 하고 연습도 시작했다.

혹시나 싶어서 동아대회 접수 시작 전날까지 동호회 자체접수 마감을 했고(11명 접수), 동아대회 접수 시작 날 바로 접수를 했다. 예상대로 접수는 시작 37시간만에 12,000명이라는 엄청난 숫자가 마감이 되었고 접수를 미처 못한 전국의 마라톤 매니아들은 동아 마라톤 게시판 상에서 추가 접수를 하라고 아우성이다.

우리는 일찌감치 접수를 하고 나니 기분이 흐뭇했고 연습에 몰두 할 수 있었다. 대회를 얼마 앞두고서 같이 접수를 한 곽삼렬 홍보부장이 무릎부상으로 출전 포기선언을 했다.

얼마나 벼르던 대회인데 포기할 정도이니 쯔쯔 니 심정 알만하다. 할 수 없이 칩을 인수받았다. (반납해야 되니깐)

대회전날, 미련이 남은 홍보부장을 뒤로 하고 집사람과 같이 승용차로 상경하여 대방동에 있는 동서형님 집에서 전야를 보냈다. 형님이 한 잔 하자는 것을 대회 마치고 먹자 하고 기어코 뿌리쳤다

다음날 아침, 태워주는 승용차에서 광화문을 향해 달리니 새삼 감개가 무량하다.

마라톤 입문 약 2년만에 풀코스라니. 그것도 한양이라 광화문 대로에서.

어느덧 차는 SK본사인 서린 빌딩에 도착하여 로비에 들어가니 본사 동호회 분들이 반긴다.

9시가 조금 넘으니 항공편으로 출발한 일행들이 도착했다.

울산마라톤클럽에 끼여 온 이성택 씨와 김성훈 씨는 아직 안 보인다.

개인 물품을 서울 본사 총무에게 맡기고 본사, 대덕, CLX 참가자 전원이 한 컷 하고, 대회장인 광화문으로 나가니 벌써 도로를 꽉 메운 선수들이 인산인해를 이룬다.

우리는 도로를 가로질러 건너가서 대열에 끼였다.

어! 그런데, 안보이던 이성택 씨가 옆에 있네여. 서로 인사를 나누었다

드디어 출발의 축포가 울리고, 인간의 띠는 서서히 흐르기 시작했다.

내 옆에는 김신곤 부회장, 김성홍 차장, 이성택 씨가 자리하고 있었고 30km까지는 같이 뛰자고 했으나 나는 속으로 은근히 이성택 씨와 같이 뛰어야지(미안!) 하는 생각이 들었으나 그것도 잠시다.

약 4km 정도 가니 좀 빠르다는 생각이 들었고 나는 같이 뛰던 일행을 앞으로 보내야만 했다.

예상시간인 4시간보다 Over Pace 하는 것 같은 것이다

5km 지점에서 시간을 보니 27분을 넘고 있었다

8km 지점에서 동료인 김용수 씨가 "국장님 파이팅!" 하면서 후딱 지나간다.

종각을 못미쳐서부터는 우려했던 왼쪽무릎이 시큰거리기 시작한다. 무릎 아픈 거 생각한다고 같이 상경한 집사람이 종각에서 응원하는 소리도 못 들었다.(나중에 알았지만)

이젠 동료들 모두다 앞에 가고 나 홀로 뒤에 남아 뛰는 것 같았다.

"다들 정말 잘 뛰네. 그래도 내 페이스대로 유지해야 완주를 하지" 라고 스스로를 위로해 본다.

종로 3가쯤 가니 04:00 풍선을 달고 뛰는 Pace Maker가 한 무리를 지우고서 따라 왔다.

'옳다, 이 사람들 잡고 가자'라는 생각이 들어서 같이 좀 뛰어 봤지만 워낙 빠르다

'4시간 페이스 메이커가 뭐 이렇게나 빨러?'라고 생각하면서 그것마저 보내버렸다.

이제 무릎이 자꾸 시큰거려 온다. 연습 땐 km당 5분 50초 정도로 해서 4시간을 목표로 (다른 사람에겐 4시간 20분이라고 얘기했지만) 했건만, 지금 심정으론 잘 안 될 것 같다.

21km를 1시간 53분에 통과했다. 그래도 4시간 이내는 들어올 수 있을 것 같은 마음이 또 든다. 잠실대교를 지날 땐 웬 맞바람이 그렇게나 센지 진도가 잘 안 나간다. 오늘따라 황사도 한몫 더한다. 다리 끝쯤에 카메라맨이 사진을 찍고 있는 것이 보여서 포즈를 취해본다. 분명 나보고 찍는 거 같다. 사진이 찍혔을라나? 잘 나와야 할텐데.

25km 쯤 가니 울산마라톤클럽의 하영성 씨가 "SK 파이팅, 히~임" 이라고 외치면서 앞질러 간다.

얼떨결에 나도 '파이팅' 하고 외쳐준다. 이제는 절반이 지났으니 어쩔 수 없다. 죽으나 사나 뛰어야지.

그러면서 '내가 왜 이 짓을 하지?' 하는 생각도 든다.

30km 가까이 가니 이제 힘이 좀 생긴다. 시큰거리던 다리도 이젠 괜찮은 거 같다.

'그래! 이때 좀 땡겨야지' 그리곤 막 추월했다.

35km 지점에서 시계를 보니 3시간 17분이다. 잘하면 Sub-4도 가능하리라는 생각이 든다.

양쪽 발에 단 칩을 보니 갑자기 곽 홍보부장이 머리에 떠오른다. 대회 기록이 나보다 항상 몇 분 정도 빠르다.

그는 포항 호미곶 대회 때 4시간 9분이었는데, 이런 조건 좋은데서 Sub-4를 못하면 그 욕을 어찌 들으랴.

바나나와 초코파이를 먹고 조금 쉬면서 다시 기운을 차렸다. 그리곤 다시 뛰면서 박차를 가하기 시작했다. 중반보다 힘이 더 난다.

앞서가던 김 교육부장이 걸어가고 있다. '왜 걸어! 힘내!'라고 외쳐 주고는 조금 가니, 그리던 잠실 메인 스타디움이 눈 안에 들어온다. 기분은 날아갈 것 같다마는 다리가 말을 잘 안 듣는다.

Sub-4 시간은 촉박하다. 그래도 Sub-4는 해야지.

젖먹던 힘을 다하여 트랙을 돌아 마지막 Finish매트를 밟았다.

그리곤 타임을 누르고 보니 3시간 59분 13초다.

야호! 나는 해냈다! 완주를! Sub-4를!

본사동호회의 김 총무님이 보관해 놓은 옷을 갈아입고 미리 예약된 뒤풀이 장소로 옮겨가는 중에도 다리가 흐느적거린다.

본사, 울산, 대덕 마라톤 동호회가 함께 어울려 맥주와 동동주로 여러 가지 담소를 나누면서 정말 하나가 되는 느낌도 잠시, 울산팀은 시간 관계상 자리를 일어나야만 했다.

여러 가지로 많은 도움을 주신 SK㈜ 본사 마라톤 동호회에 지면으로나마 감사를 드립니다.

앞으로 우리 SK CMC 에서도 곧 Sub-3가 나오길 기대하면서 서울에서의 봄은 내년에도 올 것이다.

달리는 즐거움

최고 기록 : 풀코스 3시간 26분
경력 : 1년 9개월
좌우명 : 늘 처음처럼
현소속 : SK(주)
한 번 해볼까로 입문하여 시간과 틈이 나면 달려 볼록 나온 배가 없어 옷을 다시 사는 즐거움 속에 달리고 있음.

김 성 홍

시 작.
책임질 수 있는 사람이 할 수 있는 입담일까?

우연히 알게 된 조춤바리(마라톤)를 쉽게 접할 수 있었던 계기는 개나리가 방긋이 웃는 3월 말 경주벚꽃축제 국제 마라톤대회에 참석 한번 해보자 라는 마음으로 뜻 있는 몇 명이 겨우내 꽁꽁 닫혔던 마음의 문을 열었다.

처녀 출전하는 심적인 부담과 나의 체력이 어느 정도 인가를 테스트하기 위하여 휴일이면 경주 보문호 10km구간과 (2회) 태화강 대나무길(편도 3.875 km-6회)을 Road Run하면서 이렇게 좋은 운동을 우리 SK가족과 함께 할 수 없을까? 하면서 회원 모집을 하여 4

월 4일 달동의 한 음식점에서 SK마라톤 클럽 발기와 동시에 생산 부문장실의 류재우 과장을 초대 회장으로 추대하고 운영진을 결성 하여 4/7일 경주를 향하여 축배의 잔을 높이 들었다.

생활 속에서 어쩌다 스쳐가던 사람과 근무지가 틀려 전혀 알 수 없었던 여러 동료들 그야말로 이 클럽은 강점은 학연, 지연, 혈연 과는 전혀 무관하고 순수한 모임으로 SK마라톤 클럽 개척자 정신 으로 시작되었다.

동호회 결성 3일 만에 우리는 경주시와 일본 요미우리 신문 주 체로 개최되는 경주벚꽃축제 국제마라톤대회에 처녀 출전의 문을 두드렸다.

대회 당일 새벽 05:40분 회원 25명은 공업탑 로타리를 출발하여 태화호텔을 경유하여 신라 천년 고도의 경주로 향하는 마음자세는 기대와 우려로 행사장에 도착하여 가볍게 몸을 풀고 출발의 설레 임으로 시간을 기다렸다.

드디어 출발을 향한 축포가 발사되었고, Full(42.195 km), Half (21.098 km), 미니(10 km), 건강달리기(5km) 순으로 출발하였고 나는 미니 대열 속에서 열심히 달리고 있었다.

우리 동호회 출전선수 등에는 품질관리실의 'SK LABZONE.COM' 이라는 도메인으로 붉게 물들어 있어 대회 참가 선수들 8,600여명 과 일본 선수 1,200여 명에게 우리 SK를 알리는 홍보맨의 역할을 또 한 마련하였다.

만개한 벚꽃 터널 아래로 달리는 기분은 말로 형용할 수 없었고 도착시간은 나를 만족시켰다.

무사히 행사를 마치고서 온천욕은 피로함을 깔끔하게 씻어주었 다.

마라톤의 전국적인 열풍으로 신발 및 의류업체의 매출은 날로 성장하고 있다는 이야기를 많이 듣고 백화점에 'Road Run' 신발을 구매하려 갔는데 아니나 다를까 울산에도 열풍이 도착하여 구매를 위한 예약 사태까지 발생하였다.

교대근무로 인하여 연습하는 시간은 각자 다르지만, 시간이 날 때 '한판 어때요' 하면 '몇 시'라는 시간만 이야기하면 연습장소(태화강 대나무길)로 물 한 병이면 행사 준비 완료.

'세상에 공짜는 없다'라는 명언처럼 같은 구간을 여러 번 반복하다 보면 시간 단축이 조금씩 될 때 왠지 마음 한 구석에는 즐거움의 모닥불이 피어난다.

그래서 마라톤을 하면 할수록 사람은 중독이 되는 걸까?

그래서 주변에서 개최되는 행사를 파악하여 가능하면 참석을 유도하기로 하여 5/20일자 부산 국제신문에서 주체하는 2001 부산하프 마라톤대회에 참가자를 모집하여 23명을 SK마라톤 클럽 단체를 국제신문에 등록하고 나름대로 SK스포츠 센터, 태화강변, 양동 등에서 실력을 갈고 닦았다.

4월24일자 국제신문 스포츠면에 SK마라톤 클럽에 대한 소개가 있었고, 우리 SK마라톤 클럽의 열정이 조금씩 나타나고 건강증진을 위한 회원도 계속적으로 증원되는 모습이 동호회의 밝은 미래를 보는 것 같다.

우리 나라 40대 남자 성인병이 세계 1위라는 오명을 빨리 벗어나는 가장 빠른 길은 스트레스로부터 해방할 수 있는 마라톤이 최고의 강자일 것이다.

5/20일 07:20분 태화 호텔을 출발하여 부산 다대포 해수욕장으로 향하였다.

버스에서 하구언 둑(을숙도)의 코스를 바라보니 앞은 캄캄, 머리는 현기증 발생, 신체 리듬은 엄청난 속도로 빠른 변화 초래 어! 화

장실 어디 갔어? 물병은 입술에서 떠나지를 않았다. 그래도 사나이가 먹은 마음 칼을 뺐으면 무우라도 잘라야지 속은 내심 타고 있었지만 같이 온 마나님 보기에는 태연한 척 내숭을 떨었다.

10:20분 헬기에서 출발 신호가 울려 퍼지자 Half참가자 1,600여 명은 고무줄에 퉁겨 날아가는 총알처럼 달리기를 시작하였다.

마라톤에서 가장 무서운 적은 마음은 '청춘 몸은 경로당 학생'이면서 Over Face를 하면 중도에서 포기해야 하는 사태가 발생됨으로 몇 명의 회원들과 같이 Slow Slow를 외치면서 Face조절을 하였다.

사람의 인내는 어디가 한계일까?

4 km를 통과하면서 속도를 조금 올려 달릴 때 아이스크림 선전을 연상케 하는 작열하는 태양이 오늘 따라 왜 내 머리 위에만 머물고 있는지?

갖은 생각이 뇌리를 왔다 갔다 하면서 나를 혼란하게 했지만 홀로 계신 어머님에 대한 자식 된 도리, 아이들에 대한 부모로서의 도리, 아내에 대한 남편의 도리 등에 대하여 부족한 면을 되새길 수 있는 기회가 지쳐가고 있는 나를 지탱하는 힘이 되고 있었다.

이런 기분이 뛰어 보지 않은 사람은 감히 느낄 수 없는 희열이라고 할까?

시간이 지나면서 도로에 앉아서 휴식을 취하는 사람, 길거리에 눕는 사람, 걸어가는 사람을 보면서 나는 아직 뛰고 있다라고 하면서 끝없는 발길을 옮겼다.

도착지는 자꾸만 가까워지는데 왜 이리 발길은 자꾸만 무거워지는지 마라톤의 황태자 이봉주 선수가 새삼 신으로 느껴지는 순간이 연출되기도 하였다.

골인지점 약 400 m 전방에서 우연히 만난 후배로부터 한 모금의 탄산 음료를 얻어 마시고 마지막 순간 전력 질주를 해 오는데 여

자 한 사람이 눈에 속 들어오는데 아니나 다를까 장모님 생신 일정을 뒤로하고 같이 동행하여 5 km를 달려와서 기다리는 사랑하는 나의 아내가 파이팅을 소리쳐 외치며 손을 열심히 흔들고 있는 모습을 보는 순간 피로가 한순간 싹 사라졌다.

'나 해냈어. 여보!'

'집에 가서 내가 달리던 모습 우리 아이들에게 잘 전해….'

출전한 선수 모두가 중도 포기 없이 완주해 우리 동호회의 더없는 기쁨이었다.

동호회 회원들을 위하여 잠을 설쳐가면서 준비해 온 김밥 파티 그리고 가오리 회무침에 막걸리 한 잔으로 나누는 회원들의 정은 더없이 쌓여만 갔고 돌아오는 버스 속에는 즐거움으로 가득 차 있었다.

아직은 병아리의 날개 짓이지만 마음은 태평양처럼 넓고, 마천루와 같이 높은 목표를 가져 언젠가는 Dream Boston 하는 날까지 열심히 뛰어갈 것이다.

100km 울트라! 그 한계를 넘어서

성 종 경

최고 기록 : 3시간 17분 41초(서울동아)
경력 : 100km 울트라 4회 완주, 풀코스 19회 완주, 하프 9회 완주
좌우명 : 부상없이 즐달하자(풀코스 50회 완주를 위하여)
현소속 : 경남은행 운산영업부 부부장
역마살이 끼어 휴일마다 전국 유명산을 누비고 다녔지만 앞으로 불쑥 튀어나온 인격이 들어갈 기미가 보이지 않아 친구의 소개로 울산마라톤클럽을 알게 되어 2001년 2월 4일 양동에서 처음으로 20km를 달려본 후 이제는 등산보다 달리기를 더 좋아하는 마라톤 매니아가 되어 버렸다.

2001년 11월 10일(토요일), 제2회 100km 울트라 마라톤대회에 참가하는 울산의 용사 12분을 배웅하는 자리에서 나도 언젠가는 꼭 100km를 달려 보리라 마음먹었다. 마침 5월 25일~26일 양 일간 포항 호미곶에서 100km 울트라 연습 주 대회를 개최한다는 소식을 접하고 신청하려다 노동조합의 경남은행 독자 생존 마산 궐기대회일이라서 신청을 포기하였다.

그러나 궐기대회가 노총의 중앙대회와 겹쳐 연기한다는 소식을 접하고, 마라톤 전국구인 울산 런클의 김재식 씨에게 부탁하여 마감 후 접수를 하였다.

마라톤 풀코스 12회 완주 경력과 등산으로 다져진 체력으로 어느 정도 자신은 있었지만 새로운 도전이라 기대 반 걱정 반으로 대회일을 기다렸다.

5월 25일 대회 당일 업무를 마침과 동시에 퇴근하여 대회 준비물을 챙겨가지고 약속 장소인 마그넷으로 갔다.

이번 울트라는 무지원 서바이벌 대회이므로 간단한 비상식량(포카리스웨트 1병, 찰떡파이 4개, 각종 떡 1인분, 영양갱 3개)을 구입한 후 포항으로 출발했다.

17:00경 호미곶에 도착한 우리 일행은 출발 2시간 전이므로 근처 식당에 들어가 비학산 칼국수와 공기밥으로 배를 든든히 채운 후 마라톤 복장과 배낭을 메고 광장에 모였다. 이미 많은 참가자들이 들뜬 모습으로 분주하게 움직이고 있었다.

간단한 식전행사와 기공스트레칭으로 몸을 푼 후 19:00가 되자 요란한 축포 소리와 함께 180여 명의 건각들은 긴장과 기대감으로 대장정의 첫발을 디뎠다.

우리 일행들은 1km당 8분 속도로 달리기로 하고 그룹을 지어 달렸다. 너무 늦은 감이 들어 나는 일행들을 뒤로하고 앞장서 나간다. 작년 12월에 이곳에서 풀코스로 달려본 경험이 있어 길을 잃을 염려는 없었지만 주변에 어둠이 깔리자 혼자 달리는 것보다 무리지어 달리는 것이 좋을 것 같아 이번 주최 측 멤버들인 그린 넷마홍보위원 이순호 씨 일행을 따라 가기로 하고 인사를 나눈 후 같이 달렸다.

등에 배낭을 메고 뛰지만 처음엔 힘이 드는걸 느끼지 못했다. 힘든 고개 몇 개를 넘다 보니 좌우 흔들거림이 달리는데 지장을 주며 또한 왼쪽 어깨에 피가 잘 통하지 않아 마비증세를 느꼈다.

어느덧 쉬지 않고 1시간 45분을 달려 16km지점인 아무르모텔 앞

에서 5분간 휴식을 가졌다. 소피도 보고 물도 마시고 준비한 영양 갱 1개도 먹어 치웠다.

야간 주행을 위해 랜턴을 준비했지만 통행차량도 많고 달빛도 밝아 필요없을 것 같아 배낭 속에 넣어 버리고 야고아 깜박 등을 켜고 달리는 사람 옆에 바짝 붙어 달렸다.

한참 달리다 보니 작년 풀코스 반환점이 눈앞에 보여 시간을 보니 2시간 20분을 지나고 있었다.(풀코스 마라톤 때는 1시간 39분에 이 지점을 돌았다.) 이제부터는 초행길이다.

지리도 잘 모르고 코스 지도도 배낭 깊숙이 넣었으므로 그린 넷마 회원들을 놓치지 않으려고 기를 쓰고 따라붙었다.

같이 뛰는 일행들은 마라톤 전용 배낭을 메고 있어 갈증이 생기면 달리면서 물을 호스로 쭉 빨아먹는데 나는 물통이라 일일이 옆 사람에게 빼 달라고 부탁하여 마시고 다시 넣어 달라 부탁하여 매우 미안했다.

30km 지점에서 허기에 지쳐 달리는데 대구마라톤 클럽소속 선수를 지원 나온 자원 봉사자들이 길가에서 물과 떡을 나누어주고 있어 맛있게 먹고 힘을 내어 달리니 얼마 가지 않은 지점에 제 1체크 포인트인 31.6km 지점이다.(3시간 30분을 달렸다.)

그린 넷마 회원 부인들이 정성스레 준비한 숭늉과 초코파이로 배를 채웠다. 잠시 앉아 쉬는 사이 자원 봉사자로 보이는 아저씨가 의자에 누우라고 하여 누우니 전신 스포츠 마사지로 근육을 어루만져 주면서 이제부터 시작한다고 생각하고 열심히 뛰어서 완주하라고 격려해 줬다.

여기서부터 진정령 휴게소까지의 10km는 계속 오르막이라는 이야기를 들은 바 있어 가급적 체력을 아끼어 천천히 달리자고 마음먹고 일행들과 같이 달렸다. 제법 큰 오르막은 걸어서 오르고 평지는 뛰고 계속 반복하여 힘들게 달렸다. 이 구간에는 지나가는 차량은 별로 없고 대회지원 차량들만 가끔 지나쳤다. 밤하늘의 둥근달은 구름 속을 들락거리고, 좌우 논에서는 개구리들의 합창소리가 요란했다. 가끔 개똥벌레인 반딧불도 보였다.

걷다 뛰다를 반복하여 힘들게 진전령 휴게소에 도착하니 멀리 울산에서 응원 나온 닉네임이 군투인 조종해 씨 부부를 만났다. 무척 반가웠으며 준비해온 꿀물은 지금까지의 피로가 단번에 풀리게 해주었다. 오르막을 오를 때 너무 힘이 들어 등에 맨 배낭이 의식되지 않았지만 다시 내리막 구간을 달리니 좌우 흔들림이 커 또다시 왼쪽 어깨가 무지 아파 왔다.

그저 벗어 던져 버리고 싶었지만 제2체크 포인트로 알려진 기림사 입구 46km지점에서 대회 본부측에 넘기고 비상금만 휴대하여 달리자고 마음먹고 이를 악물고 기림사 입구에 도착하니 주최측 관계자는 보이지 않고 대구 마라톤 자원봉사자들만 있어 우리 일행은 골굴사 입구에서 휴식하기로 하고 그냥 지나쳤다.

얼마나 달렸을까, 이제는 주자들간의 거리도 상당히 생겨 앞주자, 뒷주자 모두 만나기 힘들었다. 기진맥진 골굴사 입구에 도착시간을 보니 달린 시간이 6시간을 경과하고 있었다.

울산에서 온 차량이 춘천에서 오신 분을 지원 나와 있었다.

반가운 마음에 계속 주자를 지원하느냐 물으니 아침 7시까지 가능하다고 답하여, 내 배낭도 부탁하고 춘천에서 오신 분과 같이 동반주하기로 하였다. 골굴사 입구가 50km 정도 되었다. 다시 신발을 벗어 발바닥과 사타구니에 바세린을 듬뿍 바르고, 이제 배낭도 벗어 버렸으므로 물과 찰떡으로 배를 채운 후, 그동안 동반주 한 그린 넷마 일행들에게 고맙다고 인사한 후 춘천에서 오신 분과 먼저 출발하였다.

1.2km 정도 달려 양북 삼거리에 도착하니 주최측에서 준비한 음료수와 초코파이가 있었지만 조금 전 배를 채운 관계로 그냥 지나쳐 달렸다. 새벽시간인데도 다시 교통량이 많아졌으며 차량 속도도 있어 위험을 느꼈다.

　무리지어 달리다가 단둘이 달리니 심심하여 이런 저런 얘기를 나누며 달린다. 울산에서 어떻게 지원 나왔느냐 물으니 사이버상 '달리기 일지' 멤버라고 하였다. 춘천서 오신 분 아이디는 '느릅나라', 울산에서 지원 오신 분 아이디는 '와뛰노'라 했다. 양북 검문소를 지나고 전촌 삼거리에 도착할 즈음 서서히 배가 고프기 시작할 무렵 60km 지점에서 지원차량이 대기하고 있었다. 물과 초코파이로 허기를 때우고 스트레칭 하는 사이 코리아 울트라(Ku) 멤버 4분이 우리 지원차량에서 물을 마시고 앞서 갔다. 이분들은 물통 색만 차고 달리고 있었다. 지원차는 70km 지점에서 대기하기로 하고 먼저 가고 다시 둘만의 레이스를 시작했다. 얼마를 달렸을까? 오르막이라 약간 걷고 있는데 저 앞 언덕에서 어떤 분이 지나가는 주자들에게 말을 걸어 무언가 마실 것을 주는 것이 보였다.

　그런데 그 분 목소리가 많이 듣던 목소리라서 긴가민가 하고 다가가 보니 우리 울산런클의 돌격 선생 최두석 씨가 한밤중에 사모님까지 모시고 나와서 주자들에게 맛있는 미숫가루를 제공하고 있었다. 대단한 열정이었다. 정작 본인도 이번 대회에 신청했다가 회사일로 불참하였지만, 이렇게 자원봉사라도 해서 대리 만족하는가 보다.

　미숫가루 한잔에 힘을 얻어 달리다 보니 63km 지점에서 대회 주최측이 준비한 컵라면 시식장소다. 이미 몇몇 주자들이 퍼지고 앉아서 컵라면을 맛있게 먹고 있었지만 앉았다 일어서면 근육이 뭉칠 것 같아 우리는 그냥 지나쳐 체크포인트에 배번을 이야기하고 인삼차로 원기를 회복한 후 다시 달렸다.

(지금까지 7시간 43분 소요)

하늘에 구름이 끼었는지 주변이 칠흙 같이 어둡다. 랜턴은 배낭 속에 있어 사용하지도 못하고 오로지 동반자의 야광 깜박 등 불빛만 의지하며 앞만 보고 달렸다. 가끔 주변 축양장의 물푸는 소리, 생선 썩는 냄새를 맡으며 달리는데 앞쪽에서 누군가 걸어오는 모습이 어렴풋이 보이더니, 가까워지자 우리를 보고 충성하며 거수 경례를 붙이고 지나갔다. 야간 근무 나가는 초병인가 보다.

어느 정도 허기도 지고 달린 시간을 계산해 보니 70km지점이 된 것 같은데 지원차량은 보이지 않았다. 아까 라면을 먹지 않은 것이 후회된다. 이 고개를 돌면 있을까, 저 고개를 돌며 있을까 하고 몸이 서서히 지쳐갈 즈음 저 앞에 차량이 보였다. 70km 지점에 대기하다가 코스가 만만찮아 1km를 돌아와서 대기하고 있었단다. 아무튼 반가운 마음에 바나나 1개를 게걸스럽게 해치우고 다시 발바닥에 바세린 보충 및 끈기를 위해 찰떡파이를 하나 먹고 기력을 회복하고 난 후 80km지점에서 만나기로 하고 출발하였다.

이제 춘천에서 오신 느릅나라 님도 많이 지쳤다. 조그만 오르막에도 걷자고 했다. 뛸 때는 추월해 가는 주자가 없는데 걸으니 몇몇 사람들이 우리를 추월해 지나갔다. 대단한 체력이다. 피로가 누적되는 것을 계산하여 지원차량을 75km쯤에서 만나자고 할걸 하고 후회가 된다. 평지와 내리막은 뛰고, 오르막은 걷고 하며 달리는데 75km 지점에서부터 이어지는 오르막은 올라도 올라도 끝이 보이지 않을 만큼 긴 오르막이다. 힘도 들고 목도 마르고 하여 기진맥진할 때 제천에서 오신 이준섭 님이 지나가길래 물을 조금 얻어 마시니 한결 나아졌다.

긴 오르막을 간신히 올라 내리막을 달리니 대진 주유소 앞 78km

지점에서 지원차가 대기하고 있었다. 바나나와 비상 식량으로 배를 채우고 작은 물통에 물을 가득 채운 후 손에 들고서는 춘천에서 오신 느릅나라 님에게 양해를 구하고 혼자 먼저 출발하였다. 80.3km 지점에서 아침식사를 할 수 있다고 주최측에서 이야기했지만 조금 전에 간식도 먹었고 하여 골인 후에 아침을 먹기로 작정하고 구평리 구포휴게소를 8시간 45분 만에 통과한다. 남은 거리는 22km로 km당 7분으로 계산해도 2시간 40분 후에는 도착할 수 있을 것 같았다.

대화상대도 없이 혼자만의 고독한 레이스가 시작됐다.

물통을 왼손, 오른손 번갈아 들면서 힘들게 달리는데 84km 지점인 하정 삼거리에서 지원차를 만났다. 마지막 대기지점이란다. 바나나와 물을 보충받고 배낭은 본부에 맡기라고 부탁하고 나는 비상금 10,000원을 모자 속에 숨기고 또 다시 뛰기 시작했다.

해안의 구름 때문에 일출을 보지 못했지만 해님이 구름위로 살짝 얼굴을 내미니 경치가 그만이다. 부지런한 농부와 어부들은 이른 시간인데도 벌써 일터로 나간다.

87km 지점인 병포 삼거리 못 미쳐 몹시 힘이 들어 아주 천천히 달리는데 제천에서 오신 이준섭 님이 금방 따라 붙어 갈림길도 많고 하여 동반주를 하였다. 병포 삼거리에서 길을 몰라 우물쭈물하고 있으니 뒤에서 달려오고 있는 그린 넷마회원 양정식 님이 오른쪽으로 가라고 신호를 주셨다. 코너를 돌아서니 해병대 전우회원들이 자원봉사를 하고 있어 남은 거리를 물어보니 10km 정도 남았다고 한다.

몸이 많이 지친 것은 생각하지도 않고 10km쯤이야 하면서 들고 있던 물통을 버리고 물을 한껏 마신 후 출발하지만 얼마 못 가서 후회를 하게 되었다. 이제 햇볕도 제법 따갑고 땀도 많이 나와

95km를 지날 때부터 심한 갈증을 느끼고 있는데, 저 앞에 이미 골인한 줄로 생각한 울산런클의 송충기(송학) 씨가 많이 치진 모습으로 걸어가고 있어 같이 근처 슈퍼에서 갈증을 해소하고 조금 걷다 보니 송학에게 뛰자고 하니 먼저 가라고 하였다. 송학을 뒤로하고 마지막 남은 거리를 힘차게 달려 골인하니 12시간 35분 39초, 전체 26위였다.

먼저 골인한 현대중공업의 주우남 씨와 완주를 기념하는 기쁨의 포옹을 하고 나니 아무 생각이 없고 그저 어디 시원한 곳에서 푹 자고 싶은 생각밖에 없다.

걷지 말고 뛰어라!

성 종 경

포 항 호미곶 마라톤을 다녀온 뒤 제대로 몸을 만들지 못한 상
태에서 거제마라톤대회에 참가 신청을 해놓고 보니 걱정이
앞선다. 금년 봄에 열리는 동아에서 3시간 10분 언더를 목표로 하
고 있기에 LSD 훈련으로 생각하고 천천히 뛸 것을 다짐하고 거제
로 향했다.

거제에 도착하여 오늘 코스를 차로 달려보니 호미곶 코스는 한
수 아래로 생각될 정도로 오르막 내리막 코스가 너무 많다. 지난번
포항에서 체력안배 실패로 후반 언덕은 걸어서 넘다시피 하여 겨
우4시간 언더로 완주한 것이 생각나서 오늘은 기록은 생각말고 걷
지 않고 뛰어서 완주만 하자고 생각하였다.

또뛰나 선생의 지도로 가볍게 몸을 풀고 드디어 출발, 초반 오버
페이스를 조심하면서 최대고도인 첫번째 오르막을 가볍게 넘고 나
니 기록에 욕심이 생긴다. 무릎 관절 보호를 위해 내리막은 천천히
달리려다 만자로 공의 조언이 생각나서 신나게 달려보니 별 이상
이 없어 평소의 속도보다 빨리 내리막을 내려왔다. 또다시 오르막
을 앞두고 힘을 내어 달리는데 동네 주민들이 열심히 응원해주셔

351

서 더욱 힘이 난다.

10km 지점에 있던 자원봉사 아가씨가 내 등뒤의 이름을 보고 힘차게 파이팅을 외쳐준다. 추운 날씨는 아니지만 장시간 고생하는 학생들을 매우 고맙게 생각하면서 아무 생각없이 달리니, 선두주자가 맞은편에서 달려오고 있다. 시간을 보니 1시간 30분을 지나고 있다.

나의 최고 기록달성 대회인 부산 다대포에서는 1시간 26분대에서 선두주자를 만난 것 같아 이 정도 페이스면 3시간 25분 언더도 가능할 것으로 생각하고 다시 힘을 내어 달리니 반환점 통과 기록이 1시간 39분대이다.

반환점 급수대에서 바나나로 배를 채우고 3분쯤 달리니 만자로공과 조프로가 유유자적하게 달려오고 있다. 25km 지점에 도착하니 서서히 다리에 이상이 오는 것 같아 속도를 낮추어 달린다. 남은 거리가 우리가 연습하는 양동에서 웅촌 국도왕복하는 것 만큼이다라고 생각하니 한결 몸이 가벼워진다.

아침에 달릴 때는 주민들의 응원이 많았는데 반환점을 돌아오니 지세포 마을의 주민들만 계속 열심히 응원해 주신다. 30km 지점을 조금 지나 오르막 중턱에서 자원 봉사자 2명이 무료함을 달래는 건지 주자를 응원하는 것인지 열심히 노래를 부르고 춤을 추고 있어 "힘"을 외치고 지나친다.

한참을 정신없이 달리다 보니 오늘의 마지막 고비인 출발시 첫번째 오르막이 히말라야 산맥처럼 높게 느껴질 정도로 눈앞을 가로막는다. 다리에 힘은 빠졌고 언덕은 높아 마음 내면에서는 걷자고 유혹이 대단하다. 다행히 조프로가 준비한 약밥 아침식사 때문인지 배는 고프지 않아 출발 당시의 다짐대로 걷지 말고 뛰어서 고개를 넘자고 다시 한번 다짐하면서 오르막을 달리니 앞선 주자들 대부분이 걷고 있다. 걷는 사람들에게 일일이 "힘"을 외쳐주며 뛰다보니 고개 정상 저 멀리 골인 지점이 눈에 들어온다. 시계를 보니 속도를 내지 않으면 3시간 30분 언더가 어려울 것 같아 내리막을 달리려니 다리에 힘이 빠져 생각대로 되지를 않는다.

골인 지점을 500m 앞두고 반환점에서 나를 추월한 마라톤학교 송철강 선생님을 추월하여 힘차게 달려 골인 하니 기록이 3시간 28분 51초다. 당초 런클의 윤회철 씨한테 말한 목표 기록인 3시간 40분보다 10분 넘게 단축한 것에 만족한다.

이번 대회에서 남자부 5위 안남연 씨, 여자부 5위 이혜영 씨 입상을 축하드리며, 개인 기록을 단축하신 강정철 님께도 축하드리면서 이번 동아에서 필히 sub-3하시기를 빕니다.

첫 풀코스와의 만남!
다시 오르고 싶은 충주의 언덕이여

최고 기록 : 풀코스 4시간 24분, 하프코스 1시간 51분
경력 : 풀 2회, 하프 6회(2002년 1월 14일)
좌우명 : 긍정적 사고를 갖자.
현소속 : 삼성정밀화학
2001년 7월 6일 금연 이후 체중관리를 위하여 마라톤에
입문. 2002년 체중 73kg에서 65kg으로 감량하고 풀코스
입문에 sub-4:40 달성. 2003년 sub-4를 목표로 노력중
이며 인생의 후반부를 부상없는 펀런으로 마라톤과 금
연을 즐기려 한다.

김 길 환

메이저 대회라고 일컬어지는 춘천마라톤(춘마)에서 나름대로의
기록을 내려면, 이번 충주대회는 풀코스 데뷔전이면서 또한,
내게는 앞으로의 달리기 생활을 가늠해 볼 수 있는 중요한 대회로
생각해 오고 있었다.

모든 것이 처음에는 두렵고 생소한 것이지만, 42.195km의 백오
리 길을 오직 두 다리로 뛰어서 완주한다는 것이, 작년 이맘 때만
하여도 아주 소수의 특별한 사람만이 할 수 있는 것이라고 생각하
였다.

우리 회사(삼성정밀화학) 마라톤 동호회의 장세목 씨가, 올 봄 3월에 있었던 서울 동아마라톤에서 3시간 30여 분에 완주하였는데, 40대 중반의 나이에 풀코스를 완주하고 더구나 그렇게 좋은 기록으로 뛰었다는 데에 처음엔 믿기지 않았다.

그 이후 5월엔 호미곶에서 울트라까지 완주했었다는 소식에 또 한번 놀랐지만.

어느날 6개월여 금연을 하고 체중조절에 고심하던 내게, 그 사우의 마라톤 사랑과 달림의 고통과 희열에 대한 이야기는 비록 살아야 할 날이 더 적게 남은 나이지만, 내 가슴에 변치 않을 감동을 주기에 충분하였다.

처음엔 다들 어려웠었구나. 언젠가 나도 42.195km를 완주할 수가 있을 것이다.

결코 쉽지 않은 목표를 스스로 세워 그것을 성취했을 때의 그 감동은 많은 초보 완주기를 읽지 않더라도 미루어 짐작할 수 있는 일이었다.

단순히 건강만을 위한다면 그렇게 심취하진 않을 것이다.

느껴 보고 싶었다. 그리고 나도 백 오리의 끝에서 자신을 진실로 되돌아보고, 그 모습을 사랑하는 가족들에게 보여 주고 싶었다.

이렇게 금연 이후 몰두할 수 있는 무언가를 찾고 있을 때, 마침 내 앞에 구세주처럼 마라톤이라는 금연과 체중감량을 동시에 할 수 있는 구세주가 등장하였고, 난 금연과 함께 평생 동지로 삼기로 결심하였다.

그것이 2002년 1월 14일.

달리기 기록도 남기기로 하고 뛸 때마다 메모를 하여 기능향상을 체크하고, 부상방지를 위하여 과운동(오버 트레이닝)을 경계하였다.

문수구장과 문수산 근처에 사는 것을 의미있게 받아들이고, 나름대로 주 3회 이상 달림과 등산을 하여 기본 체력 가꾸기에 노력하였다.

4월 경주벚꽃에서 처음 대회참가 10km를 뛰고, 5월 12일 부산하프에 처음 데뷔한 이후 혼자만의 달림에서 탈피하고자 6월 25일 기라성 같은 고수들이 포진한 울산마라톤 클럽에 가입하였다. 그리고 9월 8일, 드디어 첫 풀코스를 뛰기 위하여 울산에 비하면 소도시지만 무척이나 인정이 많을 것 같은 충주의 공설운동장 스타트라인에 전국의 달림이들과 어깨를 나란히 하고 있었다.

그 동안 10km 한번, 하프코스 3번의 대회경력과 누적거리 820여km의 훈련량밖에 없는 나 자신이 생각하여도 아직도 일천한 경력이어서 풀코스 도전이 이르다고 생각은 되지만, 앞으로의 메이져급 대회가 참가자의 일정기록으로 자격을 제한한다는 바람에 서둘게 된 것이다.

사실은 춘천대회가 초보자도 가능하다고 미리 공지하였으면 충주대회는 가지 않았을지도 모른다.

지금은 오히려 춘마를 앞두고 좋은 훈련 겸 데뷔전이 되었지만 문수구장에서 딱 한 번 28km를 주행하고 한 번도 30km 이상을 뛰어본 적이 없어 걱정이 되었는데, 우리를 훈련시키려고 했을까. 마침 우리 클럽에서 8.15기념 LSD를 기획하였다.

내게는 생애 가장 먼 장거리 경험이었지만 47km의 빗속 우중주는 풀코스 거리의 부담을 일정 부분 씻어 주었고, 제한시간 내의 완주 가능성을 높여 주어 자신감을 심어주었다.

3일 전부터는 거의 운동도 하지 않고 쉬었다. 물도 자주 마시고 밥도 많이 먹으려 애썼다. 가능하면 좋은 컨디션으로 데뷔전을 치르고 싶었다.

체중이 오히려 2kg이나 늘었다.(67kg)

계획대로 아버지의 완주의 모습을 보이고 싶어 군에 있는 막내를 제외하고 서울의 기용이와 수미도 충주에서 합류하기로 하였다. 또한 기용이는 미리 하프에 신청을 해 두어 첫 마라톤의 경험을 하게 하였다.

기훈이도 신청하여 부자 셋이서 함께 뛰려 하였지만 부득이 부대사정으로 나오지 못하였고 귀숙과 울산에서 충주로 가 아이들과 만나 버섯전골로 충주의 첫 인심을 만끽하고 미리 예약하여둔 계명산 자연휴양림에서 일박하였다.

6시에 일어나 7시쯤에 김치와 김을 반찬으로 약간의 찰밥을 먹었다. 사흘 동안 전혀 뛰지 못한 것이 부담은 되었지만 이제 스타트라인에 서는 일만 남았다.

9시쯤에 운동장에 도착하여 울마클의 전사들을 찾았으나 아직 아무도 보이지 않았다.

부산의 고로청향(용섭) 부부를 만나 인사 나누고 기념사진 몇 컷 찍고 있으니 울산마라톤클럽 회원들과 여름이 님을 비롯한 줌마군단의 모습도 운동장에 모습을 나타내었다.

회원들과 반가운 악수를 나누고 송학의 리드로 원형의 대형으로 준비운동을 하는데, 많은 주변 참가선수들이 우리를 따라 스트레칭을 하고 있다.

울산마라톤클럽의 파워를 느끼고 그 속에 소속됨이 너무나 자랑스러웠다.

날씨는 맑고 구름 한 점 없는 하늘에 햇살만 눈부시다.

이렇게 공설운동장에서 출발과 도착을 하는 것이 처음인 나로서는 아담한 운동장의 잔디와 붉은 트랙의 우레탄이 신선하게 느껴진다.

그 위에 선 전국의 마라톤 매니아들, 10시를 조금 넘긴 시간에 음악에 맞춰 전체 준비 운동하는 시간을 갖는다.

원래 풀코스 출발시간보다 20여 분 지연되었는데 후에 들은 바로는 서울에서 출발한 버스가 지연되어 주최측에서 시간을 늦추었다고 하는데, 그래도 상당수의 서울선수들이 뛰지 못하는 안타까움이 있었다.

드디어 스타트라인에 선다.

우리 클럽의 이태걸 회장은 다시 한번 내게 천천히 달리라고 주문한다. 결국은 오버 페이스의 함정에 빠졌지만....

이 회장이 4시간 30분 페이스 메이크를 자원해주었지만, 나 혼자 해결하고 싶어서 사양하였다.

오늘 이 회장은 또 다른 첫 경험의 에메랄드 윤정을 완주의 동반자로 도움을 주기로 하였다. 언제 저런 경지에 오를 수 있을까?

자신의 페이스를 포기하고 초보자의 안내자가 되려는 봉사정신은 결코 쉬운 일은 아닐텐데 가능한 한 가장 후미에서 출발하려 한다.

오늘 우리 클럽의 몇몇은 상당히 긴장한 모습을 보인다.

풀코스에 처음 도전하는 마지막 20대의 처녀도 있고, 나처럼 50대의 경험이 일천한 구형이 달리니 혹시나 뒤에 들어오면 어쩌나 생각되는 것일까.

그렇게 보면 역설적으로, 나도 어떤 면에선 그들의 완주에 도움을 주고 있는지도 모를 일이다. 특히 요즈음 생업에 충실하려다 알콜로딩을 감수할 수밖에 없는 국방위원장의 안위도 걱정이 되나 그래도 풀코스 5회 완주의 프로가 아닌가.

처음엔 제한시간 내의 완주만을 목표로 삼고 첫 보람을 가슴깊이 느끼려 하였다. 그런데 이 무슨 염치없는 욕심인가? 4시간 10분의 페이스 띠를 손목에 차고 말았으니.

정말 고통은 예고되고 있었다. 오늘의 대기온도가 30도이고, 더구나 양동에서 땡칠이가 된 것을 생각하면 유달리 더위에 약한 자신을 잊고 처음부터 출발의 분위기에 젖고 있었다.

여하튼 후미에서 장재복 씨와 함께 출발하였는데 너무 늦게 나가 하프주자 들의 사이를 비집고 지나 스타트 매트를 밟을 수 있었다.

재복 씨는 쏜살같이 뛰어 금새 시야에서 사라지고 나는 운동장을 돌아 나오면서 귀숙과 수미에게 승리의 브이를 그려 보이며 완주를 다짐하였다.

운동장에선 그렇게 많게 느껴지진 않았는데, 저 멀리 까마득하게 도로를 메운 주자들의 모습이 물결처럼 아름답다.

1km당 6분이 약간 안 되는 느낌으로 달리고 있었다.(나의 기본 페이스는 1km당 6분)

스포츠 고글에 끝을 자른 면장갑에, 모르는 사람이 보았으면 3시간대의 고수쯤으로 보이려나, 그렇게 생각하며 호흡도 편하게 달리고 있었다.

1km쯤 갔을까, 오 특보와 줌마군단이 고른 페이스로 달리고 있었다. 지금 생각하면 오 특보 말대로 그때 함께 하였으면 고통이 덜 하였을까.

그냥 뛰는 대로 있으니 자연히 앞서 버리고, 3km쯤에서는 이 회장과 윤정이도 뒤로 하였다.

이 회장은 한번 더 내게 자세에 대한 충고를 잊지 않고 난 괜찮은 컨디션에 현재의 페이스를 유지하였다.

어차피 후반에 지치기는 지금 늦게 뛰든 빠르게 뛰든 마찬가지일텐데 조금이라도 시간을 벌어 보자는 말도 안 되는 생각까지 하였다. 그래도 호흡이 가쁘게는 달리지 않고 있었다.

5km 지점에서 물먹고 시간을 보니 27분 정도 소요되었다.

4시간 10분 페이스면 29분 정도이니 잘 하고 있다고 생각하고 달린다. 2.5km마다 꼭꼭 물을 챙겨 먹었으니 지금 생각해도 너무 물을 많이 먹은 것 같다.

10여 미터 정도 걸으면서 다리의 건육을 풀고 계속 달린다. 주위의 모습들이 구체적으로 기억이 나지 않는 것은 초보이기 때문일까.

다리와 장례식장과 중앙탑, 홍수로 인한 맑지 않는 물의 호수와 그리고 언덕들, 새한 공장 등이 생각날 뿐 42.195km(일백오리)의 거리가 그렇게 멀다는 것을 잘 알지 못하였다.

하프까진 그런 대로 피곤을 모르고 달려왔지만 더위에 입만 축여야 할 때도 너무 많은 물을 마셨을까. 오히려 달리기에 힘이 부치고 있었다.

반환점 매트 2시간 7분여.

4시간 10분은 이미 먼 나라의 일이 되고, 그것은 자신감의 결여로 다가온다. 4시간 20분, 아니 30분을 생각하니 갑자기 공포감이 엄습하고. 5시간이 넘으면, 아니 완주를 못하면 어떡하나 머릿속이 복잡하다.

27km쯤일까 오 특보가 힘을 외치며 지나간다. 조금 지나니 모습은 보이지 않고, 오 특보의 훈련량이면 sub-4는 가능했을텐데, 첫 출전이라 페이스 조절에 너무 신경 쓰는 것 같다. 하긴 오 특보는 물론이고 윤정이도 8월의 훈련량이 나에 비해서 월등하지 않는가.

연식의 피곤함일까 부상의 염려 때문일까. 훈련량과 기록은 거짓말을 하지 않는 것이라고 뒤에 다시 한번 생각한다.

무지하게 날씨는 덥다. 어디쯤일까. 분명 이처럼 빠른 페이스는

아닐 텐데, 4시간 30분 페이스 메이크가 한 무리와 함께 지나간다. 불현듯 두려움이 들면서 나도 모르게 무리와 함께 달리는데, 500여 m 갔을까, 힘이 들었다.(지금 생각하니 정말 잘못한 일이었다)

호흡만 가쁘고 갑자기 무릎 위 근육이 뭉쳐 오고 있었다. 30km쯤에서 줌마군단의 여름이 님도 고른 페이스를 유지하며 날렵하게 내 앞을 지나고 있었다. 파이팅을 외치지만 나는 컨디션이 별로 라고 답해 주었다.

무슨 언덕은 그렇게 많고 길게만 느껴지는지, 물을 머리 위에 부으면서 신발에 물이 차 물집 잡힌 곳이 따가운 고통으로 괴롭힌다.

이온음료를 물로 알고 얼굴에 부었는데, 고글에 묻으니 앞이 흐릿해진다. 고글을 벗어 손에 들고 10km 남았다는 생각으로 스퍼트를 하였으나 속도는 나지 않는다. 5km에 걸리는 시간이 물먹고 끼얹고 스트레칭까지 하니 38~39분 정도 걸린다.

물 공급은 충분히 이뤄지고 있었다. 배가 고프진 않았다. 무릎 위 근육 뭉침만 없으면 하고 생각하였다.(대회 후 8시간의 운전까지 했기 때문인지 지금도 근육이 회복되질 않고 있다.)

걷는 데 다리가 문제였지 호흡은 괜찮았다.(근력 운동의 필요성을 절감하며)

시간이 많이 지나서인지 횡단보도에선 차량 때문에 주자들을 보내지 않고 몇 사람이 모일 때까지 기다리다 달렸다.(아까운 시간) 38km쯤에서 이 회장과 윤정이가 앞서 나간다. 양동의 4km를 생각해 보라며 나를 위로한다.

멀리 충주댐이 보인다. 윤정이도 피곤은 역력한데 역시 젊음인가? 마지막 대단한 뒷심을 발휘한다. 그리고 마지막 긴 언덕을 반은 걸어서 오르고 40km를 달려왔다.(몇 백미터쯤 걷기도 하였지만)

4시간 30분이 지나고 있었다. 제한시간을 걱정할 필요는 없었다.

언덕의 정상에서 이 회장과 윤정이를 먼저 보내고, 남은 2km여 시내를 있는 힘을 다해 주행한다. 그런데 막바지 몇 백미터는 왜 이렇게 길게 느껴지는가. 반대로 시간은 너무나 빨리 흐르는 것 같다. 운동장에서 기다릴 가족을 생각한다. 어떤 포즈로 피니쉬 라인을 밟을까.

운동장이 보이는 거리인데도 속도는 나지 않고 금새 서 버릴 것 같은 상태이다. 무엇이 나를 서지 않고 달리게 하고 있는가. 평생 처음 느껴 보는 특별한 느낌이 고통과 희열로 범벅이 되어 가슴을 헤집는다.

붉은 트랙이 눈에 들어온다.

사진에 찍혀야 하는데 하는 생각이 잠깐 스치고 가까스로 매트를 밟는다. 기용이가 물을 들고 오고 달마선사의 파이팅이 보인다.

운동장 임시 샤워 밑에 피곤한 몸을 그대로 앉히고 쏟아지는 물줄기를 즐긴다. 갑자기 평온과 희열이 가슴을 타고 내린다.

4시간 45분여, 시간의 아쉬움보다 더 큰 42.195km를 나 자신의 다리로 달려온 만족감이 충만하다.

거의 걷는 속도로 달리다 그것도 어느 순간에 자신도 모르게 그 자리에 서 버릴 땐 내가 왜 이 고생을 하는가. 한번의 경험으로 만족하여야지 하고 생각하였다.

그런데 글을 쓰는 이 순간, 다시 한번 그 언덕을 넘고 싶은 마음이 드는 것은 웬일일까.

풀코스를 완주한 회사 사우를 도저히 믿기지 않게 보았었는데, 이제 내가 그 길을 달렸으니 8개월의 변화가 내일의 더 나은 달림이 생활을 예고하고 있다.

세월이 지나 경험이 쌓이면, 그때부터는 정말 마라톤을 즐기는 여유있는 매니아가 될 것이다. 그때 이 완주기를 보면 얼마나 소중한 추억이 될 것인가. 10월의 춘천마라톤에서는 결코 걷지 않고 달리는 완주를 자신과 약속한다.

우리 수미, 오빠한테 하는 말 "아빠가 완주는 못 하실 줄 알았는데 정말 대단하다."

그 말이 듣고 싶어 많은 날을 참았다.

오늘을 위하여!

양동! 그 아름다운 첫 만남의 하프 완주기

김 길 환

새벽까지 잠을 이룰 수가 없다.

기라성 같은 달림이 선배들이 즐비한 울산마라톤클럽에 가입한 지 며칠 되지 않은 햇병아리가 오늘 우리 회원은 물론 타 클럽 회원들을 초청하여 여는 제1회 울산런클하프 마라톤대회에 참가하여 첫 신고주(走)를 하는 날이니 떨릴 수밖에.

양동의 주로는 어떠한지 울산에 살면서도 오십 평생 가보지 못한 미지의 땅을 오늘 나는 달릴 것이다. 6월 16일 강릉경포 마라톤대회에 다녀온 이후 거의 뛰지를 못하였다.

월 150km 이상을 뛰기로 한 자신과의 약속을 지키지 못하고 있다. 계획을 세워야 행동으로 옮겨진다고 책상 위에 계획일지를 부쳐 놓았는데 실천이 되지 않고 있다.

강릉경포대회! 풀뿌리 마라톤클럽이 주최한 대회지만 이름 있는 큰 대회보다 회원들의 인정과 푸짐한 뒤풀이는 정말 인상적이었는데, 오늘 우리 클럽의 대회도 분명 그러하리라 확신한다.

오늘은 토요일!

회사 점심은 국수다. 국수 먹고 뛸 수 있나. 어젯밤 슈퍼에서 산

바나나 두 개를 회사에 가져와 먹었다.

탄수화물 섭취에 신경 쓰는걸 보면 나도 이제 달림이 초보는 면해 가는 것인가.(이 무슨 건방진 소리)

세번째의 하프 도전! 5월 부산 다대포에서 2시간 55초로 첫 하프를 뛰고, 2시간을 넘긴 아쉬움 탓에 6월 강릉에선 하루 전부터 수분을 섭취하고 sub-2를 달성하였다. 건강을 위한 펀런 위주이긴 하지만 어쩔 수 없이 시간에도 신경이 가는 건 욕심 때문일까.

오늘 양동의 주로는 언덕이 많다는데 sub-2는 무리일 것 같다. 하지만 클럽사이트에 올려진 송충기 님의 2시간 페이스 메이크 계획을 읽고는 그냥 무조건 따라 붙기로 마음먹는다. 십여 일 훈련이 없었기는 하지만 까짓것 원래 대회전엔 훈련도 줄여 간다고 하지 않았는가. 보름 전에 하프를 뛰었으니 조금은 위안이 되고 있다.

3시에 주간근무를 마치자마자 며칠 전 아식스에서 산 마라톤 전문 양말을 신는다.

이제껏 목이긴 테니스양말을 신었는데 목이 짧으니 이상하다.

사내 마라톤 동회회의 황동규 회장의 차에 얹혀 오늘의 격전지 양동으로 향한다. 황회장은 회원은 아니지만, 오늘 함께 뛰기로 하였다. 실력차이로 동반주는 힘들 듯싶다.

어느 조직이든 그러하지만 회장은 역시 달라. 달림이 실력은 말할 것도 없고 그 포용력 또한 역시다.

우리 클럽의 이태걸 회장님도 그러하겠지만(이 무슨 아양인가) 처음 가보는 회야 정수장 입구! 회사에서 20여분 달려 양동운동장에 도착하였다.

많은 달림이들이 마라톤복 차림으로 준비를 하고 있다.

회장님과(알고 보니 제일중 동문) 국방위원장님께 신고(?)하고 옷

을 갈아입었다. 운동장에서 체육교사이신 회원님의 지도로 스트레칭을 십여 분 하고 모두들 주로에 서다.

오후 4시 정각. 카운트다운! 출발!!

회장님의 핸드마이크가 계속 용기를 주고 있다.

이제껏 틀린 적이 없는 마라톤시계의 스톱워치를 누르고 1시간 59분의 페이스 메이크 표식판을 단 송충기 님의 옆에 바짝 붙는다.

풍선 몇 개를 달고 뛰는데 정말 멋있다. 선글라스 때문인가.

1km당 5분 30초라는데 좀 빠른 것 같지만 초보가 말할 수가 있나. 혹시 오브페이스는 아닌지, 걱정이 되지만 계속 핫 둘!

양동다리에서 옹촌은 왕복 17.4km여서 보충길을 뛰고 있다. 미리 차량통제를 신고치 않아서 버스가 기다리고 있는데, 기사님! 미안해요!

오늘 대회에서는 달리고 싶은 것을 참고 자원봉사하는 회원님들이 많다. 교통도 정리하고 힘도 외쳐 주고 음료 준비도 완벽하다.

5km 정도를 뛰고 첫 출발지인 운동장 앞으로 다시 와서 본격적으로 양동주로상에 들어선다. 송충기 님과 나란히 뛰고 있다.

1km당 5분 20초 정도로 아직까지 무리없는 운행을 하고 있다.

캠코더가 늠름한(?) 모습을 담고 있다.

7km에서 10km 구간, 무슨 언덕이 이렇게 많은지, 이제껏 해수욕장 주변의 평지대회만 두 번 뛰어 본 몸이 놀랄 수밖에 송충기 님께 미안하지만 도저히 같은 페이스를 유지할 수가 없다.

오르막에선 숨이 차 말하기도 힘들다.

아마도 1km당 6분 이상이 아닐까. 이렇게 해서 9월에 풀코스에 도전할 수가 있을지 자신이 없다. 이럴 줄 알았으면 어저께 언덕훈련이라도 할걸 후회해 본다. 그래도 걷지는 말아야지.

나는 할 수 있다! 우리 아이들을 떠올린다.

본보기가 되어야지. 계속 하낫 둘! 복식호흡을 하여야지. 숨을 많이 들이쉬는 것은 잘 되고 있다.

풍선은 저만큼 앞서 가고 있다.

역시 긍정적 사고는 중요한 거야.(갑자기 달리는 중에 이 무슨 철학적 생각을)

회원이 아니면서 대회에 참가하여 뛰는 사람들이 반환점을 돌아 지나고 있다. 힘을 외쳐본다.

참가해 주셔서 고맙습니다!

반환점 도착! 13km 정도를 뛰었다. 회원 사모님이랑 회원 분들이 음료와 먹을 것을 준비해 두고 있다. 바나나, 초코파이, 찰떡파이, 기능성 음료와 얼음물! 무엇을 먹을지 모르겠다. 달리기 대회인지, 잔치집인지, 하여튼 모두가 즐거워하고 있다.

스프레이를 무릎에 뿌려 주는 회원님의 모습이 고맙다.

이제 결승점을 향하여 출발! 몸이 한결 가볍다. 이제 반환점을 향하여 오는 달림이들을 보면 꼴찌는 아닌 듯하다. 계속 힘을 외친다. 돌아오는 주로의 언덕길은 부담이 덜한 느낌이다.

기분 탓인가. 한 걸음 걸음마다 결승점은 가까워 오고 있다.

걷지 않고 뛰고 있는 것만 하여도 대단하다.(이 무슨 자화자찬)

최윤정님의 뒷모습이 저만큼 멀어지고 있다. 아무리 아버지 같은 나이 차이지만 남자체면 말이 아니구나.

송충기 님의 풍선은 보이지 않고 있다. 거의 500m 이상 멀어진 듯.

sub-2는 물 건너 간 것인가. 스퍼트를 하여야 하는데 언덕이 부담이 되고 있다. 주로의 경치는 좋다. 차도 뜸하고 공기는 맑고 상쾌하다. 햇볕이 없이 구름 낀 날씨가 도움이 된다. 손수건이 없어 모자로 땀을 훔치는데 모자가 흥건하다. 울산런클의 뛰어난 성적이, 훈련코스가 양동 주로 때문인 것 같다.

중간 중간 자원봉사 회원님들의 '힘'이 용기가 되고 있다.

왼편에 회야댐의 물이 보인다. 이제 남은 건 3~4km. 시계를 본다. 1시간 40분이 경과했다. 잘하면 sub-2를 달성할 수 있을 것 같다. 나머지 1km! 마지막 서프트를 하여 본다.

기록점검 회원님이 마이크로 배번을 불러주고 있다. 1등도 아닌데 결승테이프를 일일이 잡아 주고 있다.

아! 이 기분!

울산런클대회가 아니면 있을 수 없는 일이다.

드디어 골인!! 1시간 58분 30초.

첫 양동주로에서 신고주로선 만족한다. 먼저 골인하여 기다리던 황회장이 건네는 맥주 한 컵이 꿀맛이다. 반환점의 먹거리에 취해 한참을 즐겼다는 황회장. 수박맛도 꿀맛이다.

풀뿌리 마라톤클럽이 주최한 첫 대회의 이 푸짐함이란, 회원 외의 참가한 동호인들도 백이삼십 명이나 된다고 한다.

연휴에다 월드컵 3, 4위전이 열리는 날을 감안하면 많은 분들이 우리 울산런클대회에 관심을 가져주었다. 정말 고맙습니다. 9월에는 더 많이 오십시오. 이회장님! 국방위원장님! 그리고 회원님들! 원산집 뒤풀이도 즐거웠습니다.

울마클! 울마클! 울산마라톤클럽 힘!!

sub-2에 도움주신 송충기 님 파이팅!

너무나 특별한 생일 선물

최 윤 정

2002년 충주국제마라톤대회 신청 공고를 보며 난 아직 풀코스를 달릴 만한 수준은 아니다. 그냥 하프로 해야지. 한데 그 대회 날짜를 보니 내 이십대 마지막 생일이 아닌가.

삼십대로 가는 길이 서글프기만 한데 그날은 뭔가 특별한 이벤트로 나 스스로에게 선물과 위안을 주는 거야. 그래! 풀코스 첫 완주! 내 생일 선물이야!

울산에서 충주로 향하는 길.

리무진 버스 안에서 이런 저런 생각들. 마라톤 풀코스 첫 도전. 과연 완주할 수 있을까?

7월7일 영남알프스 아홉 개 봉을 종주를 했고, 8월15일 광복절

LSD 47km를 마쳤으니 풀코스 완주는 문제가 없고 네 시간 반 안에도 충분히 들어올 수 있으니 너무 걱정하지 말라고 옆에서들 말씀하신다.

대회 전 삼일 동안 너무 긴장한 탓인지 속도 쓰라리고 배탈이 났었고 정작 대회 당일엔 화장실을 못 가서 더부룩 답답한데 다가 감기 기운에 눈물 콧물에 차멀미까지. 그렇지만 난 잘 할 수 있다. 그래! 이제껏 연습한 게 있는데.

20대를 돌이켜보면서 새로운 30대를 맞이하는 계획과 각오들로 풀코스를 즐달해야지 하는 각오로 출발. 나의 4시간 30분 페이스 메이커가 되어 주시기로 한 이태걸 회장님. 사과가 빨갛게 익어가는 그림 같은 농촌풍경 속에서 회장님과 함께 이야기를 나누면서 15km까지는 즐겁게 달렸다. 그런데 20km가 넘어서면서는 햇살이 따갑다. 조금 더 달리니 이건 햇살이 아니라 그냥 땡볕이다.

몸이 자꾸만 무거워 온다. 머리가 아프고 어지럽고 그러다가 졸립기까지 한다. 나도 모르게 걷고 있다.

그냥 주저앉고 싶은 맘이다.

걷기도 하고 스트레칭도 하고. 너무 힘들 때는 하나, 두울, 하나, 두울, 구호도 하면서. 그런데 그것도 잠시.

해를 보니 핑 도는 느낌이다. 정말 이러다 쓰러지는 건 아닐까. 물 먹는 곳만 빨리 나타나기를 바라며 한 걸음 한 걸음 나아간다.

33도씨가 넘는 양동 회야댐 아스팔트길을 달리던 그때는 어떻게 달렸을까? 한여름 내내 땡볕 속에서 그렇게 충주를 기다리며 연습 했건만 언제 그런 일이 있었냐는 듯 이런 지독한 더위는 처음이야 그렇게 말하고 있다. 충주 대회전 태풍이 지나가는 동안 폭우 속에서 달렸더니 더위에 대한 적응이 다 지워져 버린 걸까 분명히 한여름 보다는 시원한 날씨인데도 내 몸은 아니라고.

물이다! 물!!

자원봉사 아주머니가 이온음료를 내어주시면서 "사모님이랑 함께 달리시나봐요? 보기 좋으네요." 회장님께 한마디 건네시는데 회장님은 웃으시면서 "우리 딸이에요." "어머! 이렇게 큰 딸이 있나요?" 나는 말할 힘도 웃을 힘도 없다. 야생화 언니가 출발할 때 챙겨주었던 비타민을 꺼내서 입안에 털어 넣고 바나나랑 물도 실컷 먹고 이젠 힘이 좀 나겠지 싶었더니 배가 무거워서 오히려 더 힘겹다.

가도 가도 오르막이다.

회장님이 최면을 걸어주신다. "나는 날고 있다. 나는 가볍다. 구름 위를 날고 있다."

"조금만 더 가면 내리막길이야. 자아! 힘내라!"

내리막길엔 신발이 작은지 발가락이 앞으로 쏠려서 엄청 아프다. 내리막도 싫고 오르막도 싫고 평지도 싫고 그냥 우리집 생각이 난다. 부모님 생각이 난다.

고개를 들어 해를 노려본다. 그래! 덤벼봐라! 그런데 더 어지러워 온다. 이대로 쓰러지면 영영 못 일어 날 것만 같다. 웃으면서 멋있는 포즈로 4시간 30분 안에 골인하는 내 모습은 점점 사라지고 대회운영차량들이 지나 갈 때마다 짜증이 난다. 그 차들한테 태워 달라고 하는 내 모습이 자꾸만 보여서.

장갑 안에 넣어둔 파워젤 한 개. 30km 지점에서 그걸 먹고 나면 우주의 여왕 쉬라처럼 초인적인 힘이 생겨 날거라 믿고 꼭 쥐고 갔더니 손엔 땀이 미끈미끈하고 파워젤을 먹어도 힘든 건 마찬가지이다.

세 시간을 넘게 달렸다. 회장님 혼자서 달렸으면 벌써 결승점에 가셨을 시간이다. 미안한 맘이 들었다.

이때까지 생각해왔던 멋있는 상상은 온데 간데 없고 포기하고 싶은 맘이 간절하지만 나 때문에 고생하시는 회장님을 실망시킬 수야 없지.

한 걸음 한 걸음 더 나아 갈 수 있게 회장님이 옆에서 이렇게 힘을 실어 주시지 않으면 난 벌써 포기했겠지.

물 먹는 곳을 몇 군데나 거쳤을까. 이제 까지 물을 먹기만 했는데 물을 머리에 끼어 얹고 스트레칭을 하고 나니 몸은 아직도 조금 무겁긴 한데 마음이 한결 가벼워 진 듯 하다. 다리를 건너 그늘이 시작되는 길로 접어드니 살아있다는 느낌이 든다. 이제 몸도 제법 가벼워진 듯.

35km미터 지점. 한 음식점에서 물통을 밖에다 내어 뒀는데 약수터처럼 물이 흐른다. 거기서 샤워하듯이 온몸에 물을 뿌렸다. 드디어 심장이 살아 움직이는 것 같다. 오르막길이 다시 시작된다. 다른 사람들은 거의 다 걷고 있는데 나는 그제서야 정신을 차리고 신나게 달릴 수 있었다. 남은 구간 동안 물먹는 곳만 보이면 물을 먹지 않고 무조건 머리와 어깨에 쏟아 부었다. 신기하게도 물만 닿으면 힘이 나는 듯하고 새로운 기운이 느껴졌다. 이 정도면 다섯시간 안에는 들어가겠다는 회장님의 말씀에 속상했다. 조금 전까지만 해도 포기할까 어쩔까 하던 마음에서 정신을 조금 차리고 보니 기록 욕심이 생긴 걸까? 그건 아니다. 나는 시간에 관계없이 그냥 완주만 해도 좋을 것 같았다. 4시간 30분은 이미 물 건너갔지만 4시간 40분 안에는 들어 가야지만 적어도 회장님의 노고에 보답할 수 있을 것 같은 생각이 들었다. 이제 3km가 남았다. 정말 남은 힘을 다 모아 그렇게 달렸다. 그런데 3km 남았다는 결승지점은 문수구장 한 바퀴가 아닌 두 바퀴는 되는 것 같았다.

기분이 어떠냐는 회장님의 말씀에 아무 생각 없다고. 한데 운동장 입구의 우리 울마클 식구들을 보는 순간 눈물이 났다. 감격도 아니고 슬픔도 아닌 그냥 이제 다 왔구나하는 생각이다.

운동장입구를 들어섰는데 결승선이 안 보인다. 도대체 어디란 말인가?

심장은 터질 것 같고 이젠 정말 더 달릴 힘도 없는데 사람들이 많이 서 있는 곳이 있다. 저 곳인가 보다. 회장님이 아이미디어에서 촬영하니까 앞 주자들이 들어가고 나면 포즈를 취하면서 들어가라 하신다. 포즈고 뭐고 1초라도 빨리 들어가야 되는데 회장님은 나 혼자 카메라에 잡힐 수 있도록 조금 뒤쳐지신다. 마지막 순간까지 나를 배려해 주시는 회장님이다.

피니쉬 라인을 밟는 순간 방송에서는 내 배번을 불러주는 듯 한데 아무소리도 들리지 않는다. 잔디밭에 털썩 주저앉았다. 스트레칭도 생각 안 나고 그냥 멍청해진다.

울산마라톤클럽 식구들이 운동화를 벗겨서 마사지를 해주신다. 한 숨 돌리고 나서 운동장 한켠에 설치된 샤워대에 한참을 서서 물을 맞았다.

충주에서 나를 살려 준건 물이었지. 그 물 맛(?)을 누가 알까?

42.195km를 달리고 나서 먹는 충주 사과국수 맛 또한 누가 알겠는가.

네 시간 사십사분! 목표시간 십사분 초과했다. 그래도 뿌듯하기만 하다.

울산마라톤클럽의 새로운 포포포 탄생!

나 덕에 회장님도 영광(?)의 포포포!

칠십 여명 울산마라톤클럽 식구들이 충주 마라톤을 마치고 함께 저녁식사를 하는 자리에서 회장님은 "오늘은 에메랄드의 스물 아홉 번째 생일입니다."하시면서 커다란 케이크를 들고 들어오셨다.

풀코스 완주도, 칠십 여명의 생일 축하를 한꺼번에 받는 것도, 눈물 섞인 충주 사과국수를 먹는 것도, 모든 것이 처음이었다.

이 보다 더 멋있는 생일선물이 또 있을까?

그리고 또 있다.

대회 며칠 후 빠진 발톱이 하나, 새카매진 발톱이 세 개. 완주 후 피곤한 상태에서 아폴로 눈병까지 감염되고. ㅋㅋㅋㅋ

영원히 잊지 못할 감동을 선물해준 충주마라톤대회 그리고 울산 마라톤클럽 식구들!

물에 빠진 생쥐 꼴에 하얀 얼굴로 결승점을 향해 달려오던 나를 보며 야생화 언니는 눈물이 났다고 했다.

뭘까? 이 매력은.

이런 매력과 함께라면 삼십대로 가는 길뿐만 아니라 내 앞에 펼쳐지는 모든 길이 즐거울 것만 같다.

울산마라톤클럽 힘!

마라톤은 좋은 것이여

최 두 영

처음 마라톤이라는 스포츠를 접했을 때, 다른 사람들이 생각하 듯 건강을 위하고 건전한 삶을 영위하기 위한 수단이 아닌 기초 체력에는 자신이 있으니까!

까짓것 한번 시작해 보자는 마음이었다.

이번 동아 마라톤의 참가 신청을 하면서도 착실한 준비과정을 생략한 채 '하면 된다'는 해병대 정신을 앞세워 용기 아닌 용기 하나로 밀어 붙였다.

평소에 왼쪽 무릎이 좋지 않았기에 상대적으로 소홀할 수밖에 없는 상황이었으나, 처녀 풀 출전 동아마라톤대회에서 좋은 기록 (3:35:12)으로 완주. 아무튼 지금 생각해도 해냈다는 만족감과 다행이라는 안도감이 교차하였다.

'동아국제마라톤대회' 당일 국내에서 실시되는 국제 인정의 몇 몇 안 되는 국제 대회인 만큼 그 규모와 웅장함에 놀랐고 동시에 평소에 많은 사람 앞에서 더 힘이 생기는 내 스타일에 딱 맞아서 '물 만난 고기'마냥 힘이 솟아났다.

출발 총성과 함께 시작된 레이스 초반 42.195km에 대한 부담보다는 혹시 중간에 무릎 통증으로 인해 포기하지 않을까 더 조바심이 생겼다. 하지만 10km, 20km 푯말이 지나쳐갔고 연도의 많은 인파의 환호 속에 힘찬 레이스를 운영할 수 있었다.

거기에다가 유니폼에 대한유화라는 회사명과 대유클의 회장님이 말씀하신 실명제로 인하여 이름까지 그것이 큰 부담이었으며 힘을 솟아나게 하는 원동력이 된 것 같다.

이 동아 대회는 나 최두영의 이름이 아닌 대한유화를 대표하여 참가한 대회다라는 생각에 다시 한번 비장해 지기도 했다.

긴 레이스 동안에 만나 여러 사람들이 있었지만 해병대 현역 선수를 만나서 서로 선후배간에 달리기를 하여 더 큰 힘이 되었다.

지나간 이야기지만 후배에게는 많은 거짓말을 하였다. 난 마라톤 풀코스를 몇 번 완주했노라고(사실은 첫 출전인데) 그리고 3시간 30분대에 목표라는 것까지 그후배는 나만 따라가면 자기도 3시간 30분대에 들어갈 수 있다는 생각이었는지 나와 페이스를 같이 하여 달렸다. 달리면서 몇 마디 말을 시켰는데 현역이라 그런지 군기가 많이 들어 있었다.

내가 민망할 정도로 큰 소리이다.(필승 등등) 달리기도 힘이 드는데 더 이상 말을 시키기가 미안하여 입을 다물었다.

그렇게 달림을 계속하여 30km가 지난 시점부터 몸에 무리를 느끼고 한계를 느꼈다. 그때 기분은 말로 할 수 없는 여러 가지가 내 뇌리를 스쳐지나간다.

그것은 사나이 최두영이 한 번 품은 뜻을 꺾을 수 없다는 것과 대회전 나로 인하여 신경을 많이 쓰신 이태걸 회장님 그리고 회원들 같이 근무하는 손모 계장님을 비롯한 일부 평소 나의 실력을 시기하고 부러워하던 무리들의 조롱섞인 웃음소리가 내 귓전을 때린다.(ㅎㅎㅎ농담)

어떡하든 완주를 하여야겠다는 생각을 하며 마지막 남은 힘을 쏟아 부었다.

드디어 잠실 운동장이 보인다. 젖 먹던 힘까지 내어 달리어 잠실 운동장 메인 스타디움에 들어 설 때의 환희는 몬주익 언덕을 뛰어 내려오던 황영조에 그것보다 더 했으면 했지 덜하지는 않았다.

막강 해병대 병장 최두영 눈물이라곤 모르던 내 눈에 정말 왈칵 눈물이 날 뻔한 황홀한 그 기분.

직접 경험하지 않고는 표현할 수 없습니다.

드디어 골인 (3:35:12) 걱정하던 무릎도 아프지 않다

기분이 너무 좋다.

이제 마라톤에 입문하여 막 첫걸음을 떼기 시작 한 이 시점에 절대 자만하지 않고 다시 시작이라는 초심으로 열심히 하겠습니다. 마지막으로 항상 많은 조언과 격려를 아끼지 않으신 이태걸 회장님이하 같이 동아대회에 참가한 대한 적토마들에게 심심한 감사를 드립니다.

그리고 자기와의 신성한 싸움인 마라톤에 입문하지 않으신 분들에게 마라톤이라는 귀한 선물을 드리고 싶습니다.

여러분도 마라톤에 한번 심취해 보시지 않으시렵니까?

대화유화 마라톤 클럽으로 오세요.

달리면 즐거운 세상 대한 적토마 최두영 씀

구름아 저 햇빛 좀 막아다오

오 재 환

최고 기록 : 3시간 46분 20초
경력 : 2002년 3월부터 풀코스 5회, 하프코스 6회
소속 : 울산광역시 남구청 지역경제과
가족 : 와이프와 아들 둘
어느 누구나 체중이 100kg이 넘어버리면 어떻게 해야
할까 고민하지만 그 해답을 찾기는 쉽지가 않다. 그러
나 답은 분명히 있었고 저는 그 답을 찾았고 마침내 해
냈다. 그것은 바로 마라톤이었다.

2002. 7. 21일 한여름. 모처럼 토요 휴무일이다.

창밖을 보니 금방 비가 올 듯 구름이 잔뜩 낀 날씨다. 이런 계절에 이런 시원한 날씨를 보이다니. 그야말로 뛰기 좋은 황금 날씨가 아닐 수 없다.

그러나 여름 날씨라는 게 갈대와 같아서 한편으로 불안한 마음 버릴 수가 없다. 이렇게 시원한 날씨가 과연 점심시간을 넘길 수 있을까 하는 걱정이 앞선다.

아니나 다를까, 11시간 넘어 아파트 동쪽 베란다 위 하늘에는 푸르른 빛이 보이고, 얼핏얼핏 햇빛이 비치기 시작한다. 모처럼 큰 마음 먹고 장거리 훈련을 하려고 했는데, 날씨가 도와주지 않는 듯

하다.

점심을 먹고 나니 하늘은 쨍쨍하고 베란다 문을 여니 더운 바람이 휙 스친다. 2시 10분경 이호용 씨와 훈련장소인 양동으로 향한다.

양동으로 가면서 국방위원장에게 2시부터 LSD한다 하는데 진짜하는지 궁금하여 전화를 해본다.

"그러면 그렇지." 기장에서 바람쐬고 있단다. 일단 안심이다. 그처럼 고수가 이 여름에 뛴다면 하수인 우리들은 더 이상 파고들어갈 벽이 없지 않은가?

양동에 도착하니 장정철, 허일정 씨가 보인다. 기왕 시작한 토달, 이것 저것 준비하고 2시40분경 오뉴월 달리기가 시작되었다.

군데 군데 뭉게구름 사이로 햇빛이 강력하게, 아주 강렬하게 우리에게 내리쬔다.

정말 뜨겁다.

저 앞에 그늘이 있어 달려가면 그늘은 사라져 버리고 또 다가가면 또 저 멀리 사라지고 손이 잡힐 듯 잡힐 듯하면서 그늘은 도망가 버린다.

어느덧 5km 지점인데 물이 없다.

"그러나 언제나 완벽한 조건에서 달릴 수 있는 것은 아니지 않는가?" 하면서 계속 달리니 앞서가던 이호용 씨가 6km 지점에서 더위에 지쳐 그만 서 버리는 것을 보니 나도 갑자기 힘은 빠지고 뛸 용기가 없어진다.

그러나 허일정님 재촉으로 스톱 없이 계속 가니 이제 몸이 풀린 듯하다.

석천마을회관에서 물 한 모금을 마시고 8km 정도 달리니 오복대동상회에 도착한다. 날씨가 너무 더워 런닝을 포기하고 허일정

씨에게 되돌아가자고 하니 허일정님이 포기할 때 포기하더라도 계속 뛰잔다.

어쩔 수 없이 웅촌 대대로 향한다. 오늘 뛸 거리는 웅촌면 대대리 상대부락 울산컨트리 입구인 반환점을 돌고 양동까지 가면 대략 29km 정도다.

울산 부산간 7번 국도에 들어서니 양동의 그것과 사뭇 다름 느낌이다. 먼지도 날리고 차들도 많아지고 과연 저들이 우리를 보고 뭐라고 이야기할까? 궁금하기도 하다.

'욕은 하지 않을까, '대단하다고 할까'

많은 생각이 머리 속에서 생겼지만, 그저 앞만 보고 달린다. 웅촌초등학교를 지나 대대리로 향한다.

햇빛은 더욱 뜨거워지고 온몸은 소금으로 뒤덮히고 하늘을 쳐다보니 태양을 가려줄 것은 아무것도 없다.

웅촌초등학교에서 약 2km 정도 갔을까 괜히 겁이 나기 시작한다.

'괜히 무리하는 거 아닌가, '무리했다가는 사우디 박 형님꼴 나는데'

라는 생각에 되돌아오기로 마음먹고 허일정에게 돌아가자고 하니 흔쾌히 그렇게 하자고 한다.

이제 가기만 하면 된다. 그러나 냉정히 생각하면 지금까지 달린 거리는 기껏해야 12,3km밖에 안 된다. 조금 실망이다.

생각 같으면 한 30km 뛴 것 같은데 겨우 12km라니.

오는 길엔 허일정 씨와 많은 이야기를 나눴다.

나보고 100km 울트라 해보란다. 조금 더 연습하면 충분히 할 수 있을 거란다. 편안하게 뛰는 폼을 보니 충분히 가능하다나.

한편으로 기분이 좋았지만 당장 눈앞에는 충주, 춘천, 경주가 도사리고 있다.

'거기서 망신당하면 어떡하나' 생각하니 이유 모를 힘이 솟는다.

석천 다리를 지나니 하니님 등 여성건각 세분과 교차하고 통천을 지나니 벌써 2바퀴째인 매실형을 뒤로하고 5km 지점에 도달했다.

'왁자자껄' 무슨 잔치날인가? 웬 사람들이 저리 난릴까? 하면서 보니 수박화채를 먹고 있었다.

'역시 먹을 때는 사람들이 붐비는구나'라고 생각하고 수박 한 그릇 후딱 비우고 다시 양동으로 향했다.

속으로 곰곰이 생각해보니 한 20km 이상 뛴 것 같다. 그러나 몸에는 별 이상없다.

만약 풀 같으면 아직 반 이상이 남아 있는데, 이런 상태에서 과연 반 이상을 뛸 수 있을까? 생각에 잠기니 힘이 빠진다.

뒤돌아보면 힘든다는 것을 알면서도 힐긋 뒤를 돌아 하늘을 쳐다본다. 태양은 점점 뜨거워 완전히 익은 모양이다.

양동운동장 입구에서 '달리는 사람들' 아지트에서 물 한 잔 마시고 잠시 숨을 고른 뒤 양동다리 밑으로 향한다. 이로써 32도를 넘는 한여름 목염 속에서 25km, 약 60리의 달리기 여행도 끝났다.

39km에서 멈춰버린 다리

오 재 환

2002. 9. 8. 풀코스 첫도전의 날이다.

출발 전. 새빨간 거짓말 같지만 충주대회 앞두고 전혀 걱정을 하지 않았다.

그 동안 연습량도 충분했고, 목표를 아예 4시간 30분대로 넉넉하게 잡았고 룰루랄라 하면서 충청도 산천구경도 좀 하면서 뛰려고 마음먹었기 때문이다.

그러나 충주가면서 이런 여유로움에 조금씩 금이 가기 시작하였다. 웬 시간이 그리 오래 걸리는지.

도착하기 전에 진을 다 빼버렸으니 말이다. 거기다가 관광버스 기사라는 분이 길까지 헤매니 서서히 짜증이 나기 시작한다.

산 넘고 물 건너 다리 건너 우여곡절 끝에 충주에 당도하니 우리를 맞이하는 건 강렬한 햇빛 밖에 없다.

정말 하늘도 무심하시지 그 흔한 구름, 그 흔한 비 한 방울, 오지도 않고 우째 저토록 태양만 우리를 비추고 있단 말인가?

나 홀로 하소연 해봤지만 소용 없는 일.

초반 레이스(1~30km)

382

정신없이 준비하고 출발선상에 섰다.

그리고 출발.

그런데 출발하면서 왠지 하나 빠뜨린 듯 허전함이 있었는데 했는데 아뿔사…… 바세린을 안 발랐네! 이 일을 우짜노?

살을 많이 뺐다고 하지만 아직까지 살들이 많아 '이것들이 스끼면 얼마나 따가울까 탄식해 봤자 다시 가기는 무리고 이런 저런 생각에 5km 지나고 10km 지났건만 같이 간 사람 중에 한 사람도 보이지 않는다.

'너무 늦나 좀 빨리 뛰어 보까' 고민도 했지만 그냥 가자하는 마음으로 1km당 6분에 맞춰 계속 뛰었다.

약 15km 지점쯤인가 가니 뒤에서 터벅 터벅하는 소리가 얼마나 세게 들리는지 뒤를 쳐다보니 아주 잘 생긴 사내가 뛰어 온다.

우린 금방 친해져 세상사는 이야기, 술 마시는 이야기 등 등 세상사는 이야기를 하며 뛰는데 말하는 투를 보니 영락 없는 공무원 같아 직업을 물어보니 아니나 다를까 역시나 경북 영천시청 사회복지과에 근무하는 공무원이란다.

주력을 물어보니 5시간이 목표이고, 최근 태풍피해 조사관계로 연습도 못했고 동료 공무원이 태풍피해 조사하러 나가 실종 사망하는 바람에 뒤치다거리 하느라고 고생을 많이 했단다.

그러나 그 양반과 나의 주력에 차이가 있어 그 사람하고 같이 갔다 간 해지기 전에 못 올 것 같아 조금 앞서 나왔는데 그 이후에는 그 사람을 보지 못했다

'그 양반 완주는 했는지'

2.5km마다 음료대가 설치되어 문수구장 한 바퀴 돌면 물이 있다는 생각과 20km에서 먹은 파워젤 영향인지 30km까지 무리없이 달렸다.

한적한 시골길이라 고추도 말리고 밭에 참깨도 보이고 배나무도 보이고 꼭 시골집에 온 듯하여 낭만적으로 느껴질지 모르지만도 뛰기에는 지겨운 길이다.

그런데 맙소사. 26km쯤 가니 나이 50을 바라보는 회장님께서 29살 먹은 처녀와 같이 가는 게 아닌가? 반갑기도 하고 뿌듯한 마음도 생긴다.

'야! 드디어 나의 진가가 나오는구나' 싶었는데 조금 더 가니 사관 선생님도 만나는데 힘드신 모양이다.

계속 느긋한 페이스로 달려 30km쯤에 이르니 드디어 타겟이 눈에 들어 왔다

위원장님, 여호스 그리고 문수산님이다. 그들 중 누군가 다리에 쥐가 났는지 막대기로 다리를 쥐어짜고 사이좋게 정겹게 서서 이야기하는 중이다

'그러면 그렇지! 가면 얼마나 간다고. 이젠 잡았다 하하!!' 하고 앞서 가는데 웬걸 방심하는 사이 위원장님하고 여호스가 추월해 간다.

'빨리 간다고 집에 빨리 가나' 갈테면 가라지 하면서 할 수 없지 하고 뒤처져 가는데 32km에서 물 마시는 사이 그들을 휙 추월해 버렸다.

약간의 그늘과 오르막을 지나니 동경사 김동환님이 걸어가는데 아마 부상을 입으신 모양이다. 적당히 인사를 나누고 달려가니 강병렬님과 또 한 분이 보이는데 절룩절룩 거리며 걷는다.

남들 걷는다고 나도 걸을 수 있나 싶어 1km당 7분 페이스로 가는데 35km에서 물 한 모금하고 몸에 물을 부었는데 이것이 실수가 될 줄이야. 시원하라고 부은 물이 양 사타구니를 타고 내려와 운동화 속으로 쏙 들어가 그렇지 않아도 몸이 무거운데 신발까지 무거

우니 몸이 천근만근이다.

이럭저럭 페이스를 조절해가며 38km 정도 가는데 마의 오르막이 나온다.

결코 걸을 수 없다는 다짐을 하며 뛰어가는데 걷고 계시는 강종열 교수님을 만날 줄이야. 윤펀드님 말처럼 서 있는 사람과는 눈도 마주치지 말라고 했는데 그만 눈이 맞아 같이 걷고 말았다. 교수님께서 의리없이 먼저 뛰어 나가신다. 그러나 한 번 걸은 내 다리는 좀처럼 뛰질 못했다.

이럭저럭 오르막을 걸어 올라가는데 위원장과 여호스가 뒤따라와 신나게 추월해 가버린다. 이럴 때 심정을 일장춘몽이라 했던가.

이제 충주시내에 들어섰다.

남은 거리는 약 2km 정도로 문수구장 1바퀴도 안 남은 거린데도 지겹고 힘겹다. 체력적인 한계에 온 것 같다.

곧 걷고 싶은 생각이 굴뚝 같지만 충주시민들에서 결코 걷는 모습을 보이지 말아야겠다는 생각 끝에 달리니 공설운동장이 보인다.

이것으로 인생에 한 획을 긋는구나 하고 뛰는데 제법 구경꾼들도 보이고 그 틈에 선봉대와 악세서리 님이 "힘!"도 외치고 박수소리도 들린다.

"내 다시 충주에 오나 봐라" 한 번 크게 외치니 모두들 웃는다.

골인!

출발한 지 4시간 36분 22초만에 긴 여행을 마치고 돌아왔다.

사실 목표를 4시간 30분 잡았지만 내심 더위에 유난히 약해 중간에 퍼지면 우짜노 싶었는데 다행히 퍼지지는 않았다.

풀 첫코스 완주

이로써 올해 1차 관문을 성공적으로 통과했다.

골인하고 간이 샤워를 하고 나니 걸음이 걸어지지 않는다. 겨우 국수 먹으러 갔는데 남들은 맛 있다는 국수가 도저히 넘어가지가 않는다.

내 평생 음식 먹으러 가서 남기고 온 것은 처음이다. 국물만 마시고 나오니 다리가 떨어지지 않는다. 그렇다고 남들에게 걸을 수 없다고 할 수는 없고 해서 약간의 스트레칭을 하니 한결 나아 운동장까지 왔는데 분명히 손에 있어야 할 기념품이 없다.

할 수 없이 다시 하나 얻어 가방 깊숙이 집어 넣고 운동장을 떠나 멀고 먼 귀향행 버스에 몸을 실었다.

나의 첫 마라톤 입문기

이 창 걸

최고 기록 : 3시간 53분 10초
경력 : 풀코스 3회, 하프코스 3회, 10km 2회(2001년 1월)
좌우명 : 연습 않고 뛰지 마라.
현소속 : 대한유화마라톤클럽. 울산마라톤클럽
이왕 시작했으니 하나는 얻고 가자. 그래서 2002년 2월
1일부터 금연을 결심하여 지금까지 쭉 이어지고 있다.
마라톤 최대의 적, 호흡 곤란, 숨이 콱콱 막힌다구요?
금연하세요.

새벽 3시에 시계를 맞춰 놓고 잤다. 나 혼자라면 4시 반쯤이면 되리라마는 집사람이랑 우리 막내놈도 있고 해서 좀 일찍 일어나야 되겠다 싶어 일찍 시계를 맞춰놓았다. 그런데 여행가는 것도 아닌데 왜 이리 눈이 일찍 떨어지는 걸까?

2시 반이 되니깐 눈이 떨어진다. 이부자리에서 엎치락거리다가 2시 50분쯤에 집사람을 깨웠다. 그리고 우리 막내도. 막내는 전날 일찍 잤던 터라 얼씨구나 좋다 하고 일어난다. 집사람 대충 찍어 바르고 나는 대충 고양이 세수하고 4시 반에 앞집 수경 씨네 가족들을 만나 로터리 집결지로 향했다.

벌써 여러 명이 와 있었다. 대체 저 양반들은 몇 시에 일어난 걸

까? 나 혼자 중얼거려 본다. 드디어 우리가 출발시간으로 정해 놓은 5시다. 우리 마라토너들은 korean time도 없다. 차는 지체 없이 경주로 출발한다.

6시 여명과 함께 경주 엑스포광장에 도착했다. 엑스포 파출소 옆에 회장님의 지인께서 미리 잡아 놓은 자리에다 부랴 부랴 텐트를 치고 대충 유니폼을 갈아입었다.

처녀 출전이라 그럴까? 조금 으시시한 게 춥다고 느껴진다. 간단한 스트레칭으로 추위를 쫓아 보지만 쉬이 추위가 가시질 않는다. 6시 40분쯤, 우리 일행들은 가족들의 환호를 받으며 출발지로 향했다. 출발지에서 회장님께 물어 보았다.

"형님, 총 쾅 쑤모 출발해야 되능교? 글타, 여는"

회장님의 말을 반신반의하며 그래도 기록을 몇 초라도 당기고 싶어 앞자리로 찾아가는데 안내원의 목소리가 기록 방법을 말한다. 스피드 칩이 기록판을 밟는 그 순간부터 기록이 측정된다고 한다. 그러면 그렇지, 아무리 사쿠라(?) 마라톤이라도 그 자리에 멈춰서 출발 시간을 기다린다.

오줌이 마렵다. 도로 건너 휴게소에 화장실이 보이는데 경찰들이 도로를 통제하고 있는데, 일본 사람들이 보고 있는데, 도로를 횡단하려니 영 껄끄럽다. 그래도 어쩌랴, 내 기록을 위해서 쏜살같이 볼 일 보고 자리를 찾아와 출발시간을 기다린다.

정각 7시에 풀코스 출발 예정이었으나 보문단지 입구에서 교통사고로 인해 선수들을 실은 차량이 조금 늦어진 관계로 출발 시간을 십여 분 정도 늦춘다는 안내 방송이 나를 조금 짜증나게 하지만 그까짓 10분쯤이야 하며 나를 위로하며 나머지 10분을 기다린다.

두 발의 축포와 함께 풀코스 매니아들이 힘차게 두 발을 내 딛는다. 5분 뒤면 나도 뛴다. 어느새 5분이 지나 하프 코스 출발이다. 내 비싼 시계의 스타트 버튼을 누르고 드디어 출발한다. 우리 캠프를 지나는데 우리 집사람, 우리 막내가 보인다. 힘차게 여보! 훈아! 라고 불러 보지만 나를 찾지를 못한다. 사실 이런 모습을 우리 여보, 우리 자식에게 보여주고 싶어 여기까지 데리고 왔는데 찾질 못했으니 조금 섭섭했다.

2.5km쯤 됐을까? 뒤쪽에서 조금 시끌벅적한 파이팅 소리가 들린다. 뒤를 힐끗 쳐다보니 "만자로"다. 위원장의 페이스 메이커라고 했는데 위원장은 보이지 않고 평소 토달에서 많이 보던 여성 매니아들과 함께 페이스를 같이 한다. 위원장은 만자로 약간 뒤에 보인다.

드디어 5km다. Lap time을 찍어 본다. 24분 12초, 이게 아닌데, 평소 연습할 땐 좋아 봐야 26분을 넘었는데, 너무 오버한 게 아닐까? 그런데 힘이 들지를 않는다. 계속 그 페이스로 뛰는데 도로 한 켠에 표지판에 매직으로 10km라고 쓰인 게 보이길래 또 10km Lap time를 찍고 시계를 보니 20분밖에 걸리지 않으니 이게 웬일일까? 내가 너무 오버했나? 아니야 이건, 분명히 거리가 잘못일거야. 내 나름대로 계속 그 페이스대로 뛰려고 했는데 이 기록이라면 이건 분명 누군가가 도로 교통 표지판에 매직으로 장난을 쳤을 거라고 판단하고 계속 뛰어 본다.

여기서부터는 lap time은 포기하고 내 페이스대로 계속 뛰는거다. 하프 반환점을 돌아 1km쯤 왔을까? 누군가가 시간을 물어 본다. 50분이다. 분명 하프 반환점이 10km가 안 되는 거다. 군데 군데 물과 스펀지가 준비되어 있었지만 그냥 지나친다. 평소 연습 때 물만 들어가면 속이 출렁거려 장애가 되었기 때문에 되도록이면 물은 먹지 않기로 하였다.

17.5km라고 푯말이 붙어있다. 아무리 아니라도 어느 정도는 맞겠지 하며 한번 더 속아 본다. 이젠 4km밖에 남지 않았다. 풀코스 영목 선수를 만난다. "힘" 이라고 나한테 외쳐 준다. 나도 "힘" 이라고 외쳐준다. 그 선수들 대단하다. 기다려라. 나도 우리 회장님이 그렇게도 좋아하시는 풀로 갈 테니.

하프의 최악의 코스 보문로 오르막길이다. 양동의 최악의 코스 5km 오르막길을 생각해본다. 거의 연습 때마다 걸었다. 체력에 맞게 달리려고. 한 발, 두 발, 힘차게 내딛는다. 이젠 정말 얼마 남지 않았다. 내가 걷지 않고 뛰고 있다는 게 신기할 정도다. 드디어 오르막을 통과한다. 걷지 않았다. 혹시 이게 꿈은 아니겠지 하는 생각이 든다. 이제 내리막이다.

절대로 오버 페이스는 하지 않을 거다. 아직 힘은 무지하게 남아 있다. 20km는 더 뛰어도 되리라. 뒤에서 누군가가 "힘"이라고 외친다. 풀코스 주자의 이회장 님과 정영완 씨다. 정영완 씨가 나보고 다 왔다고 힘내라고 한다. 난 뭐라고 그 사람들한테 용기의 말을, 위로의 말을 전해야 될까. 적절한 단어가 없다. 그냥 "힘"이라고 외쳐 줄 뿐이다.

20km의 푯말이 보인다. 시계를 힐끗 한번 쳐다보니 지금이 1시간 30분대이다. 1km 남았으니 늦어도 6분대면 들어 갈 수 있으니 1시간 30분대면 들어 갈 것 같은 믿기지 않을 기록이 세워진다. 그래도 전력질주는 하지 않는다. 그런데 이게 무슨 일인가. 1km 남았는데 10분이 지나도 결승점이 나오지 않는 이런 일이. 또 속았구나 하는 생각이 든다. 우리 캠프 앞을 지난다. 우리 와이프가 맨 처음으로 보인다. 눈물이 핑 돈다. 이제 다 왔구나. 일찍 들어온 하프 동료들이 사진을 찍어준다. 이것은 늦은 자만이 누릴 수 있는 특권인가 보다. 일찍 들어온 사람들은 이번 대회에서는 사진도 없을 거

다.

아, 불행하다. 드디어 결승점이 보인다. 전력 질주는 않는다. 내 앞엔 정상영 선수, 김수석 선수가 결승점을 막 통과한다. 이젠 내 차례다. 결승점 시간 1시간 53분, 내 시계 1시간 49분, 나로선 믿기지 않는 기록이다. 이젠 춘천을 준비하리라.

이것이 나의 마라톤 처녀 출전 이야기다. 고작 하프 뛰고 이런 글을 쓴다는 것이 조금 부끄러운 감이 있긴 하지만 처음부터 풀 뛴 사람 나와 보라 그래.

어쨌든 운동이라고는 완전한 門外漢인 나를 마라톤 하프 코스 완주의 길까지 오게 한 울산마라톤클럽 이 회장님 이하, 토달에서 나를 열심히 뛰게 한 여러 관계자들께 감사의 마음 전합니다.

페이스 메이커를 못 믿어?(춘천 참가기)

이 창 걸

한 번쯤 가보고 싶었던 곳 춘천.
1984년 6월 20일.

빡빡머리에 마산발 춘천행 열차에 몸을 실었을 땐 막연히 춘천으로 가나보다 하고 102보충대라는 곳에 내 몸을 흘려 놓았을 뿐 춘천이라는 곳엔 나에겐 그 외의 추억은 없었던 곳이다.

하지만 지금은 제대한 지 어언 20년이 다 되어갈 즈음 나 자신도 너무나 많이 변한 채 다시 한번 춘천을 찾게 되다니.

내가 마라톤으로 하여금 춘천을 다시 찾을 줄이야 하는 기대감을 여느 때보다도 많이 갖게 된다.

얼마나 기다렸던가. 올 초 마라톤에 입문하면서 춘천을 기다리면서 한 겨울의 혹한기 산행과 한여름 뙤약볕에 그을려 가면서 오늘을 준비하지 않았던가.

이제 결전의 날이 다가왔다.

3일간의 야근근무로 인해 피로를 몸에 안은 채 울산 공업탑로차리에서 우리 일행 60여명은 2대의 관광버스 나누어 탔다.

대부분 양동 회야댐과 문수구장에서 훈련하면서 얼굴을 익힌 사

람이지만 그렇지 않은 분들도 몇몇 보인다. 장거리 여행하면서 통성명을 하면 되겠지?

경부-중앙고속도로를 지나 죽령 고개에 접어 들 때 단풍이 절정을 이루고 있었다. 아마 내가 달릴 춘천 의암호 주변도 그렇겠지 하며 내심 춘천 의암호 주변을 그려본다. 이미 어둠은 지천에 깔렸고 차는 춘천을 접어들었다. 마교주(울산마라톤클럽, 대한적토마회장)님께서 미리 우리가 달릴 코스를 답사하자며 참말인지 거짓말인지 코스 설명을 잘도 하신다.

맨 앞좌석에 앉아 어두운 의함호를 달리며 주변의 여러 환경을 설명하시는데 난 맨 뒷좌석이라 그냥 시큰둥이다. 주위가 어두워 보이지 않았기 때문에.

약 32km 지점 102보충대 앞이 우리의 예약해 둔 식당이다. 이곳은 서창우 회원의 지인이라 며칠 전부터 예약을 해놨던 곳이기 때문에 우리가 도착했을 땐 이미 저녁 식사가 차려져 있었다.

저녁을 먹은 후 10km 남짓 떨어진 여관에 들어갔다. 계속된 야간 근무 탓에 육신이 많이 지친 터라 혹시 잠이 오지 않으면 어쩔까 하는 두려움이 밀려오던 차 룸메이트 강명식 씨와 이수경 씨가 한잔 하러 가잔다. 평소 술을 무지 좋아하는 나였지만 정말 그날만은 싫었다.

우리의 호프 sub-3의 기대주 최진황 씨도 룸메이트였기에 그 친구한테 혹시 누라도 되면은 하는 마음도 없잖아 있었기에.

야근 후 피로의 누적으로 그날은 평소보다 많은 잠을 잘 수가 있었다. 호프 최진황 선수도 마찬가지였고 5시 40분에 일어나 출전 준비를 완료하고 정해둔 식당으로 가니 찰밥이 준비되어 있었다. 평소 나의 레이스를 볼 때 20km 이후의 허기짐을 알기 때문에 찰밥 2공기를 순식간에 해치웠다. 식당주인이 또 다행히 경상도 사람이라 반찬이 너무 우리 경상도 사람들의 입에 맞았다.

우리는 서둘러 결전지 춘천종합운동장으로 향했다. 아직 10시 이전인데 너무나 많은 인파가 붐빈다. 가슴이 약간은 두근거린다. 그래도 풀코스 2번째인지라 긴장감은 다소 덜 수가 있었던가보다. 이번 춘천대회는 기록 순으로 정렬해 스타트를 한다고 해서 나는 이미 후미대열에 합류했었지만 그렇지 않은 매니아들이 있었던지 장내 안내방송이 여러 번 멘트가 된다.

넷타임이 적용되면 후미대열에도 아무런 문제가 없는데 왜들 저러지 하며 자문한다. 직4문으로 내 시선이 갈 즈음 쏜살같이 달려나가는 선두그룹의 등록선수들이 빠져나간다. 아마 저 사람들은 끝까지 저 페이스겠지? 믿기지 않은 속도로 빠져나가는데 출발 대포소리가 울렸는가 보다. 왜 출발포성을 듣지 못했지?

후미의 나는 빠져나가지가 않는다. 10여분이 지난 후 나의 stop 워치 버튼을 누른다. 도무지 나가지 않는다. 직4문이 너무 좁다. 겨우 빠져나가 500여 미터쯤 갔을까? 4시간 페이스 메이커가 보인다. 그 사람을 따라가니 너무나 편하다. 아니 너무 늦다. 5km 지점까지의 오르막이 오르막 같은 느낌이 하나도 없다. 페이스 메이커들이 초반 페이스를 1~2분 늦춰 잡았다는 걸 알고 있었지만 난 더 빨리 가고픈 우매함이.

5km를 페이스 메이커와 같이한 누적시간이 29분 44초다. 아니! 너무 늦은 게 아닌가? 이러다 이 사람 후반 레이스를 너무 빠르게 펼치는 게 아닐까? 난 후반부에는 약한데 하는 어리석은 나의 생각에 5km를 지나 페이스 메이커를 뒤로하고 나 혼자만의 레이스를 펼친다. 10km까지 주로가 너무나 비좁다. 칼날 어깨를 하고, 게걸음을 치며, 갓길로 뛰기를 10여 km를 가니 조금 여유가 있다. 다시 5km 랩 타임을 찍어 본다. 26분여다. 맞다. 이 페이스가. 이 정

도면 충분히 sub-4다며 나 혼자 쾌재를 불러 본다.

이제 이 정도 뛰었으면 우리 울산마라톤클럽, 대한적토마도 몇 몇이 보일 때도 됐는데 통 보이지가 않는다. 이 사람들 얼마나 앞 줄에 섰길래 아직 보이지가 않을까? 15km 구간시간 26분여.

잘 나간다. 정말. 완전히 연습 페이스다. 이제 우리의 호프 윤편 드를 따라 잡는다

"힘"이라고 외치며 나 혼자 뛰쳐나간다. 하프지점 쯤 됐을까? 약 100m 전방에 정영완 씨가 뒤로 한번 힐끔 쳐다보며 달려간다. 금 방 잡힐 것 같았는데 그 사람 결국 30km 지점에서 만났다. 서창우 씨가 하프지점을 지나 서상교 앞에서 다리가 안 좋은지 스프레이 를 뿌리고 있었는데 어느새 달려와 내 옆에 달싹 붙는다. 심박계 소리가 삑삑거린다. 내 보고 오버 페이스란다.

지하고 내하고 같나?(창우 씨 말 듣고 그때 조금만 낮췄더라면) 그런데도 지는 내 앞에 달려간다.

30km에서 바나나 반개를 먹고 런티켓을 위반하여 노상방뇨를 하고 난 후 달리는데 페이스가 떨어진걸 느낀다. 30km에서 이미 구간시간은 3분을 초과하여 29분을 지나고 있었다.

배도 안 고픈데 왜 이러지? 마의 35km의 벽일까? 하며 달려 보 는데 아니나 다를까 나의 고질적인 배아픔이 엄습해 오는 걸 느낀 다. 매번 경험해 보지만 페이스를 낮추지 않으면 안 되는 그런 고 통이다. 거의 걸음과 마찬가지로 달려나가니 102보충대 앞까지 왔 다. 군인들이 하이파이브를 외친다. 나도 일일이 하이파이브를 외 치며 힘차게 그 지점을 통과하는데 우리와 춘천길에 동행한 서창 우 씨 집사람이 군인들 틈에 보인다. 그때 난 이미 10여 미터 초과 했던 터라 다시 돌아와서 정성스레 마련해온 꿀물 2잔을 순식간에 들이마시고 다시 힘차게 군인아저씨를 뒤로 한 채 달리는데 순간

오버라는 걸 직감한다. 급격한 페이스 저하가 온다. 아직 달릴 길은 10km이다. 제발, 제발 걷지는 말자. 양동길 5km를 왕복하면 된다는 생각으로 하염없이 달려 보는데 37km쯤 되었을 땐 나의 의지를 힘없이 뭉개 버린다.

주로엔 널부러진 사람이 한둘이 아니다. 그래도 난 괜찮은 편이었다. 단지 힘이 모자라 다리가 안 움직일 뿐 쥐는 나지 않았기 때문이다. 걷다 뛰다를 반복하며 40km다. 구간기록이 형편없었다. 33분을 오버하고 있었다.

이제 남은 거리 2km다. 죽을 힘을 다해 뛰어 보건만 그래도 걷지 않을 수 없는 나의 나약함이 저 멀리 송충기 씨가 거꾸로 달려온다. "이창걸 힘"이라고 외쳐 주며 달려나간다. 정말 힘이 솟았다. 이제 골인만 남았구나! 직4문을 통과해 트랙에 들어서니 김영목 씨가 나를 반겨주며 동반주를 해준다.

자, 이제 정말 골인만 남았구나. 멋지게 포즈나 한번 취하자 하며 승리의 V자를 그리며 나의 우매한 42.195km를 마감했다. 4시간 4분 44초다.

충주에서의 페이스 조절 실패와 이번 춘천에서 또 어리석은 내 주장으로 완전히 실패했습니다. 앞으로 내년 춘천까지 몇 번의 풀 도전과 나름대로의 경험을 쌓아 내년엔 꼭 sub-4를 이루리라.

비장한 아버지의 고뇌(현대산악 후기)

이 태 걸

최고 기록 : 풀코스 3시간 4분 17초, 100km 울트라 9시간 42분 4초
현소속 : 대한유화 마라톤클럽 및 울산마라톤클럽
좌우명 : 활기차고 즐겁게 하루하루를 살자.
등산을 즐기다가 4년 전 새로운 자기와의 한계에 도전하기 위해 마라톤에 입문했습니다. 이제는 기록보다 즐기는 마라톤 레이스를 운영하려 합니다. 천천히 뛰어야 오래 뛸 수 있다는 명언을 되새기면서….

이렇게 마라톤 후기를 늦게 쓰게된 것은 개인적으로 마라톤에 대한 회의감을 순간적으로 느끼게 한 일이 있어 약 일주일 미루어졌다.

현대산악 대회는 처음 출전부터 우리 가족 건강걷기대회로 출전하기로 마음먹고 거금 이만원을 투자해 우리 가족 5명 중 고 3인 큰 딸을 제외한 4명이 출전했는데, 자식들에게 마라톤자랑을 매일 하는 아비가 오늘은 야간하고 나온 길이라 눈알이 빨간 정도로 컨디션이 말이 아니다.

일요일 아침 일어나기 싫어하는 두 명의 아들딸을 깨워 동네 산악회원들과 방어진으로 향했다.

대회 전부터 아내와 애들에게 무리하게 뛰지 말고 걸으라고 주의를 준다. 출발선상에서 아내는 아들녀석을 찾아다닌다고 야단이다.

초등 5년인 아들은 약간의 비만에다 인내심이라고는 조금도 없는 전형적인 요즘 애들 타입이다.

자기 말로는 완주한다면서 자기 엄마 곁을 떠났단다.

출발신호와 함께 이 못난 아빠는 아들이 어디 있는지도 모르고 아니 찾아볼 생각도하지 않는 채 죽어라 있는 힘을 다하여 선두그룹에 끼어들어 뛰어 나갔다.

야간 근무를 하고 나온 몸에 날씨는 찜통이지 과학대 언덕에서는 그냥 주저앉을 뻔했다.

있는 힘을 다하여 심한 경사로에는 걷고 하면서 40대 입상목표로 파란번호(40대)를 재치면서 앞으로 앞으로.

좌 우로 울산시가지와 현대중공업 전경은 지금의 내 눈에는 들어오지 않는다. 정상에서 현대중공업 민계식 사장님을 앞지른다.

"사장님 힘~~~~임내세요."

파란 번호판만 제껴 나가면 장년부 입상은 할 수 있지 않겠나 하는 막연한 생각만 가지고 내리막길 기어를 중립에 놓고 다리만 빨리 움직여본다.

대유클의 엄주천 선수도 뒤로하고 있는힘 다하여 골인하니 한우리클럽 안정환 회장님께서 순위표를 준다. 73위 골인 지점에서 나를 맞이해줄 우리 가족들 모습은 전혀 보이지 않는다.

한참 후 아내와 딸이 어디서 나타났는지 내 시야에 들어온다 "어디 갔다 왔노." 아내왈 아들은 끝내 찾지 못하고 둘이서 걸어 과학대까지 가니 다른 선수들 모습은 보이지 않고 어디로 가야될지 모르겠고 해서 수위에게 어디로 가야하는지 물으니 수위 아저씨왈

"지금 시간이 한시간 지났는데 그냥 돌아가소."

그리하여 승용차 얻어 타고 서부구장으로 돌아왔단다.

그런데 문제는 아들놈이 행불됐다. 다른 사람들과 같이 산악코스에 접어들었는지 아니면 지애비가 찾아주기를 기다리며 중간에서 포기하고 어느 길가에 앉아있는지.

아내는 방방 뜬다.

어디 자기새끼 귀하지 않는 집 있으랴만 본인 나이 사십이 다되어 어렵게 얻은 내 외아들이고 보니 야단났다.

할 수 없이 얼음물 한 병 구해가지고 내가 골인한 역방향으로 뛰어 올라가야만 했다. 가면서 많은 생각에 사로잡힌다.

이 못난 애비는 입상에 눈이 멀어 제자식 내팽개치고 도망와 버리고 그것도 입상했으면 몰라도.

그냥 가족걷기대회를 하자 해 놓고 내가 배신을 때리다니. 죄책감으로 가득 찬 내 가슴을 달래며 산길을 오르는데 목마른 주자들이내 아들 주려고 가지고 가는 얼음물을 자꾸 껄떡인다.

앞에서 오는 학생만 보면 깜짝 깜짝 놀란다. 혹시, 혹시. 한 바퀴 더 뛸 각오로 발걸음을 더욱 빨리한다.

정상부위 다 되어 가는 지점 저 멀리서 내 아들놈의 모습이 보인다. 얼마나 반가운지 그냥 뛰어가 덥석 안았다

"아이고 이놈아 누가 너보고 전부 다 뛰라했나?"

"아빠 여기까지 와 왔노."

아들의 손을 잡고 걸어 내려오는데 아들의 키가 오늘은 왜 이렇게 크게 보이는지. 아들 녀석은 2시간을 넘게 걸어 완주를 했다.

처음 받아보는 완주증을 보는 사람들에게 자랑을 하고 다닌다.

중도에 포기한 누나에겐 매일 하는 말

"누나 마라톤 완주했어?"

꿈의 기록 sub-3를 향하여

이 태 걸

비 바람에 마지막 벚꽃잎은 휘날리고(11회 벚꽃마라톤 완주기) 밤새 비 올 걱정에 마음 졸이며 마신 생맥주 때문에 관광버스가 경주에 도달하기 전부터 아랫배가 이상한 느낌을 보낸다.

아침에 일어나 두 번이나 화장실을 다녀왔는데, 버스가 도착하게 무섭게 뛰다시피 외진 화장실을 발견하고 들어서는데 이게 웬일 벌써 마라토너들의 긴 줄이 나를 미치게 만든다.

기다리다 못 참아 화장실 문을 두 번씩이나 두들기며 애원한다 "급한데요."

물 내리는 소리가 왜 그렇게 듣기 좋은지 조금만 늦었어도 마라톤복에 그냥.

잔뜩 찌푸린 날씨에 바람까지 불어대니 마지막 남은 몇 장의 벚꽃잎들이 길 위로 떨어진다.

수많은 마라토너들의 열기가 가득한 풀코스 인원 가운데로 들어서니 훈훈한 정이 가득하다. 멀리 서울에서 오신 분과 많은 마라톤 지인들과의 만남은 언제나 즐겁다. 오늘의 페이스는 천천히 즐겁게 하는 것으로 내 마음 속에 다짐을 한다.

400

출발은 언제나 흥분된 분위기를 만들고 환호가 터진다. 돌격과 천천이 출발하는데 돌격하는 말 진짜 이렇게 가겠냐고 질문한다.

벌거벗은 벚꽃나무 옆으로 보문호를 끼고 달림이들은 무엇을 향하여 저렇게 뛰어가는가.

강한 바람이 내 얼굴을 때린다. 몸에 땀을 조금 내볼까 하는 마음에 속도를 조금 내어본다.

5km(21:44)

경주 시내로 접어드는 강변 도로를 달리니 수많은 울산마라톤클럽 로고가 눈에 들어온다

많은 회원들의 이름을 기억하지 못한다 하여도 이제는 주로에서 로고에 붙은 이름 때문에 이름을 불러주며 힘이라는 구호를 힘차게 외쳐준다. 하프를 뛰는 선수들의 발걸음이 가벼워 보인다. 하프 턴 지점 조금 못미처 김영목을 만난다.

"영목아! 날 잡아봐라."

하프 선두는 위아 선수가 월등하다 현자 강필중 선수가 2위로 돌아간다(최종4위).

멀리 동국대를 바라보며 다리를 건너가는데 이영정 선배님을 만나 꼭 우리 텐트로 점심 잡수시러 오라는 당부말을 하고 10km를 통과한다(43:49 랩22:04).

비바람에 아직도 건재하면서 황성공원 입구에서 삼국의 통일을 이루어낸 김유신 장군 동상을 오른쪽으로 하면서 다시 강변로를 접어들어 다리 밑으로 지나는데 앞에 신라마라톤 사무국장으로 있는 민화식 군이 큰 덩치를 이끌고 뛰고 있다.

이 친구는 고교 1학년 때 단짝이다. 마라톤 입문은 내보다 훨씬 빠른데 기록은 조금 늦어 주로에서 내가 앞서가면 힘이 빠진다는 놈이다. 나를 이기려면 살을 빼야지.

하프와 만나는 지점부터는 주로가 복잡하다.

다시 뒤에서 보니 울산마라톤클럽 로고가 많이 보인다. 내가 생각해도 정말 잘 만들었다는 자화자찬을 해본다.

15km(01:05:38 랩21:49)

한화콘도 언덕에서 만난 일본관광객들의 "화이토"하는 응원소리가 정답게 들린다. 내리막길에서 전인환 총무를 만나 후회할 것 같아 뛴다고 한다. 처음에는 자원봉사만 한다했는데.

비바람이 내 얼굴을 때려도 내리막길에서의 속도를 느끼면서 달리는 것은 상쾌함을 준다. 적토마의 호프 엄주천 선수에게 "힘" 구호를 외쳐주면서 앞서나가니 벌써 현대 호텔 앞 20km 처음 출전한 하프주자들이 헷갈리는 지점이다(01:28:21 랩22:43)

코모도호텔 앞 물레방아는 쉬지 않고 돌아간다 고로 나도 쉬지 않고 뛰어간다. 하프와 풀이 갈라지는 지점 처음으로 풀을 신청한 것을 후회한 지점이다.

'그냥 직진 해뿔까.'

선수들이 엄청 줄어들었다 괜히 풀을 신청해가지고 이 고생을 하나.

골인지점을 통과하니 이미 하프를 완주하고 들어온 현중의 강정철 정윤태 씨가 목에 완주 메달을 걸치고 나를 환영한다. 누구 약 올리나.

이번 코스 중 최악의 고개가 내 앞에 나타났다. 몇 번 뛰어넘었던 고개지만 오늘따라 왜 이렇게 높아 보이는지. 고개를 내리깔고 주폭을 짧게 하여 천천히 올라도 올라도 그 자리인 것 같다.

내가 sub-3를 하려 하면 이 언덕 훈련을 많이 해야 한다. 내 몸이 몇 번 망가질 때까지.

언덕 꼭대기가 25km 지점이다(01:52:54 랩24:32).

이제부터 불국사역까지는 내리막길이다.

빗방울은 더욱 거세진다. 좋다 지금부터는 속도를 내보자. 멀리 내 앞에 보이는 선수는 한화의(?) 죽령대회 때 같이 간 분이 아닌가?

풀선수들이 왜 이렇게 없는지 다들 어디 가버렸는지? 한화선수를 앞지르며 "힘" 하니 나를 보고 무척 놀라는 표정이다.

그래도 나는 순전히 캐리어로 뛰는 것이니까 놀랄 것까지 없지. 코오롱 호텔 삼거리에 오니 선두선수가 힘차게 돌아오고 있다. 일본선수인 모양이다.

다시 역으로 가는 내리막길 힘차게 가는데 앞에 언양마라톤클럽이란 로고를 붙인 선수 두 명이 나타나서 내 신분을 밝히고 서로 자리를 같이 한번 하자는 내 말에 그냥 고개만 끄떡끄떡.

우리의 최섭3가 지나간다. 뭐하느냐 빨리가라는 재촉에 저 녀석 그냥 웃음만.

30km(02:14:44 랩21:50)

30km에서 초코파이 하나 먹다가 뒤에 나타난 엄주천 선수에 놀라 먹던 파이를 멀리 던져버리고 도둑질하다 들킨 놈처럼 또 도망가기 시작한다.

불국역 앞에서 턴하여 다시 불국사쪽으로 가는데 마주오는 사람마다 힘을 외치니 이 짓도 힘이 든다. 오르막길이라 힘이 들지만 마주오는 선수들의 인상을 보면 천태만상이다. 재미있는 인상들이 한두 명 지나갈 때마다 아휴 언제 가려나?

호텔 삼거리를 돌아가는데 우리의 위원장과 그의 일당들 바로 뒤에 윤펀드 사모님 김경숙 씨가 지나간다 아차 내가 잊고 있는 사실이었다. 한방 맞은 기분이다 정말 대단한 분이다.

띄엄띄엄 보이는 앞 주자를 제끼며 35km를 통과한다(02:38:39 랩

23:54).

마지막 오르막에서 남은 내 정력을 불태운다. 은근히 이 고개가 사람잡는 고개이다.

고개 정점쯤 되는 지점의 반대쪽에서 봉사하는 한 학생이 벚꽃나무를 흔들어서 아직 남아있는 꽃잎을 날려서 내 얼굴에 꽃잎이 와 닿도록 해준다.

정말 감동적이다 고맙다는 인사로 손을 번쩍 들고 답례를 해주고 내리막길로 접어든다. 좋다. 시간을 땡겨볼까.

나는 내리막길만 있는 코스에서 풀 뛰면 sub-3는 확실한데. 엔진 브레이크까지 풀고 자연 중력에 내 몸을 맡긴다.

힘은 빠졌는데 속도는 잘도 난다. 감포 가는 삼거리를 지나는데 어떤 아저씨왈

"몸무게도 많이 나가는 사람이 잘 뛰네"

40km(03:00:06 랩21:27)

이젠 3시간도 지나갔고 빨리 뛸 마음까지 사라져 버렸다.

최고기록도 놓쳤고 그러니 자연이 속도가 줄어들 수밖에 골인지점을 빤히 보고 다시 돌아야 하니 미치겠네.

차들이 즐비하게 늘어선 경주 월드 앞을 지나 좌로 턴하니 멀리 골인지점과 우리 텐트 앞에 도열한 우리 클럽 응원단에 내 몸을 추스르고 가까이 가니 이건 완전히 광란의 응원이었다. 내 마라톤 유사이래 이런 환영은 처음이다.

눈물이 핑 도는 건 웬일까??

다시 한번 고마움을 느낀다.

있는 폼 다잡고 골인하니 고교친구며 경주선관위 사무국장인 김규조 군이 나를 끌어안는다(03:11:35 랩11:34).

데뷔전을 치르면서

울산마라톤클럽을 만나고부터 풀코스 완주를 위한 담금질이 시작되었고, 뒷풀이 술자리에서 끝까지 버티다 최후의 전사 라덴이라는 닉도 얻었다. 어느덧 초보자들에게는 경험담 삼아, 어느 정도까지는 지도해 줄 수 있는 위치까지 와있는 듯 하여 뿌듯하고, 무엇보다 강인해져 있는 내 체력이 자랑스럽다.

손 철 수

춘 천을 향해.

금요일 저녁부터 메모를 해가며 챙겼건만 풍기까지는 고속도로라 느낌이 별로 없었는데, 죽령재를 접어들면서부터는 완전히 달랐다.

절정기의 소백산 단풍에 탄성이 절로 나온다.

일주일 전에 공룡 능선을 탔던 몇 사람이 더 난리다. 설악산에서 못 본것 여기서 만끽한단다. 몸에 좋다는 각종 보약과 비타민 종류는 이곳에 다 있는 것 같다. 남이 볼세라 고개 숙여 먹다 들킨 사람, 고수들이 뭐 하나 먹으면, 꼬치꼬치 묻는다. 똑같이 먹으면 잘 뛸란가? 어찌 아노 케사면서.

이젠 차창 너머로는 불 빛 밖에 보이지 않는다.

19시 30분경 춘천 도착.

사전 코스답사부터 먼저 하자고 하여도 배고프다는 사람은 한 명도 없다. 모두들 얼굴에 비장한 각오가 엿보인다.

조직에서 급수대 설치가 한창이다.

지금 이 길이 내일 내가 뛰어야 할 그 길이 아닌가? 각오를 새롭게 해 본다.

마교주의 명해설에다 작전 요령까지 열변을 토해 낸다. 지금 생각해도 상당히 많은 도움이 되었던 것 같아 정말 고맙게 생각한다.

작전 구상을 수정해 가면서 숙소에 도착하였으나 잠이 올 리 만무하다.

지나온 훈련 과정이 주마등처럼 스쳐 지나간다. 나뿐만은 아니리라.

호반의 물안개를 뒤로 한 채 운동장으로 갔더니 2시간 전인데도 벌써부터 난리다. 차량 통제는 물론이고 정말 대단한 인파다. 그렇지만 운영면에서는 짜임새가 있어 보였다.

필요한 것이 요소 요소에 배치가 잘 되어 있는 것 같고, 참가 선수들의 질서 의식도 상당한 것 같아 기분이 매우 좋았다.

다들 최선을 다 하고 있다는 느낌이 나를 기쁘게 하면서도 한편으로는 울산이 생각나게 한다.

달림이들은 다 같은 생각 일 것이다. 비용은 둘째이다. 주어진 여건 속에서 온 정성을 기울여 최선을 다하고 있구나 하는 느낌을 받을 때, 조금 불편하더라도 그 누구도 원망치는 않을진데, 한 마디로 부럽다.

기념 촬영과 스트레칭 울산마라톤클럽의 위상을 마음껏 뽐내면서, 출발 주로를 찾는다.

3시간 30분 페이스 메이크는 너무 복잡해서 보이지도 않고, 4시간대인 만자로 주위에도 마찬가지이다.

나는 그 중간에 비집고 들어가 자리를 잡았다.

마지막 스트레칭을 하면서, 수능을 준비하는 우리 큰딸과의 약속을 되뇌어 본다.

서로를 위해주는 양보 의식에 출발이 순조로웠다.

5km 구간은 좀처럼 속력을 낼래야 낼 수도 없어, 지그재그 추월을 포기하고 늦더라도 컨디션 조절에 더 신경을 섰다. 28분 통과시간이 3분 정도 늦었지만 개의치 않았다.

의암댐까지는 내리막길이므로 페이스를 유지하고, 속도는 편하게 D-10일 전에 부상당한 고장 부위 점검 시간을 갖자고 다짐하고, 가동 부위의 점검을 시작했다. 아직은.

7km 지점쯤 되었을까? 성 지점장이 언제 이만큼 왔느냐고 묻는다.

뒤에서 출발하여 추월한다고 짜증이 좀 난 듯한 얼굴로 손흔들며 먼저 간다고 지나갔다.

그후로 본 것은 운동장에서 풀(빵) 뜯고 있는 노루만 보았다.

우리 회원들이 한 사람도 보이지 않아 내 페이스가 맞는지 혼돈스러웠으나, 현 상태를 지키기로 마음먹었다.

급수대는 맨나중에 위치한 것을 사용하니까 편안히 먹을 수 있어 좋았고, 마지막 지점을 놓치더라도 2~30m 후방에 봉사자 없는 급수대가 2~3개 더 놓여 있어 주자를 위한 조직 위의 세심한 배려에 박수를 보내주고 싶었다.

붕어섬이 보이니 10km 지점인가 보다. 57분이니 편한 것은 좋았는데, 7분 정도 처져 있다. 속도와 체력에 이상 징후가 없어 다행

이다.

15km 푯말이 보였다.

이제부터는 핏치를 올릴 것에 대비하여, 기능성 음료에 더 비중을 두는 편이 좋을 것 같았다.

주로도 약간씩 넓어져 주위를 돌아볼 여유도 가져 본다.

주자들의 호흡소리가 나의 발길을 재촉케 한다.

아쉽게도 이름이 기억 안 나지만 다른 지방의 런클 회원인가보다, 주로에서 처음 듣는 내 이름이 이렇게 짜릿할 정도일 줄이야, 다음부턴 나도 이름을 불러줘야겠다고 맘먹었다.

20km 지점에 있는 초코파이 대신 양손 장갑에 움켜쥐어 먹기 좋을 만큼 말랑해진 파워 젤을 시험해보기로 했다.

단맛이 강했으나, 식수로 입가심하니 한결 개운해졌다.(급수 300m 전에 먹고 급수대에 도착, 마음도 급하지 않고 단맛을 제거할 수 있는 작전이 좋았음)

파워젤 맛을 음미하는 동안 "빨리 왔네" 하는 반가운 목소리가 들렸다.

대회 때마다 3형제가 풀코스에 참가하는 마라톤 집안인, 경포 마라톤클럽 친구 민화식의 둘째 형인 윤식 형님이었다.

형님은 경포 이상기 님과 우리 토달에도 가끔 나오신다.

처음 출전한 내 전적을 아시는지 심히 걱정 해주는 얼굴이다. 몇 걸음 보조를 맞추다가 페이스를 잃을까 봐 먼저 가시기를 재촉하였다.(골인은 내가 먼저 했음)

건너편 30km 지점을 통과하는 주자들이 눈에 들어와서 한없이 부러웠다.

오르막에다 3~4km는 되는 듯하다. 언제 저기까지 가나 까마득하다.

나는 이 지점명을 쌍곡지라 칭하기로 했다.(앞을 보면 울고 싶고, 뒤를 보면 위로받으니까)

춘천댐 위에서 함성 소리가 계속 들려온다.

궁금해서 고개를 빼보니 아직 보이지는 않고 앞서 갔던 윤식 형 님이 힘이 부치는 듯 내 눈에 들어 왔다.

군인들의 함성에 응답해주며 댐 위에서 중간 점검에 들어간다

호흡, 체력, 갈증, 허기 아직은 양호하다.

계속되는 오르막에 숨고르기를 하며 주위를 둘러보니 노랑 유니 폼이 반갑다.

지난 밤, 룸 메이트였던 신동기 씨가 약간 지친 기색으로 오르막 을 오르고 있었다.(간밤의 휴대폰 경보음 때문에 잠을 설쳤을 텐데, 미안해 죽겠다) 동반주의 아쉬운 마음만 뒤로 한 체, 바나나를 입 에 물고 물을 찾고 있는데, 부르는 소리가 들렸다. 전 중사였다.

주로에서는 못 보았는데, 언제 왔는지 빨간 알약 한 알 건네 주 면서 내심 놀라는 눈치다.

외로운 사투 중에 반가운 얼굴을 만난다는 것이 이렇게 위안이 될 줄이야, 전 중사의 따뜻한 정에 고마움을 한없이 느끼며, 마지 막 완주 작전에 골똘했다.

마지막 젤을 움켜쥐고 먹을 궁리하는 중 아침에 찰밥 많이 먹어 서 뒷사람들에게는 맨밥을 먹게 한 식당 앞을 지나치려니 가책을 느낀다.

102 보충대의 사열 박수에다. 그래도 낯익은 곳이라 속도를 내려 다 숨긴 젤을 찾아 헤맬 국방위원장의 모습이 떠올라 웃음이 나왔 다.(숨긴 위치에 군인들이 사열해있었음)

자 이제부터는 시간도 작전도 필요없다.

힘이 다 할 때까지 통쾌하고, 후회 없이 달리는 것뿐이다.

소양교의 아치가 보이면 마지막 젤을 털어넣고 마교주의 말대로 대가리 꽉 처박고 열나게 팔 흔들어대면 되겠지 모든 것은 하늘에 맡기고 직선주로 끝에 있는 녹색 그물의 골프 연습장만 빨리 보여라를 외치고 또 외쳐댄다.

드디어 길은 좁아지고 굴다리를 지나니, 연도에 늘어선 시민들이 1km 남았으니 힘내라고 박수를 쳐준다.

얼핏 시계를 보니 3자가 보였다. 아직은 30분대다. 마지막으로 물이 먹고 싶었다.

누군가가 바가지를 들이댄다. '고맙습니다. 복 많이 받으이소'를 외치며, 직 4문을 통과했고, 아련히 들려오는 '손칠수 힘' 소리를 들으며, 내 시계의 스톱 단추를 꾹 눌렀다.

나의 첫 마라톤 풀코스의 여정은 여기서 또 다른 나를 탄생 시켰고, 나와의 약속을 지키게 도와 준 모든 분들께 다시 한번 감사를 드린다.

예상대로 완주하신 분에게 축하를 드리며 그렇지 못해 아쉬워하시는 분들도 그 나름대로의 성과는 얻었으리라 믿는다.

적토마들과 울산마라톤클럽 회원들의 투지와 의지에 찬사를 보냅니다.

일장춘몽으로 끝나 버린 장비야 게 섰거라!

울산마라톤클럽을 만나고부터 풀코스 완주를 위한 담금질이 시작되었고, 뒷풀이 술자리에서 끝까지 버티다 최후의 전사 라덴이라는 닉도 얻었다. 어느덧 초보자들에게는 경험담 삼아, 어느 정도까지는 지도해 줄 수 있는 위치까지 와있는 듯 하여 뿌듯하고, 무엇보다 강인해져 있는 내 체력이 자랑스럽다.

문 인 학

출발이다.

울산에서 꽃 박람회가 열리는 안면도까지 장장 8시간을 예상하고 차를 타니 답답한 기분이 든다. 사실 기록 단축을 할거냐? 대표 선수를 할거이냐? 과연 내가 이 먼 길 왜 가냐? 생각하니 한심한 생각이 든다. 그런데 가다가 술이나 먹고 즐기다 가면 위로가 될터인데, 내일이 시합날이라고(선수들에게 지장을 초래) 맥주도 한잔 안 주는 전 총무가 얄밉기만 하다.

그래도 위안이 되는 것은 버스 안에서 국방위원장 김용웅 님의 재치 있는 진행으로 자기소개와 대회에 임하는 각오를 들어보는 것으로 지겨움을 덜어 준다.

공주를 지나면서 저녁을 챙겨 먹고서 그럭저럭 안면도에 도착하여 저녁을 한끼니 먹고 나니 전 총무가 방 배정이 잘 되어 있으니 재미있게 놀아라 한다.(처음에는 무슨 뜻인지) 우리 방 인원은 늙다리들만 수두룩 하다.

숙소에 여장을 풀고 나니 안면도 특산물이나 한 점 하자고 포구를 배회하다 보니 너무 늦은 시간 탓인지 횟집과 딱 한군데 조개구이집에서 쩍 벌어진 조개가 있어 주문을 넣고서 위원장이 훔친 멍게를 맛있게 먹고 소주도 한잔 걸치고서 숙소로 귀가 중 폭탄선생 왈 내일 하프인데 부담도 없고 고스톱이나 한판 치자 한다 판을 펴고 보니 이건 완전히 폭탄선생과 전 총무의 사전 작전임이 적나라하게 드러났다. 총 44판 중 최경웅 씨 한판 내가 한판 장비선생 2판 나머지 40판 모두 폭탄선생 몫이네. 그려(아차 이것은 폭탄선생이 돈 따서 전 총무하고 대라리 가서 반반 나누었던 걸로 알고 있음). 참 돈 버는 법도 여러 가지라고 대단한 양반들이다(ㅋㅋㅋㅋ). 이 돈으로 폭탄선생은 고물 소나타를 폐차시키고 다이너스티 뽑는다는 소문이 나고 있다고 함. 여러분 앞으로 조심하세요.

다음날 전국 마라톤동호회 대항전에 우리 울산마라톤클럽 대표들이 출발하고 우리는 풀 코스와 하프 코스 출발선에 나란히 선다.

전날 조개를 맛있게 먹어서인지 몸이 가볍다.

폭탄선생과 나란히 달리다 보니 역시 우리의 영원한 맞수인 울산 증권가의 대부인 윤펀드, 친구 투(곽삼열, 이성택), 허시인 등 동료들과 5km 정도 지날 즈음 폭탄선생이 포포포 선수를 의식해서인지 갑자기 피치를 올린다. 꾸준히 따라가다 보니 우측 무릎이 조금 아파 오지만 전체적인 컨디션은 괜찮다.

약 10km 지점에서 폭탄선생을 뒤로 하고 경쾌한 발걸음에 언덕도 큰 무리 없이 지날 즈음 이상한 상상이 든다. 맞다. 오늘 장비선생을 추월하자는 것으로 목표로 세우고 마음 속으로 계획을 치밀하게 세워본다. 16km 지점에서 배광조 선수를 추월하고서 18km 지점에서 전 총무를 추월하고, 마지막 20km 지점에서 장비선생을 추월한다면 엄청난 힘의 소유자 장비선생에게 다시 추월당할 수도 있으니 결승 200m 앞까지는 바짝 따라가서 마지막에 잽싸게 골인한다면 천하의 장비라도 어쩌지 못할게 아니냐는 야무진 계획을 세우고 전진 또 전진한다.

17km가 지나고, 19km가 지나고 20km가 지나가도 장비는 커녕 배삼룡 배관조 선수의 뒷꼭지도 못 보다니 아차 이래서는 안되겠다 싶어 냅다 달리니 결승점이 눈 앞에 보인다. 아쿠 틀렸구나. 고수 중에 고수인 장비선생을 따라낼 허황된 꿈을 갖고 뛴 내가 어리석구나. 근데 장비선생이 왜 그렇게 잘 뛸까 아무리 생각해도 그 이유를 모르겠다. 아차 장비선생은 가슴팍에 털이 수북하게 나서 그럴까?

전국 마라톤동호회 대항전에서 우리 울산마라톤 대표들이 2위를 하였다. 1위를 한 팀은 학생들 같은 청년들이고 우리들은 순수한 아마추어들이니 이런 성적도 대단하다. 트로피와 상금을 받아서 식당에서 시원한 맥주와 달리기 이야기로 시간을 보내고 울산을 향하여 출발하는 버스 안은 조용하다.

오늘 서울에서 21일 첫 하프코스 완주한 우리 처형 수선화 힘!!

막가 우리 이쁜 처제도 힘!!

우리 착한 동서 경환 씨 힘!!!

많은 것을 생각게 한 서울 마라톤

장 은 익

인간이 자연 앞에서 얼마나 무력할 수 있는가. 전자의 명제를
스스로 실감한 서울 마라톤이었다.

3월4일 오전10시

여의도 출발지 앞에는 너무 많은 인파와 소음으로 인해 나도 모
르게 마음이 들뜨기 시작했다. 하지만 겨우 내내 열심히 연습한 결
실을 보리라 다짐하며 날씨와 구간 간의 기록을 예상하고 몸을 풀
었다.

하늘을 보니 구름을 가득 머금고 있어 햇님이 보이지 않는다. 조
금 후 바람을 동반한 눈이 내리기 시작했다.

추위에는 쥐약인지라(추위에는 약함. 이 사실은 나의 라이벌이

알면 안 되는데, 특히 이태걸 씨가 알면 난 치명적인데. 이태걸 씨는 미래에 나의 라이벌) 밑에는 반바지에다 위에는 짧은 티 속에 긴 면티를 입고도 모자라 모자 달린 두툼한 반코트형 추리닝을 걸치고 나왔다.

드디어 42.195km 출발!

5km 정도 달리니 몸도 풀리고 날씨도 맑아지고, 특히 기록에 욕심이 나서 거추장스런 외투를 벗어버렸다(이것으로 고행이 시작된다는 생각도 못했음).

20km에서 선두그룹을 만났다. 그 중에는 울산 한우리의 안정환 씨도 보여 인사했으나 본인은 나를 못 본 것 같다. 반환점을 돌아오다 헤르메스의 김재식 씨가 "장은익 씨 힘내라!"한다. 참으로 반갑다. 고등학교 동창인 김종호도 만났다. 진짜 마라톤맨이란 생각이 드는 친구다.

30km를 지나자 바람이 점점 강해지더니 눈까지 오기 시작했다. 벗어버린 외투생각이 간절해진다. 이러다 동사하는 것은 아닌가 하는 생각을 갖게 하는 날씨다. 포기하고픈 생각이 나를 유혹한다. 하지만 나의 좌우명인 '미래는 준비하는 자의 것이다'를 되뇌이며 추위에 대비하지 못한 나를 탓해야지 날씨 탓을 말자고 마음과 몸을 추슬러 본다.

35km를 지나고부터는 앞이 잘 보이지 않는다. 눈의 초점이 흐려진 것 같다. 너무 추우니 머리가 텅 빈 것 같다. 추위 탓인가 소변도 마려워 가건물 뒤편에서 실례를 했다. 이러다 고환이 얼어 고자되는 것은 아닌가 하는 쓸데없는 걱정도 해본다. 마라톤대회 중 볼일 본 것은 처음이다.

짧은 반소매 옷을 벗어 머리에 두건처럼 쓰고 눈바람을 막아보지만 역부족이다. 볼에 감각이 없기에 이 또한 동상걸릴까 걱정되어 수시로 손으로 비벼준다. 40km부터는 비몽사몽간 달렸다. 팔과 다리가 내 의지대로가 아니고 관성의 법에 의해 앞으로 나아가는 것 같다. 걷지 만은 말자고 이를 깨물어 본다. 골인지점이 눈에 들에 온다. 그러나 의식이 희미하다.

드디어 골인!

스피드 칩을 반납코자 신발을 벗으려 하였으나 몸이 말을 듣지 않는다.

울산행 비행기를 타고 오면서 많은 것을 생각했다.

마라톤의 진정한 의미를 스스로 체험한 하루였고, 많은 것을 경험한 대회였다.

제4회 서울마라톤을 영원히 기억하리라.

역경에 부딪칠 때 이날을 되새기며 어려움을 헤쳐나가리라. 이런 기회를 마련해 준 서울마라톤 관계자들에게 감사를 드린다. 더불어 자원봉사자분들께 머리 숙여 고마움을 전한다.

40 넘어 시작한 마라톤 인생

풀 3회(최고기록 3시간 2분)
하프 4회(최고기록 1시간 26분)

오 만 석

나는 어릴 때부터 운동에는 항상 관심이 없었고 두려웠으며, 또한 하기도 싫었기에 체질적으로 운동에 대한 기반이 심각하게 취약하여 체육시간에는 항상 끝자락에 위치하는 미숙한 면모의 대명사였다.

초등학교시절 손목시계를 사주신 할아버지 밑에서 비교적 여유로운 생활을 하며 손발을 사용하는 부분에는 항상 상당한 거리를 두고 자랐다.

마라톤 시작 전 40여 년간 그 흔한 축구도 2~3번 정도 해본 기억밖에 없다. 그것도 마지못해 숫자만 채우고 서있는 문지기로. 그러던 중 2001년 우연한 진단에서 평소 63kg 정도의 몸이 70kg이란

과체중 진단을 받고 마라톤은 내가 발견한 새로운 희망으로 자리 잡게 되었고, 지금까지 가져보지 못한 삶의 다른 형식으로 접어들게 되었다.

기본기를 바탕으로 한 메뉴구성 없이 홀로 양동과 거남산을 오르내리며 악천후 속에서도 하루의 쉼도 없이 달리는 생활의 자연스런 습관이 되었다. 몸무게는 급속도로 빠져 약 5개월 여만에 60kg으로 변하여 마라톤이 나에게 뜨거운 신명과 독특한 매력을 주었다. 하지만 다듬어지지 않은 몸으로 투박한 운동선수의 흉내를 따르다보니 크고 작은 부상에 시달리다 2002년 1월 12일 토달에서 만자로 김재식 님을 만나서부터 그 유명한 울산마라톤클럽에 가입하여 조금 더 다듬어진 훈련이 가능하였고 다양한 목적과 재주를 가진 선후배님들의 조언 덕분에 부상없이 잘 달릴 수 있는 계기가 되어 2002년 3월 17일 꿈의 대회 서울국제동아마라톤에 출전하는 영광을 가지고 데뷔하여 운동에 대한 두려움으로 살아온 내가 그런 대로 잘 달릴 수 있음에 초등학교시절 꼴찌로 졸업한 학생이 어느 날 대학교수가 되어 고향에 나타난 기분이다.

혼자 달릴 때보다 주위의 클럽 선후배님들과 달리다 보니 새로운 인연으로 많은 이들을 접하는 것만으로도 즐거움이 더하다. 완주체험기를 발간하게 된 이 기회에 꼭 남기고 싶은 말이 있다면 아직도 대단히 건강치 못한 사람들은 이 마라톤이야말로 생에 새롭고 강력한 액센트를 줄 수 있으며, 특히 밤이 불안한 남성들이야말로 거친 때밀이 수건을 이용한 어떤 부위의 단련이 없어도 늘 화목한 가정과 자신감을 가지며, 42.195km 골인지점에서의 망가질수록 아름다워 보이는 그 얼굴을 상상해 보십시오. 우아함에 매료되어 하루종일 상쾌한 기분을 가질 수 있습니다. 지금 시작하십시오.

저자와의
협의하에
인지생략

멋진 인생!
뛰어서 가자 달리며 살자

2003년 2월 10일 1판 1쇄 인쇄
2003년 2월 15일 1판 1쇄 발행

지은이   울산마라톤클럽 편
펴낸이   강 찬 석
펴낸곳   도서출판 **나노미디어**
주 소   120-012 서울시 서대문구 충정로2기 75번지
전 화   (02)364-2791 / 팩 스 (02)364-2787
등 록   제8-257호
ISBN   89-89292-06-9 03000

정가 10,000원

잘못된 책은 바꾸어 드립니다.

0을 알면 수학이 보인다

저자　찰스 사이프
역자　홍종도
판형　신국판
정가　8,000원

유명한 제논의 역설도 0(무한소)을 제대로 이해했기 때문에 해결할 수 있었고, 미적분이라는 이 시대 최고의 수학적 도구를 얻을 수 있었다. 상대성 이론에서의 블랙홀과 양자역학의 진공에너지라는 '특이점'(0)은 우주의 비밀을 여는 열쇠로 알려져 있다. 한편 최근 각광을 받기 시작한 초끈 이론에 대해서는 그 이론이 0을 회피하고 '조화로운 우주'로서 설명한다는 측면에서 아리스토텔레스의 우주관보다 나을 게 없다고 비판하기도 한다.

사라와 함께하면 수학이 즐겁다

저자　사라 플래너리
역자　김진수
판형　신국판

정가　10,000원

사라 플래너리, 1999년 16세의 나이로 새로운 암호 알고리즘을 발표하여 세계를 깜짝 놀라게 했던 한 아일랜드 소녀가, 자신의 성장 과정과 암호와 관련된 여러 가지 이야기를 통해 전세계 친구들에게 수학의 즐거움을 전한다.
이 책은 수학을 모르는 사람도 재미있게 읽을 수 있으며, 수학적 기초가 있고 암호에 관심이 있는 사람들에게는 암호의 원리와 역사를 통찰할 수 있는 매우 유용한 책이다. 어린 나이에도 불구하고 성공에 흥분하지도 않고 특허를 내서 큰 부자가 되라는 유혹에 빠지지도 않고 실패에도 좌절하지 않는 주인공의 자세에서 많은 것을 얻을 수 있다.

고객혁명

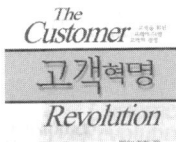

저자 패트리샤 세이볼드
역자 이동현
판형 신국판
정가 15,000원

고객만족, 고객감동 등의 수사적 표현이나 CRM 마케팅 기법 정도가 아니라 '고객 주도' 라는 화두를 던지고 있는 이 책은 인터넷 기술의 발전에 따라 주도권이 고객으로 넘어가는 흐름이 가속화될 것이라며 고객 중심의 기업으로 탈바꿈하기 위한 방법과 사례를 구체적으로 적시하고 있다. 최근에 불어닥치고 있는 급격한 변화를 표현하기 위하여, 신경제, 인터넷 경제, 정보 경제, 지식 경제, 바이오 경제 등 여러 가지 용어가 등장하고 있다. 이 책에는 북미, 유럽, 아시아에서 이러한 변화에 잘 대처하고 있는 기업들의 사례가 분석되고 있다. 소기업에서 거대 다국적기업에 이르기까지, 제조 업체로부터 소매 및 서비스 업체에 이르기까지의 다양한 사례 연구에는 찰스 슈왑, 제너럴 모터스, 스냅온 툴즈, 팀북투, 휴렛 패커드, 메드스케이프, W.W. 그레인저 등이 포함되어 있다.

21세기 호모 사피엔스

저자 레이 커즈와일
역자 채윤기
판형 신국판
정가 12,000원

레이 커즈와일은 20년 후에 천달러짜리 컴퓨터가 사람 뇌의 능력과 같아진다고 예언한다. 커즈와일은 사람의 지능과 인공 지능에 관한 의미심장한 분석을 제시하고 있으며, 컴퓨터와 사람이 점점 가까워진다는 독특한 미래관을 보여주고 있다.

디지털 보안의 비밀과 거짓말

저자 브루스 슈나이어
역자 채윤기
판형 신국판
정가 18,000원

"해킹 절대 불가"나 "절대 깨지지 않는 암호"라고 주장하는 제품은 거의 안전하고는 거리가 멀다. 획기적인 신기술이라고 주장하는 제품들은 거의가 허풍이다.
안전한 제품을 만들어야 한다는 법률적 유인이 생기기 않는 한, 회사들이 솔선해서 안전한 제품을 만들려고 하지는 않을 것이다.
보안을 위험의 회피라고 생각하면 보안은 비용이 된다. 필요가 증명된 보안에 한하여 마지못해 예산이 승인될 것이다.
보안을 위험 관리라고 생각하면 보안은 수익 창출의 방법이 된다. 온라인 주문 시스템의 위험 관리를 알아내면 시장 점유율을 높일 수 있게 된다.

생각하는 사물

저자 닐 거센펠드
역자 이구형
판형 신국판
정가 10,000원

며칠 밤을 새워 작업하던 문서를 저장하려는 순간 정전이 되거나 "치명적인 오류가 발생했습니다."하는 메시지를 대했을 때 컴퓨터를 부셔버리고 싶은 충동을 느끼지 않는가.
컴퓨터는 급속도로 발전하여 우리의 생활 전반을 바꿔놓을 만큼 필수품으로 자리잡고 있지만 아직도 컴퓨터는 우리에게 많은 것을 요구한다.
스스로 알아서 문제를 예방하고 사용자의 생활습관이나 특별한 요구에 부응할 수 있는 '스스로 생각하는 컴퓨터'는 요원한 것인가.